# 平原风雨

李风军 —— 著

山东文艺出版社

图书在版编目（CIP）数据

平原风雨 / 李风军著 . —济南：山东文艺出版社，2022.1

ISBN 978-7-5329-6526-7

Ⅰ.①平… Ⅱ.①李… Ⅲ.①长篇小说—中国—当代 Ⅳ.① I247.5

中国版本图书馆 CIP 数据核字 (2021) 第 263658 号

## 平原风雨
PINGYUAN FENGYU

李风军　著

| | |
|---|---|
| 主管单位 | 山东出版传媒股份有限公司 |
| 出版发行 | 山东文艺出版社 |
| 社　　址 | 山东省济南市英雄山路 189 号 |
| 邮　　编 | 250002 |
| 网　　址 | www.sdwypress.com |
| 读者服务 | 0531-82098776（总编室） |
| | 0531-82098775（市场营销部） |
| 电子邮箱 | sdwy@sdpress.com.cn |
| 印　　刷 | 山东新华印务有限公司 |
| 开　　本 | 710 毫米 ×1000 毫米　　1/16 |
| 印　　张 | 23.5　　插页 /2 |
| 字　　数 | 350 千 |
| 版　　次 | 2022 年 1 月第 1 版 |
| 印　　次 | 2022 年 1 月第 1 次印刷 |
| 书　　号 | ISBN 978-7-5329-6526-7 |
| 定　　价 | 60.00 元 |

版权专有，侵权必究。如有图书质量问题，请与出版社联系调换。

# 目 录

| | |
|---|---|
| 楔　子 | 001 |
| 第一章 | 002 |
| 第二章 | 007 |
| 第三章 | 011 |
| 第四章 | 021 |
| 第五章 | 030 |
| 第六章 | 047 |
| 第七章 | 057 |
| 第八章 | 070 |
| 第九章 | 086 |
| 第十章 | 094 |

第十一章 …… 102

第十二章 …… 114

第十三章 …… 128

第十四章 …… 142

第十五章 …… 153

第十六章 …… 163

第十七章 …… 172

第十八章 …… 184

第十九章 …… 201

第二十章 …… 221

第二十一章 ……… 230
第二十二章 ……… 244
第二十三章 ……… 257
第二十四章 ……… 270
第二十五章 ……… 280
第二十六章 ……… 291
第二十七章 ……… 305
第二十八章 ……… 315
第二十九章 ……… 325
第三十章 ……… 341
第三十一章 ……… 360

# 楔　子

旺城市的一项人事安排，引起非同寻常的议论。

这项人事安排是：免去钟启祥大化镇党委书记的职务，改任东孙镇党委书记。

在一个地方，人事任免固然会受到高度关注。但这一次，何以引起"非同寻常"的议论呢？

多年来，旺城形成了"三个世界"。旺城镇，以自己独特的地理位置一镇独大，是多年响当当的"第一世界"。农业、工业各方面都实力雄厚、发展快速，是在东州市都有名的经济强镇。大化、禺里、富晨等几个镇，被称为"第二世界"。旺城还有一个不成文的规定：在"第二世界"工作一段时间后，不直接提拔，按资历就会到旺城镇任职。若进入"第一世界"，那就是市级领导的苗子了。钟启祥在所谓"第二世界"里资历最老，年龄最小。如果换岗位，十拿九稳应该是到旺城镇任职。然而这一次工作调整却打破了以往的"天规"。他来到全市最大最穷的"第三世界"——落后镇东孙镇，担任了党委书记。

舆论哗然，猜测四起："失宠""被贬""被抛弃""被流放"……风言风语像刀子，戳人心肺。也有一些正面的议论，或者说非常正能量的说法。但有些人听了不以为然，说："好听的都是会议上的调子。人事任免的最高机密，就在那么几个甚至就那一个人的手心里。会议上讲的那些话，谁信呢……"

# 第一章

"东孙镇这平静的一汪水,为什么非要往里边扔石头?"

"冀庄这个马蜂窝,不捅它还能静静地待着,如果捅炸了,还不知蜇着谁。"

……

这几天,因为要整治冀庄村,钟启祥接到不少上边的电话。不仅旺城市,东州市的领导也"鸿雁传信",还有人请他去吃"鸿门宴"。

钟启祥仰着大长脸说:"怕鬼就不走夜道了。"

他没理会这些,镇党委很快形成决议:对冀庄党支部书记孙景连的问题进行全面调查。待摸清了孙景连犯的错误后,便立刻免去了他的职务,同时任命了一个新的党支部书记。

可是,这个新上任的党支部书记太"短命",干了没几天就交了辞呈。辞呈上写着:"城里的儿子十万火急地喊我去看孙子……"一时间,东孙镇"妖气弥漫"。

"镇党委被冀庄晾台了。"

"拔了孙景连这根柱子,冀庄就稳不住了。"

……

这会儿,钟启祥和镇长宋欣在办公桌前面对面坐着。宋欣眉清目秀,不管在乡镇里经历多少风风雨雨,他那张脸总是那么白嫩。他刚看完那份辞呈,说:"看这理由,急着看孙子,还十万火急。辞呈的格式这么规范,还是打印的。"

钟启祥说:"一个普通的老百姓,能写出如此规范的辞呈,有名人指点哪。"

宋欣说:"肯定是孙景连搞的鬼。"

钟启祥从抽屉里拿出一本花名册,翻弄着说:"冀庄多年没发展党员了吧?"

宋欣说:"是呀,孙景连的调门总是高高的,说'人才难得',要对党负责,要高标准,但是迟迟推不出一个党员。"

钟启祥使劲一摞那本花名册,说:"多年不发展党员,是为保他党支部书记的位子。这么大的村,现在只有十来个党员。大多还很年长,七十岁的老党员就有两个,身体也不好。就这个'短命支书',年龄也六旬了。"

宋欣无奈地笑了,说:"他就是故意让接班人'断垄'呀。"

钟启祥又把那份辞呈用手指捏起来看了一眼,然后往桌子上一丢,说:"这叫耍大招,小把戏。你听那传言,说镇党委被冀庄晾台了。这舞台是谁的?咱的!咱下不来台?笑话。"

宋欣接着说:"这风从哪儿刮出来的很清楚,不自量力。"

钟启祥起身离开办公桌,说:"一个人病入膏肓了,这药不行那药不行,就换换方子呗,由群众推荐干部。如果推荐的不是党员,就先让其加入村民委员会,然后培养入党,待时机成熟后再选拔为党支部书记。"

宋欣说:"我同意。群众推荐的干部基础厚实,根基硬,有主心骨。咱好好培养,不愁冀庄不出个优秀党支部书记。"

经过一番组织,冀庄管区的区长周洁玉带领区干部来到冀庄进行干部推荐。周洁玉中等个头,身材略胖,年龄不大,脾气不小,脸上似乎总是挂着两个字——"着急"。

那天,周洁玉把群众集合到十字街头。他站在一个小土堆上对大家讲话,说明召集大家是为了推荐村干部。他手里举着一摞纸票,说:"推荐票已印好,笔也给大家准备了。大家看看谁有能力,能带领大家致富奔小康,就推荐谁,人数掌握在一到五人。"

他又指了指墙上一块平时搞宣传的黑板说:"就在这块黑板上计票,当场统计票数,当场公布推荐结果。大家还有什么意见吗?有什么意见,请当面说出来。"

周洁玉说完,现场仿佛回到黎明时分,静悄悄的。别说提意见,连一个吭声的都没有。有的人倚着墙抱着胳膊,有的用锨撑着自个儿的身子,戳在那里……就像当年刚实行土地承包政策时一样,脸上带着疑惑甚至惧怕的神情。

周洁玉一点儿也没顾及这些,继续说:"看来大家是没意见了,那么发票,发推荐票。"

票发下去了,每个人还发了一支笔。周洁玉又扯着嗓子说了一通怎么填票,最后说:"好了,可以填票了。"

他喊了以后,大家相互看着,又瞅一眼镇干部,就是不填票。有的把票和笔攥在手里,搓来搓去;有的把票的正反面来回看了几遍,像上面有什么奥秘看不懂似的。

周洁玉又扯着嗓子说:"快呀——快填票吧,还愣着干什么?"

忽然,有人喊了一嗓子:"不是做'假局'吧?"

听到这句话,人群躁动起来。大家叽叽喳喳,议论纷纷,场面乱哄哄的。周洁玉挥舞着双手,示意人们静下来,大声说:"让大家填推荐票是为了充分听取大家的意见,谁的群众基础好,就让谁当干部。"

但人们还是嚷嚷:

"还不知搞什么'猫抓老鼠'呢!"

"推荐了也白搭!"

"准是走样子,糊弄俺!"

……

喊得最凶的几个人,一边嚷嚷,一边散场子。有的人看到别人要走,也稳不住神了,回家的回家,下地的下地。镇干部们有的挡,有的拉,一个劲地劝说,说保证尊重群众意见。但没人听这一套,会场像四处不严实的水池子,没多大工夫水就跑光了。地上丢下好多没有填写的纸票,被风一吹到处乱窜。有一张纸票正好打在周洁玉的胸脯上,周洁玉脸上的"急"变成了"火",一甩手说:"拿着当人,不往人处走。不推了,回去。"

回到镇政府,周洁玉一行人直奔钟启祥办公室,屋里立刻像灌满了水的水缸。周洁玉满头是汗,淋淋汗水也没浇灭脸上的"火"。

周洁玉哇啦哇啦大喇叭一般,向钟启祥汇报了冀庄的推荐情况。

钟启祥听了,脸上每个毛孔都冒出了怒气,大分头上的每根头发都要竖起来了。当听到周洁玉又说"拿着当人,不往人处走"时,钟启祥啪地拍了一下桌子怒斥道:"胡言乱语!凭你这个态度,就搞不好推荐。你逃回来干什么?群众为什么散场子?要扎到水里看清楚、弄明白。就知道跑回来向老的要办法?你娘就没有给你断奶的时候?"

钟启祥几句话一下子让周洁玉一行人变成了哑巴。门口的那几个人低着头溜出了书记办公室。坐在里面的人走也不是,坐也不是,像在高速公路遇到堵车,进退两难,都低着头,不敢看钟启祥。

钟启祥从办公桌前站起来,缓步走到窗前,左手托了托被绷带吊在脖子上的右臂,那右手还浮肿着哩。屋里其他人的眼神偷偷地随着钟启祥的身子移动。每个人都在揣摩书记下面要说什么,是不是还要如狮子、老虎一般怒斥他们?

钟启祥看着窗外思索:孙景连"道行"不浅哪,肯定又"施妖术"了,还真能扰乱人心。同时他也意识到,这次"街头推荐"活动,有些草率。像看书时翻过一个页码般简单,钟启祥交接完大化镇的工作,就转到东孙镇任职了。

在去东孙镇的头一天,钟启祥来到了一座坟前。这是座老坟,坟周边长了一些野草,坟堆上出现了深浅不一的沟壑。钟启祥把坟边和坟上的草拔了下来,又用手拍了拍因拔草留下的暄土。他捧起一些土,填平了几条较深的沟壑,然后坐了下来,凝视着坟墓。过了好一阵子,他站起来,拍了拍屁股上的土。他在告慰墓主人,还默默地把工作调动的事,告诉了墓主人。

钟启祥站起来看了看坟墓,又要伸手拔下几棵干草,忽然愣住了,耳边似乎传来了歌声:

> 你的身影,你的歌声,
> 永远印在我的心中。
> 昨天虽已消逝,分别难相逢,

怎能忘记你的一片深情。
……

"嘟嘟——"手机响了。

钟启祥掏出手机，接通说："哦，市委办公室，季书记找我？好好，我马上过去。"

钟启祥关掉手机，对着坟墓说："我走了，到东孙镇以后的情况找时间告诉你。"说完，匆匆赶到了市委，走进市委书记季世同的办公室。

# 第二章

天还没亮,东孙镇镇政府的院子里就像赶集一样热闹了。自行车、摩托车、农用三轮车——农民称"三马子"……吵吵闹闹地涌了进来。

院子里停着三辆大客车,钟启祥招呼各车报人数。

一号车:全了——

二号车:全了——

……

三辆车都确认人员齐全,钟启祥便喊了声:"开车,出发——"

喊着"出发"的同时,钟启祥跳到二号车上。在这三更半夜的,三辆大客车像没睡醒一样,晃晃悠悠地驶出了镇政府大门。

天黑漆漆的,万物还在沉睡,远处几束光柱向前挪动着。尘土被车轮子碾醒,它们从来没醒过这么早吧,在车灯光的照射下,兴奋得像醉舞一样。车里透风漏气,又是冬天,呼呼的风刮到脸上,真像小刀子一般。道路颠簸,似乎增加了车轮子的烦恼,一路稀里哗啦、怨声载道。噪声通过耳朵穿进脑袋,敲打着车里每个人的神经。

自从东孙镇党委政府号召全镇发展苇帘产业以来,这是镇政府第七次组织参观学习活动了。

为了尽快掌握苇帘编织技术,镇党委、政府号召学习能力强的老百姓到村里报名,镇政府组织车辆带他们到苇帘产业大县——五溪县参观学习。如果有谁没看明白,可以当"回头客",报名继续参观。

这会儿,车内的人们昏昏沉沉地随着客车晃悠着已耷拉下的头。

钟启祥在车内扶着一根竖梁站了起来。他扯着嗓子问:"大家困不困?"

车内几个人说:"不困,不困。"

又有好多人被唤醒了,也跟着喊:"不困,不困。"

钟启祥笑着说:"好,不困就好。我五点钟起床,你们还要先到镇政府,得四点甚至三点多钟起来。"

钟启祥挪动了一下脚跟,再次站稳,又抻了抻棉大衣,刚要说什么,一个人问:"钟书记,这小苇帘子能挣钱?"

又有一个人说:"是呀,这大冷的天,黑咕隆咚地跑出来,别白跑了。"

钟启祥说:"我知道大家对这个东西能不能行犯嘀咕。就这么说吧,你们到五溪县一看,精神就会一下子提起来。那几公里长的芦苇市场,收购站一摞一堆的帘子……你心里肯定馋得慌。咱们扎扎实实干上一冬,到明年,保证那钱就像下雨一样,稀里哗啦地滚到你面前。"

几句话把满车的人一下子给说醒盹了。接着传出哄笑声,笑声把客车的颠簸声都给压住了。大家七嘴八舌议论起来。

又有一个人大声说:"钟书记,你说得也太玄乎了吧。这东西有什么用,那钱就像下雨一样稀里哗啦滚到面前?"

钟启祥说:"我保证不是向大家吹牛。这苇帘子是出口产品,可以做窗帘、门帘,还能用于房间隔断、房屋装修……价值很高。我给大家算一笔简单账:根据面积大小,一张苇帘子能挣五十元左右。如果一户一月能织出十几张,那不就是五六百吗?那一年呢?手头快的上万元也不在话下。要是织出精品,那价值就更高了。如果一家支起两台架子,那你再算算……"

钟启祥说完,没人言语了,光剩下稀里哗啦的客车颠簸声。钟启祥知道,他说的数字让大家更提神了,他们也在心里算计呢。

过了一会儿,一个人问:"这东西……咱能学会吗?"

钟启祥说:"苇帘子产业投资小,技术简单。工具就是一台木架子,重要的是处理好芦苇熏白。咱镇上培训了技术员,串村指导。

熏白这关键活，有技术员干。我这笨手拉脚的都学会了，你们那拾棉花的巧手，肯定能织出精品。"

人们又笑了。有的自嘲说："哎哟——咱还巧手呢。"

钟启祥说："五溪县的农民能行，咱为什么不行？"

汽车还在颠簸地走着，还是看不见天的鱼鳞白。

为了弄懂苇帘的生产流程，钟启祥先带着几个人在五溪县待了五六天，考察了材料产地、销售市场……还亲自上架子，学着织了一片苇帘。前几次参观，只要市里没活动，钟启祥就亲自带队，亲自给大家讲解。他要求镇干部必须先吃透苇帘子的价值、市场、编织技术……还要求跟车干部利用在路上的时间搞好宣讲，先给大家下场透地雨。

钟启祥说："咱拽着耳朵对他喊，这苇帘子，就肯定能钻到他脑袋瓜子里去！"

参观的人多，车上座位有限。那时候大家对车辆超载问题还没那么重视，为了多上一些人，他们借了很多马扎子、小椅子放在客车中间的过道上，还有司机旁边的空当处。钟启祥坚决不坐车上的座位，拿个马扎子就坐在司机旁边。他对着大家说说笑笑，有时还站起来，给大家比画。

齐庄支部书记齐大岭说："钟书记，咱不是有个桑塔纳吗？虽然破，也比坐这大客车舒服呀。你看你还不占正座，坐在个小马扎上，那腚瓣子让麻绳勒得准疼。"

大家听后又笑了。

钟启祥说："这怕什么，和大伙在一起交流交流，说说笑笑多热闹。"

正说着，司机踩了一脚刹车，钟启祥打了一个趔趄。

天大亮了。阳光斜照进车窗，蹦跳着打在一些人的脸上。车子完全醒了盹，跑得欢实起来。突然，第一辆车左前方，有一辆三马子从路边钻了出来。司机躲闪不及，猛踩刹车，在离三马子不到一米处停了下来。第一辆车有惊无险，可是第二辆车的司机不知前面的险情，跟得又紧，前面突然刹车，司机只好一边刹车，一边往右打方向盘,这才没有撞到前车。然而,右边就是深沟。司机又松开车刹,往左打方向盘,踩油门,冲了几米又刹车。

车的右边,靠在了一棵大树上。

这一刹那,车里可如翻江倒海一般了。急刹车的惯性使人们从座位上弹起来,有的差点冲出座位,有的弹起老高。钟启祥对面那个坐在马扎上的老乡,一下子弹起了身子,冲向了玻璃窗。钟启祥的右手死死抓住了一根扶手,挡住了他。这位老乡的肩膀一下子顶上了钟启祥的右胳膊。

这么大的冲击力使钟启祥的手没能抓牢扶手,但缓冲了冲击力,那位老乡没有冲到玻璃窗上。与此同时,钟启祥感到右小臂一阵刺骨疼痛。

# 第三章

夜里十二点，东孙镇的大街小巷静悄悄的，只有路灯亮着。这些路灯排列整齐，互相张望着，似乎在互相道晚安。因为是冬天，灯下没有各种飞虫无休止地飞腾追逐。没有虫子发出的吱吱怪叫声，夜显得更清冷。但这静悄悄的夜里，有一个地方却没有安静下来。

在十字街北端，镇政府大院今天不同往常——灯火通明，人声喧哗，车辆进出。院内，各办公室和宿舍的灯光全部亮着，人们出出进进，还是和白天一样忙碌着。

这一天，除了在冀庄街头推荐干部失败，还传来了"群众大规模进京上访"的消息。钟启祥吊着胳膊，要亲自到冀庄了解情况。刚要出发，镇办公室的小周秘书突然急火火地跑进钟启祥的办公室，一进门就喊："钟书记不好啦，冀庄着火了。"

屋里的人都一惊。

钟启祥急问："是什么起火？是房屋还是……"

小周喘着粗气说："电话里说是芦苇垛起火了。"

钟启祥眉头立刻皱起，说："最担心的事还是发生了，伤着人没有？"

小周秘书喘着粗气说："电话里说，电话里说……"

仿佛那火已烧到自己脸上，钟启祥急切地问："说什么？"

小周说："说，沈腊月烧在里边了。"

沈腊月？沈腊月从生下来就是一个智力有缺陷的孩子。这些年，他吃喝冷暖拉撒也清楚，就是智力低下，不知好歹，像小孩子一样。沈腊月没有上学，每天只跟着父母在地里窜来窜去，不知干什么活计，经常捅出些篓子。有一年，邻居家的老牛拴在桩子上，趴在门口。他在老牛身上蹭来蹭去,玩耍得很快乐。可是不知怎么,他的手摸到了缰绳,无意中把缰绳解开了。老牛起身找吃的,越走越远。正是下地的时候,也没有人注意到,老牛就此不知去向了。

最近因为编织苇帘,冀庄也进了一些芦苇。那芦苇上的绒毛像刷子,刷在脸上软绒绒的。沈腊月一天到晚在芦苇垛旁边玩耍,有时还钻到芦苇垛里面去。这天,村里一家人娶亲放了鞭炮,沈腊月抢了几只没有放响的鞭炮到芦苇垛旁边玩,拿出鞭炮从中间掰断,也学着让两半鞭炮对着呲花。他点了好一会儿,鞭炮也没呲出花来。划着的几根火柴被扔到芦苇上,又干又脆的芦苇啪啪着了起来。沈腊月看得高兴,在旁边一跳一跳地拍手,还不住地往火苗上抱芦苇。忽然一阵风起,整个芦苇垛全着了,把沈腊月裹在了里面。

沈腊月被烧成重伤,送进了东州市人民医院。这看似平静的夜里传出的"爆炸声",传遍了全镇,震惊了十里八乡。

自从东孙镇发展苇帘产业以来,成堆成垛的芦苇运进来。钟启祥十分关注防火的问题,派专人抓规范,注重安全防火。本来冀庄的芦苇量并不大,可是没想到碰到这么一个沈腊月。他自己引火烧身,更给钟启祥添了一个大大的麻烦,给全镇的苇帘生产带来了危机。

·

从白天忙活到天黑,还没有个头绪。钟启祥没顾得上吃晚饭,抓起电话拨通了一个号码,说:"喂,小弟吗?在东州吗?有这么一个情况……"

钟启祥把过程简单说了一下,然后说:"你马上到东州人民医院急诊室。镇上的干部、冀庄的人有可能认识我,我去了不方便。你盯在那里,听听病情,以及他家人都说些什么,有什么打算。随时打电话告诉我。"

钟启祥撂了电话,坐在办公桌前。他紧闭着嘴,仰着大分头,转动着眼珠子看着窗外,就像一个战斗指挥员,预想着可能要面临的激战场面。他把应对这场激战的措施从头到尾又想了一遍,觉得没什么纰漏了,然后通知办公室马上召开党委、政府联席会议。

会上，大家对沈腊月的家庭情况、他过去的行为，以及这次事件的过程、各种预测的结果等反复讨论，令钟启祥好不心烦，他皱着眉头说："絮叨这一套有什么用？"

"嘟——嘟——"

钟启祥还没把话说完，手机响了。他一看号码，是小弟的电话。

"喂，小弟吗？怎么样？"

电话里面说："钟书记，我刚来到这里，现在情况非常严重，医生还在全力抢救。"

听了小弟的话，钟启祥心上栓的那股绳子又紧了一扣。他说："好了小弟，继续观察。"

钟启祥接电话的过程，大家都看在眼里，知道情况不妙。副书记荣新月说："怎么样？情况不好吧。"

钟启祥说："还在全力抢救，情况严重。"

荣新月是个矮胖子，嗓门高，外号小钢炮。他接过话茬说："大家还是抓紧议议怎样应对这次的火灾问题。"

大家又七嘴八舌议论起来，总的结论是：他人自己玩火，与镇政府没关系。

钟启祥不这么认为，他感觉事情不会这么简单。

不一会儿，钟启祥的手机又嘟嘟响了起来，又是小弟打过来的电话。这一次，小弟在电话中告诉钟启祥，沈腊月的情况有些好转，微微睁开了眼，医生说，他的主要器官状况还算可以。钟启祥向大家转达了情况，大家悬着的心略微向下放了放，脸上的浓云似乎薄了一层。当然，谁也不敢彻底把心放下，脸上的云雾也不可能彻底扫去。

刚才大家提出，是否让沈腊月转到上一级医院，或者请上边的专家给沈腊月会诊。钟启祥说："这个问题已经和医生沟通过了，医生的意见是现在不宜转院。保险起见，医院里答应马上联系、聘请专家。"

"嘟——嘟——"钟启祥的手机又响了。

手机这个玩物，一问世就立刻受到人们的追捧。过去固定电话都很少，人们为有一部手机感到荣耀，而现在手机大家随身携带。但是当人们过于依赖它的时候，它便产生了莫大的"副作用"。一个乡镇领导干部，一天到晚，手机就这么嘟嘟响个没完。还有规定说，党政一把手一天二十四小时不得关机。这个东西和生活、工作紧紧捆到了一起，人们烦它却离不开它了。有人说不离不弃的是夫妻，现在应该加上"一刻不离的是手机"了。

这个时候，钟启祥似乎浑身上下长满了耳朵，对电话声特别敏感。他希望有电话，希望得到医院那边的消息，但是对它的响声，又有一种莫名其妙的抵触与恐惧。没办法，钟启祥迅速打开手机，皱着眉头问："喂，有什么情况？"

小弟在电话里急促地说："不好，情况又向不好的方向发展了。沈腊月的家人情绪非常激动。"

钟启祥急促地问了一句："他们说些什么？"

小弟说："他们说沈腊月被烧伤，是因为发展苇帘产业。如果没有这么多的芦苇，就不会起火。苇帘生产是镇政府发动的，死了人镇政府就得负责。"

钟启祥问："还说什么？"

小弟说："如果人真的死了，他们就把尸体抬到镇政府！"

在场的人听了这个消息，立刻目瞪口呆。大家也听说过将死人抬进乡镇政府的事件。可临到自己头上，每个人的心里，还真是像踏着玻璃桥过天险，惊恐万状。

周洁玉还是用那么急火火的口吻说："这不是他自己玩火吗？听说一开始有人怕他玩火，把他赶走了。这人脑子有问题，腿没毛病，难道还天天派专人看着他？"

这会儿，钟启祥没反驳他，只是摇头。

周洁玉又说："要是别的村发生了火灾，也都怪到镇政府身上来吗？"

钟启祥点头说："这是关键，问题就复杂在这里。"

钟启祥站起身，脑海里出现了"一脸红疙瘩肉"，自言自语："这么一户庄稼人，怎么就一下子想到把责任赖到镇政府身上呢？

这里边的味道不寻常呀……"

钟启祥转变话茬,提出了那个扎耳的问题:"如果抢救失败,尸体真的抬到镇政府,怎么办?"

"嘟——嘟——"

手机铃响了,钟启祥拿起手机说:"喂——哦,招商办,你好你好。"

钟启祥一边接听电话,一边把通话的内容讲了出来,省得传来传去,浪费时间。这会儿,钟启祥的时间太宝贵了。

"招商办引来了一个日本客商,要在农业上投资一万亩土地搞中药材种植。好,好哇。什么?要求我和季书记一起去济南同外商谈判?"

听到这儿,钟启祥手里的听筒下意识离开了耳朵,他愣神想了一下,而后继续说:"唉——冀庄村着了一把火,一个村民被烧成重伤,正在医院抢救,我感觉脱不开身哪。麻烦你帮我和领导请个假吧,拜托了。谢谢,谢谢。"

钟启祥撂了电话,没过多长时间,又一个电话打了过来,这回是市委办公室的高主任。电话那边说,这次去济南谈的项目很重要,市委要求他必须去。

钟启祥为难地说:"我已经和招商办说过了,拜托他们向领导请假。我这边着火的事很紧急,实在脱不开身哪。高主任这样吧,请市里代为谈谈。有什么条件,有什么要求,及时沟通。"

电话那边高主任说:"季书记已到济南,正在等着你呢。"

市委书记已经到济南了,怎么办?

钟启祥毫不犹豫,直接给季世同打了个电话,季世同说:"这是外国客商投资的农业项目。你们镇的土地多,正好符合这个项目的条件,是个难得的机会。把工作安排一下,马上赶过来。"

钟启祥说:"季书记,我镇出了火灾,以后我再跟你做检讨。我唯恐处理不好留下尾巴,或者引起什么其他事件,要是那样……"

钟启祥没说完,季世同就截断了话题,说:"启祥,依照法规,火灾要由安监、消防、公安等部门具体处理。他们更专业,更有经验,更有办法。"

钟启祥说:"那是,那是。不过我的镇上出了问题,我不在……季书记,有您在济南坐镇,有什么情况能及时联系。有什么条件,您尽管决策,尽管定夺。这事一定能够成功,有需要我做的事,我钟启祥绝不含糊。"

季世同当然看不到钟启祥,却知道此时他一定是面带笑容,一副百般献殷勤、乞求的样子。但是季世同说:"有我坐镇?我成你东孙镇的党委书记了?"

钟启祥赶紧说:"岂敢岂敢。我是说有您坐镇,就有人做定夺,那项目一定能够拿下。"

但电话里传来一阵怒吼:"钟启祥,你不要给我戴高帽子,赶紧过来。我不是你的长工,不是给你扛活的。"

钟启祥停顿了一下说:"季书记要不……要不这样,我马上让宋镇长过去,有什么问题他完全能够解决。还有……"

钟启祥没说完,又吃了季世同一包火药:"地球离了你,就不转了是吧?那些专业部门、专业人员,就赶不上你个土包子?你领大家致富奔小康,神里魔里想招商引资,这次是难得的机会,稍纵即逝,连这个问题也看不透吗?我的钟大书记!"

季世同说完就撂了电话。钟启祥看着手机,思索着季世同的话,但思绪很快电波般从季世同的怒斥中挣脱出来,飞到医院去了。沈腊月到底怎么样了?他又拿起电话,接通了一个熟悉的副院长的电话,了解沈腊月的病情,副院长说沈腊月仍不见好。听到这话,钟启祥的头脑里像有两根电线相碰,冒出一丝不祥的火花。

"如果人真的死了,他们就把尸体抬到……"

钟启祥倒吸了一口冷气。

他没敢再和季世同联系,知道再打电话也没用,刚才是吃他一包火药,再吃就是炸药包了。但是,沈腊月这个炸药包,更要处理好。这个炸药包要是引爆了,后果不堪设想呀。随即,他给季世同的秘书打了个电话,说让镇长宋欣代替他与季书记一起谈判。但是不大一会儿，济南又来电话了，是命令：

钟启祥必须马上动身赶到济南。

都说驴的邪劲是打出来的。不打，那个邪劲可能还不那么盛，不那么猛。越打，那个邪劲就越……

"必须马上动身"这道命令，刺激了钟启祥那根邪着的神经，更使得那股邪劲大发。他脖子使劲一拧，没再给任何人打电话，没经过任何人同意，给宋欣下达指示：

"立刻去济南，和季书记接头谈项目。"

送走了宋欣。钟启祥脑海里立刻又蹦出那几个字：抬到镇政府。抬到镇政府？他们要把尸体放在哪里呢？放在院子里，抬到镇政府的办公室里，还是……临县一个乡镇，出现过把尸体抬到书记办公室的事件，弄得镇党委、政府非常狼狈。不可，不可。绝对不能把"出殡的灵棚"搬到镇政府院子里来。

钟启祥就像一个跳伞运动员遇到了险情，连人带伞摇摇晃晃，方向不定。但他还是稳住了神，敏捷地调整着方向，尽力排除险情，努力使降落伞安全落地。

他有意无意地转动着眼珠子，扫了大家一眼，分明是在琢磨着什么。他拿起手机，又给小弟打了个电话："喂，沈腊月那边是谁吵着把尸体抬到镇政府，领头的是谁？"

小弟在电话里边说："沈腊月的弟弟叫沈春良，他吵得最凶。"

"好，知道了。"挂掉电话后，钟启祥说，"这个事件当然要依法办理。但咱政府的脸面、威严一丁点儿也不能丢。"

说到这儿，他一拍桌子说："我们做最坏的打算。大家听明白了，全体人员上阵，绝不能让尸体进政府院内。尸体处理有法定的期限，把他们拒之门外，然后配合公安机关做出处理。要克制，绝不能发生口角械斗。"

说着，他抬起左手看了看手表，已经十点多了。他接着说："各管理区马上清点人数，到会议室集合。"

镇政府会议室的灯全都亮了。在灯光的照射下，会议室的四面墙壁上人头攒动，全体干部都集合在这里。荣新月摆了摆手，大家立刻静了下来。荣新月先把冀庄村的情况向全体人员进行了通报,然后讲了具体部署。

忽然,院子里车辆喧闹,灯光闪亮。会议室里所有人的眼睛顿时像特警队员手里的枪口,唰一下全部扫向了窗外。

原来,市信访局、公安局、安监局等部门的有关领导和工作人员又来了一批。

午夜刚过,那噩梦真来了。医院方面来电话,沈腊月抢救无效死亡。紧接着小弟打来电话,说沈腊月的家人早就把两辆三轮车开到医院了,尸体已经抬到车上,他们要连夜把尸体拉到镇政府。

东孙镇距离东州市较近。钟启祥算了一下,农用机动车一个半小时就能赶到东孙镇。于是他们立即部署,按照预案,有一个小组去路上堵截做工作,其余人员立即关掉镇政府大门。大家蜂拥到大门口,人挨着人,把大门堵了个严严实实。市有关领导和镇里的十几个干部在门外负责接触群众做工作。

沈腊月的家人们开的两辆三轮车,头一辆坐满了人,第二辆拉着尸体,在微弱的灯光引导下,来到了镇政府的大门口。

钟启祥意识到,堵截说服工作没有成功。

沈腊月的弟弟沈春良,确实是领头的。他的姐姐姐夫、妹妹妹夫一起跟了过来。来到大门口还没下车,他们就哇啦哇啦大哭起来。哭天的哭天,叫地的叫地,喊冤的喊冤。宁静的夜晚里,哭喊声传出很远,让人感觉恐怖。

"老天爷呀,冤枉呀……"

"腊月呀,你死得惨哪……"

……

"嘟嘟——嘟嘟——"手机响了,钟启祥一看,是宋欣打过来的。宋欣在电话中说:"不好,钟书记,就在白天,季书记同咱们来回通电话的时候,那个外商的翻译耳朵长听到了。外商说咱们没有诚意,说市委书记都到了,镇上的书记缺席,太牛气,今后不可能好合作。一直谈到现在,买卖还是吹掉了。"

没等钟启祥说话,宋欣又说:"季书记这下子可发火了,先是把我狠狠地骂了一顿，又说回去要找你算账呢。"

钟启祥听后平静地说："好吧，我等着。"

宋欣又问："家里的情况怎么样？"

钟启祥举着手机说："你听，这里正闹得凶呢！"

宋欣在电话中听到了哇哇的哭喊声：

"老天爷呀，冤枉呀……"

"腊月呀，你死得惨哪……"

……

死者家属哭天喊地，来势汹汹，大有立刻把镇政府吞没之势。但是，沈春良还是有些胆寒，毕竟弟弟是自己玩火才死的。可是……他向村里的那个"明白人"打听过，人家说就是要硬往镇政府身上推，硬往镇政府身上靠。这样，才能捞到一些……

镇政府的透景大铁门已经关上。夜色里，从外面能看到大门里黑压压的人群。一个庄户人家哪见过这种情形，沈春良还真没有看透这是什么阵势。

荣新月拿着手提喇叭，站在一个较高的地方开始喊话："大家静一静，先别哭，静一静，静一静。"

喧闹的场面还真静了片刻。那些哭喊的人们，黑夜中被这突然的喊话叫住了。但是，刚停顿一会儿，不知谁又带了个头，哭喊声又连成一片。

荣新月提高了嗓门喊道："县里派工作组来了，是来给你们解决问题的，是来给你们解决问——题——的。"

本来那个手提喇叭传出的声音就尖尖的，非常难听，再加上荣新月小钢炮一般的高嗓门，那声音更是刺耳。也许就是这声音刺激了哭喊的人们。荣新月故意顿开喊"解决问——题——的"，这可能提醒了他们，哭闹声又停了下来。

信访办主任卢明海抓住机会大声说："我叫卢明海，是工作组组长，你们里边是不是有个叫沈春良的？"

沈春良一惊：他们怎么知道我？乱哄哄的场面里，他感觉自己心跳加快。

卢明海接着说："沈春良能不能带两个人过来和我们谈谈？"

正在犹豫时，沈春良背后被人用手捅了一下，捅他的人说："反正咱也是来解决事情的，就和他们谈谈吧。"

于是，沈春良和另外两个人来到卢明海面前。尽管卢明海向他们讲明，领导对这件事十分重视，以及一定依法处理的道理；但是，沈春良要求责任人判刑，并赔偿五十万元……

第一次谈判没有结果，场面又乱了起来，哭天号地又折腾一大阵子。这时人群里有一个人冲向大门，其他人也跟着冲到门口。他们抓着大门铁条，使劲晃动，那阵势像非要把铁门撕烂一般。但是镇干部们像堵墙，紧紧顶着大门。

这时，公安局的杨副局长来到沈春良面前。他先说明了自己的身份，然后对沈春良他们说："尸体处理程序是有法律规定的，影响到周围群众的生活是不允许的。"

杨副局长的话戳到了要害，沈春良他们也想到了这件事，也怕闹得收不了场，怕弄不到钱，再给"强制执行"了。

卢明海趁机说："沈春良，我听说你是个明白人。你要好好想想，拿定主意。"

沈春良没说话，回到了他家人当中，和他们商议去了。骚乱中，已经到了黎明。

沈春良和家人商议时，下意识地环顾了一下四周，镇政府门口黑压压的人群更清晰地映入他的眼帘。特别是大门外几个穿公安制服的人员，也能看得更清楚了。

"尸体处理程序是有法律规定的，影响到周围群众的生活是不允许的。"杨副局长的话又回响在沈春良的耳边。

呼——呼——

刮起了大风。

# 第四章

　　钟启祥大眼睛，高鼻梁，大嘴巴。本来就是瘦高个儿，再加上大分头、大长脸，更显得又细又高，像个电线杆。钟启祥从小爱读书，爱学习，父亲钟丽格非常看重他的学业。就是"走出校门闹革命"的年代，父亲也在家不断给儿子的学习"另起锅灶"。恢复高考后，钟启祥榜上有名，考上了财经学院，毕业后被分配到县财政局。这正符合父亲的心意，钟家几代人谋生，靠的就是写写算算。很长一段时期，"经营生意"在家族中已经消失。但钟丽格骨子里，还总有那么个生意情结。儿子考上财经专业，干上财务，似乎就是对祖辈生意经道的延续，就是对他生意情结的满足。但是，这种满足没有延续多长时间。钟启祥在县财政局工作几年后，被提拔为副局长，很快又作为县里的后备干部，被调到乡里，当了乡长。从此，他从政的道路越走越宽，离他父亲希望的生意经道越来越远了。

　　应该说，钟启祥从小到大，都是父亲的骄傲。但就是那个脾气，让父亲不那么称心，还受到一些外人的非议。随着工作时间的增长，钟启祥的官职越来越高，任职的单位也换了几处。不论他官有多大，在哪个单位，一个"邪"的评价都伴随着他，并且越来越响。小时候，父亲一对他生气，就骂他"邪驴"。好了，这骂声好像当年被录音机录了下来，现在又输入了广播、电视一样。不论在哪个工作岗位上，他那个邪脾气都形影相随，有的人骂他比他爹骂得更难听——"邪种一个"。

　　邪，本来是贬义词，不正派、不正当之意。但是一个人硬朗、坚毅、倔强、千方百计奋发向上……这也会被评价为——有股子邪劲。处理事情时智谋多、方法多；正当渠道上不去，就找邪茬、打擦边球；本来常人认为可以办到的事，但坚持原则，就是不开口子等，也往往被指责为邪。但这种邪，值得提倡。这邪，包含了赞意，又是一个褒义词了。

罢了，不咬文嚼字了。不管从词意上怎么解释，钟启祥倔强硬朗，坚持原则的性格，在旺城广为知之。

这天上午九点多，镇上的干部集合以后，又全部分散到各片区。钟启祥一个人站在院子里，环顾整个大院，看到有一片冬青被踏倒了。这是那天夜里处理着火事件时，大伙给踏倒的。

那天夜里，工作组跟着沈腊月的家人进了村，展开细致的思想工作。钟启祥亲自到了沈腊月家，和他家人见面。工作组帮忙把沈腊月埋葬以后，又根据他家的贫穷境况，在全镇为他家举行了捐助活动，还通过民政部门给予帮助。沈腊月一家的风波平息了，可这场大火烧出了全镇人的恐惧心理。人们购进芦苇的数量大大减少，路上拉芦苇的车辆骤减。特别是谣言四起：

"芦苇干燥，摩擦厉害了就会产生火星，会自燃。"

"沈腊月不是放鞭炮引着了火，是他在芦苇上翻滚着玩时，摩擦起火的。"

"东孙镇多年平平安安的，现在弄进这么一堆危险物品，还奔小康？说不上哪天就大火连营，火烧连天，把大家伙烧得更穷。"

……

钟启祥立刻组织镇干部配合专业人员，对村里防火设施进行了检查。检查的结果还是令人满意的，各村基本按照学来的规范做好了防火工作。这次只是一场意外火灾。但那些谣言、对苇帘产业的发展产生了很大冲击，钟启祥不得不警惕。就像怀疑冀庄那个"短命支书"怎么能拿出那么正规的辞职信一样，他感觉沈腊月的家人肯定也有"名人"指点。特别是有人告诉钟启祥，孙景连这几天经常出现在其他村里，并且还和村干部吃吃喝喝。钟启祥听到这些淡淡一笑，心想：孙景连以为天助他也，四处乱窜，肯定又在这把火上浇油了。如今，全镇的干部们深入到村，抓宣传工作、抓一系列防火措施。用钟启祥的话说,"这把火绝不会把苇帘产业烧掉"。

宁静的镇政府大院与那天晚上相比,没有了出出进进的车辆、镇干部们的喧嚣……显得非常清静,还挺像深宅大院。这短暂的清静,使钟启祥想起了季世同。与季世同共事几年,他感觉季书记是一个那么开明的人。他关心干部,体贴下属,能够听得进不同意见。可这一次……

致富奔小康,就要上项目,上大项目,招商引资,引国外之资……哪个领导能不使出吃奶的劲?那天晚上没有到济南,项目流产了,季世同火冒三丈是自然的。钟启祥想着,咧嘴笑了笑。先把火灾问题处理了,再想办法给书记熄火。

"嘀嘀——"一辆黑色的轿车开进了镇政府的院子,一直开到钟启祥的面前。车门一开,季世同怒气冲冲走下车来。

有道是"说曹操,曹操就到",这回是想曹操,曹操就到了。钟启祥赶紧笑脸相迎,说:

"哟,季书记!季书记您驾……哦,您到了,您好您好……"

季世同肤色白皙,大眼睛,高鼻梁,是有名的"帅哥书记"。人们都说,季世同这长相比得上当年大红大紫的男星王新刚。

这会儿,季世同脸色难看,瞪着大眼指着钟启祥劈头就问:"钟启祥,外商跑了,项目丢了,你负什么责任?"

那口气、表情,就像王新刚扮演的共产党员在怒斥叛徒一样。

钟启祥并不惊愕,仍带着笑脸说:"季书记,辛苦了,辛苦了……到屋里说,屋里说。"

季世同一摆手说:"不用,不用这么恭维我。你要是真有这种恭维的劲头,我早就能够调动你了。"

钟启祥本来身板挺直,听了季世同的话后,肩膀一耸,驼下了背,似乎特别理亏,说:"岂敢,岂敢。我检讨,我检讨。项目跑了,我有责任,我一定认真总结、吸取教训,千方百计挽回损失。"

季世同还是板着脸,也不看钟启祥。

钟启祥继续诚恳地说:"招商引资确实重要,我很清楚,东孙镇致富奔小康更需要大项目。可是这里出了这么大的事,我是怕一下子盖不住……"

季世同又一摆手说:"我这个市委书记不如你水平高,不知道火灾的严重性。"

钟启祥说:"哎呀,季书记呀,可不能这么说,您这么说吓死我了。发展苇帘产业最怕的就是火灾,这又真烧死一个人……我是怕把事闹得更大,给您和市委添大麻烦,把这苇帘产业也给烧黄了呀。"

季世同仍然怒目说:"地球是你抟圆的是吧?离开你就不转是吧?"

钟启祥又哭丧着脸说:"言重了季书记,不是离开我就不行。咱家里'死了人','丧主'不在,怎么也不好'出殡'哪。您是大一把,我是小一把,有些事离开咱这一把勺子,就瓢不起那碗水,做不熟那锅饭哪。"

季世同看了一眼钟启祥那个狼狈样子,没再说话,一甩手大步向办公室走去。钟启祥身板一晃,像扇门一样挺拔有力,心想:能进屋,就是火口有点降。他紧跟在后面,进了屋又搬椅子又沏茶,那劲头像个宫廷里边的大丫鬟。

都坐下后,随季世同一起来的高主任给钟启祥使了个眼色,并严肃地说:"钟书记,汇报两个问题吧:一是火灾的处理情况,二是下步招商引资的具体措施。"

这是给机会让钟启祥说话。钟启祥眼睛一亮,像电灯突然增了一下电压。他用眼角扫了一下高主任,那意思是:高主任,实在是高。让说话就是让申辩,再阴的天,凭咱三寸不烂之舌,也能把它说晴了;也能把那阴沉沉的脸,给说出笑容来。

钟启祥拿出一个笔记本,也不知翻到了多少页,用手一抿,把本子放平,一本正经地汇报起来:

"那天晚上的危机呀,还真是因为刮起了大风,才出现了转机。那风呀真是神风,真像河水奔流,像张牙舞爪的魔鬼,夹杂着尘土和沙粒,呼呼啦啦扑向人们。打得人连眼也睁不开,打到墙上哗哗作响。这可给解决问题树了一个大梯子呀。"

钟启祥快速向季世同投了个眼神，见他在听，心里更有了主张，继续说：

"我赶紧跟死者家属沈春良说：'沈春良，懂不懂阴阳风水？这死人被风打了，会给家里带来晦气的。你看，刮大风了。'

"沈春良听了如听天书摸不着头脑，我紧接着说：'出殡为什么搭灵棚，就是用来挡风遮雨避晦气的。今晚预报有雨雪，尸体要是被雨雪淋着，家人可能有血光之灾。'

"沈春良听了有点毛骨悚然，傻眼了。我马上打了个电话，叫来一辆厢式货车，又赶紧劝说沈春良：'沈春良，难道非要你哥哥再挨一次雨淋雪打不可？'

"呼——又一阵风扑了过来，沈腊月尸体上盖的单子被刮起来，露出了一张死人脸。沈春良扯了扯布单子又盖上，但一阵风吹来又把单子掀起来了。沈春良看着他哥哥张着嘴的样子，脖子一缩，像见了鬼一般。"

钟启祥又看了季世同一眼，继续说：

"哎呀，我们的干部真是好干部呀。一个镇干部脱下了自己的衣服，盖在了沈腊月的头上。接着，其他几个镇干部也把衣服脱下来，盖在了尸体上。看着这些干部，沈春良和他家里人目瞪口呆，应该说他们是又惊奇又感动呀。

"我那个副书记荣新月也真行，趁机朝沈春良喊了一声：'沈春良，快把人抬到车厢里面去。'说完一招手，几个镇干部上去抬起了沈腊月。沈春良他们不知所措，也不由自主凑到尸体前搭了把手。

"荣新月一挥那大厚手，朝着沈腊月的家人们说：'快上车，到车上守灵。'沈腊月的家人们，这时似乎刚反应过来。沈春良有些不情愿。信访办主任卢明海也真行，赶紧接上说：'工作组跟你们一起到村里解决问题，快上车。'

"那辆厢式货车，还有两辆三马子，嘟嘟地开走了。我目送了一会儿那几辆远去的车，回头看到了风沙中的镇干部，我大喊了一声：撤——"

钟启祥有鼻子有眼地说着,又撩起眼皮看了季世同一眼,见他仍在认真听着,脸上没有反感的意思,更放心大胆地白话起来:

"乡镇干部呀,为了工作那真是见缝插针,闻风而动,抢抓机遇……土法、洋法、神法、鬼法……真是心思用竭,搜索枯肠,千方百计,百计千方呀。

"去年在大化镇,因为提留的问题,镇干部和一个村民发生了争执。那个村民抡起铁锨,要杀七个宰八个的。在这种情形下,镇干部只好退出了村。若在前些年,派出所一定要上了。近些年随着法制的健全,派出所也不能随便出动了。那下一步怎么办呢?如果怕出事,稀里糊涂算了,既影响别的村民,又损害政府的威望。如果再去强制,出了大事怎么办?真是孙悟空钻到铁扇公主的肚子里——闹心哪。正在这时,城里一个朋友打来电话,为这个农户说情。机会来了,幸亏有人说情,送来一个下房的梯子。这回,幸亏那风……"

季世同忽然插嘴:"那风真是神风,像河水奔流,像张牙舞爪的……有完没完你?"

这几句虽然来得突然,但是在场的人听了一下子笑起来,季世同的脸也跟着亮了许多。他指着钟启祥说:"给你点阳光,你就灿烂起来了。"

钟启祥嘿嘿地笑起来。

季世同又问:"着火的村,就是你要整顿的那个村吧?群众推荐干部的那一锅,又是怎么处理的?"

钟启祥脸上立刻恢复了严肃的表情,说:"是呀,那天我们正准备进村进行摸底调查,火灾就发生了。孙景连在火灾发生后进行了一番动作。但是选班子、发展苇帘产业……没受到影响,现在冀庄已经选出村委会和村委会主任了。"

那是一天傍晚,冀庄一些人家忙碌着,准备烧火做饭。这个年代,没有再烧土炕的了,已经看不到炊烟缭绕的景象。人们用蜂窝煤炉子和电烧饭,还有的用液化气了。村里看不见烟云,歌曲里描绘的那种"又见炊烟升起,暮色罩大地"的情景,早就不见了。村里几条主要的道口,人头攒动,多数人骑着摩托,还有人骑着自行车、电瓶车。一辆三轮机动车上挤满了人,有男的,也有女的。他们叽叽喳喳说笑着,从不同的地方散工,回到了自己的村庄,像雨后四面八方的水汇集到池塘里。

钟启祥带人兵分几路,来到冀庄。刚开始有人主张白天再继续进行这次选举,主要还是为了安全。但钟启祥说:"现在出去打工的多,只有晚上人员才齐全。别的什么也不要怕。"

他们进村以后先找了几个老党员,又来到他们日常的"联系户"家,了解了一些情况后,就分头入户了。

"丁零——丁零——"养鸡专业户孙海滨家的门铃响了。孙海滨刚从他的养鸡场回来,打开门一看,是镇上和村里的干部。周洁玉介绍说:"孙海滨,这是咱镇的钟书记。"

孙海滨赶紧迎着说:"听说过,刚到咱镇上的。快进屋,快进屋。哎呀,钟书记还吊着胳膊哩。"

钟启祥笑着说:"像不像王连举?"

孙海滨止住刚才的笑,说:"那是胡说八道。"

钟启祥又笑了。他进屋坐下,问:"海滨,今年肉鸡的行情怎么样?"

孙海滨说:"还行,挺不错的。"

钟启祥又说:"那就好。要是这养鸡在村里推广开,不也是能带大家奔小康的好项目吗?"

孙海滨说:"这,俺支书说影响环境,说全给俺宰了吃了呢。"

钟启祥若有所思,说:"怕噎着就不吃饭,这是极不负责任的,难怪你们村富不起来。"

周洁玉问:"那天海滨参加推荐村干部活动了吗?"

孙海滨嘿嘿一笑,不好意思地说:"参加了,不是没搞成嘛。"

"为什么……"周洁玉想继续追问,钟启祥摆手制止了。钟启祥说:"海滨,如果再搞一次推荐,你在另一间屋里写票,然后再投到我们带来的这个票箱里……海滨你听明白了吗?"

孙海滨一愣，接着就说："这好，这样好哇。"

钟启祥追问了一句："为什么？"

孙海滨苦笑了一下，下意识挠了挠头皮说："哎哟，那天看见别人走，我也跟着走了。我和孙景连是本家，要是透出……唉，兄弟不是兄弟，长辈不是长辈的，弄得不好……孙景连早就放出话来了……"

钟启祥笑了，笑得那么胸有成竹。他说："这就是那天失败的原因……"

这一夜，群众把自己的"心上人"推荐出来了，钟启祥凌晨两点钟才回到镇上。经过程序后，冀庄成立了村民委员会。再后来，村主任冀林坤被培养入党当了支书，冀庄面貌发生了很大变化，苇帘产业也兴旺发达起来。

这个时候，季世同的情绪完全融入钟启祥的汇报当中。听了汇报的情况，他思索着说："冀庄火灾、换领导班子，这两件大事对一个村庄来说，真是像地震一般哪。现在班子有了，苇帘生产没受到影响？"

宋欣说："最近村里热闹起来了，很多人报名，要求去参观，也要做苇帘。已经开始做苇帘的十几户成了参观对象，天天接待'客人'。"

季世同说："好，致富奔小康，没有一个好领导班子不行，冀庄便是个例证。如果有的村干部不能带领群众奔小康，那就不要让他们在前面挡道，就要换。"

钟启祥说："是呀季书记，班子过硬，才是奔小康的保证。"

季世同说："过几天我叫人来搞调研，对冀庄的情况进一步宣传宣传。主题就是：抓村级班子建设，促致富奔小康。"

钟启祥一乐，说："谢谢季书记。"

季世同说："钟启祥，现在苇帘生产形势不错，可你也说过，要芝麻更要西瓜。这次丢掉了一次抱西瓜的机会，当然去济南只是初步洽谈。但是下一步，这个西瓜你打算怎么抱？"

钟启祥赶紧说:"季书记放心,《龙江颂》里不是有句话吗,'堤外损失堤内补',这回的损失咱下回补。招商引资我一定奋力去抓,一定抱上个大金娃娃。"

季世同说:"你想抱金娃娃就有人给你生?"

钟启祥神秘地说:"我已瞄上一个了,还是个外国人呢。目前不便说,不过我心里已经有了小九九,八九不离十了。要真正实现小康,还得有大项目呀。"

季世同听了,脸上又露出了笑容,说:"这次火灾死了人,事情要是闹大了,市委、市政府还得给你擦屁股。我没法跟你生气,说话可算数啊。"

钟启祥赶紧说:"一定,一定!"

季世同指了指钟启祥吊着的胳膊说:"一定。可不能像王连举一样叛变。"

大家又笑了。季世同的脸,已经彻底晴了天,笑得倒像刚看过滑稽表演,但他还是用教训的口吻说:"继续做好善后工作,这事就算过去了。下一步我倒要看看你那肚子有多大,能不能生出大金娃娃。"

正说着,钟启祥的手机响了。他一看电话来者,脸上一阵兴奋,更加神秘地看向季世同,声调压低了许多说:

"来了,来了……"

## 第五章

旺城已经有一千多年的历史。她处在黄河冲积平原上，有两条大河从境内穿过。过去旺城多灾多难，特别是水涝灾害，十年九至。有的年份阴雨连绵，有的年份瓢泼如注，到处是湖泊汪洋。有一年暴雨不断，河水倒灌，把一个县城变成了"水城"。

原来的县城位于现在城西南二十里的位置，当时的主政者决定把县城向东北二十里的高亢地区搬迁。

当时，京城里有一位旺城出身的进士，一直是旺城的骄傲。新的县衙建成以后，县令觉得县城易址可是旺城的大事，庆贺一番那是自然，何不进京向这位进士禀告报喜？一来倾听他对旺城迁址还有什么高见，二来朝廷里面也有个巴结。于是，县令带着几个人，不远千里进了京城。那位进士，看到家乡的官吏亲赴门上，大事相报，欣喜非常，自然高谈阔论一番：

"我故乡旺城，地处涝洼，自古多水祸，连年不断，易洪灾泛滥。洪水之猛兽侵我土地，毁我民宅，害我百姓。如今迁其城池，避其洼地，免去祸害，我故乡之幸事也。自此，那作孽的水怪，淹尽在旺城日新月异腾飞之中，我众多百姓免受多年为患的水害之苦，兴旺发达矣！"

进士还乘着兴致挥毫泼墨，大书了两个字——旺城。县令命人将这两个字做成石刻，矗立县衙门边。县衙在城中心十字路口西北角的位置，十字街东西南北各二百米处建了四个城门，城池四周有沟、塘连接，是典型的中间城池，四面河水加护的小城模式。那石碑立于城中心，非常醒目，一直到新中国成立依然存在。只是到了"文革"难于幸免，被红卫兵砸碎，到现在是片甲不存了。

从那次县城迁徙以后，旺城的主街就是一个大十字。后来，四个城门外逐渐增加了民居，形成了城外村庄。到新中国成立前，近千年里，旺城虽然占据了"风水宝地"，但她没有像进士希望的那样兴旺发达、繁荣昌盛。新中国成立以后，旺城拆掉了老城墙、老城门，在东西街十字路口两边不远处，建起了县委、县政府等部门，增加了一些砖木结构的建筑。经过了几十年，直到改革开放，旺城才真的日新月异，像进士希望的那样炽盛、发达。

如今，旺城致富奔小康的规划拉开巨幕，百姓收入芝麻开花节节高的目标，激励着旺城人民奋勇前进。

那天，钟启祥在东孙镇还是把季世同"打发"高兴了。

他们正谈着上新项目抱金娃娃，钟启祥接到一个电话，这打电话之人是他的同乡发小——齐志林。

齐志林何许人也？他原来是东州地区（现东州市）地委招待所的职工，现在是东州志林集团的董事长。

齐志林的父亲齐秀海，原来是东州地委招待所的厨师，老婆孩子都在乡下。在那个商品粮和农业粮界限十分分明的年代，老齐为了让儿子招工、吃上商品粮，四十多岁就退休了，让只有十五岁的齐志林接了班。办手续的时候老齐找了领导，齐志林恰好长了个细高个儿，说十八岁，还真能蒙混得过去。老齐退休后又返聘继续当厨师，齐志林就跟着父亲干活，也学了一手烹饪好手艺。

齐志林从小就聪明伶俐，大小事上都能显露出机灵劲。在地委招待所那会儿，他见了人先露出白牙。那笑脸，就像用计算机输入程序设定好了似的。并且见什么人说什么话，话从他嘴里说出来，就像八哥鸣啼般逗人喜欢。地委招待所有两栋楼，南楼是普通楼，北楼是所谓"高干楼"，是那些大领导们出没之处。因此，每当走到北楼边上，齐志林便立刻像太监入宫一般小心翼翼，眼睛不住地四下转悠，以备有领导走出来，好主动打招呼。他有个特点：只要北楼出来的人，不管认识不认识，都点头哈腰打招呼。

一天，齐志林骑车要出招待所，看到水利局的张局长提包向南

楼走去。齐志林立刻跳下自行车,窜到张局长面前。他一边接过局长手里的皮包,一边满面堆笑搭腔:

"张局长是开会呀,还是接待客人哪?"

张局长客气地说:"有客人,有客人。"

当他寒暄着把张局长送到南楼门口时,恰好地委苏副书记从南楼出来。齐志林先是一怔,面颊上的肌肉瞬间吊起,露出满脸的欢笑。几乎和脸上的"动作"同时,他甩手把提包还给张局长,然后赶紧上前抢了一大步,跳蚤般蹦到苏书记面前。他利落地接过苏书记手里的文件、水杯、手提包,又寒暄着陪苏书记向北楼走去,一直把苏书记送到四楼的会议室。

现在的齐志林,可不是地委招待所的那个土小子了。圆脑袋,高鼻梁,小眼睛,大额头早就秃了,后脑勺上的那些头发倒长得厚实,留得很长,油光瓦亮。经常是西装革履,特别爱穿各种花格格的西装套服。并且西装的款式经常变化,上衣有时后腰间开气儿,有时是腰间两边开气儿。上衣的前下角有方的,也有圆的。反正社会上流行的各种西装,他都享受过。浑身上下天天喷着外国香水,特别是法国的名贵香水,走到哪里都带着一股浓浓怪怪的味道。

说起话来,"OK"就像非洲女人的装饰金属环,总挂在嘴唇上,并且还一溜儿的"O——K、OK、OK……"似乎这样,那洋味道才更浓。

这天,钟启祥关好办公室的门下楼,快到楼梯的拐角处时,楼梯上传来一溜儿"O——K、OK、OK……"接着,一种面食烤煳了的气味扑面而来。钟启祥捂了捂鼻子笑了,正好齐志林拐过了墙角。

钟启祥说:"闻到这个熊味道,就知道你来了。"

齐志林哈哈笑着说:"O——K,咱就这范儿。"

钟启祥撇着嘴说:"什么范儿——臭酸。"

两人又笑了起来。笑闹中,钟启祥带着齐志林回到办公室。

当年,齐志林虽然在地委招待所学有一套厨师的好手艺,可是他不甘心做一辈子厨子,竟然拱上了地委招待所的一把手。地委的一些老领导后来评价:"齐志林这小子,从政能当官,经商能赚钱。"

在齐志林还没当上所长的时候,他就看准了招待所经常使用的酒水。

几十年前什么商品都紧缺,酒水也是如此。这家伙瞅准了"搞活"的时机,在东州郊区办了一个小酒厂,其中"东州小烧"是他的拿手货。他把"东州小烧"送到领导家里,让领导帮忙"品尝""提意见",领导都喝高兴了。有一位领导说:"哎——这小烧不错,以后当招待用酒也可以呀。"齐志林等的就是这句话。后来,"东州小烧"果真成了地委招待所的招待用酒。他继续扩大规模,又瞄准了各县市招待所,经过广泛联系推销,他的酒又走上了各县市招待所的餐桌。

酒水使齐志林得到了第一桶金。此后他又发挥离领导近的优势,请领导出面"粘"上了银行,扩大酒水经营的同时又投资建起纺织厂。本来他放弃厨师当上所长,想按照官梯向上爬。但是,酒水把他冲到了商路上,并且越走越远。改革开放以后,宾馆、餐饮如雨后春笋,地委招待所再也没有以前那么红火了。齐志林就彻底脱离招待所,专心走上了商路。

这会儿,齐志林坐在沙发上,对正沏茶的周秘书说:"小周,我到你钟大书记的门上讨杯茶喝,他有什么高级茶呀?"

小周把沏好的茶端到齐志林面前,齐志林端起杯子闻了闻茶香,说:"嗯——台湾——阿里山。"

钟启祥惊奇地说:"嘿——比狗鼻子都灵。"

齐志林装模作样地说:"这茶谁送的?我都清楚。"

钟启祥笑了笑,说:"领教一下。"

齐志林撇着嘴,挺胸仰脸,似乎是什么先知,说:"旺城木器厂——张老板。"

钟启祥很是惊讶,说:"你这家伙……"

钟启祥没说完,齐志林就得意扬扬地说:"没错吧,我告诉你,什么事也瞒不过我的眼珠子。"

钟启祥还真一时摸不着头脑,说:"嘿——要不说你是狗鼻子,应该还是警犬。"

齐志林哈哈笑着说:"给我也送来一斤——"

钟启祥说："哦——原来如此呀。"

齐志林又一本正经地说："不是不收礼吗？"

钟启祥瞥了齐志林一眼，拍了拍胸脯子说："那——是，绝不含糊。"

齐志林又撇着嘴说："还绝不含糊？这阿——里——山？"

钟启祥不以为然地说："阿里山怎么了？"

齐志林那神态，像把小偷堵在了连个通气孔都没有的小屋里，说："还怎么了？收受茶叶都收到台湾去了，还有什么可说的？"

钟启祥平静地说："你善于腐蚀干部，就认为我们的干部全是黑的。"

齐志林说："呵——那又怎么样？"

钟启祥说："苇帘销售不能光走五溪的路，这样农民收入被卡了一块。再说这条路一旦出了问题，那大垛的苇帘也只能当柴火烧了。张老板在台湾有一个朋友，专搞苇帘销售。"

齐志林问："你去台湾了？"

钟启祥说："与张老板一起去的，苇帘销售基本搞定。自己买点阿里山，还有什么毛病吗？"

齐志林一愣，噌一下从椅子上站了起来，嘴里惊叹道："哦，你小子……还真有你的，真有你的，我算服了你了。"

钟启祥笑了，齐志林也随着笑了起来。

齐志林看着钟启祥还吊在胸前的右胳膊，钟启祥不好意思地伸出左手摸了摸。齐志林说："因为个小苇帘子，把胳膊弄断了，值得吗？"

钟启祥说："你认为不值得，就快点把那个项目弄进来。"

齐志林抬起手，轻轻地抹了一把后脑勺油光瓦亮的厚发，放慢了语速，煞有介事地说："季书记——熊你了？"

钟启祥一梗脖子说："咱这乡镇干部泥腿子，挨熊，还不是家常便饭。"

齐志林说："你就这么个邪种脾气，书记要求你去谈项目，家里让镇长处理不就行了？干吗非要跟书记顶着来？"

钟启祥说:"去你的,你懂个啥——大奸商。这哪是跟书记顶着来,这是人命,老百姓的命啊。这事不立马解决,要是闹大了,后果不堪设想。再说,苇帘生产刚起步,这事直接影响着苇帘产业的发展。"

齐志林要说什么,钟启祥给截住了。

钟启祥说:"哎——别扯别的。刚才我说了,那个纺织项目快点给我弄进来,你可给我许'大码儿'了。"

齐志林说:"我牵线引进的项目,绝对没问题。"

钟启祥举起茶杯说:"你得给我打保票。"

齐志林也举起茶杯,啪地碰了一下钟启祥的杯子说:"没问题,我再说一遍:德国投资,旺城开发区落地,年终考核业绩记在东孙镇身上,算是东孙镇的招商引资项目,税收当然要给东孙镇。不过……"

钟启祥问:"不过什么?"

齐志林说:"一定要享受市里的优惠政策。"

钟启祥喝了一口茶说:"只要投资达标,享受优惠政策没问题。我可是向季书记夸了口,要抱个大金娃娃,你小子可别掉链子让我丢脸。"

齐志林趾高气扬地说:"老发小办事你还不放心?没问题,现在已经进行到了实质阶段,客商很快就来考察。"

钟启祥听了眼睛一亮,说:"那太好了。如果这个项目上去了,能带动其他几个配套项目,能为东孙镇带来很多的税收和就业机会,那可真能大大增加农民的收入了。"

齐志林眯缝着小眼睛说:"比起你那小苇帘子,就是小巫见大巫了。"

钟启祥瞪着眼睛说:"去你的。当前小苇帘子挣的是快钱,长期发展下去就是一个产业,也是奔小康的一宗大买卖。"

齐志林不耐烦地说:"好了好了,又是你那小康计划。"

钟启祥说:"要是帮助东孙镇弄上去这个纺织项目,你也是功臣。你可不能放空,要玩真的!"

齐志林说:"放——心,绝不会有假。"

钟启祥回:"一言为定。"

齐志林站起来,仰着秃秃的前额,拍拍胸脯,竖起大拇指说:"一言为定,驷马难追。"

德国,柏林。

墨纳德本来上午到科隆,要联系一笔小生意,但是当天晚上他就赶回了柏林。妻子丽莎感到很奇怪,早晨刚刚出去,业务上的事肯定没有结果,怎么晚上就旋风般刮回来了?

再看看墨纳德,还像丽莎当初同意嫁给他一样一脸的笑容,满身的兴奋劲,一进门还伸出双臂,深深地拥吻了丽莎,这使丽莎更感蹊跷。他把丽莎扶到椅子上,让她坐好,一本正经又按捺不住从心底窜出来的喜悦,说:

"丽莎,丽莎。中国,中国,齐——志——林。"

丽莎奇怪地问:"中国?齐志林?他怎么啦?"

墨纳德转身伸手抓起桌上的水杯,咕咚咕咚喝了下去,然后用手抹了一下嘴和胡子上的水珠,继续眉飞色舞地说:"他邀我、邀我到中国去搞企业、搞生意。"

丽莎凝视墨纳德,好像看着一个陌生人,说:"邀你到中国去搞生意?你,穷光蛋,没有资金没有技术,你去了干什么?"

"去了干什么呢?"

是啊,墨纳德兴奋不已的同时,也感到莫名其妙。他要我去,要我去了干什么呢?

快中午的时候,墨纳德约好和朋友在科隆大教堂旁边见面。他站在石笋般林立的大教堂前,漫不经心地欣赏着这世界少有的纯正哥特式建筑艺术。忽然手机响了,号码并不熟悉,他按下接听键,电话中传来了中文:

"墨纳德先生——你好,你好哇——"

对中文他熟悉得很,但开始墨纳德还真没有听清是谁的声音。直到电话里面报出"齐志林",墨纳德才恍然大悟道:"哦,齐——

先生，您好，您好。"

电话里面又问："怎么样？好久没有联系了，各方面还好吗？"

墨纳德仰脸看着科隆大教堂一百五十多米高的塔尖，翻动着无神的眼珠子，用垂头丧气的口吻说：

"唉，齐先生，像我这样身份的人，能干什么？政治把我抛出了十万八千里，生意行又吃不透。难——哪。"

只听齐志林在电话里畅快淋漓地说："到中国来吧，和我合作，我们一起干个企业，上个项目。"

墨纳德听了一惊一喜一惑……那白里透红的脸上，一时说不清是什么表情。

"到中国？干企业？"

齐志林在电话中接着说："我这里要上一个新项目，需要和你合作，请你速速到中国来一趟。具体情况，来到以后就清楚了。"

"来到以后就清楚了？"丽莎嘴里默念着这句话，还是那么一副疑惑相。她板着那张大胖脸说："去一次中国，光机票是多少钱？如果没有什么结果白跑一趟，又用掉那么多的费用……"

墨纳德打断了丽莎的话："齐说了，一切费用都由他承担，事成之后给我优厚的报酬，如果愿意——可以留在中国与他合作，并且还要带上你一同前往。"

丽莎脸上的疑惑立刻变成了惊喜，像中了头彩一样兴奋地说："费用他承担？优厚报酬？还要带上我？我也去？"

墨纳德亲了一口丽莎说："对对，亲爱的。齐和我们这么多年的交情，他不会说谎话，肯定有用得着我们的地方，也许这正是我们命运的转机呢。既然一切费用由他承担，我们不妨去看看，不合适就马上回来。"

办完相关手续，墨纳德和丽莎就带着兴奋、疑惑、惊奇、不解等各种复杂的心情，登上了去中国的航班。

齐志林还在东州地委招待所时，有一年初秋，上级下通知，要东州地委做好准备接待东德客人。在那个年代，东州这样的地级市也很少有外国人光顾。东德驻中国大使馆的一个什么官员，要携夫人到东州。呵，消息一传出去，别说是普通干部职工，就连那些官员们也不无浓厚的兴趣，就像大熊猫要来一样稀奇。几天之后，这对东德夫妇真的来了，就住在东州地委招待所，这是东州当时最高级的接待场所。

在这对夫妇来之前，所长就吩咐当时仍是厨子的齐志林学着做几道西餐，专门让这对外国客人享用。烹饪技术方面齐志林是一点儿也不含糊，一学就透。

那天早上，他做好了两份西餐，专门给东德客人送了过去。那对外国夫妇，早就来到了专门布置的西餐厅里，在一个长条桌对面坐着，准备就餐。齐志林双手端着大托盘，屁股一撅拱开了餐厅门，鼠辈般闪进屋里。进去后一只脚快速反勾住门，以免门回弹时发出大的响声。

他进门一看就傻眼了，西方人人高马大，那男子穿着笔挺的西服，亮铮铮的黑皮鞋，脖子里还扎着个红布条子，在齐志林的眼里就是红腰带扎在了脖子上。再看那女的，碧眼金发，身体肥胖，穿着像纱布一样的连衣裙。由于那女子胖，又穿得露，硕大的胸部，就像解放牌汽车前边安放的两个大车灯。他直愣愣地看着那两个"车灯"，朝着那位女子走过去。他先把大托盘放到桌上，然后将两份西餐全部端给了胖女子。那位男子坐在对面，叽里咕噜不知说了些什么。

齐志林脑子里倒还是想着领导的交代——见了外国客人要有礼貌，便一个劲地朝那位男子点头哈腰。那位男子又叽里咕噜说了几句，齐志林朝他又鞠了一躬。那位女士也说话了，他又朝那个女子鞠躬，然后就匆匆退了出来。

过了一阵子，所长找齐志林，说还没有给那位男客人送饭呢。齐志林恍然大悟：哎呀——光顾直愣愣地看"车灯"了。两份西餐，全部送给那位袒胸露臂的胖女子了。

齐志林拉着翻译找到两位客人，千般道歉，万般对不起，作揖磕头的，把这对夫妇弄得哈哈大笑起来。这对夫妇在东州住了十来天,齐志林好生伺候,他们成了好朋友。后来他问清楚了,那位男士叫墨纳德,女士叫丽莎。后来齐志林只要到北京,就专门到大使馆找人家小叙,友情竟然越来越深厚,结下了一份洋缘分。

后来墨纳德就回国了。人生就是那么残酷,齐志林也多次联系过他们,听说墨纳德开过一家餐馆,由于经营不善而破产,一度成为无业游民。

在遥远的地球另一端的旺城,市委、市政府的有关领导,以及市招商办的工作人员这几天都充满了兴奋和喜悦之情,都像要官升一级一般——德国客商要到旺城,来考察洽谈一个纺织业的大项目。这个项目占地三百多亩,投资超十亿元。

这就是钟启祥和齐志林"要生"的"大金娃娃"。从德国引进这么个大项目,别说东孙镇,在旺城甚至东州市都是一次突破。这么一个爆炸性的新闻,不亚于一颗卫星从旺城地盘上腾空而起飞上天空。

招商办程主任筹备材料、安排接待,精心准备迎接德国"墨纳德实业公司"老总墨纳德及其夫人的到来。可能是因为程主任想遮挡一下他那小眼睛、小鼻子,所以他总戴着一副大红框的眼镜。又可能小小的鼻梁承受不了大镜框的压力,左手向上推眼镜,成了他的习惯动作。这几天忙得他推眼镜的动作更频繁了。

墨纳德夫妇来到中国几天了,齐志林并没有让他们立即到旺城。

墨纳德和丽莎早已没有了东德驻中国大使馆官员的派头和风采。两个人仍然那么高大,但都皮肤松弛,皱纹密布了。墨纳德的背已有些驼,胡子灰白,像个年近七旬之人。

墨纳德回德国开餐馆破产后,偶尔做上几笔小生意。这些年他远离中国,在他们国内也根本不关心国内外大事,简直觉得中国是外星球一般了。什么经济政策、企业行当,知之寥寥。因此,齐志林先是带他们在东州小转了一圈,参观了他的几家厂区。齐志林特地没有安排宾馆,而是让墨纳德夫妇住在自己的家里。他家的别墅相当宽敞,自然容得下。这样做的目的是"培训",增加点"营养液"。他总结了东州以及旺城的发展情况,对墨纳德夫妇进行了多种形式、随时随地的授课。这样一来,墨纳德见了中国商人,谈起"业务",说起"投资",不至于显得像哑巴、说话外行。特别是谈判中的"双簧",他们演练了好多次。

去旺城的时候到了。说好上午九点钟出发,八点半的时候,旺城派的一辆警车和一辆丰田大巴,早早等候在齐志林的家门口。光迎接的人就有五六位,包括招商办程主任、政府办公室的一名副主任以及其他的工作人员,真如接新娘子一般隆重。齐志林带上公司的相关人员和墨纳德夫妇,还有专门雇用的一名漂亮的德语女翻译小丁出了家门。

大巴启动,警车开道,通行无阻。别说在旺城的地盘,就是在旺城境外也是如此。招商引资,天字号工程,一切为之让路,一切为之开道,何况车上还拉有正宗的德国客人呢。来到旺城宾馆,书记、市长等领导早就等候在那里,钟启祥当然也在,要全程陪同。

齐志林下车,见了这个"OK",见了那个"O——K,OK,OK,OK……"

墨纳德夫妇下车,书记、市长上前热情迎接、握手、嘘寒问暖,如迎接上级领导一般。齐志林专门把钟启祥介绍给了墨纳德夫妇,又是一阵寒暄。有几条标语,墨纳德看不大明白,齐志林得意地念道:

"热烈欢迎墨纳德实业公司落地旺城!"

"招商引资,促进中德经济合作发展!"

……

进了会议室,书记讲话致辞,对墨纳德夫妇的到来表示热烈欢迎。

然后,分管招商引资的闫副市长介绍了全市经济工作情况、招商引资情况。

接着,参观考察。对旺城的历史、经济发展、地理环境、投资环境、城市建设、名牌企业等进行了全面细致的考察。

对这些,墨纳德像刚进了舞厅,看到无数道彩光闪烁照射一样,眼花缭乱却没记住多少。

齐志林表面兴高采烈，内心却一点儿也不在意这些参观考察之类的事。他挖空心思想知道的不是这些，而是政府对于这个"外资企业"有多少优惠政策。

会议室里，程主任搬来一大堆旺城市委、市政府关于招商引资优惠政策的文件，全部摊放在齐志林面前。齐志林一一过目，把所有优惠政策用红笔勾画出来，与市委、市政府的领导们对每一个文本、每一项条款进行过滤，掏出每一句话、每一项条款研究最深刻的含义。

闫副市长打趣地说："齐先生就像是我们的书记、领导了，领导我们又重新认真学习了旺城招商引资的各项政策条款。"

齐志林板着面孔，用一副为朋友两肋插刀的口吻说："哎呀——德国的朋友大老远冲着咱老齐来投资，咱也得对人家负责呀！"

就这么着，优惠政策全部挑出来了，白纸黑字列了一大堆。但是齐志林绝不会满足文件上的这些东西，还是猛挖深掘。他拿起笔在桌上当当敲了两下，墨纳德看了齐志林一眼。只见墨纳德挺了挺身子，一会儿用中文，一会儿用德语，结结巴巴、笨嘴笨舌说：

"领——导先生们，这，就凭你们这些，我们不可能投资，不——可能的。我们作为外商，必须得到更大的优惠，更大的……你们这里有一个什么……什么……"

墨纳德说不出来了，齐志林截断墨纳德的话说："各位领导，听说别的地方招商引资有一个什么'一事一议'政策，咱们旺城？"

"一事一议"就是根据项目规模等情况，抛开文件上已有的优惠政策再开口子。

齐志林说："这么个大金娃娃，还是外国人投资。别说东孙镇，这在东州都是没有的吧。"

齐志林进行生意谈判，说说道道确实有一套，能够戳到要害。他挖金子淘宝一般，不厌其烦，几番折腾，最后如愿以偿，挖到了旺城优惠政策的最底线——享受政府掌握的"一事一议"政策。不仅零地价拿到了三百亩地，其他优惠政策又装了满满一筐子。

齐志林晃动着手腕，手中的笔又在桌上咚咚点击了两下。

墨纳德接着说:"领导们,我还要回柏林总部进行汇报,然后看看情况才能最终定夺。"

齐志林紧接着一本正经地说:"老墨,旺城是我老家,这是我为老家做好事。有我齐志林的面子,回去不能滑扣。中国的'不滑扣',知道是什么意思吗?"

墨纳德说:"明白。还有……领导们,齐帮老家谈成这个项目,中介人,可以享受奖金的吧?"

闫副市长说:"那是,那是。不论谁,只要为旺城引来外资项目,市委、市政府当然要按投资比例奖励,这都是定在文件上的,绝不含糊。同时,还要对齐总关怀老家经济建设的精神给予表彰哩。"

齐志林听了发出满意的笑声,落落大方地说:"没什么,没什么,不客气。为老家办点实事是应该的,应该的。"

晚上,齐志林喷着酒气晃晃悠悠地进了房间,今晚享受的当然是茅台酒,很是尽兴。一进门他就仰躺在沙发上架起了二郎腿,鼻子里呼着粗气还哼出了不知叫什么的难听的小曲。

市委的何秘书和宾馆的服务员倒水沏茶,忙活了一阵子都退出了房间。程主任推了推大红镜框也退了出去。

晚上市委、市政府领导设宴庆祝,明天下午举行意向签字仪式,落地公司名字——德意仕友纺织集团公司。市长说明天中午还要庆贺,齐志林心里觉得好笑,巴掌大的一个县级市,除了白酒洋酒轮番轰炸,还有什么名堂?他端起茶杯,吹了吹浮在水面上的茶沫刚要喝一口,有人敲门,何秘书手里拿着稿纸推门进来。齐志林歪过头说:"哦,何秘书。"

何秘书点着头哈着腰说:"齐总,这是明天签字仪式的流程。领导请您过目,有什么意见提一提。"

齐志林挤着眼睛摇了摇头说:"肯定错不了,我看不看无所谓。"

他不在乎这些什么签字仪式,什么流程。还是那句话,项目落地,捞满优惠政策,吃饱政策饭,别的什么……不过既然送来了,他还是伸手拿起稿子,举到眼前仰脸看了起来。

市长主持、书记讲话、签字……看着看着，其中有一项很特别：墨纳德先生代表墨纳德实业公司讲话。

"墨纳德讲话"这五个字像红外线光束一般刺了一下他的眼睛。墨纳德讲话？讲——话？

虽然几天前在东州对墨纳德进行了一番"培训"，但是凭这些要让他讲话？他能讲出个屁来。如果弄不好砸了锅……齐志林将稿子啪一下拍在了茶几上，噌一下子从沙发上站了起来，皱着眉头在屋里转了两圈。何秘书莫名其妙，眼珠子也随着齐志林转了两圈。

不行，得阻止这件事，别闹出大笑话。

齐志林拿起了手机，给招商办程主任打了过去："喂，程主任吗？哦——刚才何秘书把明天的会议议程送过来了，想得这么周到。不过……有一项是墨纳德的讲话，我看就免了吧。"

电话那边好像不理解。齐志林又说："墨纳德又不会讲中文，弄不好会影响会议效果。"

程主任在电话那边说："这怕什么？不是有翻译吗？"

翻译？齐志林的脑袋又像风轮遇到气流迅速转了起来，对呀。电话里边程主任又说了一些话，齐志林耳朵里像堵上了橡皮塞子，没有听到多少。翻译两个字，倒是一直占据着他"电脑"的全部空间。哎呀——真是喝多了，不是有翻译吗？搞笑，连这个都忘了。他撂了电话。

又有人敲门，他为墨纳德雇用的那个翻译小丁推门进来了。

小丁翩翩倩女，楚楚动人，浑身上下散发着女人特有的芳香。几天来这种芳香和齐志林身上的怪味混在一起，在车上、大小会议室里直窜人鼻。齐志林直愣愣地看着小丁，脸上露出了诡异的笑容，弄得小丁很不好意思。

齐志林忽然发出一声唐老鸭般的怪叫："OK——OK——小丁来得正好，快过来。"

小丁不好意思又莫名其妙，不知道齐志林肠子里是不是流着什么坏水。齐志林眯缝着"小抠鼻"眼说："小丁，你今天晚上加个班，立刻为墨纳德起草一个讲话稿，明天签字仪式上用，讲话的时长控制在三四分钟，不要太长。"

哦，原来如此。小丁像躲过一场劫难，放下心来，赶紧答应着退出房门。

第二天，旺城举行了一个规模巨大的签字仪式，也叫招商引资再动员大会。会议主题就是以这次签字仪式为动力，进一步掀起招商引资的新高潮。参加会议的人员众多，有各乡镇党委、政府的全体班子成员，市直科局全体班子成员，开发区全部企业的一把手，以及各乡镇开发区重点企业的一把手。

与会的领导和外商从旺城宾馆出发，出发之前领导们就戴上了鲜花。服务员也给钟启祥的胸前戴上了一朵，因为他要和墨纳德签署协议文本。领导们都向钟启祥表示祝贺，祝贺东孙镇为旺城招来了东州市都很少有的大项目。

季世同说："那次到济南谈项目你耍邪，这一回算是将功补过吧，真抱到了大金娃娃。钟启祥的肚子还真不小，有东西。"

钟启祥当然格外兴奋，说："向领导表过态的事，就一定做到。"

季世同说："这我倒信，但是那个邪脾气什么时候耍，我可也抓不准。"

在场的人听了都哈哈笑了起来。

接送领导和外商的车就要启动了，齐志林拉着墨纳德叫喊着追了上来。刚才，在人们嘻嘻哈哈准备上车的时候，齐志林发现墨纳德不在场，于是赶紧跑到房间去找。原来中午再次庆祝协议签订时墨纳德喝多了，还在睡觉哩。齐志林赶紧把他叫起来，穿上衣服追了上来。

会议开始了，几个程序后进行签字仪式。市委书记、市长等有关领导胸前戴着花朵，纷纷离开座位，站成一排助签，当然齐志林也在其列。还有一位，东州市分管招商引资的副市长。墨纳德和钟启祥在一条长桌上签下了大名。然后两个人站起握手，互换文本，全场响起热烈掌声。墨纳德喷着酒气，似笑非笑，表情复杂。

墨纳德签字以后，回到座位伸手摸了摸口袋，一愣。他眨巴着眼睛，左右看了看，赶紧拉着齐志林走了出去。齐志林丈二和尚摸不着头脑，只好跟着。他们两人的行动，引来会场上所有人惊疑的目光。

会议室外，墨纳德哭丧着脸对齐志林说："齐，齐，由于来时匆忙，我的讲稿，讲稿忘在宾馆里了。"

"什么？"齐志林立刻火冒三丈，气得鼻子都要歪了，瞪眼指着墨纳德，"你，你……"不知再说什么好。

怎么办？马上就要讲话了。齐志林头脑真如电风扇一般，只见他眨巴了一下小眼睛，伸手把墨纳德拉到离门口更远的地方小声说："那……你就讲你的，尽量别跑题太远，讲一段停一段，别忘了让小丁翻译，听明白了吗？别忘了，让小丁翻译……"

墨纳德答应着："哦，好，好。"

齐志林又说："反正你讲德语没有人能够听懂，明白了吗？"

齐志林又把翻译小丁叫了出来，告诉她："这个吃菜货，把讲稿忘在宾馆里边了。无论墨纳德说什么，你按照原来准备好的稿子翻译就行。反正别人也听不出他放的什么屁。节奏，节奏你可要掌握好。"

墨纳德讲话的议程到了，墨纳德要讲话了。

自从踏上中国的土地，他受到热情接待，吃到美味佳肴，还多次观光考察……几天来他心情非常之好。修修鬓角，穿上西服，打上领带，站在主席台上的墨纳德还真是精神焕发了。再加上引人注目的高大体魄，他整个人显得气宇轩昂。因为他个子高，发言台上还专门为他架设了一个长臂话筒。毕竟当过外交官，墨纳德迈步来到讲话台上，表现还算得体。他不时用左右手摸摸麦克风，使自己的嘴巴正对上话筒。他声音洪亮，夸夸其谈，很是慷慨激昂。

每说上一小段，墨纳德就主动停下来，转脸给小丁个眼神。一旁的小丁再用标准的普通话翻译成中文。什么旺城投资环境，旺城优惠政策，保证资金到位，项目成功……通过翻译的口说出来，似乎墨纳德讲得头头是道。墨纳德还特意学了几个时兴的中文词语：

"小康……奔……奔小康……"

这更博得了热烈掌声。

看到这些,齐志林松了一口气,脸上露出了奸笑。他想,墨纳德这小子端着糨糊飞太空胡云了些什么?幸亏他是个德国鬼子,要是英国鬼子还真的麻烦,一个普通的高中生也可能会听出破绽。

会议结束了,在宾馆房间里,墨纳德、丽莎还有齐志林意犹未尽地在一起喝茶热议。齐志林又摸了摸后脑勺的厚发,若有所思,像一位智者似的问:"老墨,会场讲台上到底说了些什么?"

"说了些什么?"

听了齐志林的问话,墨纳德和丽莎对视一眼,天机不可泄露一般神秘地笑了起来。丽莎笑着捂嘴扭过头,一边笑一边用手指着墨纳德说:"他说……他说……

"东德是伟大的社会主义国家……

"使馆设在北京使馆区内……

"使馆将成为社会主义东德和伟大中国的友谊桥梁。"

# 第六章

深秋的夜晚已经很凉了，但是按摩房内却比盛夏还热。齐志林躺在床上，享受着按摩小姐灵巧的双手对他肌体的按压。房内灯光幽暗，轻柔的乐曲绕梁悦耳。这些天来，齐志林继续做着墨纳德实业公司与旺城合作的后续工作，就像老鼠钻进长鼻子制服了大象一般，天天沉浸在胜利的兴奋之中。此时德意仕友纺织集团公司宏大的发展计划、发展规模以及有可能给他带来的丰厚利润，像一部巨幕3D电影壮观地展现在他的眼前。一个企业，一个集团公司，甚至一个工业王国……齐志林享受着轻松舒坦的按摩，飘飘然，神仙一般了。

"嘟嘟——嘟嘟——"

手机响了起来。齐志林懒洋洋地伸手拿起手机，打开一看是旺城招商办程主任的电话。

这个大镜框，这么晚了来电话干什么？齐志林按了接听键说："喂——程主任你好。这么晚了，还有什么指示？"

电话里面说："齐总，打扰了打扰了，有这么个事情向你告知一下。咱们旺城分管招商引资的闫副市长，还有我们几人，最近要到德国柏林参加一个活动，想顺便到墨纳德实业公司参观一下。"

"什么？闫副市长到德国？参观墨纳德实业公司？"

齐志林的手机本来对着左耳朵，这会儿他下意识地把手机移到了右边的耳朵旁，似乎右耳朵才能够听清这个消息。同时他从床上跳了下来，盖在身上的浴巾滑落到地上，露出了齐志林竹竿般瘦高的身体。小姐赶紧拾起围巾，围在他的身上。齐志林根本没顾这些，小眼珠子一边转着，一边答应着程主任："哦，好好，好。"

挂断电话,齐志林坐在床上,似乎由刚才的神仙一下子变成了魔鬼。他恶狠狠地对小姐说:"滚出去,滚出去!"小姐赶紧转身向外走,齐志林又扯着嗓子招呼:"把大灯打开,打开。"

"参观墨纳德实业公司?"

齐志林嘴里默念着,每个字都像电流飞速地穿过齐志林的每根神经。到柏林挖地三尺,也挖不到墨纳德实业公司的影子呀。但又一想,闫副市长到德国参加活动,并且就在柏林,顺便看一看合情合理呀,执意反驳……再说拒绝了,他们到柏林也可以打听呀,那样不就露馅了,不如让他们看看。不过墨纳德一个穷光蛋,他也就梦到过有自己的公司罢了,就是让他安排接待也放不出血呀。再说,在哪里接待市长,大街上吗?不行,这件事要做得滴水不漏,又要热情又要场面更要真实,否则……

齐志林赶紧套上裤子穿好衣服,像动物园里被游客挑逗一番的狼,摸着厚发焦躁不安地转了两圈,忽然冲出门去,驱车赶回家。进了门他急闯内屋,奔到那个装有名贵字画的保险柜前,滴滴按动密码,哗啦一下打开了两扇门。不过他拿出的东西,不是那些珍藏的年代久远的画轴和纸片,而是个笔记本。

这可是他多年的"宝贝疙瘩"——"领导、朋友通讯录"。

在地委招待所那个"人市"里,各级的领导、天南地北的朋友他交往了很多,打下了雄厚的人脉基础。领导们经常在地委招待所开会、接待客人……出出进进,时间长了,齐志林也自然和他们熟悉了。有时中央、省级的大干部来东州,齐志林为这些领导端菜、送饭。有的领导还专门到厨房里和他们握手寒暄,有时还能跟他们照个相呢。这些照片,成了他接近领导的敲门砖。一届一届的老领导,多年来不论升迁调动到哪里,就像重大情报逃不过特务的眼睛,齐志林都一清二楚,都能联系上。他经常得意扬扬地吹嘘:"我的朋友工农商学兵,东西南北中,无处不有,无处不在。说咱是'万能胶',是,谁咱也能黏得住。说咱会攀,对,哪一级的领导咱都能攀得上。"

为了攀上这些领导,抱住这些朋友,自从在地委招待所工作开始,齐志林就把所有的领导、朋友都记录下来,这本厚厚的通讯录是他亲手抄写的。上面具体记录着每位领导、朋友所处的位置、单位、家庭住址、电话……这些信息原来记录在一个"文革"时生产的、印有毛主席像的红塑料本子上。由于年代久远本子已破旧,并且人员大量增加,所以齐志林又重新换了这个更厚重的本子,重新抄写了一本。

这会儿,这个宝贝又派上用场了。他像教徒修学"大法"一样,对这个笔记本反复翻弄了不知多少遍,天南海北的电话满天飞,接连不断。特别是和柏林更像直线连接一般,话费翻了几十倍。

成都的一个老领导说,他的一个朋友在德国柏林开了一家公司,齐志林立刻眼睛一亮,说:"你朋友的公司在柏林有办公地点吗?在什么位置?面积有多大?有多少间办公用房?"

齐志林的这位老领导一一答来,齐志林顿时心花怒放,就像秃鹰瞬间捞到一只肥兔子。

齐志林很快就飞到了柏林。

一下飞机,他就急不可耐地奔到他老领导朋友的办公地点。他"视察"了一番后,心中暗暗叫好:天助我也。他又把办公室收拾一番,然后又对这里的员工进行了一番"培训",传授了一些有关他们的总裁是墨纳德,以及投资、纺织等方面的知识内容。他环顾着"墨纳德办公室",觉得还缺少点什么。于是,室内又挂上了一张墨纳德的大照片,以及墨纳德和家人的一些生活照,进一步营造了一下"墨纳德办公室"的氛围。为了表现出德国友人对中国的友好,齐志林还专门在国内找人写了一个大大的"龙"字,裱好挂在了"墨纳德办公室"显眼处。

闻副市长一行来到了柏林。他们在参加预定活动期间,专门抽出时间在齐志林的带领下来到了"墨纳德的公司"。

"墨纳德的公司"坐落在柏林市中心一处很显眼的写字楼中。墨纳德携夫人早早在楼下等候,看见齐志林他们的车子停下,就上前彬彬有礼地打招呼。电梯行速很快,没多久就跑到了二十六层——"墨纳德办公室"所在楼层。闻副市长挺着胸脯,倒背着手进入了工作室,员工们起立鞠躬,用德语说:"市长先生好,中国朋友好。"

来到"墨纳德办公室"里,早有中国茶等候。闫副市长几天的德国之行,天天喝矿泉水,还真有点馋中国的茶香呢。他端起茶杯说:"好,香,安溪铁观音。"

他环顾着办公室里全套的欧式办公设施、家具等,认为气派非常。墨纳德的照片,朝着客人们微笑。闫副市长看着照片说:"这不是近照吧?"翻译刚把闫副市长的话翻译完,墨纳德就赶紧接上:"市长好眼力,这是七八年以前的旧照。"

闫副市长看着几张生活照,开玩笑地说:"嘿——夫人的照片比起真人更漂亮哦。"

墨纳德又赶紧接上话:"哪里哪里,惭愧惭愧。"

接下来他们又来到了那幅"龙"字面前。宣纸、墨宝、裱糊技术完全是中国的独特风格。"龙"字写得苍劲有力,是字又真像是一条龙在腾飞。在场的人都赞叹:"有功夫,写得好。"

墨纳德说:"这是我请本国的朋友写的。"

听了翻译的话后,大家更为之称奇。程主任赶紧把脸凑上前去,左手自然地推了推大眼镜,读着"龙"字下面的落款:"龙年初春昂克拙书。"闫副市长闭着嘴,晃着头,不胜感慨地说,"哎呀——看看,这是德国朋友写的中文,还是中国的书法,写得这么好,还这么谦虚——拙书。"

大家在愉悦的笑声中结束了对"墨纳德公司"的考察。晚上,一伙人专门享受了正宗的新鲜德国啤酒。

这一年,是"换届年"。旺城市委、市政府选举产生了新的领导班子。

钟启祥在换届时被提拔为旺城市市委常委,兼开发区管委会书记。后来为了开发枣林,协调开发区与旺城镇的关系,钟启祥又兼任了旺城镇党委书记。有人开玩笑说:"钟启祥升官怎么也绕不开旺城镇。"

齐志林引进的那个德意仕友纺织集团公司也已开业。

齐志林第一时间打电话向钟启祥表示祝贺，那顿"OK、OK……"像迪斯科音乐一样顶耳朵。但是钟启祥吭吭哧哧，电话里语调低沉，话也不多，似乎情绪不高。这个时候，也只有钟启祥自己清楚，他情绪不高，主要还是因为他这个老乡，他这个为东孙镇抱来大金娃娃的发小。最近，钟启祥在社会上听到了一些关于这个项目的负面消息，甚至有人称齐志林是骗子……

电话中齐志林继续说："怎么了老发小？当上市委常委，还兼着管委会书记，既有级别又有实权。这次换届全东州就你安排得最地道，怎么还听着不上情绪呀？"

钟启祥呵呵笑了下，还是没有多说什么。齐志林当然看不到，此时钟启祥脸上的厌恶之色。

齐志林说："好了，好了，不多说算了。晚上经委的冯书宽来本公司喝酒，钟大常委能劳驾来作陪一下吗？"

钟启祥问："冯书宽？要到你那儿？"

齐志林说："怎么了？人家是老资格的经委大主任，比你小不了多少，别拿架子。"

钟启祥干脆说："我去。闭上你个臭嘴，就你这么多废话。"

"哈哈，好，晚上不见不散。"齐志林还是嘻嘻哈哈，声音像要穿透电话筒。

夜幕降临。

德意仕友纺织集团公司院内的欧式灯又全部亮了，灯光把整个公司大院照得像白昼。车辆呼呼啦啦，一辆接一辆穿过院子停放在办公楼前。喇叭声声，刹车鸣响，好不热闹。保安笔直站立，挥动双臂，指挥车辆，如交警一般。

德意仕友纺织集团公司的办公楼，从外面到内部装修，全部是欧式风格。楼房上的十字拱、罗马柱、阳角线……无一不是标准的欧式部件，整个楼房如西方教堂一般。

冯书宽和政通机械的郑老板走下车来，齐志林上前迎候，握手寒暄，齐志林和郑老板还拥抱在一起。冯书宽说："这动作，不觉得别扭吗？"

郑老板的小眼睛像住宅保险门上的猫眼似的。冯书宽却一双大眼睛瞪得溜圆，像库房安装的监控镜头，黝黑发光，每时每刻都在捕捉盗贼一般。

冯书宽环顾整个楼房和院落对郑老板说："看，到处都是外国味。真不愧是假……"

冯书宽看了齐志林一眼，下边的话没吐出来。此时，齐志林穿了一件大红色的衬衣和一件花格背带西裤，胸前背后像着了火，他笑盈盈地和冯书宽握手。冯书宽又指着齐志林，终于说出了那几个字："再看这穿着打扮，就是假洋鬼子那个样。"

冯书宽的话，立刻引起在场人们的一阵哄笑。齐志林听了喜上眉梢。

餐厅就在齐志林的办公室旁，齐志林一再解释这是个临时餐厅，食堂还在装修。钟启祥在餐厅等候，冯书宽和他握手说："钟书记久等了，你没参观参观齐志林的气派办公室？"

钟启祥平静地说："不感兴趣，不感兴趣。"

冯书宽一梗脖子说："那不是扫人家老齐的兴？"

齐志林嘿嘿一笑道："没什么，没什么。"

进了餐厅，宴席开始，自然是由钟启祥做主陪，冯书宽是主宾。席宴的主题全部落在了双喜临门上。大家一个劲地向钟启祥和齐志林祝贺。祝贺钟启祥官运亨通，前途无限；祝贺齐志林事业有成，财源广进。

郑老板说："钟书记、齐老板，你们二位可谓珠联璧合呀。老乡加发小，现在事业上又这么'比翼双飞'。齐老板为东孙镇跑了这么个大项目，送了个大金娃娃。钟书记又晋升常委，还兼着开发区的书记，可贺，可贺呀。来，再干三杯。"

说着，郑老板把三杯酒倒在一起一饮而尽。

钟启祥端起酒杯喝了下去，但一句话也没说，脸上也没有什么表情，似乎对郑老板的祝贺没什么兴趣。

冯书宽酒量不大，几杯下肚，面红耳赤，嘴边就更没了"保安"。他对着齐志林一口一个"假洋鬼子"。

齐志林昂着秃头晃来晃去，不烦不恼，得意非常。

钟启祥不时地皱皱眉头。

冯世宽问："老齐，你这个外资企业叫什么名堂？德……意……"

郑老板抢着说："德意仕友纺织集团公司。"

冯世宽说："哦，德意仕友……老齐，为什么起这么个名字？"

齐志林得意地说："这还不明白？德意志联邦共和国的名仕朋友投资的集团公司呀。"

冯世宽说："哦……老齐，可能就因为你企业的这个名字，你这个假洋鬼子的大号就喊出来了。"

"哈哈……"

齐志林摸着后脑勺泛着油光的厚发神采飞扬，笑声不断，那样子就像电影演员拿了奥斯卡奖一般荣耀。齐志林说："我这个人不拘小节，宽宏大量，叫什么都无所谓。鬼子就鬼子，假的就假的，真的就真的，无所谓的冯大主任。"

大家哈哈大笑，钟启祥板起大长脸。

冯书宽说："老齐，你这个美名比你本人的名字更响亮，并且广为传播，越叫越响了。"

郑老板紧接着说："前天见了面，叫他的真名他倒不入耳，喊一声假洋鬼子，老齐立马答应了。"

"哈哈……"其他人又是一阵笑声，钟启祥脸上挂上了怒色。

冯书宽继续说："老齐，为什么给你取出这么个大名呢？"

齐志林站起身，挺着腰板，仰着油光的脑袋说："快快道来，洗耳恭听，洗耳恭听。"

冯书宽说："你小子攀德国大名，投德国鬼子的胎，生出来的'儿子'表面像个鬼子，实际……"

这时，齐志林截断了冯书宽的话："冯主任，这可担当不起，担当不起呀。"

冯书宽哈哈大笑起来，一边笑一边又说："好啦，好啦，瞎……子看不明白，但也能听……明白，咱们这帮子人物哪个不明白？"

大家又笑起来，郑老板起哄说："连我这小猫眼都能看得透，你还能逃脱冯主任监控仪般的眼睛？"

笑闹中人们只注意齐志林了，没看到钟启祥的脸上已经满是怒色。

齐志林截断冯书宽的话，钟启祥还以为他要反驳。但是齐志林用右手从口袋里拿出了一把小梳子，梳理了一下带着怪味的后脑勺上的厚发，越发趾高气扬起来，说："那么领导继续发表高见，继续发表高见。"

冯书宽半醒半醉，指着齐志林娓娓道来，说得妙趣横生，像表演一幕荒诞剧：

"你看你里里外外全是洋味。楼房像个教堂，家具全部欧款，一天到晚穿着西服打着领带，法国香水味让人云山雾罩。再看你这模样，高个儿，高鼻梁，额头秃了，后脑勺上那些头发倒长得厚实茂盛，留得很长……"

听到这儿，人们像被科幻片中的怪兽吸引一样，目光全部集中到齐志林的头上。冯书宽点着齐志林的脑袋说："看你这样的发型，真像是《阿Q正传》里钱太爷的大儿子刚刚剪掉辫子一样。"

说到这儿，人们又哄堂大笑起来。

齐志林把眼睛笑成一道缝，越发晃起头来，后脑勺上的厚发似乎也跟着晃动起来。那神态真像是自己评上了奖，在美滋滋地聆听赞美词一样。他随手又摸了一把脑后的头发说：

"《阿Q正传》我看过电影，严顺开主演，八十年代挺轰动的。那、那我就是钱太爷的大儿子，假洋鬼子没错喽——O——K，OK、OK……"

"哈哈哈哈……"

酒场散后，齐志林把客人都送到楼下，还神采飞扬地站在门口，挥动双手，热情告别。客人们的车子都开走了，忽见钟启祥又唰唰迈着大步返了回来。钟启祥带着风径直走来，与齐志林擦肩时都没有看他一眼，向楼上奔去。齐志林不知什么缘故，只好跟着上楼。钟启祥又来到刚刚就餐的房间里，一屁股坐在主陪的位置上。齐志林一进门,钟启祥就拍了桌子。

"齐志林,搞的什么名堂?"

齐志林回应道:"什么名堂?吃饱喝足不走,杀回马枪,你这又搞什么名堂?"

钟启祥眼睛瞪得吓人,说:"最近有很多风言风语传到我耳朵里,不少人说你的所作所为虚假得很。今天给我说清楚,真的还是假的?"

齐志林眨巴着小眼睛问:"什么真的假的?"

钟启祥冷冷地说:"别装糊涂,真鬼子还是假鬼子?"

齐志林斜着眼睛说:"幼稚,真正的幼稚。"

钟启祥问:"那个墨纳德又是什么?"

齐志林说:"墨纳德怎么了?墨纳德是我的朋友,我给你找来的外商呀,德国的大企业家呀,怎么了?"

钟启祥指着齐志林的鼻子说:"冯书宽耍猴子一般,你还洋洋自得。"

齐志林哈哈大笑起来,他指着窗子说:"他爱说什么就说什么,谁爱说什么就说什么。大项目来了,落地了,实实在在开业了,怎么的?"

他小眼睛一瞪,摸了摸秃脑门说:"哎——我不明白,你又问这些干什么?"

钟启祥说:"真鬼子可以享受优惠政策,假的就不可以。"

齐志林身子一转,坐了下来,架起二郎腿背对着钟启祥,晃着脑袋说:"岂止是幼稚,简直是神经病。真鬼子就可以享受优惠政策,假鬼子就不可以享受优惠政策,这是为什么?"

钟启祥说:"这是政策。真的就是真的,假的就是假的。"

齐志林慢慢起身,指着钟启祥说:"制定政策是为了什么?是为了促进上项目。你图的什么?图的是上项目,上大项目。我给你上去了。怎么样?"

钟启祥啪地拍了一下桌子,说:"上项目要用正当手段。"

齐志林说:"钟大书记,别弄这一套,又想得到实惠,又想得到名义,什么都要,你太虚伪了。这招商引资是你找的我,你求的我。项目已经落地了,开业了。要不德意仕友马上滚蛋,你看真鬼子好就去请真鬼子。"

钟启祥脸色变得铁青,顺手把一个酒杯拿在手里,啪地摔在地上,吼道:"滚,滚蛋!"

齐志林撸着胳膊挽着袖子说:"呵——还真较上真了。旺城图什么?图企业落地。只要把企业树起来,就是大大的政绩,就是促进旺城的经济发展。我的手段有什么问题?有什么问题你说说,假在哪里了?"

"你!"钟启祥一时还真说不出什么。

齐志林更加阴阳怪气地说:"好像是什么圣人一样。就算是假的,假外商又怎么样?"

钟启祥说:"你他妈的给我作假,冒充外商甘当假洋鬼子。那么我就是假洋鬼子的帮凶了,假洋鬼子的帮凶不就是汉奸卖国贼吗?"

钟启祥吼了起来,双手托着饭桌使劲一掀,盘子、碗筷、酒瓶、酒杯……稀里哗啦滚了下来,桌面歪歪斜斜横在桌腿上。屋里一片狼藉。

齐志林没想到钟启祥有如此举动,惊呆了。

# 第七章

钟启祥当着齐志林的面掀了饭桌子后,气呼呼回到家中。那推门的力气大了许多,门发出咣当的抗议声。进了屋,他见于金水坐在客厅里。

妻子郑方玉说:"回来了,金水在这儿等你哪。"

钟启祥说:"哦,哦,金水呀。你……哎,今晚吃饭不也有你吗?你怎么……"

于金水说:"齐志林给我打电话了,让我到他那儿去喝酒,我为筹备商厦开业的事去东州了,刚回来就到你这儿来了。"

于金水看着钟启祥又说:"启祥,今晚喝了不少吗?你这脸色……"

郑方玉说:"我看也是有问题,是不是又跟谁耍驴脾气了?"

于金水嘿嘿笑了。

钟启祥摇了摇头说:"没,没什么。"

这时候钟启祥能说什么呢?千方百计上项目,发展企业。特别是东孙镇工业落后,上这么个大规模项目是梦寐以求的事情。项目已经做成,能推倒重来吗?撤回优惠政策,收回土地……可能吗?

但是钟启祥心中上的火仍像喷枪烈焰一般往外窜。他"嗯"了一声坐在沙发上。已经到家了,现在妻子和于金水坐在面前,还说什么呢?这个时候了,还非要把这事弄得众人皆知吗?

一会儿的工夫,钟启祥的思绪就像跑车穿越陡坡,起落了几次,但还是踩住了刹车使车子平稳下来。他从沙发上噌地站起来说:"哎,金水,喝茶,喝茶呀。"

于金水指着茶几上的茶杯说:"嫂子已经给沏上茶了。今天我忙着筹备商厦开业……"

钟启祥说："对对，商厦要开业，祝贺祝贺呀。筹备得怎么样了？我听说这也是开发区的项目，我一进门你就送大礼包来了。"

于金水又嘿嘿一笑说："全筹备好了，光等着你那一剪子把绸缎剪断了。"

钟启祥在饮水机上接了一杯凉水，咕咚咕咚喝了下去，说："好，太好啦。具体哪一天举行开业典礼？"

于金水说："我这不正筹备着呢，具体时间想和你再商量商量，由你来定。"

钟启祥说："好，你抓紧筹备。我和市里的领导再打个招呼，与他们沟通沟通。旺城历史上最大的商城开业，这是旺城的大事呀，开业仪式一定要隆重。书记市长还不都得参加呀，很可能还邀请上级的有关领导来呢。"

于金水说："好，全听你的。"

于金水也是旺城镇东关村人，他拥有旺城最大的五金商城。提起他，人们说是无线电波引出了他的巨大幻想，造就了他"家电之王"的美称。

于金水兄弟四人，在当地说是家有四个"小子蛋子"。吃得多，穿得费。在过去那个年月，一家人的日子不用说，过得非常拮据。因此，于金水的哥哥没上学，在家和父母下地做活，顶着过日子。于金水到了上学年龄，父亲觉得家里不能老是这样，不能养一窝子睁眼瞎。于是下决心从于金水开始，让孩子上学。

于金水天生内向，不爱言谈。农村好听的话说他是个老闷儿，难听的话说他三脚踹不出个屁来。但是他从小聪明伶俐，大人们都夸他用心看事、听事。虽然身处那个年代，但是他对书本情有独钟，学习历来是认真刻苦。特别是上自习课时，不管别的孩子在教室外怎么打闹玩耍，他都是坐在教室里学习。

于金水当然也具备孩子天真活泼的特性，喜欢娱乐。可那个时候，孩子们没什么娱乐活动，不像现在的孩子生活得这么丰富多彩——在妈妈肚子里就听音乐胎教，从小就有众多的玩具陪着，课余时间这素质教育，那技能教育的……于金水最好的娱乐方式，就是听爷爷传下来的那架收音机。

那时候也叫"戏匣子"。木头壳子，镶嵌在喇叭上的黄布已经褪成了白色。调台的塑料按钮早就坏了，用一根小圆木代替。那架收音机，也只是个半导体，体内没几个管子。打开就是中央台、天津台、河北台、山东台……有时好不容易播到一个台，还刺刺啦啦像刮风一样听不清。收音机里的儿童节目也没有多少。除了大家烂熟了的样板戏，再没什么了。但是，有几年中央人民广播电台每天中午十二点半有一个《小说连播》节目，深受大家的喜爱。

当时，节目里正在播讲长篇小说《桐柏英雄》，这是反映解放战争时期的故事。这个小说不光于金水，其他家人也都非常爱听。播讲时间正是吃午饭的时候。每到这个点，全家人便把收音机往锅台上一放，一边听，一边吃。有的时候，于金水听着听着，手里的筷子都不知道动了。

有一天，于金水和同学们一起跑出十来里路，来到学校的学农工地参加劳动。于金水干活时，眼睛老是直愣愣地看着远处排放的自行车，那是几个吃商品粮的同学骑来的。班长小田儿在身后朝于金水的屁股踢了一脚，说：

"愣什么呢？不好好干活，看自行车干什么？"

于金水嘿嘿一笑说："小田儿班长，你是骑自行车来的？"

小田儿说："嗯，是呀，怎么啦？"

于金水说："中午我家里有点事，我爸让我回去一趟。你看能不能把你的车子借给我用一用？"

小田儿问："什么事，中午非要回去一趟？"

于金水哼哧哼哧地说："我爸……病了，让我去给他拿个药。"

小田儿听了很同情，说："那借给你吧，可要早点回来，别误了下午上工。"

"好好，班长放心，我快去快回，一定按时上工。"于金水乐得话都多起来，好像闷葫芦的盖子一下子被打开，跟人家小田儿叨叨念念，一上午没住嘴。

一散工，于金水骑着小田儿的自行车，弓着腰使劲蹬着脚镫子，一溜烟地向家里窜去。他哪是什么给他爸拿药哇？那《桐柏英雄》神里魔里勾着他的魂。小说里的每一句话，他都不肯落下，非要全听到耳朵里。

他满头是汗，冲进中心街十字路口。向右一拐，头上戴着的草帽被风掀了起来。那时的草帽上都有一根细绳，勒在下巴颏上，为的是草帽能固定在头上。可是草帽被风掀到脑后，细绳就勒到了脖子上。他脖子一缩一走神，咣当一声，车子撞在一辆毛驴车的尾巴上。他摔了一个跟头，身上摔出了好几处伤。

于金水进了家门，那小说就开讲了。那天小说讲到一个叫于春元的小战士，到敌人的阵地前搞侦察。他穿着一身国民党士兵军装，上衣特别肥大，被敌人发现了。就在这时，收音机一下子哑巴了。于金水赶紧放下筷子，拿起收音机左看右看。把开关打开、关上，来回折腾了一阵，它就是不言语了。他又把电池卸下来重新安装上，看看电池是不是缺电。可是，任于金水怎么殷勤伺候，收音机就像跟他有仇，还是不搭理他。这可急坏了于金水，于春元被敌人发现以后，到底怎么样了？哎呀——怎么偏在这个时候，收音机就调皮捣蛋了呢？

没办法，于金水只好拿着收音机去找人修理。可是，全城唯一的收音机修理门店让他出五块钱的修理费。于金水拿着收音机，愣愣地站在那里。他到哪里去找五块钱，家里怎么能拿出五块钱来修个戏匣子呢？

于金水默默地走在回家的路上，头脑中一片空白。他抬头看看狭长的胡同，低头瞅瞅手中的收音机，有时还轻轻地拍它两下，茫然地期盼着奇迹出现。可是奇迹没有出现，它就是哑巴了。

他像一个迷路的孩子，在大小胡同里转来转去，好像收音机不响他就找不到家了。走着走着，路过学校门口时，他忽然心头一亮，物理老师会修理收音机。教物理的姚舒颜老师，是从城市来的大学生，个子很高，戴着眼镜，讲课讲得好，还有一番修理收音机的好手艺。于金水因为爱学习，深得姚老师的喜爱，他经常到姚老师那里去，也看到过姚老师修理收音机。

"对，找姚老师。"他自言自语道。

收音机修好了。这对那时的于金水来说，比吃上一顿肉包子还高兴。可小田儿的自行车和劳动课，他全抛到脑后去了，挨了老师一顿批，挨了小田儿一顿骂。

但是从那天起，十几岁的于金水的心里，突然掀起了阵阵波澜，产生了一个巨大的梦想。这个梦想在当时，不亚于现在当上博士、博士后，制造出高速列车、载人飞船。这个梦想，像收音机里播出的小说《桐柏英雄》，怎么也赶不走，抹不掉，总在他脑子里显现。他感谢姚老师对他这么好，对他这么热情相助。同时，又佩服姚老师有这么高的技艺。

那天，姚老师戴上那一对已经褪了色的蓝套袖，拿着螺丝刀，轻巧地把收音机后盖子打开。然后拿着仪表上两只圆珠笔一样的探棒，在收音机的肚子里，这儿点点，那儿碰碰。还不时转过头看看仪表，很快就找到了收音机的毛病。

"啊——我要是也有这个本事，该多好哇。"于金水想。

从那以后，于金水对姚老师不仅是崇拜，更多的是向往、期盼。向往着修理收音机，那被于金水视为崇高伟大的事业；期盼着有一天，能当上姚老师的徒弟。

从那以后，于金水不仅在物理课上认真听讲，还经常抽出时间，到姚老师那里去。每当他走进姚老师的宿舍，看到姚老师在修理收音机时，总是懂事地站在旁边。于金水本来话就少，这个时候，更是只剩下粗壮的喘息声了。

他虽然双唇闭着，没有一点儿声音，但还是在"说话"——用手"说话"。

姚老师需要什么工具时，只要他一抬手，于金水就能准确、利索地把姚老师需要的工具递过去，就像手术台上的护士协助主刀医生一样。久而久之，于金水成了姚老师的帮手。

有一天，于金水的向往、期盼，终于像春天奔流的河水似的冲破冰层的遮盖，畅快淋漓地奔流出来。那是刚刚修好一架收音机，于金水把钳子、螺丝刀等工具都收拾整齐以后，他大着胆子向姚老师诉说了自己的心思。

于金水看了姚老师一眼，用不大的声音说："姚老师，你、你能教我修理收音机吗？"

姚老师听了一愣，说："什么？你想学修理收音机？"

于金水说："对呀，姚老师你能教给我吗？"

姚老师听了非常兴奋。他对于金水助手般的作用，非常欣慰。在那个连小孩子都成天参加"革命"，参加批斗的年代，姚老师没想到于金水有一颗学手艺的心。他确实热爱学习，肯钻研。可是，有哪个孩子能不被那"革命的洪流"冲走？他，他能不能坚定走下去？能不能保持学习的热情？

姚老师并没有立刻答应。他思索着问于金水："于金水，你爱学毛主席语录吗？"

于金水点点头道："爱学。"

于金水可不知道姚老师扯出这么一个话题的用意。接着，姚老师板起面孔说："于金水，学习修理收音机，要像学毛主席语录一样下功夫，你能做得到吗？"

姚老师停下话头，看着于金水，于金水瞪着眼睛，没说话，点了点头。姚老师知道，面前这个孩子，点头比说话分量更重。于是，姚老师接着说："今天说的这些话要保密，你能做得到吗？"

于金水又点了点头，重复道：

"像学毛主席语录一样下功夫。"

"今天说的话要保密。"

少年于金水，只具备天真和诚实的心灵。姚老师要求于金水像学毛主席语录一样学习修理收音机，他明白这是姚老师要求他必须下功夫。可是他并不清楚，在当时把学修理收音机和学毛主席语录放在一起是不合适的。但姚老师看准了，于金水信得过。

于金水没有辜负老师的期望，他做到了老师要求的两条。他怎么也没有意识到，他从此踏上了人生成功的起点。姚老师成了于金水的启蒙老师、人生的引路人、一生的恩人。姚老师返城后,于金水一直积极联系、探望,姚舒颜老师八十五岁高龄病故,于金水还去送了老人一程,这是后话。

于金水初中毕业以后,没能上高中。因为那时是推荐上高中,他没能被推荐上。但是,高中教物理的苏老师和姚老师很要好。经姚老师介绍,苏老师也很欣赏于金水的学习精神,答应他可以来听有关无线电的课程。于金水去听物理课,除了有的人冷嘲热讽,别的没人去管,学校里更没人来过问,这倒是给于金水提供了绝好的机会。能去听物理课,于金水像现在的学生考上名牌大学一样兴奋不已。

从此,旺城一中苏老师的物理课上,常常有一个册外学生。这个学生有时坐在后排,有时坐在前排,反正哪里有空位他就往哪里坐。苏老师记得清楚,于金水和学生们一起交作业,作业完成得很好。涉及一些不会的知识,于金水也经常去麻烦苏老师。

于金水的商城开业了。

商贸城命名为"旺城商厦"。与于金水过去的几个五金商城不同,这是一个集服装鞋帽、家电、超市等一系列产品、项目的综合性商场,是旺城有史以来规模最大、最富有现代化气息的大型购物中心。

整个商厦共有四层,开业庆典就在大厦门口。嘉宾以及各级领导、企业界的朋友参加庆典以后,蜂拥到商厦内进行参观、购物。一部分领导和嘉宾由于金水、钟启祥、占广田等人陪同,逐层楼参观。齐志林说有急事走了。

旺城商厦装修气派、现代;商品琳琅满目,种类繁多;敞开式货柜使人们可以自由采购,更显得时髦;特别是那滚动的扶梯,吸引了不少的人专门上上下下,体验现代化登高的感觉。

在参观时,商厦内十来处特别的橱柜引起大家的浓厚兴趣。

橱窗内摆放的不是要出售的商品,而是一截土炕,土炕角上放着一盏煤油灯。橱窗的背景,是横三竖四、大小不一的电路图。嘉宾们走到这里都停留下来,不解其意。在这样现代化的商城当中,干吗要供上这原始人般的"洞穴"呢?

于金水推了推眼镜说:"哦,这个,这个油灯……"没等他说完,占广田接过了话题说:"各位领导,各位嘉宾,这油灯和土炕,是于金水学习修理收音机,掌握一技之长的见证。"

于金水笑笑表示赞同,刚要说什么,占广田又说:"有道是鸡窝里飞出金凤凰,于金水是土炕上滚出大博士。"

是的,自从姚老师答应教他修理收音机,于金水便像鼓起风帆的小船,开始了他那理想的征程。"学习修理收音机,要像学习毛主席语录一样下功夫。" 随着年龄阅历的增加,他对这句话理解得更深更透,以至于把这句话,视为他事业的精神支柱。更是以这种学习热情,迈向了人生的每一个转折点。

他家房子比较小,为了静下心来学习,他干脆搬到西屋去了。西屋是个磨坊,一盘石磨占去了半个房间。他通过一个又一个夜晚的劳动,在一旁用土坯堆了一截子土炕。

因为这是个磨坊,当然就有人来推磨。每到这时,他就只好把支起来的书桌拆开。待人把磨好的米面收拾完以后,不论多晚,他仍重新支起书桌,继续学习。

那时候没有电灯,家家点的都是小煤油灯。他经常熬夜,油灯的烟灰总吸到他的鼻孔里。每天早晨,他的鼻孔都像灶眼一样黑黑的。这样长期下来,损伤最厉害的还是眼睛,渐渐地,他近视了。后来,他的眼睛近视发展到一千度。他的眼镜片,大圈套小圈。人们叫他"老闷儿"的同时,又加了个美称——"于瞎子"。

姚老师说:"学习修理收音机的一个重要内容,就是要熟读多种电路图。记住多种型号收音机的电路图,才能在锈点斑斑的线板上潇洒自如。"于金水当然按照姚老师说的去办,为了能够随时随地学习,他把多种电路图描画在纸上,放在自己的口袋里,随时随地拿出来看上几眼。他还想出了一个更好的主意,在他家的墙壁上和他学习的磨坊里都画满了图、线。不论是东墙还是西墙,有点空隙的地方都让他给画满了。

姚老师听了这些非常高兴,点头称赞他。于金水说:"我想在家时,只要我抬头,就能看到电路图。在外,处处能看到电路图。"

有一年,于金水的弟弟得了一个奖状,弟弟问:"哥,我的奖状往哪里贴啊?"于金水看了一眼四周的墙面,墙面都被图、线笼罩着。他笑着说:"哎呀,实在没地方了,我给你贴在小柜子上吧。"

参观的嘉宾们又来到了一个装修考究的台子前。台子上放着一张小桌子,桌前放着一辆轮椅。轮椅是新的,桌子上黑红色的漆已经摩擦得没有多少了。棕黑色的木头,像穿着凌乱的乞丐的皮肉,裸露在外边。这两件东西放在一起,是天配一双?还是地配一对呀?于金水又要慢声慢气地解释。

占广田又抢过话题说:"俺小爷们儿好比机器人,能干嘴笨,还是我替他说吧。"接着,占广田又讲起了于金水的一段经历。

那时于金水学习修理收音机好几年了,他学得怎么样了呢?父母花那么多时间供他,他也应该给家里创造点收入了吧。他想着,要到街面上挂个招牌,干修理收音机的营生。可是,他十几岁的年纪能行吗?街上那么多的熟人,见了以后面子有处放吗?但是,在那个过苦日子的年代,他迫不及待地希望自己早点出门,好为爹娘也挣点钱来。有一天,他终于破茧而出,把现在摆放在商厦内的那张小桌子,搬到了街面上。没想到只经过一年多的时间,于金水修理技术高超的信息就传开了。生意还很不错,经常有修理收音机的人光顾他的摊位。

一天,一个老太太来到于金水的摊桌前。那老太太用床单包着一架收音机,一边打开包袱一边说:"老头子活着的时候,拿它当个宝贝。不知为什么,我就拿它没办法。刚换了电池,怎么还是不和我说话呢?"

于金水接过收音机,打开后盖看了看,原来"南极"成"北极"了。本来把电池脑袋和屁股调过来,就可以让老太太拿走了。但是,如果收一定的费用,也不是不可以吧?在那个一分钱都攥出汗水来的年代,于金水也是愿意手里的钱多一分是一分哪。老太太的脚上,穿着一双褪色的红平绒小鞋。于金水看得出她曾经的富贵,是个有钱的，便向老太太收了一元钱。

老太太拿着收音机走了，于金水心里又别有一种闹心的滋味。那一元钱，好像变成了啄木鸟，尖长的利嘴使劲啄他的心。老太太消失在人海中，消失在了时间的长河中。但是，这件事情压在于金水的心里，一年、两年……不知过去了多少年。那一元钱，又变成了一只道德的拳头，在不断地敲击着他的头脑，敲打着他的灵魂。愧疚的感觉，一直缠绕他多年。

后来于金水成了大老板，在一年全县个体经济发展奖励大会上。他走到主席台的话筒前，说出了这件事情。说完以后，于金水站在主席台中央，深深地向大伙鞠了一个躬，他说：

"这件事让我愧疚了很多年。在这里，我向那位不可能再见到面的老人道歉。同时宣布，把我得到的三万元奖金全部捐献给敬老院，以表达对那位老太太的歉意，对我过去失德的忏悔。"

这次建设商城，于金水就专门提出在各楼层显眼的通道处，备上轮椅，以供老人、残疾人使用。

嘉宾们明白了破桌和轮椅的含义，都连连赞叹。在大厦的三层，大家又看到，在一个橱窗内摆设着一架老式手提录音机，背景是一群戴墨镜、长头发的年轻人。这架录音机不大，有一个十几厘米长的大喇叭，一个四五厘米长的小喇叭。这架录音机，怎么又像神灵一样供奉在这里了？

占广田又朝着于金水说："小爷们儿，这录音机的来历，是你讲还是我讲？"

于金水又一笑，眼角一挤，戴着的眼镜跟着动了动，说："你讲，你讲。"

钟启祥在一旁笑着说："好啦好啦，占大书记，就全权代理了吧。解说员的水平赶上倪萍、赵忠祥了。"

说到这儿大家都笑了，占广田也笑了。他晃动着小胖手，一边说一边比画，像滑稽演员一样生动。

"这架老式录音机，外号'一只半眼'。那时候，小青年们得到它像得到情人一样着迷……"

二十世纪八十年代初，各式的录音机来到了人们生活当中。特别是一种小型的手提录音机，有一只大喇叭、一只小喇叭，外号"一只半眼"，在青年人当中非常流行。有些小青年一手抓着自行车车把，一手提着"一只半眼"，咚咚咚地唱着歌，兜起风来好不神气。要是"一只半眼"再加上摩托车，那精神劲，不亚于现在开上法拉利跑车的感觉。

于金水看准这个商机，弄来几批这样的手提录音机。喜欢的人很多，但是购买量却不那么理想。原因很简单，当时人们还没有那么多钱。有的只有一半的钱，有的只有少部分钱。好多小青年看着录音机眼馋，"嘴里流出了口水"。真像块肥肉放在这里，嘴馋却吃不到。

弄来这么多产品，人们虽然喜欢，但总销不出去。也不能做赔本的买卖降价，就是降了价，有的人仍然手头紧张。于金水像那年听《桐柏英雄》时，收音机哑巴了一样着急、苦恼。不过，后来一件事使他茅塞顿开。

那是一位和于金水非常好的朋友，也是钱不凑手。他和于金水说好，先拿录音机去听听，等攒够了钱，马上还清。这么好的朋友提出的请求，于金水欣然同意。过了几个月，这位朋友真的把钱送来了。

就是这件事，让于金水像当年第一次见到妻子柴秀敏一样，睡不着了……

这位朋友能够拿去先听听，几个月后再给我钱，那么其他的人可不可以也先拿走录音机，过后再付钱？如果有人不守信用又怎么办呢？

于金水抽丝剥茧，触及了一个敏感的问题——借钱。他拿了我的录音机，这跟借我的钱一样呀。如果他把录音机拿去，就当借我的钱，让对方写欠条，到时还钱。写借录音机的欠条似乎不合适，录音机到底值多少钱怕说不清。写借钱的条子不就可以了吗？如果他不守信用，我可以到法院起诉他借钱不还呀。

他非常兴奋，对不是很熟的人甚至有的朋友也采取了这种方法。

后来又发展成先付部分现款，其余款项写现金借条。有的付少部分，有的付大部分，所有款项凭借条要款追款。这样一来，于金水干起了赊购赊销业务。

赊购赊销使他的录音机销量大增。但是，于金水心里也嘀咕：这种方法是不是符合政策？本来他做这件事情，都是"联络员接头"，秘密进行的。但是没有不透风的墙，时间长了，这秘密怎么能守得住？

有一天，有关部门真的找上门来了。不仅是市场管理部门，就连公安也来了。要对他这种行为进行调查，并把他带到公安局进行了问询。

在询问过程中于金水一再申辩，问那几个询问人员："我向外借钱可以不可以？如果我向你们几个人借钱，给你打欠条，是不是违法？如果你们向我借钱，给我打欠条，是不是违法？"

对于金水的问题，询问人员不回答，只说他这是放高利贷。于金水辩解说："放高利贷要吃高利息的，我只打借条，原数返还，从来不要利息。我这是让人借钱买录音机，或者说是借我的钱买我的录音机。要是借我的钱，买别人的东西，买别人的录音机，可以不可以呢？"

一连串问题，绕口令一般，询问人员还是不回答。

当时，随着改革开放不断深入，对一些致富手段、集资手段等等管理逐渐放宽了。因此，几个部门对于金水的做法也就睁一只眼闭一只眼，没再深入追查。

随着个体私营经济的发展，于金水的方法倒成了小企业、小买卖融资的一项重要措施。于金水一度被一些人推崇，成了县里的先进典型，还在大会上发言，介绍先进经验。

后来有人曾问过他："如果有人真的打了借条不还钱怎么办？"

于金水推推眼镜说："诉诸法律呀。他给我打的是借钱条子，我到法院起诉他借钱不还，法院是受理的。"

又有人问："他借你的钱几个月甚至更长的时间，没有利息，这不吃亏吗？"

于金水嘿嘿一笑说:"我把录音机价格稍微一提,利息也就有了。再说我的录音机销量大了,赚钱多了,这利息不也就有了吗?当然提价也不能过高,得让买主能够承受得了。"

占广田解说员般娓娓道来。

参观的人们又被于金水赊购赊销的故事吸引了……

# 第八章

占广田是旺城市旺城镇东关村党支部书记。

他方形脸庞，个子不高，身材也不胖。站在人前，似乎处处小人一号。个子小，并且腿短胳膊短，手小脚小。看长相，鼻子、嘴巴……哪里也没有过人的地方。有人跟他开玩笑，编了一句顺口溜："芝麻粒儿，刻小人儿，小脚儿小手儿小鼻子儿"。

不管是高的还是矮的，海中灯塔里的那盏灯都是耀眼的。占广田浑身上下没有引人注目的地方，但有一样出挑，就是那双黑溜溜的大眼睛。那盏灯，表现出来的全是能量、智慧、机敏……再加上那浓浓的眉毛，更是引人注目。

于金水是东关村人，占广田当然是旺城商厦这个重点项目的负责人，旺城商厦也是他的工作政绩。于金水商厦的开业庆典，占广田一手操办，并积极主动当了讲解员。

占广田任党支部书记多年，按年龄他不算大，但算得上是老干部了。多年来，凭着聪明才智，他在村里村外、县里镇上都是有名望的干部，并且带头致富。刚允许个体私营时，他两口子就买了一台缝纫机，搞汽车内饰加工，现在发展成公司了。

有一年，齐志林回家在老宅基上建新房，和邻居闹起别扭。能上天能入地的齐大老板遇上了庄户，难住了。是占广田三下五除二，给他摆平了。齐志林设场答谢他时，摸了摸秃秃的前额说："服了。"

钟启祥说："你小子高高在上，对老占服了？"

齐志林很认真地说："这些年我虽然不在家，但早就听说过老占的本事了。"

占广田那大眼珠子一翻弄,说:"你们都是官人、商人的,我个庄户人家……"

齐志林说:"我服气的人不多,但是这回领教了。人们拿两个词评价你——八面玲珑、四面见线。对了,这'八分'加'四分',你家伙可就是十二分了。"

钟启祥听了齐志林的话说:"嗯——有道理。"其他人也说,齐志林文化程度不高,还挺会总结。

齐志林把酒杯往桌上一放,说:"今后,就叫你'占十二'了。"

这酒场上的话就爱"爆红"。为什么?很多话都是半虚半实,火爆登场,下一场又传,反复说道,便沸沸扬扬了。

从那以后,"占十二"就传开了。这些年,人们不经常叫他占广田或者什么占书记,就叫他"占十二"。

要说起占广田的本事,这"占十二"还真是名不虚传。不论哪个方面的关系,他都处得和谐融洽,东西南北、上下左右哪个方面都不丢掉。就像一件精美的琉璃器物,哪个侧面都那么光滑,精美漂亮。

人们总结起来,认为占广田能当得起这么个美称,主要是因为手里有两张好牌:一张是"红人牌",一张是"亲情牌"。

这"红人牌"就是下边红,上边红,中间也红。他在村里,人缘非常好。别看是支书,在群众面前从不摆架子。谁家有事都肯找他,谁家有事他都肯帮忙。特别是婚丧嫁娶的事情,占广田都是黑白盯在"摊子上"。"文革"时,有一个从北京下放来的"坏分子"李华坤,三十多了才娶了个精神不好的"半疯子",挨肩儿生了三个孩子,就得了个急病死了。

占广田说:"李华坤老实能干,咱大街小巷的毛主席语录和标语口号,都是华坤写的。咱不出手,别人还真不敢沾这个'坏分子'的边。剩下个'半疯子',还真不知道怎么把李华坤给埋到地里去。"

李华坤的丧事处理完了。对他的家庭,占广田也做了妥善安排。这事十里八乡传开了,在百姓心里,占广田能和那时舍己救人的英雄相比。

下边红是说群众基础好，上边红肯定说的是和领导关系好，中间这一层就是市直科局了。这一层，占广田哪家都能打得进去。村里谁家有了难处，涉及了市直部门。占广田登门一说"庄乡爷们儿泥腿子，没关系没门子，找到咱这儿上来了，咱能不管？"几句话，哪个科局长不给个面子？

占广田最爱"拉帮扶"。前些年，刚实行农业生产责任制时，农村生产资料什么的都缺乏。他今天找水利局，帮扶解决浇地；明天又找供销社，帮扶解决化肥、农药购买问题……近些年，农村经济形势好了，他又争取市直单位帮扶"落后村"。

有的市领导说："东关又不落后，帮也帮不到你头上呀？"

占广田振振有词地说："咱和人家华西、九间棚比，不是落后是什么？在致富奔小康的路上，咱还差得远哩。"

领导一乐，又一个部门帮上东关村了，这无偿资金，那低息贷款……又享受上了。

占广田可不是到处"耍地痞"。上级或是市直部门的工作，他都能给挡事。这类的先进，那类的模范，市一级的，省一级的，他都争取了不少。"拥军拥属"还是全国的先进呢，可给各级争了光、添了彩。有政府部门搬迁，安排在东关村，村里有的人还有意见，认为他们占了这么大的地盘，太可惜了。占广田可不这么认为，他对干部们说："坐着火车跑得快，坐着飞机飞得快，靠着政策富得快。咱靠着这么多政府部门，那优惠政策，当然就往咱这里来得快了。"

十多年前公安局搬迁，本来安排在离城更远的北外环。但是占广田积极争取，在不违反规划的前提下，把公安局拉进了东关村。用他的话说："有公安局给咱坐镇，咱还能不安全？"

旺城这次换届中，钟启祥当了市委常委。市委书记也易人，来了一位叫姜利焕的当了旺城一把手。

姜利焕中等个头，略胖的身材，四方大脸，大眼睛。他这么个角色，应是一年到头多在办公室、会议室的。可他天生黑皮肤，脸像成天在庄稼地里摸爬滚打、晒得漆黑一样，加上大黑眼珠子和浓浓的黑眉毛。他除了前额上没有那个"月牙儿"，整个脸，就和电视剧《包青天》里的"包黑子"差不多。

每位领导都有各自的工作方法和习惯，姜利焕就善于这里走走，那里看看。他经常自己走进这个企业、那个机关，在村里也能看到他的足迹，庄户人家的板凳上常能看到他的身影。

这天下午，他早早出了办公室，溜溜达达走进了东关村。

几十年前，东关村都是平房，并且陈旧不堪。邻里之间房挨房，墙连墙。原来还都有院墙的，但因土打的墙年久容易倒塌，有的地方就光剩下一堆土，在两家中间堆放着。再加上前后邻居，房屋院墙也不那么完整，几家住在一起，就像是十字路口四通八达。你到我家，我到你家，像骑马一样单腿一跨，就能跨过"院墙"。

有事时，西家就在院子的一堆烂土边，朝东家那边喊：

"有活着的吗？快出来个——"

还没见着东边屋里的人，先听到了声音："哎——来了来了来了——喊什么喊，像叫猫子似的。"

西家笑着说："好哇——我在叫猫子啦——你成老猫子了——"

然后，又是一阵笑闹。这样喊着嚷着，骂一顿，笑一阵，然后才说正事。

改革开放以后，东关村先是发了"棉花财"，第一个掀起了建新房热潮，没几年全村破烂不堪的旧土房全部变成了砖瓦房。可是谁能料到发展得这么快，这么神速。旺城规划新县城，东关村首先进行了拆迁，全村建设起二层楼房。但这二层楼命也不长，没活多大岁数。待到姜利焕走进这个村的时候，又有一些人住上单元楼了。

姜利焕边溜达边看村貌，见一户人家门口站着几个男女，就凑了过去。有一个群众认出他来了，说在电视上看到过。姜利焕客气地承认他是书记，还主动和他们握手，接着拉起家常，说起生意，又说起农活。很快，他和那几个人就像老熟人一样了。他先和村民算起了收入账，算得很细：地里还有多少收入，一个小门店一年能得多少，打工一年能挣多少……

一会儿，话题不知不觉引到占广田身上来了，姜利焕自然地打听起占广田的情况，工作怎么样？对群众态度怎么样？能不能为群众办实事？还好，听到的都是些正面信息。一看几个人的眼神、表情，姜利焕就知道他们说的是真话。

一个快言快语的胖大嫂，一个劲地夸奖占广田的妻子。姜利焕便说："这位大嫂，就说说老占的妻子呗。"

那位大嫂毫不含糊，比画着说起来。

占广田除了那张"红人牌"，还有一张牌，就是妻子的"亲情牌"。

他的妻子路秀红，看似憨憨厚厚，实则精明能干，见了谁都是热情的，那甜水般的言语，那笑脸，让人在冬天也感觉暖融融的。占广田当干部顾不得家，路秀红轻松挑起全家重担，是有名的贤内助。前些年请客吃饭不兴下饭店，占广田交际广，村里来的朋友多、领导多，就在家里招待。每到这时就忙坏了路秀红，买菜、烧菜、收拾桌子、洗盘子刷碗……有时中午忙了晚上接着忙。

这两口子黑脸红脸唱得特别好，"双簧"演得特别棒。每当占广田在村里遇到什么难解的事情，路秀红就出面了，坐到人家的炕头上，张家长李家短地说上一大通，就替占广田抹得倍儿平。人们也常说，占广田就像个孩子，在外边惹了麻烦，就叫他"妈"去"擦屁股"。实际上这也是人家占广田的聪明之处，也就是现在说的亲情牌、人情牌。老婆一出面，公事也就迎刃而解了。

有一年搞拆迁，本家占广元家的老太太，就是不愿意搬出那个老窝。要是个老头，占广田肯定就登门了，面对老太太就用上了路秀红。那天晚上，路秀红来到了占广元家。大冬天的天很冷，路秀红进门就三奶奶长，三奶奶短地叫个不停，那个亲热劲就像带进来了一阵暖风。她进门就脱鞋爬到炕上，翻弄开老太太的棉被卷说："三奶奶，上炕来咱娘儿俩'打个通腿儿'，暖和暖和。"

路秀红坐在炕头上和老太太算账，说拆迁以后盖门店，门店可以搞经营，也可以出租，地里又有农田的收入，文话叫一举两得，咱庄户人家，就叫一手能抓起两只大肥羊呢。深夜两点钟，老太太乐了，越听越高兴。路秀红就好像点钞机，给她家哗哗数钱呢。

第二天,占广元就高高兴兴签了拆迁合同。

听了大嫂的娓娓细说,姜利焕忽然一本正经地问:"这位大嫂,广田的妻子能干,长得怎么样呀?"

这一问,把在场的人给逗乐了。那位胖大嫂爽快地说:"长得好看,壮。"

姜利焕说:"好看,能理解。壮,是啥意思?"

这一问,又引起了大家的哄笑。

胖大嫂津津有味地继续说:

"广田媳妇,个子比他高一头,大手大脚的,真是五大三粗。村里的人跟他开玩笑,说占广田和路秀红站在一起,就像他娘领着儿子似的。"

听到这话,姜利焕扑哧笑了。

胖大嫂说:"有一次,路秀红骑着自行车,后座上坐着占广田。路秀红又宽又大的身子,骑在车子上跟堵墙一样,叫人看不清后边坐的是谁。人家就问:'秀红,培杰这么大了还让你驮着?'这时,广田噌地跳下自行车,没好气地说:'连大人孩子都认不出来?'"

姜利焕竖起大拇指,说:"这位大嫂赶得上小品演员了。"

大家又笑了。

天不早了,姜利焕告别了几个庄户人家,叫那位大嫂指道,来到占广田的家门口。凑巧这天占广田在家里,新来的市委书记登门,占广田受宠若惊。

"姜书记,您怎么不下个通知,就自己到庄户人家了?"占广田圆眼睛瞪得更大了。

姜利焕微微笑着说:"有这么严重吗?我这市委书记,来看看你这个'占十二',也说得过去吧。"

占广田拱手说:"岂敢,岂敢。让我折寿了,折寿了。"说着赶紧把市委书记让到屋里,看茶让座好一阵子忙活。

路秀红当然也跟着忙活。占广田把妻子介绍给姜利焕,姜利焕说了句:"广田,咱是矮了一头。"

占广田一怔,接着扑哧笑出声来,说:"哦哦,姜书记你净说真事,净说真事。"

占广田的老父亲占志根,十几岁参加抗日战争,又经历了解放战争、抗美援朝战争,早早离休在家了。他是占广田家的宝贝,也是旺城的宝贝。像他这样的老革命,已经为数不多了。占志根近九十岁了,身体硬朗,每天喝上二两小酒,打打太极,说话声音还那么洪亮。说过去论现在,依然头头是道、逻辑清晰。

姜利焕来到占广田家,首先问起老爷子。占广田连忙从东间屋里把老爷子请了出来。这也是他的得意之事,只要有朋友、亲戚到来,他总是把老爷子请出来炫耀一番。老人来到姜利焕的面前寒暄,他的背稍微有点驼,脸上沟壑成行,但是脸色还是红润的。

姜利焕急忙打招呼:"老爷子,向您问好。"

占广田连忙说:"这是咱新来的市委姜书记。"

老人拱拱手,还不失幽默地说:"好、好哇,听说了。旺城来了新书记,我又找到新领导了。"

姜利焕忙说:"哪里哪里,您是前辈。"

老人说:"我是党员,共产党员呢。"

"哈哈哈……"老人的笑声还是那么有穿透力。

大家坐毕,姜利焕问老爷子平时都干些什么,占广田笑笑说:"讲故事,见到谁都讲故事。抗日的故事,解放战争的故事,抗美援朝的故事,大多都是战争年代的故事。"

老人收起笑容说:"那——是,这些故事,我就是要讲下去,让下辈的孩子们都知道,像家里的宝贝一样不能失传。"

姜利焕说:"对,对。讲下去,绝不能失传。"

大家都笑了。

姜利焕又说:"老爷子今天也给我讲个故事?"

老人嘿嘿一笑,说:"你听广田说呢,我讲故事也不分时候、不分场合呀?你们谈正事,我去休息,休息去了,不打扰你们。"

姜利焕热情地说:"老爷子,我真心愿意听你讲讲。"

老人还是笑笑说:"你们忙你们的吧,你们有公事,我上东屋去了。"说着老人告辞了。

　　姜利焕进占广田的家门时，已是下午四点钟了。他了解了占广田的企业——旺城汽车内饰公司的情况，还特别问占广田对农民致富奔小康的认识情况，村里对增加农民收入有哪些具体的帮扶政策……

　　很快日暮西山，占广田看得出姜利焕的心思，知道他肯定要"打坐农户"就餐了，就马上给钟启祥、齐志林、于金水打了电话，把市委办公室主任刘志兴也请了来。从饭店里叫来了几个家常菜，鲍鱼海参没敢要，有清炒黄瓜、醋熘土豆丝、肉炒西葫芦……最荤的就是红烧猪肉，再加上一条草鱼。

　　姜利焕酒量不小。酒场开始，杯来杯往，桌面上谁来敬酒有求必应。喝着喝着，姜利焕忽然若有所思地说："我听说——旺城有一种说法……你们听说过没有？"

　　说到这儿他一脸严肃，刚才那随和亲近的面容一扫而光，板起黑脸像变了一个人。这一下，本来非常热闹的酒场，一下子冷了起来。屋里酒菜香酸辣甜的味道，像一下凝固了一般。

　　这个时候，谁也不敢再多说话，只有钟启祥问："什么说法？"

　　姜利焕不看任何人，眼皮一个劲地眨巴着："说是领导干部当中……"他瞥了一眼占广田继续说："当然，也包括支部书记这一级。有些人，总是不和市委、市政府保持一致。"

　　在场的人听了一惊，谁也不敢看姜利焕，只盯着自己面前的酒杯。姜利焕仍四平八稳接着说："还有一些企业界的人物，总给市委、市政府找麻烦。"

　　这更使得众人目瞪口呆。齐志林一向口无遮掩、信口开河，这会儿也像大喇叭切断了电线。姜利焕不再说话，伸手拿过酒瓶。占广田忙站起来想接过酒瓶，姜利焕摆摆手制止了他，说："坐下，坐下。"

　　从占广田开始，钟启祥、齐志林、于金水……每个人的杯里都倒满了酒。这酒杯，能装二两半。酒场开始时，每个人都来来往往喝了不少，这会儿又是这么满满的一杯。四个人愣愣地盯着酒杯，哪个也不敢言语。

姜利焕手一拍桌子说:"好了。一人一杯,一气儿下肚。这样,今后就能和市委市政府保持一致了,就不给市委市政府找麻烦了。"

姜利焕这话一出,屋里几秒钟的寂静后,忽然发出了哈哈的大笑声。那热闹的气氛像一包火药里突然扔进一根火柴——爆了。

先是齐志林伸着大拇指说话了:"服了,姜书记服了。"

占广田满脸笑开了花,说:"哎呀——姜书记可把我吓坏了。"

钟启祥一边笑,一边端起酒杯说:"怎么样哥儿们,来吧?"

其他几个人二话没说,二两白酒,咕咚咕咚下到肚里。齐志林喝得太快了,酒顺着嘴角流了下来。他也不顾是否"丢谱",像一个小孩子,伸手给自己抹了一把。占广田喝完举起酒杯,一看里边还有少许,自己说:"别剩了养鱼,一点儿也不剩。"又一仰脖子,喝了个滴酒不剩。

姜利焕看了哈哈大笑起来,说:"哎——这就对了,这就对了。连个酒都喝不下去的话,还怎么谈得上与市委市政府保持一致?"

这一大杯酒下去,每个人好像喝下去的不是酒,而是打上了鸡血,个个躁动起来,屋里的气氛更加热烈。在笑声中,姜利焕本来大大的白眼珠子,像一轮明月被云遮挡得没有了亮光。他说:

"你们轮番进攻,我还能抵挡得住呵,该我还还手了。"

大家又笑了起来,原来姜书记的目的在这里。

说笑了一阵,姜利焕平静下来,遮挡大白眼珠子的云又被拉开,月亮重新显露出来。他说:"换个话题。你们四个从小在一个村庄光腚长大,老占年长,启祥最小,用现在的时髦话说你们是发小。我倒想知道,小的时候,谁最聪明伶俐?我说的聪明伶俐,包括调皮捣蛋的。"

书记又提出了一个新问题。几个人都使劲控制住情绪,使劲挖掘着记忆。像如今电视里举行什么比赛,当众抢答问题一样,每个人都想立刻按下抢答键。

占广田抢答了:"钟启祥,应该是钟启祥。"

齐志林也表态:"对对对……我赞同。"

于金水虽然话不多，这个时候却跟得很紧，说："我看也是。"

"哈哈哈……"

又是一阵大笑。钟启祥像被冤枉了一般，说："说我聪明伶俐，又调皮捣蛋，你们有什么根据？哎哎……有什么根据？"

占广田眨巴了几下眼睛说："就说那年吹唢呐的带你吃饭的事……"

齐志林紧接上说："对对对……就说那一段。"

钟启祥笑着用手抹了一下脸，耸了一下肩，态度软了下来。缩着头说："可别……可别说。"

还是齐志林评书演员般绘声绘色地说了起来。

过去，农村老百姓白天下地晚上睡觉，一年到头没有个热闹事。什么歌舞、唱戏、看电影……基本就是可望而不可即的事情，电视都没听说过。因此，村里的婚丧娶嫁，成了热闹一番的机会，男女老少都去"帮场"。特别是孩子们，每到这时，三五成群，爬墙头、钻人缝，人群里外穿梭进出，忙个不停，看个不够。就连那出殡喊丧的一声"叩谢""拜谢"都觉得像是在进行什么表演。要是哪家请了"戏子"——有的也叫"吹鼓打子"，那更吊起了人们的胃口，提起了人们的精神。

有一年村里老了一个人，丧主请了一个戏班子。所谓的"班子"也就是三五个人，他们吹拉弹唱，敲敲打打，个个是全能手，一个人当几个人用。

钟启祥他们几个也挤进了人群。戏班子唱完了一段河北梆子后，那位吹唢呐的就显开了本领。叽叽喳喳、叽哩哇啦，一会儿学鸟叫，一会儿学人哭，吹的声音逼真有趣。那位唢呐手，还一会儿晃身子，一会儿晃肩膀，一会儿昂起头，喇叭口朝天，一口气能吹好一闷子。唢呐手做这些动作的时候，满脸憋得通红，腮帮和脸蛋鼓得圆圆的。

演奏了一会儿，唢呐手停下来歇息。人们三三两两散去，看别的热闹去了，钟启祥仍然不肯走开。齐志林催促："走哇，到那边去看看。"

钟启祥转着眼珠子，用不大的声音说："我中午能跟这个吹喇叭的吃上饭。"

那时虽然穷，可是谁家老了人，还得出大殡。这"吹鼓打子"被招待得更好，要吃大锅菜，有肉还有大馒头。齐志林听钟启祥说完，一撇嘴说："净瞎吹。"

于金水没有言语，占广田奇怪地问："你怎么能跟他吃上饭？"

钟启祥神秘地一笑说："你们看着。"

说着，钟启祥就凑到那个唢呐手身旁，直愣愣地看着唢呐手。那个吹唢呐的刚喝了几口水，看见钟启祥这么凝神瞅他，就放下茶缸说："小子，看什么呢？"

钟启祥说："我看……看你像……"

唢呐手问："我像什么？"

钟启祥说："我看……看你像俺爹。"

唢呐手精神一振，说："什么？我像你——爹？"

钟启祥很认真地点头说："对，就像俺爹。"

唢呐手哈哈笑了起来，一边笑一边说："小子你可看准了，我确实像你爹？"

钟启祥用一种深情的目光看着他，还是认真地说："就像俺爹。"

拉胡琴的凑热闹，说："哎，你小子，在这里碰见儿子啦？"

敲鼓的说："小子，干脆就认了这个爹吧。"

这么一来二去，嘻嘻哈哈，场面非常热闹。那个唢呐手拍了拍钟启祥的肩膀说："好的小子，既然看着我像你爹，我就要对儿子表示表示。小子，我怎么表示呢，再给你吹一段？"

钟启祥说："不、不用吹了，中午让俺跟你——吃顿饭呗。"

唢呐手听了又笑起来。他用唢呐管子轻轻敲了一下钟启祥的头，说："行，中午就跟着'你爹'，吃大碗菜、大馒头。"

钟启祥又神秘地看了占广田他们一眼，占广田他们偷偷捂着嘴，没敢笑出声来。中午开饭了，唢呐手拉着钟启祥坐在他身边，给钟启祥端来一碗猪肉大炖菜，还有几个大白馒头。平日里，谁家也吃不上这么好的饭，钟启祥早就流口水了。他不管热烫，就狼吞虎咽吃起来。唢呐手还很关照他,说:"慢慢吃,慢慢吃。" 钟启祥一个字也没听到耳朵里,一个劲地忙活。三个馒头、一碗菜下去不够,又端了半碗菜,吃了个肚儿滚圆。

等吃完了饭,戏班子的人抿抿嘴,话题又转到唢呐手的"干儿子"身上。这时唢呐手想起来问:"小子,你说我像你爹,你看我哪里像你爹?眼睛、鼻子、脸……"

别人也跟着帮腔:"对,小子你说说,他哪里像你爹呀?"

钟启祥拿手指头摸了摸后牙根,吃得太急,不知是什么花椒大料的塞牙了。本来他和人们围坐在板凳上,这时他把右腿伸到板凳外,左腿也跟着跨了出来,眼睛还往后面瞅了瞅,谁也不知他瞅什么,然后说:

"哪里像我爹?我告诉你。"

唢呐手美滋滋地说:"好好,告诉我,我哪里像你爹?"

钟启祥用双手的食指指着自己的脸蛋说:"你吹唢呐的时候,一使劲,两个脸蛋鼓起来圆圆的……"

话没说完,钟启祥两只眼瞪得溜圆,看着唢呐手。唢呐手急切地问:"脸蛋子鼓起来怎么了?"

接下来,钟启祥的话像鞭炮引芯被点着一样说得很快,并且口齿伶俐,让人听得真真切切:

"就像我爹那两个鼓起来的大气蛋。"

钟启祥话一出口,人们一愣,随后都哈哈大笑起来。那位唢呐手立刻收住笑容,举起手就想打他。可是钟启祥已经站在了板凳外,一转身一溜烟跑向胡同,唢呐手跨过板凳就追。钟启祥跑到一户人家门口,爬上了门洞。然后顺着门洞爬上了偏房,跨过偏房又跳上了北房。他就像一只黄鼠狼,一会儿就不见了。

唢呐手气得在门口朝墙狠狠踹了一脚,狼狈不堪地回去了。得到的又是一阵哈哈的嘲笑声。

钟启祥的恶作剧,直到现在,人们有时还绘声绘色地说上一番。有的说他聪明,有的说他坏。但每每说起这件事,不论是谁,都眯眼咧嘴笑声朗朗。

讲完这个故事,姜利焕笑喷了,没了市委书记那一举一动都带着威严的样子,其他几个人也笑得前仰后合。姜利焕指着钟启祥说:"怪不得你们几个钟启祥官最大,不光邪,还是人精哩。村里的一砖一瓦、一个墙头子你都能利用,都能保护你。"

占广田说:"是,村里的每一条胡同,每家的房顶屋檐……从哪里进门,从哪里爬上去,哪家的哪个房顶和哪个房屋通着,这个家伙从小就掌握得一清二楚。那个时候捉迷藏,就是找不到他。"

齐志林说:"那天那个吹唢呐的,还望着房顶伸手摸墙。他就是爬上去,钟启祥也不知早从哪个墙角上溜下来,藏得严严实实了。"

于金水一直笑,这会儿他又扶了扶眼镜说:"吹唢呐的回到棚子里,戏班上的人非要上前摸摸他的脸,说看看像不像一对气蛋。"

"哈哈……"

说笑中,姜利焕又说:"问一件事。听说你们有'四大名旦'之称,这是怎么来的?真是季世同书记命名的?"

"这……"占广田吐出一字,又立刻收住嘴巴。钟启祥、齐志林、于金水也互相看着不作声。

姜利焕奇怪地问:"怎么啦,怎么不言语啦?"

占广田缩着脖子说:"姜书记是不是又要挖坑呀?"

他这一说正合钟启祥他们的心思,几个人都哈哈笑了起来。

姜利焕说:"哎呀,小心设防了。这有什么,我初来乍到想问个明白,这不正常吗?这有什么提防的?"

占广田说:"刚才你挖的那坑,太深了。"

又是一阵笑。

那一年春节,旺城县委、县政府邀请东州市部分旺城籍领导和企业家回老家参观、做客,齐志林当然也在被邀请之列。那天,参观了几个项目以后,一行人又来到了于金水的家电商场内。整个参观过程中,齐志林总是改不了那个"习惯",爱到领导面前比画比画,说道说道。来到于金水的家电商场,齐志林更是寸步不离季世同了。这个时候,季世同忽发感慨。他停下脚步,转身问一旁的齐志林:

"老齐,你也是东关村的吧?"

齐志林说:"对呀,对呀。"

季世同说:"嗯——这东关村庙虽小,生的神仙可不少哇。"

齐志林眨巴着眼睛说:"领导的意思……"

季世同说:"你看,你是东州有名的企业家,这于金水在旺城是五金老大,还有'占十二'这大支书,钟启祥也是东关村的吧?"

占广田接过话茬:"是,钟启祥也是俺村的。"

季世同说:"嗯——你看看。你村古时候有被角藏钱的佳话,有占志根这样的老革命。如今,你们四个又是村里的佼佼者呀。"

占广田赶紧说:"书记过奖了,过奖了。"

季世同说:"不过,钟启祥现在还是个乡长……等他当了书记,我下正式文件,命名你们为'四大名旦'。"

这话当场引起了一阵笑闹。

一位旺城籍的老领导说:"那现在就把'四大名旦'叫开得了呗。"

季世同又立刻甩锅道:"哎,我说得很明白,钟启祥还不够格,需等他当了书记才能命名,现在称'四大名旦'可不是我说的。"

这时,占广田摸了摸头皮说:"季书记虽然把锅甩出去了,可参观考察没结束,俺四个就成'旦'了。"

姜利焕听了笑个不停,说:"季世同鬼怪得很哪。"

齐志林说:"干吗非说是'旦'?旦是女角。"

姜利焕说:"什么男的女的?关键是'名'。'名'等于'绩','名'是用'绩'换来的。'生旦净末丑'不论哪个行当,平平庸庸就不是角,就唱不好戏。"

姜利焕收住笑容,脸上真是黑里透红了。虽然带着酒意,但刚才那和蔼可亲的面容像电影镜头转换得一样快,姜利焕立刻显现出市委书记的威严。

他说:"我敬一杯酒。我敬酒的意思是,今天旺城的'四大名旦'都聚齐了。你们这'四大名旦'不光是一个村的,还全部集中在开发区内,不是吗?东关村属于开发区,齐志林、于金水的公司也落户在开发区,开发区的书记叫钟启祥。"

"所以呀——"姜利焕又拿起了酒瓶子，齐志林一缩脖子。姜利焕说："老齐别害怕，一人一小杯。"他把酒倒好，接着说：

"现在刚换届，下一届的工作中，你们这'四大名旦'怎么表现？怎么唱戏？一句话，'四大名旦'要唱出好戏，唱出大戏，不负'四大名旦'的殊荣。"

姜利焕自己把酒喝了下去。其他人本来端着酒杯凝思听着，见书记一饮而尽，也都立刻直起脖子倒了下去。

姜利焕继续说："致富奔小康，是我们党的既定目标，更是新一届市委的努力方向。我在旺城市党代会的报告中，提出了进一步抓好旺城致富奔小康工作的措施。你们谁能具体说说呀？"

齐志林一摸头皮，然后一指占广田说："这是他们领导的事，我们干企业的只知道干。老占，回答书记的问题。"

占广田梗了梗脖子，钟启祥说："还是我来说说吧。本届市委，把致富奔小康提到第一要务。提出因地制宜、一镇一策，目标落实到村到户。其中最大的举措，是进一步推进枣林开发。以枣林开发带动农村城镇化，带动旅游，带动农民就业，增加农民收入……"

钟启祥还没有说完，姜利焕就把话题接了过去，他也激动了，说："旺城有几十公里的枣林区，旺城镇比重最大。里边有千年古枣树，还有产六七种枣的奇特树种……我们把枣林中的村庄搬迁出来，实现城镇化居住。腾出的土地，进一步发展枣林以及枣产品收购、加工、销售产业链，再搞起枣乡旅游……这致富奔小康的钥匙，就牢牢抓在自己手上了。"

于金水这老闷儿也憋不住了，连声说："好，好。我这五金电器行业也能参与进去。"

姜利焕说："说得对，围绕致富奔小康，各行各业参与，各种人物参与，各种措施并举。比如把开发区和旺城镇合并在一起了，让钟启祥这个大常委来兼任书记。这样统一领导，把枣区和开发区的优势都发挥出来。"

钟启祥说："我唯恐这个担子挑不起来呀。"

姜利焕摆手说："不要跟我说这些。你们这'四大名旦'，要拧成一股绳,为奔小康做出努力。老钟在东孙镇抓的苇帘生产,现在已经成了气候。实践证明,这是致富的重要举措。市委、市政府决定要在全市推广,特别是那些手工业薄弱的村庄,都要搞起来。苇帘产业,钟启祥你还不能放手。"

话到这个茬口,是放大炮的时候了。每当这个时候,齐志林绝对能够挺得起来,打得出去。齐志林噌地站起来说:"姜书记放心,我们一定为致富奔小康,出血出力。"

他这一表态,姜利焕更是容光焕发,精神倍增。他也端着酒杯站了起来,其他人也跟着站了起来。姜利焕铿锵有力地说:

"为致富奔小康,干杯。"

"干杯。"

……

# 第九章

旺城来了一位大官。这位大官的到来，在旺城引起不小的反响。他当过省委书记，曾是中央委员，最后在中央农业部门离休，现仍在和农村工作有关的协会任职。这位大官叫王海江。

这么个大人物，为什么要到旺城来？因为他和占广田的父亲占志根是老战友。

占志根十几岁参加革命时，就遇到了王海江。王海江比占志根年少几岁，但是他有文化，一直是占志根的营长、团长、师长……直到抗美援朝后，成为占志根的老首长。新中国成立以后，王海江留在了北京，后来又到了省里，最后在中央机关离休。占志根则来到地方，一直到离休。多年来，两位老战友从没断过联系。不论王海江当多么大的干部，只要占志根找上门来，他还是像当年一样诚挚。再忙也都会抽出时间，和老战友畅谈打仗的那些事。王海江上一次到旺城来看占志根，距今已有近二十年了。这一次他又专门打来电话——说想老战友了。

旺城市委得到消息就忙活了一阵，做好了接待老干部的准备工作。

这次行程，王海江提出了三点要求：第一，不用来京接应，轻车简从，简单接待，不搞铺张浪费。第二，只能通知旺城市委、市政府，不能再向上报告。第三，除探望老战友，只安排到农村参观考察，了解农民致富奔小康的情况等行程。市委、市政府主要领导表态，坚决做到这几条。就这样，王海江按时到了旺城。

第二天早上，市委书记姜利焕、市长耿志先，都来到王海江居住的房间。他们昨天晚上，就同王海江见了面。这会儿，是陪同王海江一起去用早餐。一进餐厅门，王海江就看到餐厅里面已经有五六个人在等候了。不是说好了，只有书记和市长两个人陪餐，同时在用餐过程中，说明全市的总体情况吗？这会儿，怎么来了这么多人呢？王海江眨巴了几下眼睛，闪电般敏锐地扫了一眼在场的人，鼻子轻轻地哼了一声。但是这声音这眼神，其他人谁也没察觉出来。王海江做到主宾的位置上，姜利焕就对王海江介绍："这几位……"

姜利焕刚开口，王海江就摆手打断了他的话："这几位，肯定是省市部门的有关同志。"

姜利焕嘴里哦哦两声，没有再说什么。他与那几位同志相互看了一眼，黑脸上露出了尴尬的笑容。接着，姜利焕说："王老真是明察，正是正是。这位是……"说着，姜利焕向王海江一一介绍了那几位省市来的同志。

王海江点了点头，和那几个人摆了摆手，也没有寒暄着再握手。王海江说："咱们说好，不去打扰省市的同志们，姜书记可失信了。"

姜利焕不好意思地说："我们地方也有规定，来了领导或是重要客商，都要向上级通报，王老您谅解、您谅解。"

王海江摇了摇头说："我来之前，你可没向我通报这些制度规定。"

姜利焕又没说出什么，他和王海江对视一眼，又看了看省市的几位同志，全桌子人不约而同都笑了起来。王海江笑着说："那好，来了就来了。不过我的身边可不需要这么多'保镖'。这样吧，饭后先开个座谈会，谈谈致富奔小康的情况。也算上边的几位同志没有白来，座谈会以后你们就回去。姜书记，你同意我的意见吧？"

姜利焕连忙点头，又看了看省市的几位同志说："好，咱们就按领导的指示办。"省市的几位同志当然也赞同。

王海江召开座谈会、参观工厂、考察农业项目，很是忙碌充实，最后来到了占广田家。来到占广田的家门口，他就急切寻找老战友的身影，占志根已在院中等候。之前，占志根几出几进，到门外瞅了好几次了。两位老人虽然行动不那么灵活了，但见了面还是拥抱在一起，都流下了眼泪。占广田忙说："别激动，别激动。到屋里去说，到屋里去说。"

在屋里坐下来，两位老人手拉手，从身体状况、日常生活谈回了战争年代。王海江深情地说："旺城我来过四次。"

姜利焕瞪着大眼，惊奇地说："哦，王老光到旺城就来过四次？"

王海江说："是啊，新中国成立以后加上这一次是两次。新中国成立之前，我和老占来过两次，我们是为队伍招兵买马来了。"

占志根说："是啊，我和老首长一起，到咱们旺城来招子弟兵，得到旺城党组织和群众的大力支持呀。"

王海江说："我们那两次来，招到了很多兵。旺城的子弟兵，为国家做出过很大贡献哪。"

占志根轻轻擦了一下眼泪，说："出去的这些人有的牺牲了，有的负伤。有些人新中国成立以后，又为国家的建设做出了很大贡献。"

王海江使劲握了一下占志根的手说："旺城有功，为我们祖国的解放、建设、改革开放，立下了大功呀。"

接着，他对姜利焕说："改革开放将近四十年了，在这个过程中我来过一趟。那一次，就看到了旺城的发展。现在又过了二十年，旺城变化更大了。经济更发达，人们的精神观念变化更大。人们精神观念的变化，比金钱更关键。上次我见到占广田的时候，像一个刚刚发了家的土财主。现在，是一个具有现代化气息的领导干部了。"

王海江的话引起大家的笑声。

王海江激动不已，嘴里念叨着："变了、变了，变化真大呀。我去过好多地方，像到旺城一样，善于当回头客。来过一次，过上个十年八年，还愿意回去看看。因为我心里可以对比呀，就像旺城现在，又有了这二十年的发展，真是翻天覆地呀。你们想得真周到，在我房间的床头上，放了一套庆祝改革开放三十周年的系列丛书《旺城的昨天，今天，明天》，这书好哇……"

姜利焕惊奇地问："王老看了？"

王海江说："看了，里边有大数据，也有小文章，都是真实地写了旺城的事、身边的事呀。这更有说服力，更能看到变化呀。"

王海江沉思了一会儿，说："这些变化有目共睹。我更感动的是在这个基础上，你们又提出了致富奔小康的大规划，太好了。"

　　接着，王海江扳着手指头说："这第一，是新一届市委把致富奔小康目标提到第一要务。二是提出因地制宜，一镇一策，目标落实到村到户。三是推进枣林开发，带动农村城镇化……好，我就多住几天，深入了解一下。"

　　姜利焕赶紧接上说："太好了，欢迎老领导多拿出时间，对我们予以指导哇。"

　　说了一阵话，占广田的家人们过来和王海江见面。王海江一一过问，这个干什么工作，那个从事什么职业，一年收入有多少。然后又看占广田的住房。占广田住的是二层小楼，王海江楼上楼下看了个遍，一边看一边说："全村的住房问题，肯定解决得很好哇。"

　　占广田说："绝大多数都是二层楼房，后来拆迁的都住的是高层楼房了。"

　　王海江停下脚步对占广田说："是啊，土地越来越金贵了。你家的富裕程度挺高，早早实现小康了。"

　　占广田说："和自己比还可以，与先进的相比，咱差得还远哪。"

　　王海江说："咱中国人如果都像你这个水平，那不仅是小康了。什么美国、欧盟，都远远甩到咱屁股后边去吧！"

　　说着大家又笑了起来。王海江又思索着说："你这个家庭，经济成分还比较复杂哩。有种地的，有经商的，大儿子在政府控股的企业里。这就是当今市场经济变化下家庭的变化，这样才有利于实现小康。"

　　两位老人楼上楼下地走动，占广田的大儿子占培杰扶着爷爷，占培杰的爱人宋红莲一直搀扶着王海江。

　　王海江问宋红莲："你老家是哪个村子呀？"

　　宋红莲说："是旺城镇付店村。现在改叫社区，不叫村庄了。"

　　王海江很感兴趣地说："你那个村也搞成社区了？"

　　宋红莲说："全部搬进楼房里去了。"

　　王海江点头道："太好了。"他又朝着姜利焕说："你们把农村城市化，作为奔小康的一项举措很好。但是，农民怎么变成市民，里面的政策措施、农民的接受程度、上楼后的生活等等，都需要深入研究。"

宋红莲说："王大爷，你说的这些事俺也不清楚，反正村里的人们都住上楼房，村子也快改造成田地了。"

王海江拍了一下手说："好，明天就到你这个村去看看。"

王海江要到付店村。可是到了傍晚，负责与王海江联系的小邢秘书回话，希望改变参观地点。王海江说："很想看看村子快改造成田地的境况。"还是坚持到付店村。

小邢又和办公室联系，等了一会儿接到电话，说镇上的领导，还有村里的领导都没在家，建议不要去那个村了。王海江听了，不在意地说："有县里的大领导陪着，找村镇的领导干什么？我们直接入村入户，那不更好吗？这个村子应该很有特点，我还是想去看一看。"

小邢又给市委办公室打电话，那边不好再反对了，也就这么定了下来。

第二天上午，王海江就在姜利焕等人的陪同下，向付店村出发。

出城不远，一望无际的枣林就展现在眼前。枣林与碧天相连，构成一个翠绿的海洋。像大地浮云，像海市蜃楼。车子走进枣林就被绿荫重重包围，像钻进了绿色的雾团。姜利焕在车上说："王老，你来得正是时候，你闻到花香了吗？这个季节，正是枣花盛开的时候。"

王海江说："闻到了，看到了。来，咱们停下车来看看。"

车子停下，王海江他们走下车来，满树的枣花喜迎着他们。米黄色的枣花一朵朵，一束束，散发着诱人的馨香。王海江将许多枣花捧在手里，觉得她们战战兢兢，似乎不胜娇羞。抬头又看到好多蜜蜂，成群结队，追逐忙碌，不知疲倦地采着枣花的精华。

王海江伸手拽住一根枣树枝，兴奋地说："这枣林过去现在，都为我们做着贡献哪。以前我就是穿越这枣林来到旺城的。因为这枣林，掩护着我不被敌人发现呀。"

姜利焕也掐了一小截枣枝说："是啊，枣林过去哺育子弟兵，现在又成老百姓致富的门路了。"

王海江说："开发枣林，作为奔小康的具体措施，好。做好这篇大文章，旺城肯定能唱出小康的壮丽赞歌。"

一行人来到了付店社区。他们首先听了村镇干部关于农村社区建设情况的汇报，又叫上七八个群众进行了座谈。王海江风趣幽默的话语，使群众没有一点儿顾虑，谈了上楼后的感受。然后王海江他们又去看望了几个农户。在走出一栋楼，要到另一家去的时候，忽然传来一阵哭喊声。王海江一愣，问身边的姜利焕：

"这哭声是怎么回事呀？"

村里跟随他的人说："这里有个孩子去世了。"

王海江一怔，很疑惑地说："一个孩子去世了？"

"王老你看，这栋住宅楼的式样怎么样？图纸还是省设计院设计的呢。"姜利焕指着前面的楼房，一副要和他讨论问题的口吻。王海江好像根本没有听到姜利焕的话，思绪仍然停留在刚才的哭声当中。

他继续问："一个孩子去世了，不是正常死亡。什么原因，病故吗？什么病？是不是与农村常见病有关？还是……"

姜利焕说："这些就不大清楚了，王老我看还是继续咱们的行程吧。"

但王海江还是不肯放过这哭声，像从这哭声当中，听到了什么蛛丝马迹，非要一追到底弄个清楚。

他说："姜书记，我们应该问个明白，到底是怎么回事，要是一个老人过世，生老病死应是正常现象，一个孩子？"

姜利焕说："王老，要是了解这些情况，咱们的时间……"

王海江摆手说："不怕。你赶紧找来知情人问一下。"

姜利焕只好把小邢秘书叫到远处，板着大黑脸说："怎么搞的，不是不让闹出动静吗？"

小邢秘书也不明所以。

姜利焕只好向王海江讲述了这个孩子的死因。

过世的孩子叫商小梅。父母都在外打工，孩子跟着爷爷奶奶在家里。前天，奶奶进城办事，爷爷在家看着孩子。可是地里有活计还没有干完，爷爷惦记着地里的活，看到孩子睡着就出了门。因为村民都集中住在楼房上，离自己的地远了。孩子醒来，自己钻到床板下玩耍，脖子卡在了床板上，等老人回来的时候，早已窒息死亡。

昨天晚上，王海江要了解农村社区改造的情况，要求到付庄社区。虽然一个小孩窒息死亡是意外事件，但姜利焕感觉这种事，还是不易暴露给上级领导，便找原因推托，阻止王海江到付庄。但是，王海江感觉这个村子很有特点，执意要来，姜利焕也就没再阻止。他安排有关人员做工作，不要暴露这件事。没想到，因为孩子一个远方姑姑的到来，引起了家里的一场哭闹。

王海江听了，背着手转过身，仰头向着一边缓缓走去，好像在思索着什么。像当年在战场上看着地形图，产生了一个新的战术一样，他缓缓回过头来，语重心长地说："利焕同志，推进枣林开发，带动农村城镇化是件好事。但是，可不能离开实现高质量小康这个根本目的呀。"

姜利焕面目黑青，其他人呆若木鸡。

王海江说："农村城镇化，一定不可简单化。好像让农民住上楼，就算搞成社区了，就城市化了。这个孩子窒息死亡，原因是多方面的，耽误了抢救时间是重要方面。"

王海江指着几个村民说："刚才座谈中大家就反映，社区建成以后，有的土地还是散种。过去出了家门就进地角儿，现在上地像走远亲。再加上住楼房费用多，生产、生活成本就增加了。"

姜利焕连连点头。

王海江接着说："如果土地集约经营，那离开土地的农民的再就业问题，更是个大问题。这些问题处理不好，就不是高质量小康了，城镇化的意义就打折扣了。"

姜利焕点头说："是的，王老。农村城镇化刚起步，有很多问题确实需要深入探索。"

王海江说:"姜书记,我建议你们就农村城镇化,如何促进高质量小康的问题,深入调查研究。我回去以后,给你们提供这方面的经验。希望你们也创造、研究出更有力的政策措施,向全国推广。"

姜利焕听了高兴地说:"太好了王老,请老领导多指导吧。"

王海江说:"咱们共同调研,共同寻找答案。"

姜利焕说:"好,谢谢老领导。"

# 第十章

这几天,钟启祥时常发呆。有时候直愣着眼睛瞅着一个方向,一看就是好一阵子。

王海江的到来,为旺城提出了农村城镇化如何促进高质量小康的问题。这是致富奔小康路上的高难度课题,如何解答这道难题呢?

他左手抹了一把大长脸,皱着眉,又拿起了桌子上的一份文件——《中共旺城市委关于加强完善农村城镇化建设的政策措施》。这是王海江走后,市委针对农村城镇化当中的问题,又提出的一些政策措施。这份材料正在征求意见,但是钟启祥对这份材料反复斟酌,感觉文件还是一碗淡茶,不够味,不解渴。

钟启祥着魔了一般,在家里苦思苦想,很少说话,下班就闷在屋里,不是翻文件就是翻资料。吃饭得一次次催促才走出屋来,坐下就吃,吃完又回到他的书房里。上班时只要没有会议,就带着几个人到村里转悠,到老百姓家里,一户接一户地串门。

"农民上楼后,怎样解决生产生活成本问题?"

"农村不能被逼城市化,更不能把农民变成城里农村人。"

"土地集约经营后,怎样解决老百姓的就业问题?"

……

一系列的问题,一直在他脑海里翻腾。像一根根绳索缠在身上,又一圈一圈地紧紧缠在他的脑袋上,把脑袋绑得发疼。

"城镇化应是以提高小康标准、质量为目的。如果不是这样,城镇化的意义就打了折扣。那叫什么城镇化,那叫什么奔小康?"

王海江的这些话,像白天的太阳,夜晚的月亮,总是能够看得到、丢不下。想起这些话，他就吃不好、睡不安。

这天，钟启祥家闹了一场乌龙。

钟启祥妻子郑方玉，一向热情、温顺。钟启祥一天到晚忙忙碌碌，郑方玉那亮晶晶的眼睛，那白皙的脸庞上，从来没见过烦躁。可是这天她着急了，急火火给占培杰的妻子宋红莲打电话："红莲、红莲……你赶快安排，给你钟叔查查体吧，特别是把那个脑袋瓜子查一查，我看是要出毛病啦。"

宋红莲在电话那边说："已经安排了，想等到星期天。"

郑方玉立刻摇头说："不行，不行……明天就得查，明天就查呀。"

宋红莲问："婶子，怎么了，这么着急？"

郑方玉说："你跟医生好好说说，再提前几天。明天、明天就给他彻底查查，我看他出毛病了，脑袋瓜子出毛病了。"

钟启祥看见妻子打电话，站在一旁瞪着眼睛。等郑方玉撂了电话，他发火了。

"你，你神经病啊你，我好好的查什么体呀？"

郑方玉说："你才神经病，茶壶都摔两把了，你还想怎么着？你的脑袋瓜子还管用吗？"

钟启祥眼睛又一瞪，然后扑哧笑出声来。他拍了拍屁股，坐下来说："哎呀——你这个娘儿们，真拿你没办法，查、马上查。"

钟启祥喜欢喝茶，特别是在思考问题的时候，总是这么一杯一杯喝得有滋有味的。那模样像是在酒场上喝茅台，嘴里还啧啧作响。郑方玉也知道，到了这个时候，他脑袋瓜子全被工作给占领了，还不知道想些什么圈圈棱棱的。这几天，钟启祥苦思苦想，总是琢磨着如何提高农村城镇化建设标准的问题。进了家门仍是一边喝茶，一边皱着眉头思考、看文件。案头又多了几本厚厚的大书。

刚才他端起茶壶。壶嘴直冲着小杯子，吐出黄澄澄的茶水。可是，茶壶朝着杯子流起来没完没了。哗哗的细流带着热气扎进水杯，杯子里的茶水都漾了出来，流了一桌子，他也没有发现，还是哗哗地倒着。是郑方玉走了进来看到这一幕，赶紧提醒，她又拿过抹布帮他擦拭干净。钟启祥什么也不说，只任郑方玉忙活，他转过身朝着窗外，仍然没事人一样。郑方玉出去了，钟启祥又接着喝他的茶。茶壶里没水了，他拿起茶壶到饮水机前把茶壶灌满。等他回到桌前要把茶壶放到桌上的时候，手还没有伸到桌子上，五个手指头就分开了。茶壶像个大翠梨从树干上掉下来，落地就稀里哗啦粉身碎骨了。洒在地上的茶叶像朽木上生出的绿苔，还热气腾腾的。

郑方玉听到声音，又赶紧跑进屋来，惊呼："这是干什么？你这是干什么？"

钟启祥愣愣地看看郑方玉，又扭头看着地下摔碎了的茶壶，像个老夫子般轻声说道："哎呀——碎了，没什么，没什么。"

郑方玉说："这茶壶可是你自己从景德镇背回来的，是那个大师专门给你制作的紫……紫砂壶。"

听到这里，钟启祥又看了看摔碎的茶壶，摇了摇头说："宜兴，宜兴……"

郑方玉说："宜兴？你一点儿也不心疼，我看你就是傻了。"

钟启祥也没再说什么，回过头去又拿起了一份材料。郑方玉憋着气，拿来簸箕把破碎的茶壶收了出去，又给他找来一把青花壶，这也是钟启祥非常喜爱的瓷器。可是还没到中午，青花壶就被钟启祥扔进了卫生间，这壶丁零当啷摔得更碎。女儿听到了动静，赶紧出来问："爸，这是干吗？这是干吗？"

钟启祥嘿嘿笑了，说："我想把陈茶甩出去，没想到茶壶也跟着走了。"

看到这儿，郑方玉赶紧给在市人民医院工作的宋红莲打了电话。

第二天，钟启祥来到医院将五脏六腑查了个遍，还特别做了个脑CT。最终结果：身体健康。

钟启祥着魔了一般，姜利焕也患上了失眠症。近几天，他睡不好觉，天很晚了才躺下，反反复复不能入睡。有时躺下又起来，在屋里溜溜达达。溜达一会儿就抓起笔，在已经准备好的稿纸上，唰唰写些什么。他也是被那个像绳子一样的问题——提高农村城镇化标准问题,紧紧地拴住了。

他也时常把《中共旺城市委关于加强完善农村城镇化建设的政策措施》的文件清样拿在手头看来看去。这个文件在他工作的案头放着一份,在家里也放着一份。在工作时间,由于事多,头脑里的城镇化问题可能淡化一些,但是一到了夜晚,这个问题又像一只驱困虫一样抓住他不放,不让他休息,反反复复让他做出回答。

这天晚上,已经快十点钟了,姜利焕唯恐又进入那恐怖的梦幻当中,于是他拨通了钟启祥的电话。

钟启祥看到姜利焕这个时候打电话,有些奇怪,问:"姜书记怎么了?是不是想吃夜宵哇?"

姜利焕皱着眉说:"吃夜宵?想得美。听说你查体去了?"

钟启祥有些意外地说:"哦,哦……"

姜利焕说:"哦什么呀?还摔了两把大师制作的茶壶?"

钟启祥又一怔,问:"姜书记,你怎么知道的?"

姜利焕没好气地说:"林志不是在你楼下住吗?"

钟启祥哈哈笑起来,说:"姜书记,你的秘书真称职,连这事都向你汇报。什么大师制作的茶壶,几十块钱的玩意儿。"

姜利焕说:"想什么呢?这么着魔。"

钟启祥嘿嘿笑着说:"这些日子确实魔怔了。哎,你猜怎么着,摔了两把茶壶,查了查身体,换来一个大计划,正想给你汇报呢。"

姜利焕大眼睛一瞪,说:"好哇——我正睡不着觉呢,咱们马上见面。"

钟启祥说:"现在?"

姜利焕不耐烦地说:"对呀,还啰唆什么,你不是要吃夜宵吗?"

两个人在电话里都笑了。

东州市郊,齐志林家别墅二层的阳台上,他和占培杰在喝酒。

占培杰高个子,四方脸,大眼睛,五官端正。那面容,就像经过雕刻家极其精心地布置、点缀,不论从哪个角度看都那么动人。

他对人热情、厚道、性情温柔，工作起来却是大刀阔斧的。两个人对坐着，就像都在照镜子，看"镜子"里面的"自己"，是那么温馨。

今天，朋友从海边给占培杰弄来了一些海鲜。占培杰知道齐志林非常喜欢海货，就专门给他送来了。

厨子端上热气腾腾的螃蟹、海蛎子、扇贝……

占培杰对齐志林怎么如此了解呢？占广田的父亲和齐志林是老表亲，别看年龄差一辈，还得表兄表弟相称。占广田的儿子占培杰，应该叫齐志林表爷爷。这些年，占培杰有好多事求助于齐志林，齐志林看好占培杰的家族背景和"占十二"这个大支书。因此，对这个表孙子也格外器重，不惜钱财鼎力相助。早有传言说，旺城机械配件集团公司的董事长、总经理的头衔，能够落到占培杰这个年轻人头上，有齐志林帮忙运作的功劳。传言归传言，谁也没有证据。社会上对四个"名旦"之间关系的评价很超俗，说齐志林和于金水、钟启祥是"战略合作伙伴关系"，而齐志林和占广田则是"全面战略合作伙伴关系"。从表面上来看，也符合实际。齐志林、占广田似乎铁得很，密不可分，比和钟启祥、于金水厚一层。

这会儿，齐志林还是以日常居高临下的口吻，对占培杰夸夸其谈。似乎自己是多么有名的经济学家，或是多么大的领导，高谈阔论。占培杰经常听这位表爷爷"教诲"，就像学生听老师讲课，员工听老板讲话。别人毕恭毕敬聆听自己的高谈阔论，让齐志林像喝美酒一样享受。今天齐志林东一榔头，西一棒槌，还谈起什么"初级阶段"。

齐志林说："当今社会处于计划经济与市场经济接轨的时代，那就要崇尚政治经济学。政治经济学，那就是先政治后经济。那政治的形象或者说政治的符号，就是领导。美酒和官场、商场……密不可分，千丝万缕，那关系就似蜘蛛拉网一样。"

接下来，齐志林站了起来，双手时而掐腰，时而比比画画，又说起了招商引资："不是要建成小康社会吗？如今到处都轰轰烈烈发展企业，大上项目，上大项目，讲究跳跃式跨越发展。不能满足，还要拼，还要上呀。"

占培杰老老实实坐在那儿附和着,说:"是,是……"

齐志林继续说:"到处都招商引资的时候,到处都有方方面面的优惠政策。这些优惠政策,有的以投资额度来定,有的以是否为外商而定。总之,这些优惠政策要千方百计吃定。"

占培杰对齐志林谈的没有兴趣。但他钻空子的本事,占培杰清楚得很。这些年,齐志林吃惯了政策饭,钻惯了政策空子,精通政策的路子。对于政策饭的好处,他是津津乐道的。齐志林办过一个被服厂,挂靠了民政部门。因为民政部门管理福利院,被服厂招收智障残疾人员,可以享受免税政策。厂建成了,税也免了,但挂羊头卖狗肉,智障残疾人员一个也没用过。

这会儿占培杰听出来了,齐志林的政策饭越吃越远,越吃越宽,越吃越深。现在,肯定又吃到流油的地方了。但占培杰不敢说出这些心里话,还是恭维说:"齐总,政策饭,在您手里比金子还贵,在您嘴里比茅台还香。我是要好好学呢。"

"哈哈……"齐志林得意忘形,咧着嘴说,"你爸就是脑子进水,又要当什么农民。我跟他讲过多次了,跟我到魏县投奔靳书记,他却王八吃秤砣,铁心搞什么城镇化建设。这个老糊涂。"

说着,齐志林拍了一下屁股,大步来到内室。啪,打开吊灯,满屋通亮。占培杰像只宠物狗,颠儿颠儿地跟着进入内屋。齐志林从桌子上拿起一份合同书,乐不可支。他盯着合同书,就像在舞池里看上漂亮女人一般欢喜。

占培杰拿过合同翻看着,说:"哦,这就是要投资魏县的合同?"

齐志林说:"对喽——魏县靳书记,是你爸和我的老领导了,真是OKOK呀。"

靳书记——靳洪来,原是旺城市委的副书记,有名的"地头蛇"。前些年,调动到东州市魏县当了县长,后又当了魏县县委书记。齐志林与靳洪来多年来,可谓莫逆之交,"亲密无间"。

齐志林将德意仕友纺织集团公司以外资项目的名义在旺城落了地。天狗食日般贪婪的他不会满足,又孕育着一个更大的计划,更大的蓝图。或许说，一个更大的阴谋。因为他骨子里仍然崇尚的是那三个字——政策饭。他考察了一个压缩板项目，还是用假洋鬼子的把戏，找到靳洪来在魏县投资，建一个用于家具产业的压缩板厂。靳洪来当然同意，实现小康社会，当然需要招商引资，踏破铁鞋寻项目。这送上门的政绩，既给魏县添彩，又给自己这个书记脸上增光，他当然视为一桩大好事。

那一天，齐志林走进靳洪来宽敞明亮的办公室里。

靳洪来正躺在老板椅上，晃来晃去，特别悠闲自在。看这神态，简直不像是在办公室，而是在什么休闲娱乐场所。他紧闭着嘴，身体随着老板椅的晃动上下摆动着。靳洪来一贯是瘦骆驼架子大，别看齐志林说和他关系怎么怎么样。但齐志林进到屋里，靳洪来仍在老板椅上晃动，只哼了两声表示知道他来了，根本没有正眼看他一下。

齐志林这回穿了一套米黄色的西装，花格衬衣。瓦亮的脑门，鸡叨米般点动着。他进屋就凑到靳洪来的跟前，娓娓畅谈起来，声音非常柔和。说起来，齐志林是怵靳洪来的。那溜OK，从不在靳洪来面前往外露半个音。

"靳书记，这种板材前途无量啊，国内市场我是看不上的，重点还是外销。美国我已经去过几次了，那里的TT公司已经和我签订了合同，有多少要多少。您看，这就是我们的合同文本。"

齐志林说着，随手从手提皮包里拿出一摞材料，双手递到靳洪来面前。靳洪来当然不会接他的材料，齐志林也不敢把材料往桌子上放。他双手就这么拿着材料，随靳洪来的脸晃来晃去，让他看了几眼。

靳洪来脸朝着天花板，眯起眼睛，老谋深算地吐出几个字来：
"跟我也来这一套？"

他声音压得很低，脸上露出了一丝丝笑，不知是奸笑还是对齐志林的一点点鄙视。

"哦，哦。"

齐志林恍然大悟，身子像弹簧一样弹起。他赶紧缩手，把材料从靳洪来面前撤回,乖乖地放进手提包里。动作看起来像小偷,脸上露出一副不可告人的秘密被人一下戳穿后的尴尬笑容。他放好材料,拉好手提包拉链,用陈佩斯演陈小二般的口吻说:

"哦,习惯了,习惯了。"

紧接着点头哈腰地说道:"有这一套,您对各方,也好交代呀。"

此时,靳洪来发出了老奸巨猾的笑声,说话声音比刚才也大得多了。他指着齐志林说:

"齐志林——你这家伙——"

说完,两个人心照不宣笑了起来。

靳洪来仰脸哈哈地笑,齐志林略低头嘿嘿地笑。

# 第十一章

龙凤大酒店餐厅里坐着三个人。中间是占广田，他的左边坐着一个胖乎乎的男子——东程村党支部书记程丙亮。右边是一个瘦小的男人，这个人堪比占广田的小块头，但缺少眉毛下占广田那两盏忽闪忽闪的灯。他是西程村党支部书记崔凤凯。

餐厅很大，只坐着三个人，三人说话又不是那种吵吵嚷嚷的，屋里没有那么热烈的场面，显得有些沉闷或者说有些凄凉。可是屋里烟雾缭绕，崔凤凯这个大烟鬼一支接着一支抽，似乎他喝酒不用就菜，香烟是下酒的美味佳肴。他一边抽一边喝，半斤酒喝下去了，半盒烟草也跟着吃了进去。这时，崔凤凯又点上一支烟对占广田说：

"占书记，这城镇化建设的任务部署下来以后，我和程老弟就在一起商议，俺们两个村子，紧挨着像一个村，离城又近，可以合在一起，让村民都住上楼房，节约出土地再发展枣树产业。你在开发区，咱们在旺城镇，书记都是钟启祥。这样俺兄弟俩找你帮忙建设楼房，村里的人也就进城了。"

程丙亮自己喝了一杯酒，使劲咽到肚里说："是啊，按照原来的合同，咱们合作把楼房建好，让群众住进去，再把原来的村子推掉，改成农田也就了事。可现在，俺们没提什么要求，你却主动提高了标准。想到了群众生产、生活成本和以后就业之类的大事，提出重新订立合同。哎呀——俺们真像是喝了这老酒，心里热乎乎的呀。"

崔凤凯又说："听钟书记说，你搞的那份新合同，保证农民生产、生活成本不提高，保证土地集约经营，还保证转地农民有就业机会。还要成立农业生产公司，建一个养老院……"

"两程"的支书说了一阵子，占广田一小口一小口地抿着酒。

这会儿，算是说到节骨眼上了，占广田说："是。建农业生产公司，置办上农业机械，为土地集约经营服务，也能解决一部分农民的就业。建一个养老院，一来为村民为社会服务，二来也能增加就业机会。"

崔凤凯小嘴巴一咧，笑了，说："这样好。有些人不愿意离开土地，就是因为在地头田边能种些小杂粮呀，蔬菜呀。如果地包出去得一份，再打工挣一份，那地头地脑的几个钱又回来了，这样群众当然高兴。"

程丙亮喝红了脸，眼睛放光，说："是啊，你的方案想得就是周到，好多事情都想在俺们前头了。还有农业生产公司在地里修上几间周转房，什么大农具啊，小农具的也有个存放地方，庄乡们上地下地不用拖着农具了。听说还专门配上机动车辆，拉着大家上地下地。哎呀——占书记，你可真是菩萨心肠，菩萨也没为俺们想得这么周到哇。"

占广田猛喝了一口酒，一边用手抿着嘴，一边摇头。他说："我可没这么些道道，这是……"

那天晚上，姜利焕和钟启祥真吃夜宵了。

钟启祥问姜利焕到哪里去找他，姜利焕干脆说："到我家里来吧，我不再出去了，再到办公室又耽误不少时间。"

钟启祥说声好，一会儿工夫就到了姜利焕家。钟启祥进门来，手里提着一个酒瓶子。姜利焕歪头看着酒瓶子说："今晚上到我家里来，是不是还带了礼品哪？"

钟启祥把酒瓶举到姜利焕面前，说："当然喽——你看看这是什么好酒？"

姜利焕接过酒瓶一看，哈哈笑了起来，原来是一瓶桑葚酒。这还是有一次他们在一起吃饭时，姜利焕拿出的从老家带回来的特产。最后剩了两瓶，放到钟启祥的车子上了。

姜利焕把酒放到茶几上说："从来不给我送礼，第一次送礼，还拿我给你喝的我老家的酒，太抠门了吧。"

钟启祥笑笑说:"嘿,你不是说要吃夜宵吗?吃夜宵得有美酒陪伴呀。"

姜利焕苦笑着说:"好家伙,我说吃夜宵你还真打上主意了。我要是几句话把你打发走了,还吃什么夜宵呀。"

钟启祥摇头说:"不可能,因为我有一肚子的话要跟你说呢。"

姜利焕眼睛一亮说:"是吗?好,我们就坐下来,马上展开话题。从哪里说起?你想说什么?"

钟启祥看着姜利焕,若有所思地说:"我估摸着,你叫我来的目的……"然后他又把那酒瓶举起来说:"就从这桑葚酒说起吧。"

姜利焕感觉奇怪,说:"哦,从这瓶酒说起,有道道,那你就说来听听。"

钟启祥说:"你们老家干得好哇,利用有古桑树的优势进行桑葚深加工,产出了这美酒。可是旺城这里虽有大片的枣林,深加工上却很粗糙哇。"

姜利焕的黑脸板了一下,说:"好题目,继续说下去。"

钟启祥说:"今天你叫我来,肯定是谈农村城镇化建设问题。咱们虽然起草了一个文件,但我总感觉不解渴。措施不那么得力,步子小,胆子还不大。这些天我着魔一样,端起你这桑葚酒,品哪品……终于品出味道来了。"

姜利焕一拍茶几说:"好,我就因为这个问题多少天来睡不好哇。今天就是让你来给我吃个安眠药,让我好好睡一觉。这桑葚酒什么味道?你品出什么来了?"

钟启祥有些激动,他在沙发上歪了歪身子,朝着姜利焕说:"从全市角度,建议恢复原酒厂。同时,旺城镇带头提高城镇化标准,从东关村和两个程庄抓起。"

"恢复酒厂?"姜利焕立刻兴趣浓烈地说,"我好像闻到那老酒的醇香了,具体有什么想法?"

钟启祥说:"受到这桑葚酒的启发,我想把市里的老酒厂再启动起来,把枣加工成枣酒,市场销量很有前景呀。"

姜利焕点头说:"有味道,可以研究,还有什么?"

钟启祥说:"枣酒将带来一系列就业机会。装酒、卖酒、选料、备料、运输、酒糟处理……还得扩大枣林面积,增加产量,提高品种质量……这样,枣的附加值大大提高,土地全部集约经营,劳动力参与到枣产品深加工当中,上楼离开土地的农民,照样有活干。"

姜利焕认真听着,大眼珠子飞快地眨巴起来。

钟启祥继续说:"东关村和两个程庄签订了社区建设合同。但还是一个把楼修完,把农民引上楼,把土地一包就完事的方案;还是一个没考虑增加农民就业机会和收入的方案。"

姜利焕紧跟着问:"怎么解决这个问题?"

钟启祥说:"我想,搞起农业生产服务公司,同时在东关村的地盘上再建一个养老院。现在养老成了社会问题,养老院肯定会对社会贡献巨大,也能吸纳两个程庄和其他村庄的劳动力,甚至是比较高龄的弱劳力、半劳力。"

姜利焕听着听着站了起来,他看着钟启祥说:"启祥,你说今晚吃吃夜宵,可你送来的是一桌大餐哪。"

钟启祥笑着说:"夜宵也好,大餐也好,关键是合你的胃口。"

姜利焕真像吃到了丰盛佳肴,说:"美味,美味呀。本来想让你给个安眠药吃,让我好好睡一觉。这顿大餐吃下去,更睡不着了。"

钟启祥说:"这桌菜味道怎么样,还得听你的指示。"

姜利焕思索着说:"城镇化重点放在了枣区,恢复酒厂连着枣区,枣产品深加工连着百姓……好,良性循环,相互促进。这就是我们想要的结果。"

钟启祥说:"就全市来说还要举一反三,多举并存。"

姜利焕说:"对。不过东关村建养老院可是个大事。关键是占广田,他的思想能不能通?这还要加大投资、拆迁,他能办得到吗?"

钟启祥说:"我去做工作,有什么问题我们帮他。敬老院是有前途的产业,占广田创业的劲头正足,再加上他这个人的品行,我感觉他会知难而进。"

第二天晚上,钟启祥和占广田一起参加了一个酒场。本来喝了一些酒,一般都是坐车回家的。但是,今天钟启祥拍了拍占广田的肩膀说:"老占,咱们一起溜达溜达,不坐车了,欣赏欣赏咱旺城的夜景。"

占广田感到意外。钟启祥一天到晚风风火火,忙忙碌碌,就是喝完酒也不知又去忙些什么,今天怎么有这个闲情逸致?

占广田一边走着,一边猜测钟启祥的用意。占广田说:"今天怎么有心思拉着我逛夜景?一定有什么事要说。"

钟启祥又拍了一下占广田的肩膀说:"老占,你就是精明。精明两个字落在你身上正合适。"

占广田说:"哎,怎么吹呼起我来了,到底有什么事?"

钟启祥说:"别急,你看这旺城的夜色,还真有几分美丽壮观。"

占广田说:"那是,这几年搞的亮化工程,可给旺城的夜色增彩了。"

占广田指着远处一栋高楼说:"你看凤凰大酒店,整栋楼上的霓虹灯,又拼出新口号了。你看——全民齐努力,致富奔小康。好多楼上都出现了奔小康的口号,这一定是你出的主意。"

钟启祥笑笑说:"提高氛围嘛。致富奔小康,一是要真抓实干。这第二嘛,更得有舆论的支持烘托呀。"

占广田说:"那一年季书记让你到东孙镇,我看从那以后,这个致富奔小康的种子,就种在你心里了。"

钟启祥笑笑说:"过去咱们好多工作,都是围绕这个目标展开的。只是那次,让我去一个地方,把这个任务目标提得那么具体、明确,还真是第一次。"

占广田说:"我参与的这社区建设,也是小康的一部分呀。"

钟启祥说:"那是,正因为这个,今天我专门和你聊聊。"

占广田一怔。他停下了脚步,转过身,和钟启祥面对面问:"专门和我聊聊,怎么啦?"

钟启祥说:"这些天来我一直像着魔一样,姜书记也一直睡不好。我们想的一个共同问题,就是怎么解决王海江老领导提出的那些问题。"

占广田说:"哦,我知道。就是城镇化以高质量小康为目标,不能光把老百姓拉上楼拽上楼就了事……"

钟启祥说:"是呀,老领导的话一针见血,扎到了我们的痛处,扎到我们心上了。"

占广田说:"王老说得有道理,在我们实际工作当中,也确实存在这些问题。可是,怎么办呢?有什么高招吗?"

钟启祥说:"有。"

占广田问:"什么高招?"

钟启祥停下了脚步,说:"那首先你得带头……"

占广田说:"我带头?"

占广田背对着灯光,但钟启祥依稀看得出占广田脸上的疑惑。钟启祥说:

"对,你要带头,带头放血。当然,放血肯定有回报。"

钟启祥和占广田继续向前走着,似乎再美丽漂亮的街景,也钻不进占广田的眼睛里去了。钟启祥和盘托出要占广田加大投资,提高城镇化标准的计划。占广田听后停下了脚步,眼睛又望向那灯光闪烁的景色。他想象着钟启祥展现在他面前的美景,多么像这迷人的夜色啊。他又和钟启祥讨论了几个具体问题,然后说:

"启祥,你一点我就明白了,我干。这里边有风险,更有机遇。"

……

占广田喝了一口酒说:"菩萨心肠言重了,这都是钟书记和姜书记喝着桑葚酒,想出来的高招。"

程丙亮一拍桌子说:"占书记,就是大支书派头,领导层的决策情况都清楚。"

占广田摇头说:"钟书记也找我了。他们那天晚上谈完以后,第二天,书记、市长,还有有关部门领导,就社区建设的一些问题又进行了深入研究。今天我这些招,都是出自他们。"

占广田拿起酒壶,给每个人都斟满酒,继续说:"从现在开始,抓社区建设的标准需要提高了。必须把一些条件考虑仔细,把大伙的利益考虑周全,让庄乡爷儿们上了楼,住得舒服也能住得起。"

崔凤凯喝了一口酒，又狠狠地吸了一口烟，烟沁入肺部，让他精神倍佳。但这兴奋是短暂的，他把酒杯撂下，把烟掐灭，双手使劲抹了一把不大的脸庞，对占广田说："正是因为这标准提高了，你犯难了。建个农业生产公司，建个养老院，俺们知道你遇到资金、土地方面等难处。俺们两个觉得过意不去，当初俺们真不该找你。"

占广田身子一挺说："哪能这么说，咱这是一个锅里抡马勺。都得吃饱，都得喝足了。"

程丙亮看着占广田，眨巴了一下眼睛，说："今天俺们两个来找你，是想和你商量商量。社区建设也是建立在自愿的基础上，占书记你不要勉强哈……如果真的有难处，咱们就销毁合同。等条件成熟以后咱再合作，不是说嘛——瓜熟蒂落。"

占广田一怔，分别看了他们两个人一眼，说："哦，今天你们两个请我吃饭，是想和我招手——拜拜呀。"

崔凤凯点了点头说："这'拜拜'不好听，也就是咱们商量着分手吧……这样下去给你带来的麻烦……"

占广田说："想和我'协议离婚'。"

崔凤凯笑着说："占书记说话就是风趣。这样下去给你带来的麻烦，甚至是风险很大……"

程丙亮说："就是，建一个农业生产服务公司、一个养老院，这投资确实大呀，还得拆迁。俺们两个无能为力，全部压在你身上。别说俺们两个心里过不去，就是庄乡爷儿们知道了，心里也是过不去呀。"

占广田听了，喘了一大口气，端起酒杯说："来，干一杯。"崔凤凯、程丙亮赶紧举起酒杯。叮叮当当，各自一饮而尽。

这酒下得这么痛快，双方各有意思。崔凤凯和程丙亮绕着圈子终于把话说出来了，那种对朋友过意不去的重负全释，像二百斤麦包从肩膀上卸了下来。占广田内心很感动，更鼓起了足足的勇气，像车油箱里加满了汽油，要加足马力爬上那个高坡。

占广田放下酒杯说："二位老弟今天找到我的门上来'协议离婚'，解除合同，目的是不给我添麻烦，不让我有更大的风险压力，老兄我非常感动。你们能说出心里话,我谢谢你们,我看得出你们是真心真意为我好。"

程丙亮搛了一块红烧肉放到嘴里,一边吃一边说:"俺们肯定真心真意,咱好说好散。"

占广田自己端起酒杯,一仰脖子喝了下去,然后说:"正是为着你们两个的真心,我也得把这件事情办好。泼出去的水不能再收回来,射出去的箭也不可能再折回来。既然我占广田给庄乡爷儿们承诺了,再大困难,再大风险,咱也得拿下。"

崔凤凯、程丙亮你看我,我看你,愣住了。

齐志林找上占广田了。

齐志林在于金水的办公室,给占广田打了个电话,说要和他见个面,有重大的好事要报告给他。占广田心里纳闷,不知这家伙搞什么名堂,赶紧跑到于金水的办公室。

齐志林坐在于金水的老板椅上,晃来晃去。于金水添茶续水,一个劲伺候。占广田坐在沙发上,也把那一双短小的腿架起来,也算是跷二郎腿的架势吧。因为沙发大,占广田身子矮小,整个沙发像把他埋起来了一样。

齐志林见到占广田就说:"怎么,遇到难处了吧?"

占广田很是意外道:"你怎么知道?"

齐志林哈哈笑着说:"什么事情能瞒过我的眼睛,你那点小九九,我还能不清楚?你那点家底,我还不清楚?搞什么农业生产服务公司、养老院?哎呀——老占,我不是给你说过吗?当农民不容易,不要异想天开像小孩子一样,想怎么着就怎么着,这是投资,有投资的……"

齐志林又指着占广田说:"看你这一小把的块头,能顶那么重吗?"

齐志林的话,像瓢泼大雨一样稀里哗啦地浇在占广田的头上,打在他的身上,凉飕飕的,占广田不由自主缩了缩身子。

齐志林紧接着说:"逞什么能呀,就这么大的个头,还老是想撑破天，是不是这么回事啊？"

占广田笑了，笑着挺起了身子，似乎这个时候，沙发上才感觉有占广田的存在。占广田说："你这个家伙，从小就是嘴比刀子还利。"

齐志林说："好了，停手吧。什么农业生产服务公司、养老院，投上金银没有多少回报，干那些费力不讨好的事干吗？跟着我干吧，把你的资金省下来，投在我的项目上，保你票子哗哗，财源广进。要不是那个商城占压了资金，金水也跟我干了。"

齐志林说到这儿，和于金水对视了一下。于金水笑了笑，占广田看着他们两个没有出声。

齐志林继续说："我搞了一个有关压缩板的项目，就是家具用的压缩板。这个项目，我已经和美国定好了合同，有多少要多少，利润非常高。并且我找了咱们的老领导——魏县靳书记，在他那里利用外商身份投资。"

占广田一听，咧嘴笑起来，说："嘻嘻……又弄那一套。"

齐志林板下脸说："那一套？投资有投资的门道，把项目做上去是真正的目的。靳书记非常支持这个外资项目，给了我非常优厚的政策。"

占广田又撇着嘴说："又成了外资投资项目，这……"

齐志林打断占广田的话说："你打住，听我说。魏县按照外商投资政策，给我们零地价优惠，我算计着把这个项目做上去，比我在旺城上的这个纺织项目，利润还大。"

占广田说："哎呀——利肯定不小哇……"

齐志林从椅子上站起来，来到占广田旁边的沙发上坐了下来，语气客气了许多，说："说实在的，有优惠政策，银行里给我一部分贷款，我自己有一部分资金。可是，算来算去还总是有个缺口。老占，把你的资金拿过来，咱们股份制，别搞你那费力不讨好的事情了。"

齐志林说这些时，脸紧凑到占广田旁边。占广田好像怕齐志林味道怪怪的脸贴上他的脸一样，一个劲歪身子，保持了一尺的距离，说："哎呀，快把我熏死了。齐大总经理吃遍天下的手，弄了半天是想来吃我这个'干巴猴子'呀。是，我没什么啃头，光有骨头，还比人家短半尺。"

占广田说着笑了，齐志林从沙发上噌地站了起来，说："笑话，我有资金缺口不错，可这点缺口算什么？这个缺口让你赶上了，就是你的福分，我是来拯救你的。"

说着，齐志林自己端起茶壶，往杯子里哗哗倒满水。也不喝一口让于金水倒一口，摆那个大老板谱了。他把茶壶在占广田面前晃了晃，说："看见了吧，对我就像是如此，举手之劳就满了、有了。我知道你焦头烂额了，两个程庄的支书都主动可怜你了。"

占广田笑着点头，然后认真地说："是，这两个村的支书找我了，对他们的情谊我非常感动。越是感动，我就越觉得不能违背合同……"

齐志林精神一振，说："哎，这也可以，也值得考虑。不违背原来的合同，按照原来的合同标准干就行了，省出来的钱投到我这个项目上。你又不违背合同，又可以从我的项目上赚到大钱。"

占广田说："那不行。市委、市政府专门下文件，启祥也找了我。社区建设，要让百姓真正摸到实惠好处。咱可不能像稀泥抹墙面一样，抿巴抿巴就算。那样，我闹心。"

齐志林又一屁股坐在椅子上，咧着嘴说："哎呀呀……怎么听着就这么叱咤风云、大义凛然哪。哎，你比战争年代那些浴血奋斗的战士的气概还大呀。"

占广田脸上没了一点儿笑容，说："那咱比不上，不过糊弄庄乡爷儿们的事、坑害庄乡爷儿们的事，咱不能办。"

齐志林说："你怎么糊弄、坑害庄乡爷儿们了？按照原来的合同办下去，不也照样可以吗？"

占广田说："城镇化建设要高质量，新标准明摆在这里。咱要装作看不见，绕着走，百姓不答应，上面也不答应。"

齐志林摇了摇脑袋说："你……你为了名，为了利？"

占广田的背又离开沙发，身子挺得直直的，说："名利咱不说这些。摊到庄乡爷儿们身上，要个良心呗。"

齐志林说:"哦——实现致富奔小康。"

占广田淡淡一笑,说:"那太夸奖了,也就是多出力气的事。"

齐志林一脸沮丧道:"哎呀,你们这几个人,真没办法……"

"嘟嘟……"占广田的手机响了。占广田拿着手机说:"是程庄崔凤凯打来的电话,说是有急事找我。我先告辞了,以后咱再深谈。"

说完,占广田走出门去。齐志林看着占广田的背影,对于金水说:"真是个大傻瓜,真是个大傻瓜。"

于金水说:"他就是这么个脾气,你我还不知道吗?要是这件事让他放弃,让他应付,我看不容易。"

齐志林说:"全是钟启祥给吃的药。"

于金水嘿嘿一笑,说:"启祥负责这事。只要他负责的事,肯定就搂到骨头上。"

齐志林更不耐烦地说:"这个人,都当常委了,还想从这里捞政绩干吗?"

于金水说:"启祥那心肝,黑白咱都了解,他可不是为了政绩。"

齐志林没把于金水的话听到耳朵里,眼珠子却转了起来,说:"他这笔资金投到我这里,正好补上我这个缺,对他也有好处,真是个大傻瓜蛋。要是没有他这一笔,下一步……"

占广田和齐志林在于金水那里分手后,齐志林不甘心。心里总是盘算,有占广田这笔资金,给自己解决了大事,哥儿俩又好,两全其美。唉!这个傻家伙,怎么就这么拧呢?他就光听钟启祥的?就没人能钻透他这个死心眼?想着,他小眼睛不断地忽闪着。哎,有了,老表哥,占广田的老父亲。

齐志林趁一次占广田在市里开会的时候,来到占广田家,还给占志根带来一些补品。老表哥、老表哥……叫得连自己都起鸡皮疙瘩。然后,就把占广田要投资的事,说给了老人听。

齐志林说:"老表哥呀,我好心好意,广田不听。你劝劝他,不要投那个东西。现在那个什么……城镇化建设的标准这么高,要保障农民的这权益、那利益，投资大大增加。那个东西用咱庄户人家的话说：'皮厚'，一锤子攮不出血来，什么时候能得利说不准，正月初一盼腊月三十——远着哩。"

齐志林娓娓道来，像个媒婆子。老爷子听着，没动声色，坐着的摇椅轻轻摇动。

齐志林摆出一副同情的模样说："我听说，为了修养老院，你们还得搬迁……"

"搬迁？"占志根一愣，摇椅不动了。

齐志林赶紧说："这可是我听到的消息啊，准不准咱另说。不过我估摸着，如果要是真建个养老院，东关村还真没有这个地角。"

占志根脸上一丝一毫的表情变化，齐志林都紧盯着呢。他看着老爷子的脸色，知道他对问题的关注度，比刚才多了几十倍。就像切肉，刀子又往深处拉了下去。他说："还有，他要拿出现在全部的积蓄，还要用他的汽车内饰厂做抵押，贷款……"

"贷款？"占志根一惊，缓缓地从摇椅上直起了腰，齐志林赶紧上前去搀扶了一下，一边扶着老爷子，一边说："是啊，他不贷款，这笔资金哪里来呀？大家都知道，广田这些年可从来没有贷过款。要是这把年纪了，钱砸进去收不回来，贷款再还不上，那可毁了你一家这么多年的声名呀。"

老爷子脸上泛起了惆怅，脊梁慢慢后倾，又躺在摇椅上。

# 第十二章

旺城又传出了一个新闻，说德意仕友纺织集团公司开设了一个"五星级小食堂"。这消息之所以吸引人，很可能是因为这个名字——"五星级"，可又是"小食堂"。经委主任冯书宽说："哦，齐志林又拱出一只么蛾子来。"

德意仕友建设办公楼的时候，齐志林说必须建一个像样的餐厅。在办公楼的东面，与办公楼紧紧相连的，就是他那个"五星级小食堂"。

这个小食堂虽然不对外开放，但相当华丽阔气。装修仍然是欧式，餐桌、餐椅、餐具都是从国外进口的名牌产品。餐具酒具、刀叉筷勺镀金镀银，款式新颖。大餐厅、小餐厅、中餐厅俱全。大餐厅中设有一个能容下三十人的巨大圆桌，齐志林称："打造旺城第一桌。"还专门设有西餐厅，中餐吃腻了，就到西餐厅光顾光顾。齐志林称其为讲究，也能改换口味。还配有舞厅、卡拉OK厅，用餐以后还可以"潇洒走一回"。

这天，占培杰来到齐志林的办公室里，看到齐志林又在喝咖啡，便涮杯子倒水，殷勤伺候起来。

最近一段时间，齐志林经常和占培杰联系，他要了解占广田搞社区建设的一些情况。因为齐志林和家里人的关系，对父亲在这方面遇到的难处，占培杰也没有什么隐瞒，全盘托出，而齐志林得到这些情报，是另有他用的。

一段舞曲丁零当啷响了起来，是齐志林的手机。齐志林拿起手机一看，朝着占培杰说："哦，你爸来电话了。"他打开手机道："喂——老占，有什么贵干呢？"

电话里怒气冲冲地说:"把门开开,我已经到你门口了。"

"什么?到我门口了?"齐志林看了一眼手机,又看了看紧关着的办公室门,"这个家伙,搞起突然袭击来了。"说着,起身走到门前把门打开。

占广田一进门,也没看占培杰一眼,就好像没有这个人一样,直冲着齐志林大声说:"齐志林,你要干什么?把事情捅到老头子那里去,你想把老头子气死是不是?"

齐志林开始装傻。

"什么,什么……"

占广田指着齐志林的鼻子说:"还什么什么……你自己干的事不知道吗?"

齐志林一看占广田真生气了,便拱手作揖,说:"哎哟哟……对不起,你听我解释,你听我解释。"

占广田仍然怒气冲冲,说:"听什么解释?你没钱了是吧?没钱就干出这种勾当,老头子血压都高了!"

齐志林的脸变了颜色,老鼠见了猫一般,说:"我错了,我错了,我不该到老头子那里说这些事。"

占广田说:"亏你还是个闯江湖的,哪有一点儿男子汉大丈夫的气概?"

任占广田怎么喷唾沫星子数落,齐志林依然是拱手作揖一个劲地认错。占培杰可能感觉这种场面有些尴尬,不好意思,就用一副劝解的口吻叫了一声:"爸——"

齐志林赶紧说:"唉——看人家培杰可不像你这样,一点儿小事就像吃火药一般。"

占广田又瞪起了眼睛,说:"什么?还是小事?"

齐志林又赶紧说:"噢,不是小事,不是小事,我又说错了,我又说错了,我再向你检讨。"

齐志林一边说,一边嘿嘿地笑着,拿出茶杯、茶叶为占广田沏茶倒水。那天齐志林从占志根那里出来,也有些后悔,心里突然感觉——冒失了。再怎么着,也不可能阻挡占广田这个家伙。他看准

115

了的事，怎么可能停下脚步呢？跑到老爷子这里来，弄不好让占广田生气还笑话。这会儿，占广田真追到他办公室里发飙，齐志林自然是做了亏心事，就怕鬼敲门。

占广田泼妇一般闹腾了一顿，一屁股坐在沙发上，呼呼地喘着粗气。那双大眼睛发出的凶光，像激光武器射向敌人一样，直照得齐志林不敢正视。但再怎么发火，这件事情也得有个完哪。齐志林一个劲认错，占广田也不好再说什么。朋友加亲戚，今后仍要处事。

齐志林见占广田平静下来，就趁势转话头，说："老占，我这里建了一个五星级的小食堂，你还没有来过。今天，呵，就在这里尝尝。"

占广田说："不用。"

齐志林说："那好那好，你先看看，先请你看看，消消气，消消气。看看总行吧？"

占培杰说："爸，志林爷爷让看，你就看看吧。"

齐志林仍然把话题向远处扯，说："哎，培杰，咱们驰骋商海，哪有什么爷爷奶奶的。朋友，就是好朋友。叫齐总，OK？"

占广田听了齐志林的话，鼻子里哼了一声，总得有个台阶下呀，脸上禁不住露出了一点点笑容。

齐志林又赶紧说："我这个小食堂刚刚启用，正筹备着叫你们来吃一顿呢。你看看，先睹为快，参观参观。"

占广田站起身来。齐志林赶紧打手势说："来，来老占，参观参观。"

占广田只好跟着齐志林走出了办公室。齐志林一边领着他们下楼，一边夸耀："这个五星级小食堂，我是煞费苦心哪。餐厅虽然都是欧式装修，但又各有特色，风格不同。那999厅是典型的欧洲古老风格，888厅又是欧式现代派……餐厅的标号666、888、777……各有讲头。"

他们大餐厅小餐厅，楼上楼下转了个遍。占广田、占培杰看着，心里都暗暗惊叹，占广田一直没说话。但是在一间标号444的餐厅面前，占广田终于开口了：

"人家追求的都是吉祥数,你看你这,444。"

齐志林说:"嗯,有人对餐厅的这三个数字颇有异议,那是不懂呵……"

占培杰说:"过去是西方,现在连我们这里也在乎这个了。有的电梯从3层直接到5层,就是不标这个4,4的谐音不言而喻。但是从音乐说起,'哆,来,咪,发……'这个'发'按数字顺序正好是4,有三个4连在一起,也就是"发发发"了,和888同义。"

齐志林心花怒放,说:"哎——老占,这年轻人就是比你懂得多,知道得多。你呀,学着点吧。"

接着齐志林振振有词,高谈阔论,像一个大律师上法庭,极力为这个"444"辩护。最后说了实话:

"因为这事,我拜访过大师的,哈……"

齐志林在一楼又打开了一个房间,他们几人走了进去。呵,墙壁都是陈列柜,摆放的全是名酒。茅台、五粮液什么的就别说了,外国的那些人头马、威士忌、伏特加……比比皆是。但在正面墙的陈列柜上,有一个方形的陈列框,有一瓶酒被显眼地供奉在那里。

占广田走上前,伸手拿了过来。手榴弹形状,粗玻璃,金属盖子都有了锈迹,老古董一般,瓶身有一张陈旧的标签——"东州小烧"。

占培杰看了一笑,说:"齐总,我听我爸说过,这是你当年生产的名牌货呀。"

齐志林呵呵笑了起来,说:"这是我当年的发家货。自从有了这'东州小烧',本人就发了。从此对酒这个东西便情有独钟,特有情感了。我追求酒,热爱酒,崇拜酒,并且追求、热爱、崇拜得五体投地。我认为酒就是钱,酒就是爹,酒就是命。"

占广田撇了撇嘴说:"不说点好话。"

齐志林接着说:"老占,我说的是实话。本人发展的第一桶金是从酒中捞取的,那么今后第二桶、第三桶……还要从酒中捞取。过去是造酒,现在是喝酒。造酒为了卖钱,喝酒为了结识领导、社会名流,编织各种关系网。总而言之,言而总之就是以酒为媒,赚更多的钱。培杰,这道理你爸爸揣着明白装糊涂,你现在也是公司老总了,更得多学点。"

占广田瞥了一眼齐志林,说:"不教好事。"

齐志林朝着占培杰说:"培杰,要听我的。结交领导、编织关系网靠什么?就是酒。酒就是有这么大的魔力,能够让你由生变熟,由小变大,神出鬼没,上天入地……"

占广田说:"好了,好了……又是这一套,我耳朵都听出老茧来了。"

齐志林让他们坐下,拿过酒杯,从桌子上拿起酒瓶,往每个人的杯子里倒上一点儿,自己先端起酒杯抿了一口,接着说:

"老占,不服不行。有一次我要结交一位领导,但是这位领导不胜酒力,朋友说给他点礼品也就罢了,但我不这么认为。这送礼是必须的,把他请到酒场上来更是必须。要知道,在酒场以外他是爷爷,咱是孙子。酒场上几杯酒下肚,在酒的魔力下咱就能高升两级,和他平起平坐称兄道弟,变为兄弟辈分。"

占广田又指着齐志林说:"全是社会上传的歪理,我看你越来越不学好。好了,我该走了。"

齐志林说:"嘿,说表叔这话,就真没有个辈分了?"

占广田说:"去你的。"

齐志林认真地说:"哎,今天我有个饭局,请的是一位特殊客人,我叫培杰来,是给我陪客的,你也留下吧。"

占广田说:"不行,我到东州有事。"

齐志林说:"哎,怎么像求你似的,还生气呢?"

占广田说:"我真有事,再说父子不同席。"

齐志林说:"老家伙,你请客的时候,爷儿俩在一起喝得都挺凶,到我这儿来就父子不同席了。"

占广田指着齐志林说:"真拿你没办法。"

齐志林说着"OK,OK",笑了。

占广田走了。齐志林的几个朋友到了,他们都是来为齐志林陪客人的。说笑之中，齐志林的秘书匆匆走来，告诉他宁行长已经进了公司的大门。齐志林赶紧站起来说："那好那好，我去把行长迎接上楼。"边说边匆匆走下楼去。占培杰当然一步也不敢落下。

魏县工商银行宁行长，名叫宁万海。个子不高，但大脑门、大脑袋、大胖脸，动画里的"大头儿子"一般。他已经接连当了三个县市的银行行长。在唐俊县当银行行长的时候，因为不良贷款严重，他被警告、调离。这些年来，宁万海就像被银行风险这根高压线电击过一样，对贷款望而生畏。这一回，在魏县遇到了这个齐志林，他真感觉到了棘手。这么多年，同在东州，对齐志林这个人他心知肚明，但他也清楚齐志林社会、官场的背景有多深。

齐志林开始为压缩板厂申请贷款，宁万海就驳了回去。但是齐志林进不去银行的门，招商办主任就来了。招商办主任又被驳回以后，分管招商引资的副县长又找上门来。宁万海像躲避瘟疫一般离开魏县好几天。他苦苦思索，下定决心，坚决顶住这笔贷款，不能让唐俊的惨剧重演。

躲过初一，躲不过十五呀。宁万海还是让齐志林逮住了。齐志林再三邀请宁万海到他的五星级小食堂里"坐坐"。

对齐志林的邀请，宁万海心里很明白，如果连这个约会也不参加，情理上也确实说不过去。事成不成再说，连一顿饭的面子都不给？齐志林毕竟有这么大的"背景"。于是他单刀赴会，来到了齐志林的地盘。他对自己的酒量清楚，"宁一瓶"名不虚传，能抵挡一番。酒嘛，喝就喝，菜吃就吃，但就是那贷款……拿定主意，死不松口。

齐志林的路子还是老一套，狂轰滥炸，把对方弄倒。然后送他走的时候，把那个"小兜兜"再给他提上去。嘿嘿，今晚他既然来了，十有八九能撬开这个硬壳子。

见到宁万海，齐志林首先领着他把五星级的小食堂游览了一遍。除了向占广田、占培杰介绍的那些情况，他还吹天嘘地：这个厅，省级的领导来吃过饭；那个厅，北京哪个领导来用过餐……其实宁万海临来之前也听说了，知道他这个小食堂刚刚建起来。宁万海一个劲地点头,但心里说:你抱着扫帚扑飞机就扑吧,扑不到我身上就行。

酒席宴开始了。齐志林把客人们一一介绍给宁万海。介绍占培杰时,占培杰微笑着和宁万海打了个招呼。介绍到那位机械厂的郑老板,那位郑老板扯着大嗓门门说:

"宁行长,听说你酒量很大呀,打遍东州无敌手。也是,万海嘛,一片海洋也就足够了,您这万海,真是不可估量呀。"

郑老板乱七八糟地胡扯乱拉后,宁万海说:"不行了,昨晚喝多了。"

齐志林马上接着说:"昨天晚上喝多算什么?俗话不是说,不喝不喝喝多了,回家以后睡着了,睡着睡着挨骂了,明早决心不喝了,结果中午喝上了,晚上接着又醉了。"

宁万海说:"哎呀,齐总说起喝酒还一套一套的。"

占培杰一板一眼地说:"宁行长,齐总对中国酒文化很有研究。什么酒的来历,酒的好处,酒的缺点……从古到今,围绕酒所产生的恩恩怨怨,甚至国事兴衰,都能讲上一通。什么曹操煮酒论英雄,什么对酒当歌,举杯邀月,醉里挑灯看剑……齐总都能说上个一二三。"

齐志林哈哈乐了,说:"笑话,笑话,说笑话。人在江湖走,不能离了酒。人在江湖飘,不能不喝高。一生不喝酒,枉在世上游。干部不喝酒,没有好朋友。商人不喝酒,机会就没有。平民不喝酒,快乐就没有……"

说到这儿,他拍了拍宁万海的肩膀说:

"咱兄弟们不喝酒,感情就没有……"

在场的人又一阵哄笑。

齐志林说:"别笑,别笑。说了这么大半天,还没有喝酒呢。来,宁行长第一次到寒舍,咱先连干三杯,然后大家有什么说法,再一一道来。"

"对,对对……"

酒杯叮当,你起我坐,好话连篇,祝福满堂……

酒过几巡的时候了，只听齐志林招呼服务员：

"来来来，把那道'特级名菜'请上来。"

标致漂亮的女服务员，立刻送上了一副扑克牌。这副扑克牌看上去有些老旧了，不知在这里耍过多少回了。齐志林拿过牌，一边魔术小丑般在手里灵巧地洗着牌，一边说：

"酒喝到这个份上，需要调动一下了，还是按老方法，翻扑克牌。"

这翻扑克牌的把戏，也不知道是齐志林自己发明的，还是他从哪儿学来的。反正在旺城开始玩这个东西的，他是第一人。这种把戏，从齐志林的酒场上传出去以后，便被广泛地用到了酒席上。

游戏很简单，主陪把扑克牌一张一张翻开。A 至 K，不论什么花色，翻出那个数，主陪右边数起第几位就喝酒。大小王，主陪自喝。

这种游戏，也叫"一翻都瞪眼"。只要把扑克牌一翻，谁坐的位置对上扑克牌上的数，谁就端起杯来，不能含糊。齐志林说："这也是'政策调动'。"

他说改革开放前，农民的积极性不高，实行了家庭联产承包责任制，积极性就调动起来了。这叫什么？这叫作：人叫人动人不动，政策调动积极性。这喝酒也一样，用到酒场上，就叫作：人叫人动人不动，扑克调动积极性。

每次耍起扑克牌，齐志林都是得意扬扬，潇洒自如。齐志林身子长，胳膊长，一只手像吊车的长臂直至餐桌中央，掀起扑克牌自如利落。翻开扑克牌，一眼就看准牌上的数字，随手就扔向该喝的人，就像计算机一样准确无误。好比输入 5+3，一按等号键准是 8。他掀开一张是梅花 4，手一甩，说："郑老板。"

郑老板赶紧端起酒杯说："我喝，我喝……"

他又翻开一张红桃 11，啪地摔在主宾宁万海的面前。齐志林说："十个人喝酒，没办法，11 也是你。"

宁万海看了看扑克，似乎心里算计了一下，说："哦，我喝我喝。"然后端起酒杯一饮而尽。

今天晚上似乎这扑克牌也长了灵性，知道今天请的是谁，主宾是谁。齐志林翻开的扑克,很多都是11和1。这宁万海就坐在齐志林的右边,那扑克牌来得更利落快速。宁万海经不住齐志林的花花样样,招架不住了。原来三十人的场面上,齐志林都不需要拿着扑克算计一番,也不会有什么失误。然而今天……齐志林开始"出错"了。

齐志林胳膊又像猿猴长臂一般,伸到桌子中央翻动了扑克牌,本来翻出了一个7,不是宁万海喝酒,但齐志林随手扔到宁万海那里。这已是齐志林第好几次"糊涂"了,宁万海"门前"已经是"奖牌"一堆了。宁万海见又蹦来一张,二话没说,端起酒杯,一直脖子倒了下去。没一会儿工夫,又一张牌像蝴蝶一样翩翩飞到他的面前。宁万海趴在桌子上话都不利索了。

"不——行了,我喝——多了。"

齐志林伸手拿过宁万海的酒杯说:"老弟,哥哥来救你。"说着,朝嘴里一口倒下去。

郑老板说:"那——不行,不能——替。要不,你也得——替我喝。"

齐志林大醉一般,也拉着长音说:"我——替你,我凭什么替——你。经济危机来了,没钱了。宁行长能给银子……你能……能吗你?"

宁万海抬起头,脸像刚喷上粉红色的涂料,眼睛眯缝在一起,也不知道朝着谁说:"对——对。你——你行吗你?还替你?"

齐志林赶紧接上:"宁行长,给银子,咱可说定了。"这句话,他一点儿也没结巴。

宁万海说:"没——问题,说定了——喝,你喝。"

"好兄弟,再敬你一杯。干——"

齐志林把酒喝了,宁万海低头趴在桌子上。

第二天早上刚上班,齐志林坐在办公桌前,回味着昨天晚上的酒场,心里得意非常。八九不离十,贷款问题不大了。没想到,宁万海的司机推门进了办公室。他把那个精致的小密码箱,恭恭敬敬地放到了齐志林的办公桌上。司机说:"齐总,宁行长说,他不知道箱子的密码。不知道里面装的什么,他让我把箱子还给你。"

齐志林拍着前额说:"哎呀——因为昨晚他喝多了,我没有告诉他密码,怕他忘了,计划今天给他打电话……"

司机说:"谢谢,宁行长说不用了。"

司机说完就转身走出了办公室,齐志林在后面喊:"哎,你,你等等……"司机没有回头。齐志林看着小箱子,气急败坏地说:"他妈的,茅坑里的砖又臭又硬呀。你等着……"

齐志林驱车奔向魏县,可能宁万海的司机还没到家,他就已经坐在了靳洪来的办公室里。

靳洪来的办公室依然是宽敞明亮,用老百姓的话说,干净得没有一丁点土丝儿,老板椅像湖面上的小船一样悠荡着。但靳洪来和齐志林两个人对坐着,脸色都一样阴沉难看。

"呦呵——厉害——"

靳洪来停止晃动老板椅,手轻轻地敲着椅子的手柄,嘴里吐出了这四个字。

齐志林又煽风点火,在一旁轻声说:"这家伙,实在是不把县委、县政府放在眼里呀!不说这次这么恭维他,前几日,科局的领导和县长们找他,他也是不给面子。"

靳洪来扭过脸来,轻蔑地斜看了齐志林一眼,实际意思是说:别弄这一套,我用不着你的激将法。

但是,这个压缩板产业的成功,对魏县是莫大的光彩呀。再说了,齐志林毕竟是这么多年的老关系、老乡。并且这么多年来,齐志林……就不说这些,只要你在魏县地盘上,无论哪个部门,出现了与县委、县政府顶板的事,是绝不可以的。银行贷款,发展经济,这是理所当然,大势所趋。你一个小小的行长?

靳洪来不紧不慢地拿起了电话,啪啪啪按动了数字键。里边很快传来"靳书记好"的问候声。靳洪来拿着电话板着脸,慢吞吞地说:"那笔贷款……就是压缩板的,就这么困难?"

电话里面马上传来"靳书记您听我解释……"之类的话,里边还没有说完，靳洪来又不紧不慢地说："我不愿意听这个。"说着把电话挂掉了。

办公室里一时静了下来。靳洪来躺在老板椅上，仍然看着天花板，手轻轻地抠着鼻孔。齐志林看到靳洪来的举动，心里真生了几分胆怯。靳洪来心里有数，宁行长用不了多久，就会过来的。果然，不大一会儿有人敲门。靳洪来轻声说："请进。"

门开了，宁万海幽灵般出现在门前。他大脑门大胖脸上满是汗水，还伴有一阵喘息声。靳洪来知道他来得仓促，上楼的速度一定很快。靳洪来示意宁万海坐下，又仰了一下下巴，示意齐志林出去。接着靳洪来发话了：

"一个部门，不论你是什么性质的，既然在魏县这个地盘上，就得服务、服从魏县这个大局。为了发展经济上项目，无论哪个部门，都要克服种种困难，全力支持，绝不能含糊。要不然要你这个行长干吗？还不如退回去好。"

宁万海点了点大脑门，刚要说什么，靳洪来抬了抬手继续说："这困难，那困难，哪有没有困难的？有条件上，没有条件创造条件也要上。这不是我们党的老传统了吗？"

宁万海又要说什么，靳洪来根本没有理会，继续说："不要以为自己就那么干净，行里的问题就少吗？要是有关部门介入一下，我这个县委书记，还得去给你擦屁股……"

宁万海大脑门上的汗水一直流，像被雨淋过一样。

很快，银行通过了贷款。


旺城北街一个小胡同里，有一处盖了三间平房的普通小院子。

此时，天已经黑了下来，院子里进来四个人。这家的主人叫张智霖，他和进来的这四个人，都是机械配件集团收购的原旺城铸造厂的职工。张智霖把大家迎到屋里，因为房间太小，几个人只好就在外间屋里坐了下来。张智霖张罗着从母亲的房间里拿来两把椅子。又从二儿子做作业的房间拿来一只小板凳，五个人才落座。

张智霖一边给大家倒水，一边抱歉道："喝点白水吧，咱也没有准备茶叶。"

坐在张智霖对面的苏玉华说:"好啦,能喝上白开水就不错了,还想什么茶不茶的。"

坐在小板凳上的孙路明笑着说:"还不到这种程度吧,咱连个茶叶也喝不起了?"

苏玉华拉着大长脸接着说:"怎么着?像智霖大哥这样,上有生病的老母亲,下有上学的孩子,这么多月没开工资了,别说茶,说喝不起水也差不多了。"

张智霖不好意思地说:"没那个习惯,没那个习惯。"

苏玉华还是板着脸说:"别硬撑着了,现在到了什么时候了,咱们还不都像明镜似的?像咱们当下这个年龄还能凑合,等到咱们真的老了病了,那可就哭天天不应,叫地地不灵喽——"

苏玉华因为个子太高,坐在张智霖拿来的小板凳上很别扭,他拍了一下孙路明,换了位置。孙路明说:"就欺负我这小个子。"

聊着聊着,这个小小的"会议"就进入了议题。他们讨论的主题,是怎样让公司给大伙解决养老金和工资问题。一上了正题,几个人就七言八嘴的更热络起来。

苏玉华皮肤粗糙,面颊上像糊了一层老树皮似的。他摆弄着大粗手说:"根据我摸到的情况,像我和王杰这种停薪留职的人员不少,现在基本上是两不管了。"

几个人当中数王杰最年轻,戴着副眼镜,嘴唇上方的小黑胡子很显眼,他坐在一旁拿着本子做记录,被大伙推荐为"文书"。

苏玉华继续说:"对这些停薪留职人员,厂里开始规定,每年每人向厂里交一定的费用,厂里保证上交每个人的养老金。可是,这些在外人员收入都不好,不再向厂里交费用,厂里就不再给这些人交养老金,就两不管了。"

坐在一旁一直没有说话的蔡冬丽,从口袋里拿出一张纸。苏玉华看了一眼蔡冬丽说:"快让咱的老科长说说吧,她最明白。"

蔡冬丽是原厂的财务科长,被收购以后成了副科长。她多年掌管着厂里的财务,虽然现在正科长是厂长任命的亲信,但是蔡冬丽凭着多年的老资历，除了核心的情况以外，对全厂的财务还是能够摸得上的。今晚在座的她是唯一的女性，并且年龄最长。她的短发里已经掺杂了一半花白的头发，脸上也有不少皱纹。但由于常年坐办公室，面颊还显得有些光泽。

蔡冬丽从口袋里拿出一张纸，又拿出老花镜戴上，看着那张纸说："在铸造厂被收购以前，厂里的职工养老金就已经有多年没有交纳。厂子被收购的第二年，咱们交了一年的养老金，不包括刚才老苏说的停薪留职人员。后来这两年又没有交。"

苏玉华插嘴说："按当时的收购合同，应该把所欠的养老金给补上呀。"

蔡冬丽说："唉，话是这么说，咱们被收购以前，已经这么多年没有交养老金。再加上收购以后，这么些年没交，每个职工应该缴纳的数目已经涨了几次了。按照现在的养老金政策，要把我们过去的全部补齐，就不是过去的基数了。所以厂里拿不出这笔钱，交了一年，又搁置下来。"

蔡冬丽说到这儿，停了下来。其他人你看看我，我看看你，也没有再说话，他们都在琢磨着蔡冬丽的话，就像刚听完老师的一堂数学课，仔细地品味着课题的意义。

又是苏玉华先打破了沉默，他抓耳挠腮地说："哎呀——这养老金和物价一样啊，也是在涨啊——时间越拖越久，越涨越高，先别说丢下的工资，养老金交起来就够难了。"

张智霖一向是稳重的，到现在也着急了。他本来眼睛就大，这时候眼珠子都快滚出来了。他说："前几年美国闹经济危机，产品出不去，给暂缓交养老金提供理由了。光让咱们工人理解厂领导的难处，他们、他们什么时候理解过咱们哪？不行，得找，得抓紧找，不能再拖、不能再等了。"

"对对，不能再拖、不能再等了。"

"再等，我们退休以后真的要喝西北风去了。"

……

大家你一言我一语。苏玉华一挥他那大手，又说："刚才智霖说了，美国的经济危机关咱个小厂子屁事？经济危机过去了吧，养老金也没有给交上呀？"

苏玉华说到这里，瞪着眼睛，晃着脑袋，站起来又坐下，然后对长着小胡子的王杰说："这些，要全写清楚，一点儿也不能少。"

铸造厂原来是一家县属集体企业，经营不佳。当时的旺城县委、县政府觉得出售、兼并、承包什么形式都可以，只要能把这个厂救活就行。但是，尽管县委、县政府进行过一系列发动，还是没有人搭理这个厂。

后来县委、县政府采用权宜之计：政府占百分之五十以上的股份，持大股继续投资，其他股份由厂领导和员工持有。这样，保证了在厂人员基本工资的发放。但是，养老保险一直没有能力交纳。后来政府出面，铸造厂被机械配件集团收购。收购以后情况有了好转，但是面对这么多年的高额养老金，厂里还是无能为力。经过经济危机后，产品出口门路一直不那么畅通，无疑是雪上加霜。这几个月连工人们的工资也发不出来了。

就在第二天下午，一封由王杰代写，工人签字，追要养老金、工资的信件，送到了办公室领导的手里。

## 第十三章

这些天，占广田家的气氛异常古怪。占广田似乎进了家门就怕见到老父亲，尽量躲避。但是进屋以后，眼睛又不住向父亲这边瞅。尽管在内屋里关着门，老父亲那边连点动静也听不见，他脑袋还是不由自主向那个方向歪。老爷子似乎和占广田心有灵犀，也是不愿见面。只要占广田在家里，老爷子就尽量躲避，在自己屋里不出来。有个关键的环节就是吃饭，吃饭总要见面呢。占广田在外吃饭的场合多，但他对此比较反感，经常推托。但是，这些天他一叫就去，尽量避免在家里吃饭。在家吃饭的时候，幸亏有路秀红。要不说"黑白脸"唱得好呢，她唠唠家长里短，村西这家子怎么样，村东那家子如何，一顿饭说起来没完没了。叫人听了，像听评书似的感兴趣。自然减少了占志根和占广田父子两个对话的机会。

这两年，占广田浑身上下像打了什么激素，总有一种再次创业的冲动。他的汽车内饰效益很好，连贷款都没有，支部书记也干得风生水起。但是，那颗心总是跳跃着，要向新的领域拓展，要在他后半生的岁月里再创辉煌。于是，他多方考察，目光没有转向工业项目，而是选择了农村城镇化建设。与旺城镇东程、西程两个村，签订了社区建设合同。

这个动议刚刚出来的时候，就有很多人反对。有的是看他年龄大了，怕他经不起折腾；有的是不看好投资社区建设。齐志林满口不赞成："占广田'穷屁股'，一个农民已经成了市民，又偏偏要去打农民的主意，简直是异想天开。"

钟启祥却不这么认为，这么多年的老伙计，他了解占广田。他说："老占一是有创业意志，二是有根深蒂固的农民情结，他没有把农民忘掉。把两个程庄村的村民变成市民，把土地集约经营，让庄乡爷儿们再上一步，这是占广田的心愿所在。"

占志根对儿子要创业的想法，知道一些。他像过去一样，支持占广田，但具体情况没有多问。人老了，养好身体要紧，儿子当了这么多年的干部，有主见，用不着自己操心。可是，那天齐志林跑到老爷子面前，吹了一阵凉飕飕的风。特别是"搬迁""贷款"这四个字，着实刺激了占志根。

老人跟着占广田已经搬过三次家了。头一次县城调整街道，把东关村打成了两截子。那时家家户户拆迁的阻力非常大，谁也不愿意离开这个老窝。占广田跟父亲商量能不能带个头。占志根没有一点儿含糊，说："广田，我也是希望咱这个老窝永远存在着，这是祖上传下来的嘛。可是国家需要了，咱就带头。我知道别人都看着咱，主要是看着我。没事，咱先搬。"

那以后又搬过两次家，最后落到了这二层小楼上。占志根老了，就想踏踏实实地住在这儿，不愿意再动了。这小楼还有个院子，平时种种花草，活动活动，是个很好的养老窝。万万没有想到，这拆迁的噩梦又要临头了。他这把老骨头，到底在哪间房里出殡，还是个未知数呢。更让他担心的是贷款，这些年，占广田总是在老人面前表白："咱有能力就不去贷款，借账还债的事咱不干。"这些话，正合占志根的心意。过去借东借西把人借怕了，特别是旧社会地主讨债的情景，占志根到死也忘不了。可是，眼前占广田这把年纪了又要创业，还想破了他多年不借不贷的好光景……

这天，在钟启祥办公室里，钟启祥和占广田一人抱着一个茶杯，对坐着。占广田低着头，脸离着茶杯口很近，茶杯里的热气懒洋洋地轻抚着他的面孔。他沮丧地说："唉，做人的思想工作，还不是咱的一绝？可这回又轮到老爹身上，还真有些怵头了。"

钟启祥点头说："是呀。这些年确实把老人折腾得不轻。要放在别人身上，过去这些事不可能这么顺利，老爷子值得敬重呀。"

占广田说："那……那这一回……"

钟启祥说："我所处的角度有优势，老人对我也信得过。但去烦扰老人的养老梦，再在老人平静的心上掀波澜，我也于心不忍哪。"

占广田苦笑着说："还得你出马呀。"

钟启祥硬着头皮说："当然还得我去。你放心，我一定想办法把老人说通，咱说办就办，我马上去。"

钟启祥轻轻推开老人房间的门，满面笑容来到了占志根面前。还没等坐下问候上一句，占志根就开口了："为什么非要建个养老院？"

钟启祥听了，暗暗佩服老人的睿智。这么大年纪了，一下子打到了"七寸"上。因为老人知道，建个工厂就不在东关村了，就不用拆迁了。

钟启祥说："老叔，现在养老是社会的一个大问题。你就看看咱村吧，老年人越来越多了，年轻人都在外打工，这些老人今后谁来管呢？"

占志根没吭声，仍然听着。

钟启祥搬来一把小板凳，放在老人的摇椅旁坐下，握住老人的手，话语温馨，娓娓动听：

"老叔，广田看得远、看得宽哪。不光是养老院赡养老人，他还考虑到养老院用工了，一些活比较适合半劳力、弱劳力干。像打扫卫生呀，种种花草，池塘养鱼呀……餐厅里头打打下手，有的去照看一下老人也是可以的。要是办个工厂，这些人当工人就困难了。体力达不到，现代化的技术水平也跟不上。这个养老院，符合市场的需要，又能纳入这些中高龄的劳动力。"

听到这里，占志根喘了一口粗气，点了点头，说："这倒是为老人着想。"

钟启祥又起身，给老人茶杯里续了热水，说："是呀，广田和叔你一样，就是心肠好哇。可是，咱村的地角你也清楚，再建楼房和大院子，是找不到地方了。现在咱们这里前面有一个池塘，池塘和楼房连在一起，有场地、有水，是一个很好的院落，规划也允许。"

钟启祥说到这儿，眼泪流了出来，说："叔哇，你跟着广田已经搬三次家了。第一次拆迁你以行动支持,全村的人都看见了。大家说,咱村的老兵都把老窝给拆了,咱们还有啥豁不出去?眼下的拆迁,只涉及全村的十户,群众之间不平衡,这又看到您老人家身上了,又要委屈您了。"

老人也抹了一把泪。

钟启祥内疚地说:"您这么大岁数了,还要搬家,我和广田一样,有时都愁得睡不着觉。如果不搬家,腾不出这块地盘,东关村就不可能建设这个养老院了,俺们也只好想到这一招了。"

听到这里,占志根老人激动了。他从摇椅上站起来,坐在了旁边的沙发上,说:"启祥,你告诉广田,我理解你们的心思,咱这带头作用我明白得很。我同意跟着走,再变一回老窝。"

钟启祥兴奋地站起来说:"叔,俺们年轻的谢谢你了。"

此时,老人慢慢抬起头,有些昏花的眼睛望着窗外,说:"广田岁数也不小了,这建养老院是为了老人,为了安置劳力,也是你说的造福社会。可是,按照一些老想法,那些老人们愿意来吗?不好摸透的事呀。"

停了一会儿,老人又说:"这拆迁我认,认了。借钱的事我想不通,我怕广田老了老了,再一屁股债。咱这光荣人家,被自己挖的钱坑给埋了……"

钟启祥又激动,又茫然,眼睛直愣愣地看着老人。

上午,钟启祥刚到办公室一会儿,占广田就进来了。

钟启祥站在桌子旁,那大高个儿又挺着腰杆,和占广田站在一起,让人猛一看,还以为办公室里又进来个小朋友呢。钟启祥说:"呵,老占这么早?"

占广田像有多大短处一般,点头哈腰说:"咱不是借账吗,借账就积极主动点呗。"

钟启祥笑着说:"你这种借账,可不是掉进窟窿里伸手,更不是坐进泥窝里要饭。"

占广田说:"说实话启祥,今天到你这儿来,就咱这个头,总觉得自己矮了半截子。"

钟启祥哈哈笑起来说:"哪有这么严重,你想到哪里去了。"

占广田尴尬地笑了笑,说:"没办法,这幸亏你协调帮助联系。要不然,我怎么能把这件事办得这么利落。"

钟启祥脸上挂上了几分歉意,说:"唉,我要是不向姜书记提那个方案,是不是就没这回事了,是不是我给惹的祸?"

钟启祥这么一说,占广田一扫刚才的沮丧,立刻精神起来。他脑袋一摇,大眼睛一亮,说:"咦——怎么能这么说?提高城镇化建设标准,是实际的需要,市委的决定。"

钟启祥沉思着说:"老话讲鞭打快牛,我抓工作是不是也这样呀?"

占广田一挺胸脯说:"没问题,千斤重担,就落到咱肩上。"

钟启祥听到这话先是一怔,占广田随即也恍然大悟,两人相对哈哈大笑起来。

占广田又笑着说:"别看咱个子小,肩扛重担,和你这大个子一样硬。"

钟启祥笑得捂住了嘴巴,然后说:"你老占的信誉是很好的,这几个老板一听是你借款,他们都很痛快。"

占广田说:"那就好,那就好。咱把社区建设的事办得更好,让群众真拿到利益,那才会保住咱这信誉名声。"

钟启祥竖起大拇指说:"对,说得好。"

那天,钟启祥硬着头皮来到占广田家里,和占志根老人谈了一个多小时。老人答应拆迁,钟启祥感动得热泪盈眶。但是,贷款的事,怎么说,老人也想不通。

钟启祥对占广田说:"不能再给老人增加烦恼和负担了,咱另想办法。再到老人身上'找齐',咱俩就太笨了。"

于是,钟启祥又为占广田导演了今天这出戏。

"咚咚咚……"

敲门声传来,钟启祥打开办公室的门,电子元件厂的尹老板进来了。钟启祥说:"哟,尹老板也早。老占,你和尹老板早就熟悉吧？"

占广田说："很熟悉。尹老板在旺城扎根这么多年，电子元件公司，大名鼎鼎呀。"

尹老板说："全靠政府的帮助支持。要不然，哪能发展这么好哇。"

占广田说："尹老板还这么谦虚，今后肯定是事业更加兴旺。"

三人笑了，笑声刚落，推门进来一位眉清目秀、帅气的小伙子。钟启祥说："呵，商公子你好。小伙子就是帅气，你爸怎么没来呀？"

那位商公子说："我爸今天到省城去了，让我来办，没问题，我把老爷子的印章都带来了。"

钟启祥摆手说："没必要，你老爸是董事长，你是总经理，有你的手续就行。"

商公子笑着说："我怕钟叔叔不放心，先把老爷子推出来呗。"

钟启祥摆手说："没必要，你小子也是个信得过的人。"

说话间，阻燃剂公司的辛老板也来到了。大家坐定，钟启祥说："大家都到了，先谢谢你们呀。我提前与每个老板都沟通过了，在社区建设上，占广田的老爷子很支持，可就怕广田老了弄一屁股债。老人嘛，对新形势不了解，咱们只好采取今天的办法。"

尹老板说："知道，占书记是个大孝子。"

钟启祥说："咱们秘密协定，为了不让老人知道，不刺激老人，你们三家帮忙，占广田借钱，一年还清，到时还了钱再给老人个惊喜。哎，老占的信誉你们应该是相信的。"

"相信，相信……"

尹老板又说："还有钟书记担保嘛。"

钟启祥笑着说："我担保没错。但真有担保人出面的那一天，也就没有今天的合作了。"

大家又笑了。钟启祥说："今天我们的合作，可真是全凭着信誉，我再替占广田谢谢大家。"

"嘟嘟……"钟启祥的电话响了，是市委办公室打来的，让他马上到市委常委会议室。钟启祥说："好，我马上过去。"

钟启祥又对几个老板说:"抱歉呵,我昨天向书记提议召开的一个会,现在市委办公室催了,我得走。具体手续,你们自己办吧。"

占广田说:"你忙去吧,中午我请几个老板吃饭,到时别耽误作陪就行。"

钟启祥笑着说:"好哇,得上好酒。"

大家把钟启祥送出办公室。他来到会议室的时候,姜利焕书记、耿志先市长、分管工业的副市长、经委等有关部门的领导已经到齐了。钟启祥风风火火到会以后,会议就开始了。

在提出恢复酒厂生产、搞好枣产品深加工问题时,资金问题就摆在了面前。拿什么去启动?资金从哪里来?今天这个会议,就研究这些问题。

钟启祥拿出一封上访信,摊开放在面前。坐在一旁的经委主任冯书宽,斜着眼睛看到了。他打趣地说:"老钟,这上访信里头有钱哪?"

钟启祥看了冯书宽一眼,说:"哎,老冯。不愧有望远镜般的大眼珠子,你看对了。"

冯书宽说:"呦呵,我比看齐志林看得还准吗?"

钟启祥说:"肯定准。"

说着,钟启祥起身,把那封信送到姜利焕面前,然后回到自己的座位上说:"姜书记,这是市信访办公室转给我的一封上访信,是原铸造厂下岗工人写的,要求解决养老金、工资等问题。这也确实是个大问题,应该好好解决。"

姜利焕瞥了一眼来信,示意钟启祥继续说下去,钟启祥说:"铸造厂的背景大家都清楚。这个厂区位置好、面积大,但厂房已经破旧不堪。我有这么个想法,是不是把这个厂区变一下用途,开发出来,能获得不少资金。这样,一方面解决他们厂的问题,另一方面可以为恢复酒厂筹集到资金。"

钟启祥的话,一下子刺激到了每个人的神经,大家都在思索,会议室里的气氛忽然凝固了。还是姜利焕先开口说:"老冯,都说你的眼睛像摄像头,鼓溜溜的,每时每刻都在捕捉盗贼。这会儿,你捕捉到钱了吗？"

姜利焕一语既出，大家哄堂大笑起来。冯书宽瞪着大眼睛说："服，服了。老钟真有你的，从上访信里挖出银子来了。好，这个主意好。"

经过一番讨论，姜利焕说："我很赞赏钟启祥提出的这个方案。致富奔小康，有些下岗职工的问题更不可忽视。这个方案一举两得，请相关部门尽快拿出具体方案，并在全市摸底，看看还有没有与铸造厂类似的问题。"

钟启祥又说："我建议在正式实施之前，大家保密……"

说到这里，钟启祥一副无奈的表情，说："哎呀——到会之前，干了一件保密的事情，我怎么像干保密工作一样。"

大家又笑了。

钟启祥说："搞开发解决铸造厂的问题，工人们肯定高兴。但据说这个厂债务很乱，厂内还有小部分工人在干活，他们的再就业也是个问题。要是考察不妥不成功，传出去很可能有副作用。"

姜利焕说："对，这个问题很敏感。铸造厂已经并在机械配件集团名下，还涉及机械配件集团。没有成熟方案之前，工人要是误会要卖厂子，那更惹乱子了。"

姜利焕最后说："稳扎稳打，水到渠成。"


占广田家有两个宝贝，应该说有两个人值得炫耀。一个是他的老八路父亲，东州为数不多的老革命占志根。这对占广田的政治生涯，起到了很好的保护作用。"文革"中他给"坏分子"李华坤出殡，关心李华坤的家人，就遭到一些人的非议，有人说他立场不坚定。每每听到这话，占广田就拍拍胸脯说："老子从小跟党走，老子的老子是老八路、老革命。根红苗正的我，怎么会立场不坚定？谁说这话谁就是瞎了眼！"拿出老八路这么个保护伞，一切也就挡过去了。

他家的另一个宝贝，就是他的大儿子占培杰。

占培杰是大学生，学的是经济管理，毕业后在县机械配件厂工作。他积极肯干，又懂管理，很快被提拔，一路升到副厂长、厂长。现在他三十出头，就是旺城政府控股的机械配件集团的董事长、总经理了。这个集团，一直是定点加工厂，经营着几处规模巨大的机械配件商城，使旺城成为当地机械配件的集散地。也正因为这庞大的资产积累，集团效益很好，政府控股。

占广田对这个儿子引以为豪，曾经对老婆路秀红开玩笑说："培杰有出息，这么年轻当上董事长、大经理，看来培杰是我的儿子。"

说这话的时候，立刻遭到路秀红的大白眼珠子，占广田戛然闭嘴。

旺城机械配件集团的总部建在开发区，占培杰和他的公司当然也属于钟启祥领导。这天，占培杰晚上没有出去吃饭，爱人宋红莲感觉奇怪，一边准备着做饭，一边说："今天太阳不也是从东边出来的吗，怎么想起自家的饭来了？"

占培杰坐在茶几旁，不耐烦地说："去，做饭去，我喝点水清静清静。"

占培杰当上机械配件集团一把手后不久，就把家里的房子都装修了一遍。这次装修标准特别高，客厅里都是进口的贴面三合板包墙，三个卧室欧式、中式都有，风格各样。本来他年纪轻轻的应当是现代派，但他总跟古色古香的风。一个四五米长的大条几，条几前又摆上一个八仙桌子，放在客厅里与装修风格有点不搭。但这老辈子兴下来的大条几和八仙桌，在现在又是时髦了。所以，不管什么风格不风格，就像酒席宴上的鱼鳖蛇蝎，全活显得气派就行。

正好，茶几上放置的烧水壶里没水了。占培杰按动了提水机的上水键。纯净水嘟嘟嘟从精致的电镀细管中喷了出来。过去沏茶，都是用热水瓶里的热水，后来饮水机来到了人们家里。这几年，一种数控提水、烧水的茶具，悄然出现在一些领导、企业家的茶几上。这种小茶具，也运用上了新技术。按动键盘，水就从水桶中被自动抽进水壶，然后自动加热，达到一百度自动停止。这东西，像前些年使用一部新款手机一样，一度成为高贵的象征，身份的象征。桌面上一摆，嘟嘟嘟的抽水声响起，让主人引以为豪。

往日，占培杰回到家，总是得意扬扬地把这一套装置欣赏一遍。随手按一下提水机的开关，让水嘟嘟地流上一会儿。那水声，似乎就把忙碌的劳累烦恼全给洗净了。但是今天，占培杰实在没有心思欣赏了，连妻子问他怎么想起来家里的饭都有些恼怒。兴趣一点儿也没有在这些豪华家具、新款茶具上。脑海里又出现今天上午他和齐志林见面的情景。

上午，全市进行了健身器材生产项目的开工仪式。大会刚结束，占培杰坐在车上，正要随着车流开出停车场，齐志林在前面哭丧着脸，像老上访户喊冤般挡住了占培杰的车子。齐志林拉开车门，坐进占培杰的车里。占培杰看到齐志林自己的大奔不坐，爬到自己的帕萨特上来，心里有些纳闷。

齐志林没理会占培杰的表情，坐进车里就问："怎么样？对今天的会议有什么感触？"

占培杰不以为然地说："刚刚奠基就费这么大劲，真正的建成投产，还不知道猴年马月呢？"

齐志林说："可不能小视。人家一个私营企业，就搞了这么大的场面。你这受宠的市属企业，还没有这么隆重的时候呢。"

占培杰说："齐总清楚，机械配件集团，旺城工业的大哥大，旺城工业第一把交椅还是咱的。"

齐志林没有吱声，脸上是一种狼被羊顶伤了一般的沮丧面容。占培杰连忙抑制住自己的情绪，乖孩子一般，认真地问起齐志林的项目：

"齐总，你的压缩板项目怎么样了？"

齐志林垂头丧气地说："我上你车上来，就是想和你说这件事。昨天晚上听到一个消息，靳书记调到市农业局了。"

占培杰听了一惊，瞪着眼睛道："啊？调走了？"

齐志林没吭声，占培杰闭嘴摇头，一副非常同情的样子，说："唉，靳书记走得这么不是时候，他调走了，你那压缩板项目……"

齐志林垂头丧气地说："是啊，他这一走，贷款肯定是黄了。"

占培杰说："也不可能吧，谁当了书记？不论谁当书记，都需要上项目呀。"

齐志林说:"是隋县长接替了魏书记,他们两个早就不和,隋县长手里也有外资项目。宁万海这小子,在隋县长面前添油加醋,说我是假外商。隋县长手里的那个项目却是真的外商投资,已经酝酿好长时间了。"

那天,靳洪来把宁万海叫到办公室训斥了一番,为齐志林解决了贷款。齐志林激动万分,真像挖到了金矿。但是,贷款手续刚刚办理完,款没到手,靳洪来调离了。齐志林像坐上了过山车,刚升到最高,忽然一下子跌入了最低谷。

昨天,齐志林又去了魏县,晚上把宁万海请到了饭店。虽然茅台、五粮液轮番进攻,硝烟弥漫,一塌糊涂。但是,这回宁万海这座碉堡似乎是坚如磐石了。

"宁行长,这笔贷款,您怎么也得……"

齐志林还没有说完,宁万海就晃了晃大脑门说:"齐总,难哪,指标上边限制得非常紧,再说这手续……"

齐志林脖子一梗,像抓住了巨大的破绽,打断了宁万海的话:"宁行长,这手续咱可是全部办理完了。"

宁万海好像恍然大悟道:"哦——哦,是。办完了,办完了。但是……但是你我心知肚明,清楚得很哪……"

齐志林又给宁万海和自己倒上酒,像一条看到主人手里还有肉的狗,继续跳脚乞求。他端着酒杯讨好地说:"宁行长,行长老弟。如果手续哪里不妥,咱们再……"

宁万海摆手又打断了齐志林的话,但没说什么。他把酒杯送到唇边,半张着嘴,从牙缝里发出"嘶"的一声,酒像一小股气流钻到嘴里。然后他又深深地吸了一口气,似乎让这酒香,美美地在五脏六腑之内全部贯通,一节肠子都不肯放过。然后他抬起手,搓了一把喝红了的面颊说:"哎呀——齐总,心照不宣,这个时候了你应该明白呀!"

看着宁万海喝酒的动作,齐志林一阵恶心,他沉默了。兴致像刚刚腾起的气球突然撒了气,蔫蔫地落了下来。是的,这笔贷款从立项到审批，齐志林心里明白得很。他也端起酒杯，猛喝了一口，然后身子向后一仰，摆出一副冷冷的样子说："宁行长，咱们的信誉，咱们的感情呀。靳书记……"

"哈哈哈哈——"

齐志林没说完，宁万海一阵狂笑，又打断了他的话。他一边笑，一边又倒满了一杯酒，一饮而尽。他仰着脖子张着嘴，酒杯在嘴唇上戳了两下，似乎一滴也舍不得丢下，然后，慢慢放下酒杯说：

"咱们这笔贷款是什么性质？走到今天这个地步，还有什么信誉、感情？哈哈，哈哈哈……"

天有不测风云，可以对遇到不顺利之事的人，给以心理安慰，让其面对现实。但对齐志林来说，应该是给以报应，揭穿其阴谋诡计。占培杰回味着齐志林的话，自言自语道：

"这个假洋鬼子，这回可'洋'不起来了。"

他轻轻伸手拿起一根烟放在嘴边，宋红莲见了立刻来了气。宋红莲怕烟味，经常控制占培杰抽烟，想坚决刹住他的这个嗜好，这会儿见占培杰拿起了烟，立刻火冒三丈。但是，占培杰气急败坏，狠狠说出两个字："滚，滚！"随后还跟了一句：

"娘们儿。"

占培杰心烦得很哪。不是心烦，他可说不出这么难听的话。他心里明白，齐志林这一年来紧锣密鼓，精心准备，靳洪来却一下子把他给"闪"了。没有了靳洪来这个背景，魏县原来定好的优惠政策，能不能落实得打个巨大的问号。特别是这笔贷款，肯定彻底泡汤了。当时这笔贷款是被靳洪来像黄世仁般逼债逼出来的呀。这下子……齐志林忙活了一年，市场、设备、合作伙伴……都已经考察好，有的已经签订了合同。光是前期投资的费用，就是笔不小的数目，白白把这些扔掉，齐志林怎么能甘心呢？这些年齐志林吃政策、吃银行……没有了贷款这个大头，这个项目是绝对上不去的。因此，齐志林就像一只苍蝇，盯上了一个带缝的鸡蛋。

上午，齐志林上了占培杰的帕萨特，指挥着车子进了德意仕友的大门。来到楼下,齐志林没有吭声,推开车门走上楼去。占培杰像一只顺从的羔羊,跟了上去。这个时候,占培杰知道齐志林心烦,很可能又在想什么歪门邪道,也很可能把自己粘连上。否则齐志林不会上他的车,也不会把他带到德意仕友的楼上来。但是,占培杰万万没有想到,接下来齐志林提出的问题,让他的脑浆像被狠狠搅动了一下,心脏像被狠狠攥了一把。

齐志林坐定,仍然架起了二郎腿,手指轻轻捏着茶杯把手说:"培杰,我可遇到难处,吊在悬崖上了。像猴子爬杆,上上不去,下下不来了。你——可得帮忙呀。"

占培杰说:"齐总,有这么严重?"

齐志林说:"这不明摆着吗?贷款没了,那优惠政策……没有了这些,就是四个车轱辘去了仨呀,一个轮子怎么跑呀?"

占培杰毫不含糊地说:"齐总,你有什么办法,咱们一起努力。"

齐志林说:"培杰,不是我当长辈的在你面前表功。为了你,我可是真心实意、费尽心思呀。"

占培杰像刚刚见到久别的亲人,掏心窝子般说:"齐总,你不用说这些,有什么需要我办的,我肝脑涂地。"

齐志林站起身,手又下意识摸了一下后脑勺那厚厚的头发。一般这个时候,随着手在头发上这么轻轻一摸,他嘴里那"OK"紧接着就出来了。可是那是得意的时候,那是得意的习惯动作。今天,他的手慢慢从头发上落下的时候,嘴里似乎没有一点儿气力吐出那句洋腔了。

他转过身对占培杰说:"培杰,我今天向你提的这个要求,你现在不要立刻答复我。我和你说完以后,你回家思考思考。同意了,给我打个电话。不同意就算了,咱另想别的办法。不过这事成之后,你要分利的。"

这会儿,占培杰有点摸不着头脑了。什么问题这么严重?多么高的要求,这么三番五次表功、卖好?好像他说出的这个问题,是一座高高的大厦,非要先把坚实的基础打好、打牢才行。占培杰还是平静地说:

"齐总你说吧，过去你对我帮助那么大，我永远也不会忘记。你遇到了难处，咱们一起想办法共渡难关。"

齐志林说："我想……"

说到这里，他又停了下来，端起茶杯喝了口茶，接着漫不经心地说："我想把整个项目规模压缩……在旺城落地。"

占培杰说："那好哇。"

齐志林接着说："压缩以后，资金仍然有缺口。那么这资金……我想用上机械配件集团兼并的原旺城铸造厂，以铸造厂土地抵押，贷上一笔款。"

占培杰惊得瞪着眼睛，直愣愣地看着齐志林。

齐志林不看占培杰，但脑海里完全清楚此时占培杰的表情。他又慢声慢气地说："培杰，还是刚才那句话，现在我不要求你回答，你走吧。"

占培杰还是直愣愣地看着齐志林，好像没有听见他的话。

齐志林转过身，眼睛看向窗外，把背影留给了占培杰。声音不大，很平静，说："走吧，你走吧。"

这会儿占培杰醒盹了，明白了。他什么也没说，慢慢走出了齐志林的办公室。

占培杰要走出门口的一霎，齐志林转过身，看着占培杰的背影。他的目光，是眼珠子紧缩到眼窝最深处而挤射出的——凶光。

## 第十四章

夜里，占培杰睡不着。

齐志林提出用铸造厂土地抵押贷款后，占培杰就像被一根魔绳拴住，怎么也挣脱不了。

他彷徨、烦躁、惊怕……眼前是一片肮脏透顶的污水，是蹚过去还是就此止步？眼前是一个陷阱，是一脚踏过去，可能侥幸迈过；还是轰隆陷入，被陷阱中的毒刺戳穿？

齐志林一张张不同表情的面孔，从眼前掠过。有的那么慈善，有的那么奸诈，有的那么凶狠……

把资产抵押给私营企业，这事严重呀。再说他的偿还能力怎么样？虽然齐志林成天"九天揽月，五洋捉鳖"的，但家底好比"海市蜃楼"，假洋鬼子是货真价实呀。如果到期还不上……

占培杰浑身的汗水，像拧了一把湿毛巾，一下子挤了出来，他不寒而栗。

唉，齐志林感冒，占培杰发烧哇。

齐志林白天的话又回响在耳边："培杰，不是我当长辈的在你面前表功。为了你，我可是真心实意、费尽心思呀。"

是呀，这一次，为了把他弄成机械配件集团一把手，齐志林可真够意思。他疏通各种关系，特别是上边领导的关系。占广田私下在家里说："培杰这么个年轻人，能当上机械配件集团一把手，齐志林帮大忙了。正功夫，邪功夫，都用上了。"

那时为了跑通上级，商议着给省里的领导送礼，齐志林真叫慷慨，说："培杰，你没这个实力，送礼花钱你放心，包在我身上。"

占培杰弄不清这位领导的胃口有多大，就问齐志林："要是送东西，送什么？送钱，送多少呢？还是……"

齐志林说："送土特产，送东西那是小菜，过时了。银行卡呀，购物卡呀……这回我看——稀贵物件最为合适。"

占培杰抓着头皮说："稀贵物件指什么东西呀？"

齐志林干脆利落地说："古董，古董最合适。弄个瓶子呀碗哪，当然越古越好，送给他不是直接收你的钱，又显得他高雅有品位，有欣赏能力，这是最合适不过的了。"

占培杰说："这东西我虽有，但不懂，肯定不上档次呀。"

齐志林说："这你不用管，放心。"

没几天，齐志林就叫着占培杰一起到了省城郑老的家里，他带去的是一件明末的花瓶。占培杰见齐志林送花瓶的样子，简直就像送一捆子青菜那么轻巧。他来到郑老的书房里，从包装盒里取出花瓶，满脸堆笑，一副李莲英伺候老佛爷的架势，说：

"郑老，这东西在我们手里瓦片片一堆，您老才有资格存放这种物件，也邀请您给鉴定鉴定，我们这小人物不懂啊。"

那位郑老还非常客气，说："这、这么名贵的东西——"

齐志林说："没什么，欣赏嘛，您老要是欣赏够了，我再拿回去。"

"哈哈哈……"

那天晚上，齐志林和占培杰分手的时候，占培杰试探着问："齐总，那花瓶值不少钱吧？"

齐志林一副舍命陪君子的样子说："没什么，有钱就给，没钱就算，等你当上机械配件集团一把手再说吧。"

这话感人肺腑呀。

占培杰真的坐上机械配件集团第一把交椅后，齐志林还真的来结账了。他拿来了几张发票，几张生产用的材料发票，一共三十万。齐志林轻轻松松，直截了当地说："培杰，这发票——便于下账吧？"

三十万？占培杰还曾耿耿于怀，齐志林这算什么朋友、长辈？拿大头，吃公？

可又一想，认了吧，人家给你找关系，帮你送礼，现在你当上一把手了，人家还不捞点公家的好处？又不是从你家里报销。人家帮你把发票都开好了，太够意思了。

为了当官，占培杰不惜一切了。时间一长，这事就像下水道里流出的一股污水，顺顺当当，从占培杰的脑袋里流走了。齐志林仍然是好朋友，好长辈。

哎呀——这回怎么办呢？

齐志林在占培杰的车上说了一句话："培杰，这回我可是吊在悬崖上了。"

这个假洋鬼子，什么时候说过软话呀，什么时候不是"炸平喜马拉雅山，喝干太平洋"的？不过——自己如果辞掉他，先别说不够意思，这个堪比万能胶的假洋鬼子，今后还是要用的呀。

他又想起齐志林那句话："事成之后要分成的。"

唉，分什么成呀，盼着他还了贷款，土地证完璧归赵就是了。不管是污水，还是陷阱，能过去就行……

占培杰起床开灯抓起电话，按了齐志林的号码。电话中，他同意了齐志林的要求。

说完，占培杰并没有撂下电话。齐志林这边真真切切听到了电话里粗粗地喘气声。齐志林问："培杰——还有什么话吗？"

等了一会儿，占培杰喃喃地说："铸造厂……咱们搞经营，已经被人家起诉了，再用铸造厂的土地证贷款……怕是……"

齐志林满不在乎，说："这怕什么。银行、法院……哪里没有咱的人，哪有咱摆不平的事？咱到银行办手续，法院还拿卫星盯着咱？生米很快就能烧成饭的。"

占培杰没再说话。他放下电话时，手都在哆嗦。

西边天际吞没最后一束太阳的光亮，天色变成了深灰。这个时候，一个县级城市里汽车、三轮车、摩托车、电瓶车、自行车……已是涌动的最高峰，出城的各个路口拥挤不堪。那些在城外忙了一天的人们，需要返城。那些在城里的农民工，也急着回家。通往旺城北街的一个路口，由于车辆太多，堵了。

本来王杰是用电动车驮着苏玉华向城里急奔的。遇见堵车,两人不得不下车步行。苏玉华一个劲地着急抱怨:"哎呀——连这小电瓶车都没个缝了。"他俩擦过车辆缝隙,总算早那么几分钟脱离了这煮饺子般的拥挤。王杰又骑上车,苏玉华又坐在了他的车后座上,快速奔向旺城北街。

还是那个小胡同里的普通小院子。王杰、苏玉华进院子,支稳车子就进了房。孙路明、蔡冬丽已经坐在屋里了。苏玉华嘴里念叨着:"上下班时走路就像进了泥潭,俺两个来晚了吧?"

张智霖家从来没有这么热闹过,这十来天的时间,经常是白天有人来,晚上也有人到这里聚集。没几天的工夫,邻居们都感到好奇,纷纷跑到张智霖家里询问情况。

"到底发生了什么事?怎么每天,特别是晚上,有这么多人到你家里来?"

"你家智霖是不是当领导了?怎么每天都有人来找呢?"

面对邻居们的询问,张智霖的爱人张惠芬不耐烦地说:"当什么领导,他哪有那样的造化。俺们待的这个破厂子,这么多年养老金没交,现在工资又发不出来了,这帮子人活动着要上访呢。"

张惠芬对丈夫的这些行为,还真是有些不耐烦,常对丈夫唠叨:"每天搭水、搭电、搭工夫管用吗?"同时,她还害怕,对丈夫说:"要是人家领导报复咱,咱可怎么办呀?"

张智霖一辈子老实巴交,非常正直。从参加工作就在铸造厂,和同厂的张惠芬结了婚。也正是因为这样,两个人没有养老金,工资发放也不及时,上有老下有小,算是最困难的家庭。这次,是张智霖在街道上碰到了蔡冬丽他们,商量着怎样反映厂里的问题。可是,总不能光在街道上"办公"呀。他毅然召集大家每天到他家的"会议室"里来上班了。

这天晚上,大家又聚集到张智霖家。为了照得亮一些,张智霖换了一个大灯泡。王杰写起材料来,也不用那么费眼了。苏玉华一进门,见屋里比原来亮堂多了,就打量房顶上吊着的灯泡,笑着说:

"智霖又出'大血'了。"

张智霖苦涩地说:"唉,就算出'大血'吧,咱们这样的人家,扔出几分钱也算是流出'大血'了。"

蔡冬丽问苏玉华:"你和王杰还在东孙家具厂里打工呢?"

苏玉华说:"是呀,有什么办法。"

孙路明问:"收入怎么样?"

王杰说:"还可以。"

苏玉华说:"好了好了,不说这些了,快说咱的大事,说咱的大事。"

然后,这个小小的"会议"又进入了议题。今天他们主要是"汇总"外界对他们那封上访信的反应。

大家刚坐下来,孙路明就说:"我从信访局一个熟人那里听说,市里对咱们反映的问题很重视。领导们召集有关部门开了几次会议,研究对策。"

苏玉华急切地问:"都说些什么?"

王杰说:"总的意思是说什么……致富奔小康,下岗职工更得重视,各个方面都不能忽视。工人们反映的问题,要及时解决。"

苏玉华听了点着头说:"哎,还真有个热乎气呢。"

王杰问:"我和老苏不在厂里,咱们厂里有什么反应?"

蔡冬丽说:"听说上边有人找了总公司的领导,总公司又找到铸造厂。咱们厂里,好像写了个什么材料报上去了。"

孙路明说:"哼,写个材料,也就是把咱们的情况说明一下呗,也就是灭火呗。"

王杰说:"材料里边具体是什么内容呢?"

孙路明说:"什么内容,肯定是为他们推脱责任。说咱们厂原来就是个亏损厂家,困难多么多么大。合并到机械配件集团以后,又遇到了什么新的困难,肯定又是这一套。为养老金、工资发不出,找一大套理由呗。"

苏玉华说:"很有可能。你们说上级领导会听他们的吗?"

孙路明说:"我听信访局的说,按照处理原则,是哪里的问题,由哪里负责。我们铸造厂的问题,就由机械配件集团处理,他能处理个屁。"

蔡冬丽忽然说:"哎,还有一件事。这两天,我两次听到刘科长和小罗嘀咕土地证,见到我就不说了。"

苏玉华说:"刘科长?"

王杰说:"老糊涂了,刘科长不就是顶了蔡科长那个……哎,说土地证怎么了?"

蔡冬丽摇头说:"不清楚哇。"

孙路明说:"见到你不说了?还嘀嘀咕咕?是不是有昧良心的事呀?"

苏玉华说:"这不行。他们向上汇报肯定不说咱好话,咱们合并到他们手下以后,他们有很多事胡来,蔡科长硬生生给弄成副科长。这不,又背着你嘀嘀咕咕,肯定有事。不行,咱们得采取措施。"

张智霖一直没说话,这会儿噌地从椅子上站起来说:"工人们早就着急了,大家看准了,光写信是不能解决问题的。早就想集合起来,到市委上访了。"

王杰说:"对,我看应该。在这个当口上去一趟,浇浇油,把火烧旺起来。"

苏玉华说:"去,明天就去,咱一会儿就分头告诉大家。"

孙路明、蔡冬丽也同意。

第二天早上,工人们就集合来到了市委门口。


儿子的公司有上访的,遇到了难处,占广田当然要托一把。

但是他不免有些沮丧,感觉一波刚平一波又起。社区建设的事刚有了眉目,资金刚刚到位,各项工程刚刚铺开,培杰这里又出了事。没办法,占广田打起精神,那"占十二"的风采又展现出来了。

这天,占培杰又跟父亲汇报公司的上访情况。占培杰皱着眉头,脸像个苦瓜,五官似乎也没那么精美了。占广田的大眼珠子,像摇奖机上的圆球,不停地翻动着,给占培杰传递信心。他安慰儿子说:"培杰不怕,那年县城东扩,东关村由南向北,一分为二成了'南北村'。人们第一次搬迁挪窝,抵触情绪比横在面前的一堵墙的力量都大,照样被咱占广田拿下了。"

占广田有把握帮助儿子解除当下的危机。他还是用起了那两张牌——亲情牌、红人牌。

占广田喝着茶水,思索着下步的打算。这上访人虽不是东关村的村民,可是这个"占十二",和许多职工都能混个脸熟。特别是里边有头有脸的,他都能说上两句话。妻子路秀红端着壶来给他续水,占广田眼睛一亮:先动动这张老牌。

占广田招呼路秀红:"来,来,来。"

他像让客人一样,搬了个凳子,又上前拉住老婆的手让她坐下。那架势,真像小孩子在娘面前撒娇一样。他对路秀红说:"看来这回还得劳驾你一下。"那口气既像请求,又十分信任。

每当这时,路秀红就知道丈夫要让她干点什么,总是像小卒子听领导交代任务一样,面带严肃,认真听着"上级"的指示。可是,今天路秀红却有点为难,说:"这不是咱村的村民,我认识几个?"

占广田说:"怎么不认识啊?咱村里于金海的亲戚不是李孝仁吗……还有张金旺家……"

这铸造厂的职工,就像是他村的村民一样。这个跟谁有关系,那个又是怎么样,占广田一清二楚。两口子商量着,列出了两张名单,一张给了路秀红,这是需要路秀红登门的;另一张,是要给有关科局的领导"分配的任务",这又是那张"红人牌"。这些科局的领导,有的是他西市村亲戚朋友的关系,有的是西市村的孩子,在这些单位上班。这些孩子,大多还是占广田给通融安排的。通过这些关系,分头做工作。拿出这两张好牌,不信这么多的"热烙铁",化不了这块"金"。

占广田给妻子布置完任务,又回头朝着儿子说:"来,培杰,把那几个带头人的名单给我看看。"

占广田接过占培杰递过来的名单看了看,上边有几个名字:张智霖、蔡冬丽、苏玉华、王杰……他看着看着说:"哎……你别说,这个孙路明和王杰,家里有什么背景我还真不清楚,对这两个人还真不熟。不要紧……"

说着，占广田拿起了手机，拨通了电话："喂，陈所长吗？你好你好。请你给我查一查，铸造厂孙路明、王杰，他们的户籍里边有什么亲戚，告诉我在什么单位工作。"

电话里面说："占十二，你把两个程庄吃过来了，还想把铸造厂也纳入你的指挥棒下呀？"

占广田哈哈笑着说："那怎么可能？他们不是在上访吗？我看看他们有什么亲戚，找找这些亲戚们做做工作，这应该是合情合理的吧？"

电话里说："老占你真有办法。好，一会儿我给你回电话。"

电话再打过来时说："老占，你简直是瞎使唤我呀，我这户籍里面哪有亲戚关系？"

占广田听了哈哈笑了起来，电话里边又说："不过我替你全打听清楚了，这孙路明的姐夫在农业局退休，王杰的一个舅舅在东孙镇工作。"

占广田说："我就知道你能摸了来，要不能找你？那好了，叫农业局的兰局长跟他姐夫聊聊。我给东孙镇的宋欣书记打个电话，让他跟这个舅舅说说，做做外甥的工作。有事坐下来说嘛，不要这么瞎折腾了。"

任务分下去了，各路人马出动了。但是，这回占广田拿捏得不准。一路一路的人马，很多都没有反馈好消息，情况很不妙。

这天傍晚，路秀红回到家里，满脸的横肉紧绷，眼皮耷落着。像被骗子勾着从银行卡里打出多少钱一样沮丧。不像过去，一进门就春风荡漾，撇着大嘴报喜："老占，没问题啦。"

路秀红坐在客厅的沙发上，身子向后一仰，瞪眼睛说："跑了这么多家，见了面都老热老甜的，你一说事，不吭声的不吭声，没好话的没好话。还有人，串通到培杰表舅家的表妹那里去了。"

占培杰在一旁一愣，追问了一句："什么？都串通到她那里去了？都说了些什么？"

路秀红说："他们猜到我又会出面，所以他们提前通了气。都约定，谁来说也不答应，没门。"

占广田坐在沙发上,双手在大腿上拍了几下,深深地喘了一口气。正在这时,电话铃响了。占广田立刻起身拿起电话说:"喂——哦,丘局长啊,辛苦你啦!"

电话那边说了很长时间。路秀红看占广田接电话一会儿紧皱眉头,一会儿眼睛一个劲地眨巴,变脸变色的,就知道不会有好消息。

电话还没有放下,于金水就来到屋里。因为于金水的一个亲戚也在铸造厂,所以他也接受了占广田的"特殊任务"。占培杰热情地让于金水坐下,又利索地给他沏好茶水。占广田接完电话,转过身来,朝着于金水和路秀红说:"水利局丘局长那边的工作,也没有做下来。怎么样金水,说说你亲戚的情况吧。"

于金水显现出一种少有的为难表情。他说:"没想到这些人,跟吃了疯癫药一样,情绪非常不好。我到了我那个表叔家里,说起培杰对他们一家的好,他们那真是一辈子也忘不了,八辈子也报不完恩哪。可是,一提上访的事,他们立刻转变了语气。"

屋里沉默了,静得像一下子回到凌晨下半夜。

怎么办?占广田落下了脸子,占培杰直喘粗气。

占广田不再坐着,轻轻地站了起来。他把两只手夹在胳肢窝里,抱着双臂。两条腿,像走在席梦思垫子上一样软绵绵的,有节奏。他浓眉紧皱,一边溜达一边思索。

这就是占广田的高明之处,每当遇到硬骨头,他都能够问个为什么,都能寻根找源挖深处。前几年做拆迁工作,大部分人都同意后,剩下几个硬桩子,别人拔不动了,他总会在这个时候问个为什么。今天为什么这些桩子又这么死硬呢?一路一路的人马都败下阵来,这又促使占广田思索着。这些人为什么情绪这么糟糕,意见这么大,这个头就这么难剃吗?他又坐到椅子上,像是自语又像是对大家说:

"他们这些人,除了对公司的一些做法有意见,肯定还有更深处的原因。比如自身的家庭状况、生活情况,特别是这几个头儿。家庭当中,肯定有什么解决不了的难处。这些年,他们'下岗断奶',自谋职业确实不容易呀。在这个时候,很可能把这些难处,发泄在公司的脸面上了。"

说到这儿，路秀红接过话茬说："哎，老占你别说，他们这几个带头人的家庭都是泥窝子……"接着，路秀红扳着指头一一地把一些情况说了出来。

她说到了王杰。王杰是旺城西街的，跟着父亲过日子。随着城区拆迁，家里要第三次搬家了。他家在第一次大规模旧城改造的时候，从中心街搬了出去。可是没有几年，城区不断扩大，他家又被挤到了北环以外。当下因为一个工业项目不仅涉及他父母的责任田，又涉及了他家的房子，他家又要搬了。因此，一家人怨气十足。特别是老父亲，说死也不再搬了，责任田更不答应让出去。这样给王杰也造成了很大压力，正好厂里又出现这么多问题。一气之下，他就带头参与进来。也就是说，一些别的因素，促使他们把账记在了公司的头上。像王杰这样要第三次挪窝的，机械配件集团就有十多户。前些年，王杰家把得到的拆迁费用，投到了一家工厂里，想着有这个底压着，每年吃上一笔高利息，也算是一道进钱的门子吧。可是这家工厂经营不善，倒闭以后几十万块钱打了水漂。为了这事，王杰父亲要死要活，大病一场，差一点儿丢了命。

路秀红说："苏玉华的儿子也在机械配件集团，是个吊车司机，好玩车。前些年买了一辆轿车，他寻思着一来方便自己，二来也学着大城市里的出租车，拉人挣钱。可是，前些年旺城流动人口少。他买的车，全当成了自己的好玩物。钱没挣到手，再想卖车，还得搭上那个……叫……折旧费。"

听到这些情况，占广田心里咯噔一下。这些工人，好多都是内外交困哪，家境像个泥潭。当下厂里又发不出工资，怎么会不闹事、不上访？他一拍大腿说：

"听见了吧，听见了吧？我说这些人横劲这么大呢，家家都有本难念的经，这些问题解决不了，还不把公司当出气筒？说到这儿，我又想起了社区建设，如果不把真事实事解决好，到时候群众也有上访的可能。培杰，你应该回到厂里，拿出一些措施，着实解决一下工人们的实际困难。"

占广田又迈起小四方步，思索着说："苏玉华、王杰家的事情，我看抓紧给他们办办。我找找出租汽车公司，把苏玉华家的车租用了，别再闲着，出租公司都是朋友。王杰家拆迁的事，找找拆迁办，那也是好朋友，让他们关照一下。把这几个头目的问题解决了，让他们带头退出上访，其他人的工作也就好做了。"

这个占十二，老谋失算了。他没想到，上访这块硬骨头，比社区建设难啃得多。

苏玉华、王杰听到占培杰要给他们解决家庭问题，立刻回了话："谢谢总经理的关照，家庭困难和反映厂里的问题是两码事，家境不论好跟歹，厂里的事俺们就要管到底，这是俺们的根，是俺们的命。"

占培杰听后愣了。

占广田听后眼睛又瞪大了一圈。

## 第十五章

　　有一段时间，喝酒应酬成为钟启祥的负担。钟启祥虽然有点酒量，但每天还是身心疲惫的。
　　天际的夜幕早就落下，凤凰大酒店灯火明亮。大堂门前仍然车辆轰鸣、人声嘈杂，钟启祥从人群当中走出来。
　　这是今天晚上钟启祥的第三个酒场。第一场，是在旺城宾馆，东州市经济工作观摩会结束后的宴会。第二场，他是抽空跑到另一家酒店，应付了一个老乡的聚会。第三场，是企业上的一帮子朋友等着他。
　　观摩这种形式，是这时常有的督导工作。也可能是车辆使用起来方便了吧，别说一个市，就是全省范围内的观摩也有。市委、市政府的领导，各县市的县、市委书记，县、市长，东州市有关经济部门的负责人，报刊、电台、电视台记者……几十号人的队伍，乘坐多辆大巴车，对所有县、市重点经济项目进行观摩。并且，在观摩之后，参与的各级领导要对各个县市的工作情况进行打分、评价。观摩工业项目时，钟启祥鞍前马后的。
　　钟启祥从宾馆出来，因回家还有一个材料急需处理，觉得无力光顾第三场了，本想撒个大谎。可是身兼开发区的书记，天天与企业打交道，企业家们是衣食父母呀。致富奔小康，企业是重要力量。于是，他还是来到了凤凰大酒店。当再走出来时，已经面红耳赤，走路也有些摇晃。司机给他打开车门，他一下歪坐到车里。
　　"呕——"钟启祥一伸脖子。司机放慢了车速，轻声问："要不要停车？"
　　钟启祥拉着长调说："没——问题，我——幸亏要了点手段。"

钟启祥满嘴喷着酒气回到了家里，女儿钟雅靓看了责备说："爸爸，看你又喝多了。"

钟启祥一边脱着外衣，一边说："喝得不少，但还没有喝多。酒场上面讲战术，旺城宾馆的晚宴上，服务员用的是两把酒壶，给我倒了一些水。"说着，像打了胜仗，占了大便宜一般嘿嘿地笑了起来。

女儿赶紧给他接提包，帮他脱外衣，像只殷勤的小绵羊。

钟启祥问："干什么呢？"

钟雅靓说："今天在同学的电脑上，发现了一个很好的节目，你准喜欢。我给你倒上水，跟我看看电视，醒醒酒吧。"

钟启祥笑眯眯地问："什么节目呀？我也喜欢？这'代沟'确实存在呀。能和你们这些年轻人喜欢同一样东西的机会太少喽。"

钟雅靓趾高气扬地说："《红楼梦》拍摄二十年再回首。"

钟启祥听了似乎还真来了兴趣，问："《红楼梦》拍摄二十年再回首，什么意思？"

钟雅靓说："这个节目，中央电视台《艺术人生》栏目已经制作好几年了。唉，我怎么就没有早发现呢。就是电视剧《红楼梦》拍摄二十年以后，剧组的编剧、导演、演员……又相聚在一起。是今天上午在我同学家的电脑上看到的。我制作了光盘，现在放出来看看。"

钟启祥说："还用得着制光盘？咱家的电脑上搜不出来吗？"

钟雅靓说："咱有这影碟机，在电视上播放画面大，好看呀！"

钟启祥恍然大悟道："哦，对对，女儿说得对，电视屏幕大。好，咱看看。"

电视打开了，在主持人的主持下，电视连续剧《红楼梦》的导演、编剧，还有贾宝玉，林黛玉等人物的扮演者，一一出现在屏幕上。原来一个个都画一般的美貌，现在离开电视剧里的扮相，都已是四十多岁的男女了，不免让人产生春光易逝的感觉。

看着电视，钟雅靓对钟启祥说："爸爸，曹雪芹像是一个算命先生。"

钟启祥一边看着电视，一边问："为什么呀？"

钟雅靓说："你看，曹雪芹对书中主要人物的命运都做了概括，那么准。王熙凤'机关算尽太聪明，反算了卿卿性命'，真是再生动不过了。"

钟启祥听了欣然一笑，说："那是。曹雪芹写《红楼梦》，《红楼梦》里人物的命运，当然完全掌握在曹雪芹手里呀。曹雪芹让这些人物的命运怎么样，这些人物的命运当然就怎么样喽——"

讨论的话题并不深奥，只是随便说说。父女俩边看边议，有时为了一个话题，都哈哈地笑起来。可是钟启祥的头脑却不断地被"呼叫转移"，思绪一个劲地飞到机械配件集团。这些天，机械配件集团的员工上访了，但是在解决问题上却遇到了很多阻挠，一些人光想把上访压下去，不真正为员工们排忧解难。这些人，也真是"机关算尽太聪明"呀。

这时，门咚咚地响了几声。

这个时候谁来敲门呢？郑方玉起身把门打开，两个人面带微笑走了进来。这两个人，一个五十出头的样子，穿着非常不讲究，脸上刀痕般的皱纹，黑白相间的头发乱腾腾的不像个样子，手里好像拿着一份材料；另一个比较年轻，小小的眼睛还被眼镜盖着，嘴唇上的小胡子很显眼，手里还提着个旧布包。

钟启祥奇怪地问："你们是？"

那两个人点头哈腰，其中那个头发乱蓬蓬、年长的人说："俺们两个是铸造厂的。哦，就是现在的机械配件集团。俺叫苏玉华，他叫王杰。"

王杰点了点头说："是，是。"

苏玉华又说："俺们来，是想和钟书记反映反映俺们厂的情况。"

王杰说："哦，钟书记打扰了，打扰了。"

钟启祥听了赶忙说："好，那好哇，你们快坐下，快坐下。"

为了解决机械配件集团的上访问题，开发区管委会研究决定，由副书记带队组成工作组，进驻机械配件集团。这个工作组已开展工作多日，有些情况向钟启祥做过汇报，他知道大概。苏玉华、王杰来到钟启祥的家里，他想：正好自己也从员工这方面听听情况，对下一步解决这个公司的问题有好处。

苏玉华和王杰坐在钟启祥对面的沙发上。王杰手里提的那个旧布包鼓鼓囊囊的，不知装着什么东西，放在了沙发腿旁边。苏玉华把手里的材料放在钟启祥旁边的茶几上说："我们还带来了一张'状纸'。"

钟启祥连声说："好好。"并让爱人沏上两杯茶，端到两人面前，然后很客气地问："在铸造厂这些年很不容易呀？"

苏玉华赶紧接上说："领导能说出这样的话来，俺心里就热乎乎的。"

钟启祥谦虚地说："我算什么领导哇？你们原来的家属院和我们所谓的'干部家属院'紧挨着，咱们是邻居。你们搬出去了吗？"

苏玉华摇着头说："唉，那'干部家属院'建了三十多年了，干部们大多都搬走了，我们厂许多工人又搬进去了，我就住在四条五号。"

钟启祥说："哦，你的房后原来就是我家。"

苏玉华苦涩地说："哎呀，咱还能和领导攀上邻居呢。"

三人都笑了，屋里的气氛也轻松起来。钟启祥问："你们有什么情况呢？"

苏玉华和王杰互相看了一眼，苏玉华对王杰说："还是你说吧。"

王杰答应着，向钟启祥点了点头说："钟书记，工作组到俺公司已经好多天了。听说工作组开了几次座谈会，了解了一些情况。"

王杰说到这儿，手不由自主地挠了一下头皮，吞吞吐吐地说："这些座谈会的内容呢，哦，都、都传了出来。工人们……也都……听说了。"

钟启祥看他这个样子，解释说："会议的内容传出去不要紧，你不必多虑。我们调查了解情况，工人们反映意见是应该的，除了一些线索，应该公开的都可以公开。"

王杰听了钟启祥这句话，似乎壮起了胆子，轻轻地咳了一声，继续说："哦，那好，那好。每个座谈会的内容，工人们都听说了。"

特别是公司领导班子向工作组的汇报，俺们也知道了大概的内容。对这，大家有很大意见。"

钟启祥挥了挥手，示意他们两个喝水，同时问："有什么意见呢？"

王杰喝了一口水说："听公司汇报的意思，好像把一切问题都归结到美国的经济危机上去了。俺们吃不透什么叫经济危机，可也知道个大概吧。俺厂这么多的问题，难道都是美国经济危机造成的吗？比如说，机械配件集团兼并俺们厂的时候，答应给我们交养老金的，那个时候也没有经济危机呀。并且，经济危机早就没了，现在还拿经济危机说事呀？"

听到这话，钟启祥忽然哈哈大笑起来，笑得那么酣畅淋漓、痛快，像个痴呆症患者，突然受到什么刺激一般，并且他笑得前仰后合，双手捂着嘴巴。钟启祥的笑声使苏玉华和王杰感到意外，又感到有些紧张。两个人你看我，我看你，那眼神分明是在互问："咱们说错什么了吗？"

郑方玉听到笑声，从内间屋里走出来，瞪了他一眼。

此时，任何人也弄不清钟启祥大笑的原因，只有钟启祥一个人心知肚明。这几年，有的企业遇到问题就讲美国经济危机带来的影响，这机械配件集团，也弄起了这一套。连普通工人都知道经济危机已经结束了。借着酒劲，钟启祥实在忍不住了，当着苏玉华和王杰的面，笑声就像水枪喷水一样喷发出来。他一边笑，一边想：哎呀，培杰这孩子，也是机关算尽太聪明，也要起小小的手腕，想瞒天过海。听听这两个工人的谈话，他们明白得很哪。你的隐身术再高，也躲不过工人们比雷达还要亮的眼睛。

这时，钟启祥又自责：真是喝多了，干吗这么个笑法？他止住笑声，认真地对两个工人说："对不起，对不起，实在不好意思。继续说，你们继续说。"

苏玉华看到钟启祥的样子，情绪有些烦躁。他故意不理会钟启祥为什么这样大笑，接过话题照说不误。他说："铸造厂被兼并以后，群众对董事长、总经理占培杰意见很大……"

王杰说:"还有一个新情况。听说厂里的土地证,抵押给银行贷款了……"

像中医长长的针一下刺到了钟启祥的敏感神经,他身子一挺,朝着王杰瞪起眼睛问:

"什么?土地证抵押贷款了?"

钟启祥的突然发问,让苏玉华非常意外,他眨巴着眼睛说:"是、是呀,都这么传。"

钟启祥追问:"给谁贷的款?"

苏玉华说:"不清楚,反正不是为了铸造厂。"

钟启祥又用手指了一下王杰,说:"你了解具体情况吗?具体谈谈,具体谈谈。"

王杰说:"俺厂原来的财务科长蔡冬丽,两次听到现在的刘科长和别人嘀咕土地证,他见到蔡科长就不说了。俺们觉得嘀嘀咕咕,肯定有昧良心的事,就打听了一下。这事十有八九。"

苏玉华摇着头说:"唉,那土地证像被拐卖的孩子一样,随便乱使唤,可怜哪。"

苏玉华的话,钟启祥根本没听进去,眼睛看着窗子问:"这贷款是给谁贷的呢?"

苏玉华说:"这是刚听到的消息,还不知给谁贷款,估计一般人不知道。但是,有一件事非常奇怪。"

钟启祥紧问:"什么事?"

苏玉华说:"铸造厂被兼并后,财务科长换成了领导的亲信,原来的老科长蔡冬丽转为副科长。这土地证在哪儿,蔡冬丽根本就不清楚。你说奇怪不奇怪?为什么连财务副科长都不知道土地证的去向。"

钟启祥听到这儿,向沙发背上一靠,扬着脸,深深地喘了一口气。他感到机械配件集团的问题不简单,很复杂。工作组出车遇到冰雪路,真的不会轻松,真的要下功夫。开发铸造厂的问题如果真像苏玉华他们说的这样,不仅工人的问题解决不了,还影响另一盘大棋呀。

钟启祥感觉自己出了一身冷汗。

屋里静下来，没有一个人说话。钟启祥眨巴着眼思考着，思绪飞到了恢复酒厂的资金问题上。从一开始就为资金犯愁哇，开张就要吃饭，吃饭就要有面。可是……可是这面要没了，没面怎么包饺子下锅呀？忽然，钟启祥放在茶几上的手机响了。动听的音乐使他的思绪一下又被拽回到这屋子里来。钟启祥转身抓起手机说："喂——哦，姜书记找我？哦，正好，正好。"

钟启祥关掉手机，对苏玉华和王杰说："对不起了，市委办公室让我马上去一趟。你们的情况如果还没有说清楚，以后可以再找我。你们放心，下岗工人的实际问题，一定能解决。"

他又拿起茶几上的材料说："这个材料，我会认真看的。"

王杰连声说："好，那好。钟书记您先去忙。"

钟启祥没再客气，从衣架上拿下外套，穿好就往外走。苏玉华和王杰互相看了一眼，也慌里慌张跟着走出了房门。一边走，王杰一边紧跟在钟启祥身后，又说了几句其他的情况。

防盗门咣当一声关上了。郑方玉听到门声，知道是人走了，因为家里经常这样。钟启祥出门从不打招呼，只要听到咣当一声，那就知道人已经走了，门也关好了。

郑方玉从内屋走到客厅，把钟启祥他们喝了一半的茶水倒掉，忽然发现沙发腿旁边，有一个旧布包。郑方玉连忙把布包拿到茶几上，打开一看，是两瓶茅台酒。苏玉华和王杰进门的时候，郑方玉看到那个小胡子手里提着一个破旧的布包，原来是两瓶酒哇。

"嘟——嘟——"电话铃响了。

郑方玉拿起电话，是她弟妹打过来的。她答应着："哦，我马上过去，刚才家里又来人了，我马上过去。"

郑方玉和她父母就住在同一个小区内。明天是郑方玉父亲的生日，郑方玉说好晚上要到他们那边去。苏玉华、王杰的到来，耽误了她的出门时间。郑方玉穿好外套，转身又看到了茶几上的那两瓶酒。她随手找了个塑料袋，拎着两瓶酒走了。

晚上十点多，钟启祥和郑方玉差不多时间回到了家里。钟启祥进屋就看到茶几上的旧布包，他也想起这是晚上来的那两个人拿来的。他问郑方玉："这是？"

郑方玉回答说："这是那两个工人拿来的，里面装着两瓶茅台酒，你不知道吗？"

钟启祥很意外地说："不知道哇——他们刚进门的时候，我看到一个人拿着个旧布包，放在沙发腿旁边了。可我急着回办公室也没在意，他们也没说呀。"

郑方玉说："哎呀，我也不知道这酒是怎么回事。弟妹打来电话，说商议明天老爷子过生日的事，我就顺手把那两瓶酒带到家里去了。"

钟启祥责怪说："你怎么这么随便呢？"

郑方玉说："我没想那么多，光想着明天正好用酒。"

钟启祥看着那个破旧的布包，摇着头说："不行。两瓶茅台酒，就是四千来块钱呀。这对于普通的工人来说，可不是个小数目，可不能要。他们……他们怎么想到这里来了？"

郑方玉说："那怎么办呢？酒已经带到我爸那里去了。再说退，你知道往哪里退吗？"

钟启祥想了想说："哎，刚才我问了，他们住在原来的'干部家属院'。那位老苏住在咱原来的前邻——张科长那三间房子里。咱家里还有茅台酒，你明天早上拿上两瓶给人家送回去吧。"

这事就这么定了，一夜无话。第二天早上，郑方玉骑着电瓶车来到了她的老住区——干部家属院。郑方玉来到苏玉华家，把酒往桌上一放，说明情况就走了。

钟启祥的岳父今年八十大寿。本来应该到饭店里大聚一场，亲朋好友齐来祝贺的。怎奈老人家身体多病行动不便，只好在家里摆上两桌宴席，祝贺一下了。钟启祥推掉了别人的酒场，按时来到岳父的家里。酒宴要开始了，岳母专门把两瓶茅台酒放到桌上，说是昨天晚上方玉拿过来的。要开席了，郑方玉说："先不能喝酒，每个人要先说一句祝福老人的吉言，大人孩子都必须说。"

大家欢呼着："好，好——"一人一句，你抢我说，气氛热闹。什么寿比南山，长命百岁……

祝福吉祥的话语说完了，大家纷纷举杯，叮叮当当一阵子后，大家把酒送到嘴边。

"哎呀——这是什么酒哇？"先是郑方玉喊了一声。

钟启祥也喝了一大口，咦？一点儿酒的味道也没有。大家纷纷品尝，都说不是酒，简直就是清水，怎么搞的？钟启祥对爱人说："再打开那一瓶尝尝。"

郑方玉赶紧把另一瓶打开，闻了闻说："还是没有酒味。"钟启祥接过酒瓶，干脆对着瓶嘴喝了一口，仍然是清水味道。钟启祥的小舅子媳妇对着他开玩笑："哎呀，姐夫一贯拒腐蚀永不收礼，这回破例了，可收的还是清水一瓶。"

在场人都哈哈笑了起来。钟启祥感慨地说："哎呀——这工人，肯花钱也买不来真东西呀！"还是老岳母解了围，赶紧从橱子里拿出了另外两瓶酒。

这两瓶假茅台不是买的，是王杰从废品厂弄了两个空茅台瓶子装水制作的。

原来，到钟启祥家之前，苏玉华他们几个在一起商议，说现在办事都兴送礼，咱们到钟书记家里去，是不是也带点礼品呢？有的说，办这种事还是不带礼品好。有的说，钟启祥这个人听说很正派，不可能在乎礼品。有的说，现在有的当官的不收礼不办事，还是有点礼品好。也有的说，要是咱花了钱买礼品，钟书记不收，别说事能不能办成，这钱可就先白花了。

王杰撅着小胡子，想出了一个鬼点子，他慢声细语地说：

"我估摸着钟书记这个人，不会收咱的礼。这么着，你们听行不行，咱们弄两瓶假茅台带去，要是钟书记真的不收，那咱们就没破费。"

苏玉华摇头说："净胡扯。要是钟书记真的收下了呢？"

王杰又撅了撅小胡子，像电影里的日本军官，说："他要真收，收酒收的肯定不会少。往橱子里一放，时间一长，哪里还想得起是谁送的哪一瓶酒哇？再说现在市场上假茅台这么多，就是知道是咱送的，也肯定认为咱花钱买假酒了。"

大家听王杰一说都乐了。苏玉华没有笑，咬着牙说：

"行，咱干一回这孬种事。一瓶茅台要两千元，咱到哪里去弄这么多钱哪！"

可是那天晚上，他们两个怎么也没有想到是在那种情况下走出了钟启祥的家门。两个人没有送礼的经验，钟启祥有急事起身，他们两个心里一慌，不知所措，也跟着钟启祥走出了房门，连那破布包也丢在了钟启祥家里。

## 第十六章

吭哧——吭哧——

最近几天夜里，张智霖家的小院子里总"闹鬼"，每到熄灯以后，就听到有吭哧的响声。每到这时，张智霖就马上起床到院子里瞅瞅，只有几块半头砖扔了进来，再没有别的。他走出院门，门外也没有人的踪影。张智霖起床开门时，母亲都能听得到，总会问："智霖，怎么又出去了？"

每当听到母亲的询问，张智霖都柔声细语地说："娘，你睡吧，没事。"

母亲说："怎么一连几天，你都躺下以后又起来呀？"

张智霖也不敢到母亲的屋里，只隔着内门说："这几天东院林涛的孩子病了，说有事随时叫我，我老是听到有动静就起来了。"

母亲这才放心，还嘱咐道："哦，小心着凉。"

张智霖说："没事，你放心吧娘。"

几天过后，张智霖的院子里没再听到有扔砖头的声音了。但是，有一天早上，张智霖还没有起床，邻居林涛就喊了起来："智霖——快起来，快起来看看哪——"

张智霖赶忙起床，连扣子也没有扣好，开开屋门走出院门，眼前的景象让他惊呆了。是几堆粪便，堆在了他的门口。并且，门上、墙上涂抹的都是粪便。一瞬间，张智霖棱角分明的脸蜡黄蜡黄的，过了一会儿，面色又涨红起来。

林涛还要说什么，张智霖立即摆手，小声说："我马上清除掉，别让俺娘听见。"

邻居们知道他母亲身体不好，谁也没有再说什么，帮着张智霖把粪便全部清走,并且把门楼也洗刷干净。

虽然张智霖的母亲耳朵有点背,但是外面的吵嚷声,还是隐隐约约听到了一些。

"智霖——智霖——"

她在屋里喊了起来。张智霖赶紧来到母亲的屋里,母亲问:"外面吵吵什么?怎么好像叫你呀?"

张智霖说:"哦,小秋,林涛的孩子又调皮了。早晨又爬窗户往外跑,叫她娘逮住了。"

张智霖的母亲听了眉头一皱,粗糙的脸更显得苍老。她捶了捶自己的胸口,咳嗽了几声说:"这孩子,就是淘气。"

母亲没再说什么,张智霖立刻转身到了外屋,可心里却是七上八下。他的爱人当然也装哑巴了,但是泪水哗哗地流了下来。张智霖转身进屋,坐在自己房间的床上发愣。那一刻,他气愤、恼怒,却不能发作,心里的火苗子被死死压住。

又一天早晨,张智霖慌慌张张地跑到了东街苏玉华的家里。

可是来到老苏家,他看到一副奇怪的景象:五六十平方米的小院子,院门大敞着。大冬天的,连正房的屋门也开着。寒冷的风,带着沙尘、碎塑料片,扑进院门,打进内屋。

张智霖说:"怎么还不嫌冷啊?有点热气还要把它放跑哇?"

苏玉华见张智霖进来,不仅没有平日里那么热情,反而像见了仇人似的,瘦削的脸上怒气冲天。苏玉华的老伴,神色紧张地招呼张智霖:"他叔,正好你来了……"

老伴话还没说完,苏玉华就从桌上拿起一件亮晶晶的东西和一张白纸,咣当一声扔在了地上。

张智霖看了没说话,慢慢地从棉袄袖子里拽出一个东西,和苏玉华扔出去的一样——一把匕首和一张捅了一个窟窿的白纸。

苏玉华说:"他奶奶的,早晨一开门,戳在院门上了。"

一张普通的白纸,上边一个字也没有写,是匕首把那张白纸戳在门上的。

苏玉华噌地从椅子上站了起来,吼道:"像在门上抹粪便一样,咱两家又同时受'奖'了！"

深夜，占培杰拨通了齐志林的电话。齐志林听到占培杰的声音，就有一种凶多吉少的感觉。齐志林没好气地问："干什么？这个时候还打电话。"

电话那边，占培杰迫不及待地说："齐总，不好啦！铸造厂土地证抵押贷款的事，被暴露出来了。"

齐志林不耐烦地说："法院和有关部门，不是都打发了吗？"

占培杰说："是那帮穷家伙闹得太凶，暴露了。"

齐志林立刻满腔怒火说："看，求你办这点事，弄出这么多麻烦，你这个总经理怎么当的？"

占培杰咧着嘴，双手捂着电话一个劲地点头说："是啊，是啊，没想到，没想到。"

齐志林闭着眼，梗着脖子又问："知道带头的是谁吗？"

占培杰说："是……是张智霖、苏玉华几个人。"

齐志林听了不耐烦地说："给他们点颜色，杀杀他们的气焰，这点事还想不到？"

占培杰说："已经用上了……"

齐志林听了恶狠狠地说："这些不痛不痒的，不够劲，弄点更厉害的！"

一天夜里，旺城市区两个相隔不远的院子，几乎同一时间着起了大火。

大火把门楼烧成了炭，门楼熏得漆黑，一股浓浓的汽油味不肯散去。苏玉华家的门楼，紧挨着的是小南房。大火把南房也燃着了，幸亏南房里睡着的儿子及时跑出。苏玉华的老伴哭着喊着骂苏玉华瞎掺和事，得罪了人。苏玉华这边吵吵嚷嚷地救着火，张智霖家更大的灾祸临头了。

张智霖的母亲因神经衰弱睡眠一直很差，那天夜里，老太太好不容易才入睡。但是，一阵吵嚷声把她惊醒了。

"着火啦——着火啦——"
"张智霖家着火啦——"
……

张智霖的母亲多年来一直有严重的心脏病，特别是冬天病情就会加重。医生再三叮嘱，老人家不能受到强烈刺激。但是，最近他们家里人来人往，她也隐隐约约听到了什么。特别是那几天，张智霖每天夜里都起来到院子里去。虽然他解释说邻居林涛的孩子病了，但她猜想智霖是安慰自己，肯定有事瞒着她。

这天夜里，老太太听到外面的呼喊声，浑身的筋骨像钢条般紧绷起来，血管里的血像受惊的野马一样攒动起来。她强撑着抬起身子，看到窗外火红一片，火苗子呼呼窜动着。并且，还有噼里啪啦的响声，看上去火势很旺。随后，她又听到儿子和儿媳开门冲出屋外的声音。她着急喊了一声："智霖，小心点——"

喊声虽然声嘶力竭，但是张智霖两口子根本没有听到，只顾奔到院子里，拿起扫帚扑打火苗。院门外，林涛还有其他的邻居们也在扑火。

火扑灭了，烟雾仍然冒着。院子外边的人，把没烧成灰的破门板扒开，进到院子里，一起用扫帚、水桶扑余火。黑夜里，看不清人的模样，只能听到说话声。等到余火也彻底熄灭以后，张智霖才向大家客气了几句，人们也没多说什么，安慰了张智霖后，也就各自回家了。

可是，没过多长时间，张智霖的家里更"热闹"起来。

外间屋里的桌椅板凳全部被搬走，剩下的是临时搭起的灵床。张智霖的母亲躺在了灵床上，身上盖着深青色印着花纹的被单。北屋门前，用白布扯了一个背景，上面贴着一张白纸，写着"张老妇人千古，享年七十五岁"。白纸下面的一张桌子上，摆放着点心、水果、香碗等贡品。桌子正中，摆放着张智霖母亲的照片。被那场大火烧得残缺不全的破门被人拆走了，门楼用白布装了一下。院子西墙下，摆放着纸糊的车、马、牛，还有纸糊的电视机等。整个院子里人来人往，挤得满满当当。

张智霖穿着孝衣，瘫坐在母亲的灵床前，脸色苍白，大大的眼睛无光。他呆呆地看着，深青色被单下，鼻子、双颊、嘴巴凸出，母亲脸的轮廓，清晰可见。

前夜里，张智霖的母亲听到了外边着火的杂乱声音。她挣扎着，穿上衣服下床，要到外屋里去看一看。可是，还没有到内门口就摔倒了。大火扑灭，张智霖知道外边大吵大嚷的，一定吵醒了母亲。他想到母亲的房间去安慰她一下。可是，当他推开门，看到母亲已经趴在了地上。他"啊"地大叫一声。

120的救护车拉着长笛来了，邻居们又来了。可是，老太太再也没有醒来。人们还是把老太太抬上车，送进了医院。医生鉴定，是心肌梗死。

这时，院子里忽然传来一阵吵嚷声。

苏玉华和几个工人来到屋里，他用那满是老茧的大手，搓了搓不那么平整的长脸说："智霖，大家肚子里的火憋极了。咱这些事情，肯定是因为有人报复。要不是他们一回回报复咱，不是今天这么大的火灾，老太太怎么能够发病？怎么能够死呢？"

苏玉华又用大手使劲拍打了几下自己的前胸，说："现在大家都提出到市委、市政府上访，趁着老太太还没发丧，给政府提出要求，让他们必须破案，把放火、插匕首、抹粪便的坏人逮住。"

母亲躺在灵床上以后，张智霖虽然一直瘫坐在母亲的灵前，没说一句话，也很少哭泣，但是他心里却像昨晚门上的火一样，无法熄灭，越烧越旺，一个劲地从脑门上往外窜。

听到苏玉华他们的话，张智霖忽然蹿了起来，大步跨到灵床前。他跪在母亲的灵前，嘚嘚嘚磕了三个响头。当他抬起头的时候，前额上流出了鲜红鲜红的血。泪水和血掺杂在一起，一直流到嘴巴，满脸血淋淋的。

张智霖对着母亲说："娘，儿子不孝，您去了也不得安宁。但是大伙都咽不下这口气，还得折腾你，跟着大伙一起去讨个公道。"

出门之前，工友们都头戴孝帽，一身白衣。孝衣不够，他们就到处租。两个工友举着"讨回公道,惩罚凶手"的大牌子,牌子后面,是张智霖母亲的灵柩。几百人的白衣队伍,尾随灵后走上街头,引来大批民众观看尾随,像滔滔洪水浩浩荡荡。

他们唱了一出悲壮的"孝服上访"。

姜利焕的办公室窗户正好对着大门口。他一眼就看到那白花花的景象,顿时怒火三丈,抓起电话问发生了什么事情……

会议室。姜利焕召集了几个部门正在开会,针对"孝服上访"事件,讨论对机械配件集团问题的处理方案。

钟启祥在汇报。

那天晚上,苏玉华和王杰向钟启祥反映铸造厂的土地证被抵押,钟启祥吃了一惊。正好姜利焕找他,钟启祥见了面就把这个消息告诉了姜利焕。

"什么?被抵押了?还不是为铸造厂?"

姜利焕听后也不免惊愕,并且,脸上露出了几分怒气。钟启祥说:"两个工人一再说,这是刚听到的消息,是不是真的还需证实。"

姜利焕办公室里,弥漫着一股紧张的气氛,像作战室里突然接到了什么重大情报。姜利焕的脸变得铁青,他端起茶杯,猛喝了一口水。然后把水杯重重地放在桌子上,水也随之溅了出来,把一份文件溅得湿漉漉的。钟启祥赶忙拿起文件,哗哗甩去文件上的水珠。

钟启祥的动作,姜利焕好像一点儿也没看到,他思考着说:"无风不起浪。工人们前段时间写信,现在又上访,说明问题不小。如果这方面真的出了问题,工人的困难解决不了,还会影响到市里的大计划。"

他忽然对钟启祥说:"你们的工作组要努力,必须先把土地证的问题搞清楚。"

这会儿,钟启祥汇报说:"抵押铸造厂土地证是为德意仕友贷款，这个事实已经查明。"

姜利焕说："通知银行，马上终止这笔贷款。把土地证取回来，迅速进入土地拍卖程序。"

但钟启祥瞪着眼睛，看着姜利焕说："土地证没在银行，被法院扣住了。"

姜利焕惊讶道："什么什么，又到法院了？"

钟启祥说："据说是因账目瓜葛……"

姜利焕打断钟启祥的话："什么账目？谁和谁的账目瓜葛？"

钟启祥说："初步了解，是因为铸造厂拖欠工资的纠纷被扣，具体还不清楚。因涉及外地的公司，要弄清这些问题，还需要时间，必须深入调查。现在就是取回土地证，手续、债务有问题，也不可能进入拍卖程序。"

姜利焕看看这个，又瞧瞧那个，说："好家伙，这么多的道道，比得上绕口令了。"

他喘了一口气，站起来离开会议桌，来回迈了几步说："致富奔小康，是非常艰难的，不一定遇到哪些障碍与冲击。大家看到了吧，又有这么个大蛀虫吃过来了。我建议，把原来开发区的工作组，扩大为市委工作组。钟启祥任组长，纪检委、检察院、公安局、信访办等有关部门抽调人员参加。"

他走回会议桌，仍然站着说："追回土地证，铸造厂及时出让开发。必须做到两保全。保全工人的工资、养老金，保全酒厂改造资金。钟启祥你必须给我办到。"

他又指了指钟启祥说："为了做到两保全，工作组要顺藤摸瓜，摸到哪里算哪里，能挖多深就挖多深，有什么问题解决什么问题。彻底清除这个毒瘤，扫清这个障碍。"

散会了，钟启祥没走，又走到姜利焕的办公室里。姜利焕见钟启祥又进来了，问："还有什么新情况吗？"

钟启祥吞吞吐吐说："姜书记，我……我能不能不当这个组长？"

姜利焕一脸的疑惑，说："为什么？"

钟启祥说:"姜书记别误会,我不是不下这个泥水。关键是自己不分管这方面的工作,职位也低。有副书记、常务副市长、纪委书记,这些职位的人员担任组长更合适。"

姜利焕似乎没有留任何余地,说:"为什么会议上不说?"

钟启祥说:"哎呀……会上你带着气,肺都要气炸了,我哪敢说呀。再说这只是一般工作会议,又不是常委会板上钉钉子。"

姜利焕一扭脑袋说:"怎么,一般工作会议说了就不算吗?就不是板上钉钉吗?市委副书记最合适,但现在只有这么一位。你钟启祥是开发区书记,问题也出在开发区内。由你负责,不正好符合工作程序吗?明天常委会上,就把这件事情定死,你不要有别的想法。"

钟启祥没有说话。他知道,姜利焕实在让那"孝服上访"事件激怒了,他是下了决心要揭开这个盖子。姜利焕看着钟启祥那拉长了的大脸,说:"你这个老邪还害怕什么吗?后盾有我,不要有一点儿顾虑,我要求你拿出你那个邪劲来,抓紧抓死抓好。"

唉,还没等到明天的常委会呢,钉子不仅砸在了板子上,还又加了一锤头。没的说了,钟启祥只好像接受一项特殊任务一样,梗了梗脖子,似乎无奈但也很坚决地说:"好吧。按你的指示,办好、一定办好。"

姜利焕又说:"启动酒场、开发枣林的计划必须同时进行,不能耽误。如果铸造厂开发暂时不能展开,你要另想办法,我还等着你吃消夜。致富奔小康的大计划,绝不能耽误。"

停了一会儿,姜利焕说:"当然,你肩上的担子很重。解决这笔资金的问题,需要智慧,更需要时间。铸造厂为德意仕友抵押,你那个老乡发小齐志林,肯定在里面作怪。这个人神出鬼没的,不论是在社会上,还是上级领导那里,都有很深的背景。"

是的,钟启祥心里明白姜利焕说这话的分量。齐志林打造假洋鬼子的本事只是一个方面,他就像一个大蛀虫,到处啃到处吃。把嘴也伸到了自己的老家,伸到了机械配件集团。并且,下口还这么狠。有这个家伙作怪,问题肯定复杂。

钟启祥告别姜利焕，走出了市委办公大楼。他没坐电梯，从楼梯上走了下来，脚步发出整齐的声音，好像一路反复传出三个字："齐志林、齐志林……"他有预感，预感到他要去捉拿一个巨大的水怪，必须有潜水艇的本事，要潜到大洋深处，才能发现它、抓到它。必须有风钻的本领，才能把这个怪物的壳子撬开。

此时，他又想到了占培杰。培杰，一个多么好的孩子，怎么和他混在了一起？怎么如此推崇他？唉，也难怪，自己不也早就和齐志林混在一起了吗？他不是早就帮着自己上大项目，抱金娃娃了吗？自己是利用他的活动能力，因为他认识的客商多，这方面的信息多，这是上项目的优势。但自己肯定也让他咬了一口，因为这个德意仕友外商的真实性……自己这个老邪都没有防范得住，培杰还年轻，怎么会有那么大的抵抗力呢？对齐志林的种种诱惑，各种各样的手段，他肯定会……

## 第十七章

　　一整天了，整个旺城乌云密布，越积越多，越积越浓。傍晚时分，暴雨眼看着就要来了。风使劲刮起来，越刮越大，越刮越猛，气势像要席卷大地。云和风交织着，翻滚着。

　　晚上，占广田敲开了钟启祥家的门。

　　钟启祥没在家，郑方玉给占广田沏上茶，两人就叙谈起来。占广田耷拉着脸，精神不振，两道浓眉紧蹙到一起，大眼睛像在闹情绪，光朝着一个方向直射，一动不动。郑方玉说："占大哥，准是为培杰的事吧，不要着急。"

　　"哦，哦……"占广田的魂刚才像跑到了九霄云外，郑方玉这么一说话，马上又魂归附体上了。占广田皱着眉，哭丧着脸说：

　　"我能不急吗？这个小东西，我哪知道他敢捅这么大的篓子。"

　　郑方玉说："是啊，看这孩子性情温柔，平时言语也不那么多，这些年工作又干得这么好，怎么会出这么大的事啊？唉，占大哥，你那社区建设还顺利吧？"

　　郑方玉故意岔开了话题，占培杰的事她也说不出个一二三。

　　占广田还是一副可怜的样子，说："弟妹呀，那边很顺利呀，怎么那边顺利，这边就出事呢？你可得和老钟说说，咱可得手下留情啊。齐志林这小子，有钱有自己的企业，怎么也不怕折腾。可培杰还年轻，是咱儿子呀。老爷子一听血压就高了，说咱们家里可不能出个孽种。可是……现在看来这孽种很可能出了，怎么办呢？"

　　正说着，钟启祥回来了。钟启祥一进门，占广田就猛地站起来，说："启祥，你可回来了。培杰和齐志林他们的事怎么样了？"

　　钟启祥放下手提包，坐在了占广田的对面，说："这孩子怎么胆子这么大，这么糊涂，一点儿也不随他爷爷和他爹呀。"

听了这话，占广田的脸变得刷白，张着嘴说不上话来，又好像是在等待钟启祥的下文，想让他继续说下去。钟启祥说，到张智霖他们家闹事的人，有了一些线索，基本查清了。

这话让占广田惊讶，似乎摸不着头脑。他还是瞪着眼睛，愣愣地看着钟启祥，魂好像又离开了身体。

就这么看了好大一阵子，占广田缓过神来说："启祥，别的我听不听没什么，这线索那线索肯定有，我只是问你一句话，能不能打住，到此为止？"

钟启祥听了，愣愣地看着占广田。心里想：这可不是往日的占十二呀，怎么能说出这样的话？老占工作上雷厉风行，样样拼在前头。什么困难，什么邪恶，哪有怕的时候。唉……为了儿子，为了儿子呀。

钟启祥不再盯着占广田了，说："我当然希望到此为止，打住。但是那些线索那些问题，像一串骨牌，推倒一个就碰到另一个呀。老占，你可能也听说了，姜书记的态度是多么坚定，'孝服上访'的戏演得那么悲切震撼，着实把他激怒了。"

占广田摇动着脑袋说："我不管这个那个的，启祥你要按照我的意思去尽力。"

钟启祥无奈地点了点头，可是心里想：能刹得住车吗？

占广田走了。第二天，于金水又找上门来。

钟启祥不用问，心里就明白，肯定也是为占培杰的事，肯定是占广田委托于金水找上门来了。

四个人里，于金水嘴最笨。不仅高度近视，是"瞎子"，嘴还像老棉裤腰别不过来，进到屋里，光直愣愣地看着钟启祥。钟启祥微微笑着说："我替你说吧，是为了占培杰的事。"

于金水没有笑，严肃的脸像块铁板，点了点头。

接下来，钟启祥滔滔不绝讲了一顿后，于金水用不大的声音说："这事在你手里，这关系那厉害，你看着办吧。"

送走了于金水，郑方玉就皱着眉头说："你看这事闹的，他们两个都来了。下一个，肯定是齐志林要找上门来了。你们四个人，可是打断骨头连着筋呢。"

钟启祥淡淡一笑，摇了摇头，说："齐志林是不会来的，他这个时候，或者说这个阶段是不会露头的。"

郑方玉如雾里看花，不知钟启祥说的什么意思。钟启祥眨巴了几下眼睛，慢条斯理地说："于金水的话很值得研究，这个家伙有头脑哇。"

郑方玉说："放了这么个短屁就走了，有什么研究的？"

钟启祥摇头，语速缓慢地说："于金水说情了吗？没有。他说'这关系那利害，你看着办'。于金水也是个眼里不容沙子的人，这只是碍着占广田的面子罢了，不得不来。他有正义感哪，叫我看着办。看着办，你想想，可能往利于他们的方向办，也可能是相反呢。"

郑方玉说："齐志林帮了于金水这么多忙，于金水能不向着他们？"

钟启祥像是对郑方玉说，又像是自言自语："别看于金水戴着个千度的眼镜子，实际嘛也能看清，他有正义感。从小一起光腚长大的，他们几个骨里是白的还是黑的，我知道。金水和老占、齐志林的感情不用怀疑，但他是有主心骨的。"

一天下午，钟启祥接到在东州市工作的好朋友万炳和的电话，约他晚上到省城吉利大酒店吃饭。这些年，两人之间的联络比蜘蛛网还密。旺城离省城很近，在省城相约吃饭是经常的事情，钟启祥没问别的就答应了。本来约好六点到饭店，但是钟启祥忙了一下午，快六点的时候才刚刚启程。

还没到高速路口，钟启祥又来了一个电话，是市长耿志先。耿市长这个时候要干什么呢？接电话一听，原来刚刚招商来的一个美国客商，要看一看项目所在地的情况。市长让他马上赶过去，并且他们已经在项目所在地等着了。他不好推辞，车子只好又拐了回来。

耿志先他们拿着规划图，勘察着土地周边的环境，就项目落地的情况热烈讨论着。钟启祥到了没一会儿,万炳和的电话又催上了。

"走到哪里了?到了没有啊?领导都着急了。"

开始约场时,没说有领导参加呀,怎么又出现领导了?钟启祥问哪个领导,电话里说甭多问了,马上赶过来,越快越好。耿志先看到钟启祥接电话,笑笑说:"一定有'场合'。"

钟启祥笑笑说:"一个朋友。"

耿志先看了看表说:"项目情况就是这些。你有约,今晚就不用陪客人了,明天再和他们见面吧。"

钟启祥辞别耿志先和几个客商,又上了高速公路。虽然对方没有说这领导是谁,但钟启祥认为确实有领导,因为老万从来不瞎闹,他想自己还是尽量早些赶到吧。他催着司机快开。

赶到酒店,车没停稳,钟启祥就跨出车门直奔酒店大厅。

"钟叔叔。"

钟启祥一怔,有些意外道:"哦,培杰,你怎么在这里呀?"

占培杰白皙的脸,这会儿像被火苗烧红了。他说:"我在等你呢。"

钟启祥心里咯噔一下,只好跟着占培杰上到二楼。这个过程中,钟启祥头脑中闪过一个念头:肯定是因为铸造厂的事请吃饭,看来确实有领导在。

他们推开了万福厅的门,钟启祥一眼就看到,坐在桌子正中的是省里的厅长——梁学瑞。

钟启祥一愣。

万炳和说:"钟启祥,你让领导等这么久,这是什么意思?"

钟启祥直哈腰点头,说:"抱歉,我可不知道梁厅长在。"

万炳和说:"你小子再不到,不光菜凉了,酒都蒸发跑了。"

此时的钟启祥心里异常别扭。他没心思瞎逗,又不敢在脸上表现出不快,上前握住了梁学瑞的手说:"你好梁厅长,抱歉,抱歉。"

梁学瑞说:"钟启祥真是大忙人呀,让我在这里等了你这么久。"

钟启祥又是检讨又是推责任,说:"对不起梁厅长,老万这家伙也没说你在这里,这事都怨老万。"

大家哈哈一乐,坐在了座位上。人不多,除了三人,还有占培杰和他的一个朋友。

梁学瑞一直坐着,与钟启祥握手也只是坐在椅子上伸出手罢了。钟启祥坐到他身边,他拍着钟启祥的肩膀说:"这次换届,钟启祥被提拔为旺城市市委常委,听说工作时有一股子邪劲。好哇,我们党的干部,都应该这样邪。虽然不好听,但从某种意义上来说,这邪是执着、韧性、坚毅。你们讲,我的观点对不对呀?"

钟启祥连忙说:"谢谢领导夸奖,我脾气坏,就得了这么个不好听的评价。"

梁学瑞说:"好听不好听,要看谁来听,好名声还是坏名声,要看谁来评。你们讲,我的观点对不对呀?"

"对对对……"大家又一阵称赞。

开席了,酒过几巡,梁学瑞就切入了主题。他说:"今天小占和几个朋友请我来吃饭,我不应该来。但是从感情上讲,我还是来了。"

说着,梁学瑞自己端起酒杯,喝了一小口,然后指着别人,其他人赶紧端起酒杯一饮而尽。

梁学瑞接着说:"启祥,听说你负责调查德意仕友和机械配件集团的情况。这项工作做得好,应该。对你们的具体查实情况呢,我不应该过问,不该说些什么。但是我知道,这两个企业是旺城的大企业,骨干企业,要慎之又慎呀。你们说不是吗?"

梁学瑞又喝了一口酒,看了占培杰一眼,接着说:"旺城机械配件集团一把手,不容易干。别看小占年纪轻,工作很有成绩呀。多年来,机械配件集团效益很好,发展很快,为旺城立下汗马功劳。德意仕友呢,是招商引资企业。招商引资企业更不用说了,大工程。我们就需要项目,就需要国内国外更多的项目来落地。所以,引来这么一个大外资项目不容易,启祥你不还是这个项目的大功臣吗?"

梁学瑞此时谁也不看,也不管别人是否在听。他双手按住桌子,仰着头说:"所以呀,查证他们的问题,要从大处着眼,从经济发展的大处着眼。调查要以不影响企业的发展为前提，千万不能因为调查这调查那，影响了企业的生产进度、生产效益。"

梁学瑞滔滔不绝地讲着，俨然对旺城的情况了如指掌，不像是省里部门的领导，更像是东州市的一把手。一般情况下，领导讲话谁也不便也不敢乱插嘴，何况今天谈的还是这么敏感的问题。钟启祥默默地听着，虽然梁学瑞没有朝着自己，但钟启祥明白，句句都是冲着他说的。

梁学瑞又说："对企业的干部、企业家，要千方百计保护。这些企业家确实容易出问题，不出问题才是怪事。但是要教育、引导。"

说着，梁学瑞又端起了酒杯，朝着大家说："大家喝酒哇，不要光听我讲。喝，喝。"

大家端起酒杯，又一饮而尽，谁也不劝说谁。

接下来，梁学瑞朝着钟启祥说："你和利焕同志再议议，要保持大局稳定，以稳定为重、以大局为重。"

……

返回的路上，钟启祥的思绪像帕萨特飞速转动的车轮，不能平静。他算计着，傍晚出发到见耿志先，再到达酒店，总共需要一个半小时。梁学瑞说得很明白，为了等他辞了别的场合，应该是足足等了一个半小时。用上省里的厅长了。省里的厅长对旺城，对恢复酒厂……真是能想得到啊。

不过他立刻又想到，今天这个场合，占培杰是没有能力组织起来的，肯定又是齐志林。他虽然没有出面，但这场戏的导演是谁很明显，里边的猫腻也很明白。

钟启祥非常感慨，心里不好受：哎呀——梁厅长啊。不该来，来了；不该说，说了；不该管，管了。这么受人尊重的领导，怎么也干出这样的事情来呢？

依钟启祥的判断，梁学瑞是不会轻易参与这种场合的。既然他来了，肯定也是受人之托，受更高人之托，实在不好推辞。齐志林和梁学瑞，不可能有直接关系。因为梁学瑞是外地干部，齐志林肯定又用上他那通讯录，爬上攀山梯了……这个假洋鬼子，真是高深莫测呀。"

第二天，钟启祥就向姜利焕汇报了昨天晚上的情况。对这件事，姜利焕与钟启祥有同样的感觉。他说："梁厅长真不该出这个面，他出这个面可能不那么情愿，这大幕之后不知有多少层关系。另外……"

姜利焕思索着说："之所以找梁厅长，是因为恢复酒厂所用的资金，还没有批下来呀。"

钟启祥说："是，这一枪，是想命中咱们枣林开发的要害，打到咱们的痛处呀。"

姜利焕说："齐志林知道咱有求于梁厅长呀，可他怎么知道我们在申请这笔资金呢？"

钟启祥："这就是齐志林不可小视的地方。他的鼻子，就善于到处闻，到处拱。"

等了一会儿，姜利焕严肃地问钟启祥："说情的人轮番进攻了，现在又扔出一个重磅炸弹，直接涉及我们的开发了，你说应该怎么办？"

钟启祥看着姜利焕，一时没有说话。等了片刻，他板着面孔，声音不大，但非常有力，说：

"姜书记，我的意见是排除干扰，积极努力，坚持到底。"

姜利焕凝视着钟启祥说："积极努力？"

钟启祥说："因为枣林开发资金的事，我和梁厅长接触过几次。我感觉，梁厅长应该是个正派的人。"

姜利焕笑笑，端起茶杯闻了闻茶香，说："也就是说，一方面不答应他的说情，一方面还要继续得到他的资金支持。"

钟启祥满怀信心地说："咱走正当渠道，正义对正义，梁厅长就连这点良知都没有？我看不可能。铸造厂土地证问题直接影响了奔小康计划，资金绝不能再有闪失。咱想办法，积极努力。"

姜利焕的大手，一下捂在了茶杯上，狠狠地抓了一把，说：

"好，有你这股子邪劲，一定能压住齐志林的歪门邪道。"

省城，金泉公寓的地下车库内。一高、一中等个子的两个人，在二十六号楼进出口前溜来溜去，已经很长时间了。公寓的保安在监控中看到了这两个人长时间逗留，前来查问。这两个人跟保安比比画画说了一番，保安才离去。

那个中等个儿似乎有些急躁，拿出一根烟点着，没多大工夫，烟就吸完了。那高个儿倒还有几分雅兴，站在一辆红旗轿车前欣赏着。他围着车子转来转去，又用手遮住光线，向车内瞅着。观赏完这辆红旗轿车，又瞅起另一辆本田。

这时灯光暗了下来，那个中等个儿咳嗽了一声。灯是声控的，一下子又亮了。

中等个儿凑到那个高个儿面前说："钟书记，咱们等了这么长时间了，梁厅长能从这里回家吗？他会不会从门厅上楼？"

钟启祥毫不犹豫地说："张局长放心，小区正门不能进车，都要把车开到地下车库，然后从地下车库上楼。邢副处长说，梁厅长平时就是这样。今晚梁厅长有活动，肯定坐车回家，这个二十六号楼进出口是必经之路。"

张局长微笑着点头说："哦，那好，咱再耐心等等。"

"嘟嘟——"一辆车开了过来。两个人蔫蔫地闪到一旁，斜着眼睛紧盯车上下来的人。车门哗一声开了，下来的是两个妇女。车开走了，两个女人上楼去了。钟启祥和张局长不由自主凑到一起，脸上都露出微微尴尬的笑容。

钟启祥和张局长这是第三次来堵梁学瑞了。那天，他们来到省城。让办公室通报了一下，看梁厅长有没有时间接见一下。梁厅长倒是答应了，但是一直等到中午快下班的时候，他们才被秘书请进办公室。梁学瑞见到他们就训起话来，还是上次酒桌上那些话：

"我不是跟你们说过吗？机械配件集团是旺城的老企业、骨干企业。多年来，效益好，发展快，为旺城立下汗马功劳。德意仕友，是招商引资企业。招商引资是大工程，我们需要项目，更需要国内国外的更多项目来落地，引来这么一个外资大项目不容易……

"查证他们的问题，要从大处着眼，从经济发展的大处着眼。

调查要以不影响这两个企业的发展为前提，千万不能影响企业的生产进度、生产效益……"

说完，梁学瑞就站了起来，走到衣架前拿起外衣。钟启祥他们俩还坐在那里呢，梁学瑞就穿好衣服往门口走，一边走一边说："好啦，我中午还有应酬，就这样吧。"

梁学瑞说着，就走到了办公室门口，伸手开开门。钟启祥和张局长赶紧抬屁股离开沙发跟了出来。

梁学瑞走了。张局长说："不允许咱说话，他倒说了那么多。"

钟启祥皱着眉头没有说话，张局长又说："哎呀，那份材料咱也忘记给他了。"

钟启祥表情有些无奈，说："你看今天梁厅长的态度，你就是给他材料，他也不可能要。你就是放在他办公桌上，他也不会看。"

张局长点着了一根烟，说："那我们怎么办呢？"

钟启祥说："今天下午，咱们先把其他事情办办，明天再来。"

第二天，梁学瑞在开会，钟启祥就坐在办公室里等候。会议又开到接近十二点，会议室的门刚开，钟启祥就赶紧走出办公室。待梁学瑞从会议室里走出来，钟启祥就抢上前去。

钟启祥说："梁厅长，昨天时间紧，还没跟你汇报呢。"

梁学瑞一见钟启祥截住了他，不免有些烦躁。钟启祥说："我知道你开会，在这里等两个多小时了。"

梁学瑞一边走一边说："有什么汇报的？该说的不全说了吗？今天的会议，部里派领导来参加了，中午我还要去陪客。"

说着，梁学瑞进了办公室，随手把门关上了。那道紫红色的门，就像一个保安，把钟启祥挡在了门外。梁学瑞的秘书赶紧走过来说："梁厅长确实有事，那边已经打电话催了，他不可能再见你们了。"

梁学瑞推开门出来，径直向楼梯走去，钟启祥和张局长两个人跟在他后边。楼梯间留下梁学瑞咯噔咯噔的皮鞋落地的清脆声响，他似乎一点儿也没有感觉到身后有两个人的存在。出了楼厅，梁学瑞上车，咣一声关上门，车子呼呼冒着尾气开走了。钟启祥两人看着车子出门，拐弯，不见了踪影。

钟启祥伸手搔了搔头皮，还在楼前溜来溜去。他不由自主转过头，仰脸看了看大楼。好像费力爬上了一座山峰，却什么景致也没看到，心有不甘，一点儿也不愿意离去。

张局长说："咱得走哇。"

钟启祥没吱声，无奈地移动脚步，向大门外挪去。他们刚走出院子，就碰见了一个熟悉的面孔。钟启祥先是一怔，接着脸上露出了微笑，这微笑当中充满了得意。他心想：邢副处长，你出现得真是时候。邢副处长问他："怎么站在大门口？"钟启祥光打他的主意了，竟然答非所问："昨天到的。"

钟启祥打听到了梁学瑞的住处，晚上就赶过来了。

又等了一会儿，一辆黑色轿车开过来。他们躲在一旁，这回真的是梁学瑞。他走下车，秘书把手提包递给他。梁学瑞看了看表，就向大门走去。钟启祥和张局长尾随而去，到了电梯门口，钟启祥说："梁厅长，我们终于等到你了。"

梁学瑞一惊，瞪着钟启祥说："你、你怎么……"

钟启祥说："我们有重要情况向您汇报，单位不方便，只好不礼貌地跑到这里来等您了。"

梁学瑞听了，脸上立刻现出一股怒气，还没再说什么，电梯门开了。三人依次进了电梯，梁学瑞按了二十六楼。

进了电梯，钟启祥嘴皮子便像说快板，语速像机关枪一样，嗒嗒开腔了：

"梁厅长，铸造厂日常费用比常规高出几倍……"

"齐志林多次报销的发票……"

"集团下属铸造厂的土地证，为齐志林抵押贷款了……"

……

说着这些，电梯到了二十六楼。就在这一楼到二十六楼的时间里，梁学瑞的情绪像"变脸"一样。由上电梯时的气恼，变成一副非常惊讶的样子，他瞪眼看着钟启祥。电梯门唰的一声开了，梁学瑞没有走出电梯，还是看着钟启祥。电梯门唰的一声关闭了，钟启祥跨到按钮前，使劲按住开关，说："梁厅长，请下电梯吧。"梁学瑞这才明白到家了。

梁学瑞拿出钥匙开开门，和他俩一起进到屋里。此时，梁学瑞变得热情与宽厚起来。他放下手里的包，也没有换衣服，示意他们坐下，自己也坐在了钟启祥的对面，问："刚才你说的都是事实？土地证为齐志林抵押贷款？"

钟启祥赶紧说："梁厅长，我代表旺城市委向你汇报，绝对不能撒谎，绝对不能欺骗领导，我以党员身份保证。"

梁学瑞没看钟启祥，他把头转向窗外，嘴闭着，若有所思。

钟启祥看了张局长一眼，脸上露出一点点笑容，然后，又立刻严肃地对梁学瑞说："梁厅长，今天实在晚了，我们这个时候打扰你，实在不礼貌。我还是把这个材料给你，你抽时间看看。"

梁学瑞眼睛豁然一亮，架着的二郎腿也放下来了，说："哦，那好那好，辛苦你们啦，辛苦你们啦。这个材料，我一定认真看看。"

梁学瑞把钟启祥他俩送到电梯口。电梯上，张局长说："钟书记，真有你的。刚才电梯里那一排子机关枪，一下子把梁厅长逮住了。我估摸着，这会儿，他肯定在认真看那份材料。"

钟启祥说："很有可能。只要能看那份材料，他一切都会明白的。"

德意仕友集团公司，齐志林的办公室里。咖啡壶下的酒精灯，无声无息地燃烧着。不一会儿，咖啡开了。齐志林拿了两个精致的小杯子，打开咖啡壶的按钮，倒了一杯咖啡，又倒了一杯。他没有递给占培杰，指了指，意思是让他自己端。齐志林端起一杯，放到鼻子下闻了闻，又放下，然后拿起一小包砂糖，撕开倒进杯子里，用精致的小勺慢慢地搅拌着。

他一边搅动咖啡，一边自言自语："没停手……钟启祥这小子还真想闹闹。"

占培杰说："是啊，我爸找过他了，于叔找他了，还有……"

齐志林没理会占培杰的话，仍然自说自话："从里边传出话，他不仅没有停手，而且又调集力量加紧查账，螺丝帽又拧了一扣。

这邪劲又上来了。"

占培杰说："他真的就六亲不认？"

齐志林低头搅动着咖啡，又抬起头瞪眼看着占培杰，说："按他这个邪种脾气，他不会顾忌。给他招商引资弄点虚假，他眼里都容不下，何况这回呀。"

占培杰不解，问："招商项目？"

齐志林没有回答，再怎么样，他也不愿意把肚子里的脏货全部抖出来。假洋鬼子的真面目，别人说可以。别人明着说他，明着点他，他都无所谓。但是骨子里的真东西，他自己不会透露出一丝一毫，密封得比高压锅还严实。

占培杰只是喝着咖啡，不说话，好像黔驴技穷、不知所措了。

忽然，齐志林站起身，拍了一下屁股，大步来到了内屋，啪的一声打开了吊灯，满屋通亮。他又拿出了那个老旧的笔记本……

# 第十八章

　　这个冬天特别冷。

　　西伯利亚的狂风,跨过千山万水吹到平原上,还没有一点儿歇息的意思,仍然强劲。那风的声音像是战斗机从头顶掠过,像是魔鬼怪叫,呜呜响个不停。这风吹到身上,像无数支钢针,穿透衣服去扎你的骨头;吹到脸上,像小刀片一样嗖嗖地拉你。也许是由于这风刮得过于猛烈,并且不间断,那潮湿温暖的气流,抵挡不住进攻,全被吹跑了。整个平原上,一冬天一点儿雪花也没有见到。

　　寒风里,钟启祥又来到那座坟墓前。今天,他带来几张纸点着,算是给逝者又送了钱。一股小旋风刮来,把烧过的纸灰呼啦啦卷走了。他一怔,说:"干吗这么着急把钱给拿走哇,缺钱了吗?"

　　他坐了下来,一只手放到坟上说:"哦,你知道我今天来为了什么,叫我快说是吧?好,我快说。

　　"哎呀,很多话想说,从哪儿说起呢?哎,从那年看杂技说起吧。你还记得那一年,咱们一起看杂技的事吗?场上有一个圆形的大铁笼子,几辆摩托车在那铁笼里来回翻转,表演摩托飞车。你紧紧抓着我的手,唯恐摩托车窜出来飞向观众。当时我笑你说:'傻了你,摩托车在里边旋转释放多少力量,这铁笼能够承受多大冲击,都是算计好了的。'

　　"现在想起来,那摩托车的冲击力也真大,难怪你那么害怕。这铁笼就是铁呀,没有思想,没有感觉。无论摩托车怎么冲击,铁笼都不感觉疼痛,不感觉难受。可我不是那铁笼呀,齐志林的丑恶行径,总是像那摩托车一样,在我脑海里旋转,重重地冲击着我的神经,冲击着我的灵魂。我心里总是闹鬼,有鬼东西作乱,我憋不住啊，难受啊。眼看着机械配件集团的问题弄不清，黑洞揭不开，土地手续完备不起来，铸造厂得不到开发。眼睁睁看着这些邪恶的东西还在作乱，还在延续，还在侵蚀着我们的小康事业，我怎么能容忍下去？这几天，我非常憋屈，有一肚子的话不能说出来，只好又到你这里来叨念叨念了。"

钟启祥上完坟，已经很晚了。回家吃过晚饭，他就坐在了客厅里。他拿起茶杯，但并不感觉口渴，又随手把杯子放在茶几上。坐了一会儿，他又拿起电视机遥控，还不到《新闻联播》的播出时间，按了一个台又一个台，似乎没什么好看的，噌又把电视关掉了。他没丢掉遥控，而是像玩健康球，几个手指动起来，遥控在他手里笨拙地滚动着。

"咚咚……"一阵敲门声传来。钟启祥打开门，呼———股冷风窜了进来，同时苏玉华和王杰出现在他面前。

进屋坐下，钟启祥家里的暖气，暖融融的。但两个工人感觉，今天钟启祥的脸和屋外一样冷。钟启祥不像上次那样，了解情况、回答问题，潇洒自如。他很少说话，似乎满肚子的话，一个字也不愿让它蹦出来。那神态就像一把喷壶被施加了一顿压力，可是壶嘴却被堵得严严实实。

屋里一直是沉默的。三个人抬头互相看了一眼，苏玉华、王杰看钟启祥，等待他说话，可钟启祥瞪着眼睛，老闷儿一般。苏玉华脾气急，朝着钟启祥直截了当地说："钟书记，今天怎么……您倒是说句话呀。"

钟启祥看着他们两个人，看了这一个，又看那一个。他咽了一口唾沫，盯着两人，像小孩子见了陌生人，还是不知对这两人说些什么。

王杰说："钟书记，土地证给私营企业抵押贷款，俺工人们打听过，这可不是小事情。现在土地证拿不回来，铸造厂不能开发，我们的待遇还是得不到保障哪。市里怎么就把调查给停了呢？"

"怎么就把调查给停了？"钟启祥能够给出答案。可是，就像老师手里攥着考题的答案，任凭学生憋得脸红脖子粗，心急火燎，这答案是绝对不能够拿出来的。

三个人就这么坐着,屋里显得那么冰冷——冰冷得像在零下四十多度的北极。总得让两位师傅出门哪。钟启祥还是说了几个字:"公道会有的。"

对这几个字,两个工人的感觉是不酸,不辣,不苦,不甜,不香,不臭……他们俩听了钟启祥的话,好一阵子没说话,闷了腔。苏玉华先抬起屁股,干脆要走。

钟启祥见状噌地从沙发上站起来,说:"两位师傅请等等。我说公道会有的,不是托词应付。请你们给我时间,给市委时间。你们的养老金和工资问题不是解决一部分了吗?下一步必须彻底解决。咱们经常联系,我一定能让你们等到满意的消息。"

这些话说出来,两个工人的心算是不那么冰冷了。既然已经抬起屁股,两人只好走出钟启祥的家门。他们走后,钟启祥又坐在沙发上,但像进了冰箱一样。

他那颗心,又有谁来给温暖一下呢?

那是新组建的市委工作组刚忙活了几天后。上午,钟启祥在办公室里召集了一个小会。

会议正进行着,电话铃响了,他一看座机上的号码,赶忙抓起电话说:"姜书记,我是钟启祥。"

电话里边说:"你们调查的情况……"

姜利焕还没有说完,钟启祥赶紧说:"姜书记,我马上用手机给你打过去。"

为了保密,这是钟启祥经常遇到的情况。他来到内屋打开手机,接通了姜利焕办公室的电话。钟启祥说:"姜书记,我是钟启祥。正在开一个小会,有什么指示?"

姜利焕问:"报复上访人的那几个人,情况都弄清楚了?"

钟启祥说:"公安前期插手时就弄清楚了,暂时没有收网,是为了发现更多的新线索。什么时候收网,视时机再定。"

姜利焕说:"好,你和公安部门联系一下,按照程序,马上收网吧。"

钟启祥一愣，嘴里发出"呵呵"两个字，像得了口吃病。姜书记的指示太突然了，但钟启祥转动反应迅速的头脑，立刻又接上了姜利焕的话题："好，那好，鼓舞鼓舞士气也好。我马上联系，马上去办。"

此时，钟启祥一点儿别的想法都没有，又接着说："又发现了几个重要线索，我当面给你汇报汇报吧。"

姜利焕说："哦，哦。下午吧。"

钟启祥接到姜利焕的电话后，抓紧部署。公安方面答应尽快把几个报复上访人的黑爪牙拘捕起来。钟启祥对大家说："这是我们初战成果，下一步继续努力。从账目入手，尽快弄清缘由，那我们离胜利就不远了。"

下午，钟启祥着急地给市委办公室打了个电话，问准姜利焕没有外出，也没有会议，就在办公室。他便赶紧驱车来到了市委大楼，见到姜利焕就问："姜书记，上午电话当中我给你汇报说又发现了几个重要线索，可以采取进一步措施，你答应说要听听汇报，再开会研究一下……"

说到这儿，钟启祥嘿嘿一笑。

要按往常这样的情形，姜利焕肯定也笑着说："你这家伙，又着急了。"可是这一次，姜利焕没这么说。他的大黑脸整个板着，看着钟启祥，好长时间没有说话，然后下意识地把办公桌上的几份材料整齐排放好，站起身来说："几个报复上访人的黑喽啰，不是已安排抓起来了吗？铸造厂的土地证，下一步协调法院，尽快拿回来。查账暂时到此为止，这件事也暂时到此为止吧。"

钟启祥听了，眼睛瞪得溜圆，直看着姜利焕。眼前好像不是姜利焕在说话，而是有人在用外语读天书呢，他一个字都没听懂。他疑惑、惊奇……嘴里只会说一个字了："这，这，这……"

姜利焕看着钟启祥，虽然脸色不那么好看，但态度非常冷静，没再说什么。

钟启祥接着说："这……就……这么个结果？这，这是什么结果？"

　　姜利焕眨巴着眼睛，还是看着钟启祥。等了一会儿，姜焕利却说："你还想要什么结果？"

　　钟启祥皱着眉头，手情不自禁地摸了一下嘴巴，似乎是稳定了一下情绪，说："通过查账就可以看出，德意仕友和机械配件集团的内幕很黑很深呀。市委工作组才生出来几天，就，就结束生命了？很多问题还不清楚哇。"

　　姜利焕目光转向别处，不看钟启祥了，态度莫名其妙地冷漠，说："暂时，暂时，我不是说的是暂时吗？"

　　钟启祥拧着脖子说："暂时？为什么呀？什么原因呢？什么时候再重启？这才几天……怎么像一头扎进迷雾里呀……"

　　又等了一会儿，姜利焕口气温和起来，说："好了，好了。旺城要的是致富奔小康，这是重中之重，你那些任务可一点儿也不能放松。"

　　钟启祥说："查清铸造厂的问题，对今后旺城致富奔小康的事业，更有促进作用呀。不就是因为铸造厂的问题，阻碍了恢复酒厂的规划了吗？"

　　看得出，姜利焕不愿意再说下去了，一下子按下了关闭键。他说："就谈到这儿吧。记住，账目不要再查了。我有个小会，还要出去一趟。"

　　姜利焕突然刹车，钟启祥当然不解，更不甘心，说："姜书记我真不明白，怎么草草收场了？枣林开发的很多事与这里连着，下一步？"

　　姜利焕说："对，下一步集中精力把枣林开发抓好。前一段各方面势头很好，要乘胜前进，决不能懈怠。"

　　姜利焕说着，收拾笔记本和手提包，又抬起头来说："有些话就放在你的脑子里吧，不要向外透露。就这样，我先去了。"

　　说着，姜利焕从椅子上抬起屁股，提着手提包转身走出门，一步一步下楼。钟启祥跟在后面，脚步像与姜利焕设定了同样的程序，跟着他也一步一步从三楼走到一楼。姜利焕的车子，早就在楼前等候了。他上车坐好也没打招呼,车门咣当一关,嘟嘟嘟开走了。

钟启祥站在台阶上还是愣愣的,仍然没有缓过神来。像突然遭遇晴天霹雳,像倾盆大雨突然浇灌过来,震得他眼花缭乱,浇得他不知所措。

他一步一步慢慢地爬着楼梯,有人见到他打招呼,他心不在焉;有人与他搭话,他也不应腔。进入办公室,他没到办公桌前,而是随便坐在了沙发上,架起二郎腿喘着粗气,静静地坐着、想着。脑子像刚打开的电脑,屏幕上这里钻出个广告,那里冒出个提示,这边又蹦过来一个礼包……一片乱糟糟的景象。他极力按着删除键,去掉这个广告,删除那个提示,努力使画面恢复干净,努力想着、思索着。过了一会儿,他抬眼看到了挂在墙上的钟表,下午三点多钟了,忽然一拍沙发抬起屁股。

刚才姜利焕说,要去参加一个小会。钟启祥判断会议不会很长,他下班之前有可能还要回到办公室。想到这儿,他拿出记录德意仕友和机械配件集团调查情况的专门笔记本,翻看了一番,还拿出笔在本子上勾勾画画,又唰唰写了些什么,又向正在查账的人员,要了几份材料。然后,匆匆赶回市委大楼。

钟启祥坐在姜利焕对门的办公室里,眼睛紧盯着姜利焕办公室的门。不到一个小时的时间,姜利焕还真的回来了。姜利焕刚开开门,钟启祥就从对面的房间里奔了过来。姜利焕扭头看了一眼,没说话先进了屋。钟启祥跟着进入里屋,随手就把门咔嚓锁上。

姜利焕还没有说话,钟启祥就先开口了:"姜书记,刚才你说的那些话,我怎么感觉和你几次的指示意见是相悖的。并且——突然转弯。"

姜利焕看了钟启祥一眼,平静地听着。钟启祥继续说:"我第一次向你汇报土地证抵押的问题时,你说无风不起浪。工人们已经上访了,说明问题不小。如果真出了问题,工人的困难解决不了,还会影响市里的大计划。你还要求工作组要努力工作,先把土地证的问题搞清楚。"

姜利焕仍然听着,没有什么反应。钟启祥紧盯着姜利焕,拿着笔记本，似乎这样更有力、更有事实依据。他说："研究铸造厂问题的会议上，你说必须做到两保全。追回土地证，铸造厂及时出让、开发。保全工人的工资、养老金，保全酒厂改造资金。你说，钟启祥你必须给我办到。"

姜利焕有些坐不住了，咚咚敲了两下桌子。可是，两个手指敲击的力度似乎还小，没有制止钟启祥。钟启祥还是照着笔记本说："会上，你还说，为了做到两保全，工作组要顺藤摸瓜，摸到哪里算哪里，能挖多深就挖多深，有什么问题解决什么问题。要彻底清除这个毒瘤，扫清这个障碍。"

姜利焕的脸掉了下来，不耐烦地说："好了好了，我说这么多了吗？"

钟启祥口气很硬地说："你说的还有很多，并且调子很高、很硬。比如……"

钟启祥有备而来，把姜利焕在不同会议、不同场合关于德意仕友和机械配件集团问题的指示，像小学生念课文，一字不落地念了下来。念完了，他的眼睛直盯着姜利焕，那意思就是在说：我念得有错吗？

屋里沉寂了。等了一会儿，姜利焕的脸色松弛下来，不再黑铁一般，少有地耷拉下眼皮，眯缝起眼睛想着什么，然后平静地看着钟启祥，语重心长地问："启祥，在旺城，领导层你听谁的？"

钟启祥毫不含糊地说："当然是你呀。"

姜利焕又问："那我呢？"

钟启祥一惊，大眼珠子瞪得更大，长方形的大脸拉得更长。他张了张嘴，还要说……

姜利焕伸手制止了钟启祥。

就这样，机械配件集团的问题就像海边一个潮头涌来，哗啦又落下了。解决方案的重点，又回到当初，回到开发区那个工作小组的重点方向上——解决职工工资和养老金问题。铸造厂与别的公司的纠纷，仍由法院处理。

市财政垫付了部分资金，解决了铸造厂工人的部分工资和养老金问题。并且，市委、市政府答应尽快协调法院和有关部门，把铸造厂的土地证，也就是那个丢失的可怜的"孩子"找回来，物归原主。同时，公安局抓了几个报复上访人的黑社会爪牙。政府许诺，待土地证回归以后，对铸造厂全部土地进行开发。利用开发的收入，彻底解决铸造厂职工养老保险和工资等遗留问题。

对这么个结果，不同层面的人从不同角度看有不同的理解。有的知其一不知其二，有的知道一二不知其三。有的说这个结果可以，对这个结果满意；有的就不满意。还有指责铸造厂工人上访的，说他们闹事，扰乱了社会，给政府添了麻烦。

旺城市委的部分领导和参与解决问题的有关人员，属于知道一二不知其三的。他们感觉到了收场的仓促，刹车的突然，但是不知道更深的原因。因此领导层里说话的不多，大部分人默默不语。市委工作组的人，有的牢骚满腹，说三道四。

在旺城真正知道这桩案件内幕的只有一个人，那就是姜利焕。钟启祥对为什么紧急叫停，只是那天与姜利焕谈话时，听出了点点端倪。再深问，姜利焕就摆手不让说下去了。姜利焕有难言之隐，钟启祥内心却是酸甜苦辣，五味俱全，如坐针毡。像一个充满气的巨大气球，突然被挤压在一间小斗室里，那么憋屈难受。

上访的工人有的对这个结果不满意。特别是把土地证抵押给私营企业的事，工人们要求抓紧查清，严肃处理，他们有的人又到了市信访局。送假酒的苏玉华和王杰，那天晚上又到了钟启祥家，可钟启祥说什么呢，只能用那句"公道会有的"来暖暖工人的心了。

占广田又来到钟启祥家。精神头，当然又恢复到了从前那爽快、利落、饱满、洒脱的样子，浓眉下那"两盏灯"，唯恐被人说懒惰一样，殷勤地扫视这儿，看看那儿，不够他忙活的。

他一个劲地感谢钟启祥帮忙，好话把整个屋子填了个满满当当。占广田说："培杰是咱自己的孩子，启祥比我这个当父亲的还关心他。"他朝着郑方玉说："培杰不光是我的儿子，以后也是你们的儿子了。这孩子也着实崇拜他钟叔叔，说今后事事处处向他钟叔叔学习。说学启祥的魄力，学启祥的为人。"

对占广田的恭维，钟启祥接受也不是，推辞也不是，只能闭着嘴点头再点头，脸憋得通红。比起那精神头来，两个人一个像盛夏早晨的玉米，迎着朝日碧绿挺拔；一个像盛夏中午的玉米，烈日下灰绿蔫吧。

钟启祥干脆转换话题，尽力摆脱面前的尴尬。当下最好的话题，当然是东关村社区的建设问题，钟启祥问起了养老院的工程进度。占广田说工程进度很快，按照合同正常运行着。特别是那个池塘，水已经抽干并且进行了扩展。按照现在的模样，这里肯定是老人们很好的去处。听了这些，钟启祥那颗冰冷的心，又立刻暖融融的了。

于金水也来到他家。这个闷葫芦平时话就少，这个时候，光知道一杯又一杯地喝茶水。就像旱地里的庄稼遇到甘露，非要把自己灌个透湿。不喝水了，手就一个劲地摸他那高度近视眼镜。左手摸一下还不行，右手又去摸。有时候摘下来，拿出随身带的一小块鹿皮，轻轻地擦拭着。从他身上传过来的，只有粗粗的喘息声。幸亏钟启祥的妻子郑方玉在旁边一个劲地唠叨，问起于金水的妻子柴秀敏是不是还亲自带着工人去装卸，劝说于金水不要让她受累了。还说雇了这么多工人是干什么的，不就是干活的吗？干吗非要自己去干？郑方玉这么东扯西拉地说了一番，才增加了一些活跃气氛。

郑方玉是钟启祥的第二任妻子。前妻叫刘玉玲，是他的大学同学，他们有过一个不寻常的开始。

到省财经学院报到的那一天，因为是搭乘亲戚去查病的车子，钟启祥很早就到了学校，匆匆报到后，就帮着亲戚查病去了。晚上回来时，已经九点多钟。

钟启祥报到时，得到的房间号是四号楼二〇九，当时一个人也没有。他开开房门，把铺盖放在自己应该放的二号床铺上，就匆匆跟着亲戚的车又走了。晚上回校，他当然又来到四号楼二〇九的门前。还没有进门，他就听到里面有唱歌的声音，并且是女子的歌声。

钟启祥心里纳闷，怎么自己的宿舍里，出现了女子唱歌的声音呀？他轻轻地推开门一看，屋里四位学生都是女子。并且，他的二号床位上，多了一卷铺盖。

他进到屋里，好像唐僧进了女儿国，面对佳丽们不知所措。四位女子都好奇地看着他，他也茫然地看着四位女子。他赶紧走到二号床位前，把手搭到自己的铺盖上，好像是对几位女子展示——这是他的床位。已经坐在二号床位上的姑娘，睁着大大的眼睛，问："你是干什么的？"

钟启祥很坦诚地说："这，这是我的宿舍呀。"

他话音刚落，四位女子嘎嘎笑了起来，其中一个捂着嘴笑说："这是你的宿舍？你是多少号床？"

钟启祥还是很坚定地说："二号床呀。"

已坐在二号床位的那位女子，不好意思地说："原来这是你的铺盖呀。"

这时，钟启祥才看清，别的床上都已铺好，可能就是因为他的铺盖在二号床上放着，这个床还没有铺好，堆放着两卷被褥。在二号床位坐着的那位大眼睛女子止住笑，说："你弄错了，这是女生宿舍。"

钟启祥吃了一惊，说："什么？我上女生宿舍来了？我是按照发给我的房间号，到这里来的呀。"

大眼睛的姑娘说："错了，你的宿舍里能有四位仙女吗？"

四位女子又大笑起来。

钟启祥晃着头扫视了一下，可也是的，齐刷刷四位美女。他不好意思地抓了一下头皮，然后平静下来认真地问："到底是怎么回事，你们清楚吗？"

那位大眼睛姑娘说："是学校安排宿舍的人员把号码打错了，你应该是四〇九。"

钟启祥像一个"罪犯"突然被宣布没有任何罪行，重负全释，赶紧说："啊，那好，那好。对不起，我赶快去四〇九。"

说着，就抱起自己的铺盖。一边抱铺盖，一边拿起洗脸盆、书包，还有书等一大堆零碎东西。他抱着铺盖又拿着这些零碎，丁零当啷的，一时收拾不了。那位大眼睛女子，大大方方地说："我帮你拿上去吧。"

钟启祥更是不好意思，可是自己确实拿不了，只好说："那好，谢谢你，谢谢你了。"

就这样，钟启祥抱着铺盖，走出了"女儿国"。那位女子帮他拿着那些零碎，到了楼梯旁正要上三楼，楼梯上传来了一位男子的声音："玉玲，玉玲……"随着过来了一位小伙子。他中等个子，俊俏的脸庞，略长的头发，浑身上下穿着时尚。钟启祥知道了，眼前的这位女子叫玉玲。

玉玲赶紧搭腔："林海——你怎么来了？"

这位叫林海的小伙子说："我不也是今天报到吗？我的床铺都安排好了，来看看你。"

玉玲说："哦，那好，谢谢你。"

林海指着他们的铺盖似在询问，玉玲说："学校把房间号弄错了，这位同学的房间号写成我们房间了。"说着又咧嘴笑了笑，接着说："他是四〇九的，我帮他送上去。"

钟启祥赶紧点了点头。

那位叫林海的说："那好，一起送上去吧。"

有道是，一个不寻常的开始，很可能暗含一个不寻常的结束。

这位叫玉玲的姑娘姓刘。钟启祥就这么因男女宿舍的误会，和刘玉玲见了头一次面。这次弄错房间，单单出现在钟启祥和刘玉玲身上。有人说，钟启祥一开始就光顾了刘玉玲的床铺。还有人说，钟启祥的铺盖和刘玉玲的铺盖早就同过床了。

林海和刘玉玲原来在一个县城，并且住在一个院子里，是同学。后来林海的父母调到省城，林海也跟随父母离开了。林海每次回到曾经住过的县城，就住在刘玉玲家。刘玉玲到省城有什么事情，也住在林海的家里。林海比刘玉玲小几个月，两人亲如姐弟。林海也考取了省财政学院，但和刘玉玲不在一个班。

时间长了，刘玉玲在钟启祥心目中的形象更加完美。她高个子，大眼睛,方形的脸庞,一笑两个酒窝。白皙的面孔,像刚蒸出的馒头,白嫩细腻。第一次见面的那天晚上,没仔细打量。相处时间长了,刘玉玲身上外露的一切,都储存在钟启祥大脑的磁盘里。就连刘玉玲右手腕上那只白绿相间的玉镯,都粘贴在他大脑的首页上了。

后来,钟启祥被选为班委会主席,刘玉玲被选为班委会的宣传委员。这样,他们都进了"领导层",圈子更小了,距离更近了,彼此"黏糊"的机会更多了。相互的好感与日俱增。

接下来的一件事,让刘玉玲对钟启祥心生敬佩、感激。那爱的萌芽,就像锥子从皮包里慢慢扎了出来……

那次他们组织元旦联欢会,班委会主席和宣传委员理所当然忙在一起。他们一同协调老师,协调班级,协调场地,还和艺术班的同学们组成了乐队,使得联欢节目更热闹,更有艺术水准。

刘玉玲非常喜欢唱歌,钟启祥是先听到歌声,后见到刘玉玲的。开学头一天晚上,他闯入宿舍之前,就听到刘玉玲的歌声了。后来刘玉玲的歌喉在班上很受赞誉,是班里有名的"歌手"。有时他们组织什么活动,休息的时候大家就起哄:"刘玉玲来一段!"刘玉玲总是大大方方地给大家唱一首动听的歌曲。这次元旦联欢,她当然要献艺了,她的节目是独唱——《乡恋》。

整台节目,艺术系的同学不可能全部伴奏。但是,他们都欣赏《乡恋》这首歌。那些小乐手们,都愿意为《乡恋》伴奏。当刘玉玲唱起《乡恋》时,那动听的音乐跟着响起来,使得歌声更加沁人肺腑,博得大家的热烈掌声。

你的身影,
你的歌声,
永远印在,
我的心中。
昨天虽已消逝,
分别难相逢,
怎能忘记,

>　　你的一片深情。
>　　……
>　　我的情爱，
>　　我的美梦，
>　　永远留在，
>　　你的怀中。
>　　……

联欢会以后，有人说刘玉玲唱歌堪比李谷一，有人说，咱们学校又出了一个李谷二，也有人说刘玉玲干脆改名吧，就叫刘谷一。

这些当然是笑谈。节目演完了，热闹的场面散了，刘玉玲的歌声，绕梁几日也慢慢淡薄了，大家步入正轨——又扎进学习当中。但是没想到，刘玉玲的厄运来了。那首《乡恋》为她博得了欢迎，同时也带来了非议。有人说她追求低俗，唱的是靡靡之音，思想有问题。

班辅导员找到了钟启祥，向这位班委会主席提出《乡恋》体现了低级趣味，刘玉玲唱《乡恋》，思想问题严重。钟启祥根本没有拿这当回事，一首歌有什么大不了的，并且一唱而过。再说，这首歌也是从上边唱到下边来的，也是从电视广播里学来的。广播电视里能唱，为什么我们就不能唱？

过了几天，事情有所发展。团委找了下来，学生会也找了下来。都要求对刘玉玲唱《乡恋》，热衷于靡靡之音的问题进行批评，并要求严肃处理。

刘玉玲听到这些，思想压力很大。她找到钟启祥，了解各方对这个问题的反应，商量怎么办才好。钟启祥还是说："这首歌是从广播电视里学来的，唱也就唱过去了，今后不唱就算了呗。"

刘玉玲还是担心，说："恐怕不那么简单吧。"

钟启祥还是坚持说："过去我们也不知道这首歌有什么问题呀，要是知道这首歌有问题，我们就不会上节目的。我这个班主席把关不严，把这首歌放在联欢会上，那我也有责任。不怕，我去听听他们怎么说。"

钟启祥找了团委、学生会，又与辅导员接触，又打听系里有什么反应，最终他和这些部门达成一致意见，让刘玉玲写份检讨，对这种追求靡靡之音的思想、行为做个检查。开始，钟启祥连这个意见都不愿答应。可是刘玉玲说："检讨就检讨吧，既然各方都有反应，总得有一个说法吧。"

钟启祥觉得也对，也就答应了写检讨的要求。

可是检讨以后，这把火并没有熄灭，并且有越烧越旺的势头。团委、学生会说检讨不深刻，特别是系里又插手这个问题。并且，还有人揭发她唱邓丽君的歌曲。

真是一波未平，一波又起。唱邓丽君的歌曲这事，钟启祥知道。那次他们组织校外活动去爬山，路上大家坐下来休息，自然又像往常一样，有人提议刘玉玲来一段。呼呼喘着粗气的刘玉玲，听到唱歌就来了精神，她不顾爬山的劳累，随口唱了一首《小放牛》，随后又唱了一首《何日君再来》。钟启祥抓着头皮说："难道……难道我们中间有奸细？又把这事捅出去了。"

钟启祥一气之下把当时七八个在场的人员组织到一起，问大家："那天我们爬山，刘玉玲唱了两首歌，你们还记得吗？"

大家说还记得。

钟启祥说："你们有人向外传播吗？"

所有在场的人面面相觑，你看我我看你，都摇头说没有。

钟启祥把有人举报刘玉玲唱靡靡之音，唱邓丽君歌曲的事告诉了大家。大家听了都咬牙切齿地指责这种陷害行为，但仍表示没有传播，更没有进行什么举报。他们分析来分析去，猜想是过路的其他同学听到这两首歌给说出去的。

钟启祥看着大家，大眼睛转来转去，思索着，感觉大家分析得有道理，那天在场的同学不可能举报。但他还是来了手绝的，他扫视着每个人说："如果大家都说没有向外传播、举报，那么咱们证明一下，你们同意吗？你们敢吗？"

刘玉玲问："证明什么？"

别人也问证明什么，钟启祥说："这两首歌中，《何日君再来》

被称作汉奸歌曲,邓丽君在慰问国民党军队时唱过,可能说不过去。《小放牛》是一首民歌,这首歌不仅邓丽君唱,别人也唱过呀。"

同学们叽叽喳喳,说:"对呀,这怕什么。"

钟启祥接着说:"如果咱们一口咬定,她没有唱邓丽君的歌,可能上面不会信,毕竟有人举报嘛。我想,咱们写个东西证明一下。证明刘玉玲只唱过《小放牛》。"

大家七嘴八舌,都同意这个意见。

钟启祥接着说:"咱们证明她只唱过《小放牛》,上面有可能认为是事实。《小放牛》是民歌,邓丽君能唱别人不能唱吗?这样会减轻刘玉玲的责任,各方面都好接受,易通过。"

刘玉玲很感动,说:"谢谢大家,这样大家都为我承担责任了,这多不好哇。"

钟启祥利落地说:"不要多说别的,只要大家心齐,这件事就好办。那好,我起草个东西,大家都签上名。"

事情的发展,不像钟启祥他们想象的那么简单。一份检查,一个证明,没起作用。在那个"左"倾思潮仍然弥漫的时期,团委、学生会、系里仍然抓住不放,都要求处分刘玉玲。刘玉玲这样单纯的女学生,唱了这么一首歌,竟然惹来这么大的麻烦。还没有到社会,在大学就要受到处分,刘玉玲哭了。

一个大胆的计划在钟启祥脑海里形成。他走进了校党委办公室,请求见校党委书记。一个普通学生的如此举动,令校党委办公室的工作人员非常惊讶。也正巧,校党委门书记正好从办公室门前路过。钟启祥就奔了上去,说:"门书记,我要反映个问题。"

门书记一怔,钟启祥继续说:"我班有个同学最近唱了一首歌——《乡恋》,各方都不依不饶,说是靡靡之音,要追究责任,还要处分她,我想请门书记给说句公道话。"

门书记听了笑了笑,不知是钦佩这位学生的大胆,还是想尽党委书记应尽的责任,他把钟启祥叫到了自己的办公室。门书记还给他倒了一杯水,指着椅子让他坐下,然后和蔼地问:"你叫什么名字?具体说说是什么情况。"

钟启祥从头到尾,把事情的缘由说了一遍。他越说越激动,好像坐着说底气不足,呼一下从椅子上站起来,一边说一边比比画画,简直像站在法官面前慷慨陈词:

"门书记,《乡恋》是李谷一唱的,电视、广播里都播送过。有人说这首歌有问题,可是有什么问题,问题在哪里?社会上总是有些议论,也没有什么部门给这首歌定责、定罪呀。唱这首歌的李谷一现在仍然在唱,好好的。难道别人学唱她的歌,就要受到处分吗?"

钟启祥说了一阵子停了下来,看看门书记的反应。他见门书记听得很认真,就继续说了下去:

"有人反映刘玉玲唱邓丽君的歌曲,这个事情我在场,大家也都证明,她只是唱了一首《小放牛》。《小放牛》是首民歌,大家都喜欢。邓丽君能唱,别人就不能唱吗?就有错误吗?就是邓丽君的歌曲不好,也已经传到大陆来了。那么为什么能够传播到大陆?也没有追究谁的责任呀。"

钟启祥连珠炮一样没住嘴。看他那个激动的样子,门书记笑了起来,并站起身,走过去拍了一下钟启祥的肩膀。但他没表什么态,先让钟启祥回去了。后来学校定了案,这件事情,就止于刘玉玲写的那份检讨。把检讨交上来,不再深究。

学校里传开了,说钟启祥为了刘玉玲,敢到校党委书记那里给说情。人们有的赞扬他仗义执言,赞誉他胆子大。有的提出疑问:这小子为什么对刘玉玲的事这么上心呢?认为这也是一出英雄救美吧。也有的说钟启祥有倔脾气,不管是刘玉玲还是张玉玲,他都会这样做的。这话也对,但是刘玉玲心里,却是暖融融的。那颗年轻的心灵,似乎得到了甘露的滋润。

林海经常找刘玉玲,有时从家里拿些水果给刘玉玲送去。星期六、星期天,有时也把刘玉玲叫到家里去吃饭。机关单位有时演什么内部电影,林海也弄到票拉刘玉玲去看。学校里传开了,说钟启祥、林海两个人在追刘玉玲。

钟启祥从见到刘玉玲那天起,就对她有好感,加上在班里的相处，他对刘玉玲有了爱慕之心。但是，心里的爱慕和现实之间，却有一条楚河汉界相隔，他内心里认为两人是不可能的。刘玉玲从小生活在县城，要是林海追求刘玉玲，刘玉玲答应，那么她就留在省城了。自己一个从农村来的普通孩子，有什么资格，有什么本事，能把刘玉玲拉到一个小县城里去呢？所以，钟启祥将对刘玉玲的暗恋深埋在心底。那条楚河汉界，总是在心中时时提醒他。

# 第十九章

　　晚上，旺城开发区管委会办公大楼，因为距闹市区有几公里的距离，显得格外宁静。办公楼周围的树木，今天没有风的吹拂，立在那里像睡着了，并且睡得还那么深、那么熟。

　　今天是星期六，楼内除了门卫，没有什么人了。只有楼道里那些吸顶灯，忠实履行着自己的义务，发出的光亮把整个楼道照得如白日一般。楼里静得没有一丝丝响声。

　　忽然，楼道里出现了一个身影。随着身影出现，传来唰唰声，声音不大。听得出，上楼人故意放轻了脚步。他扛着一个小梯子，可能是为了尽量不发出大的声音，脚步很慢，一步一步向楼上走去，显得很吃力，像攀登十八盘似的。梯子在他手里，好像价值连城的瓷器，唯恐不小心从手中滑落。

　　上到四楼拐过墙角，在监控探头下面，他慢慢竖好梯子，缓步爬上。他左手扶着梯子，右手把探头轻轻一推，监控探头像个大肉虫略微动了一下。他抬起头，又仔细看了看，好像是衡量了一下角度，看看探头是否还能把整个楼道全部"控制"起来。他确认探头已经改变了监控方向，便退下梯子。由于他身躯高大，梯子窄小，因而动作缓慢，小心翼翼。那样子，像一只笨拙的猿从石头上倒退下一样。

　　不一会儿，刚才的脚步声又出现了，四楼的楼道里又出现了这个人。他这一次没扛梯子，手里提着一个包，走路还是那么轻。在灯光的照耀下，他高大的身影映到楼顶上，晃来晃去，仿佛楼顶向楼板移动一般。

　　他走到工作组查账的那间房前。那张印着"旺城开发区管委会封"的条子，贴在门上，精神地看着他。

他轻轻地撕下封条，又用早就准备好的湿漉漉的抹布，把用手揭不下来的零碎纸片弄润湿，然后轻轻揭了下来。那张被撕乱的封条和零碎的纸片，都被收拾到包里面。而后他打开门进去。

屋内同别的房间一样，黑漆漆一片。可是，屋里有一束光柱在晃动，这是手电筒的光亮。手电筒朝下，离地只有一米来高。屋里的人可以凭着它的光亮行事，但是在窗户外边，显不出屋里有任何光柱存在。

这只手电筒，引导着这个人走到一张桌子前。他借着手电筒的光亮，翻动着上边的账目，手电筒和账本只有不到一尺的距离。他早就准备好了一个记录本，一边看账一边记录着什么，还用已准备好的计算器计算着。

他在一张桌子上伏案很久，然后又到另一张桌子上去翻阅。查账组用了四张桌子，需要到哪张桌子上，他就拿着手电筒来到那张桌子面前。有时，把几张桌上的账目凑到一起，好像是对比查看。

很长时间后，他把几个账本拿到一张桌子底下，在桌下缩着身子，摆弄着什么。突然，桌子底下亮光一闪，等了一会儿，又一闪……随着闪光，还有咔嚓咔嚓的声音……

夜深了，这个人从包里拿出什么，放在嘴里嚼了起来。是他提前准备的食物。吃完后，他又拿出矿泉水，咕咚咕咚喝起来，然后抿了一下嘴巴，继续在手电的光亮下看着，用计算器算着。

开发区马路上的车辆开始多了起来。大车小车，不断通过开发区管委会大楼的门前。这是天要亮的表现，那些起早赶路的车辆，已经开出来跑在了大街上。这个人看看表，收拾了一下，把计算器、照相机、笔记本放到包里，起身走出了门口，回身哧一声把门关好，又从包里拿出一张白色长纸条和胶水，把纸条粘在上面。

贴上去的还是封条。这张封条跟他揭去的那张一样，还是印着"旺城开发区管委会封"，看上去封条没有被动过，这间屋子仍然被封着。

第二天晚上，又是这个唰唰的脚步，走上了四楼，走进了工作组查账的办公室……

这天，齐志林在办公室，接到占培杰的电话。占培杰说："账目还在开发区管委会的楼上封着。派人去取，都说没有钟书记的指示不能取走。"

齐志林不耐烦地说："找那个邪种呀——"

占培杰说："找了，都找不到。打电话是关机，不知干什么去了。"

没有钟启祥的指示，那些人当然不敢让人把账目取走。齐志林在电话中沉默了一阵，说："这个邪东西，不知又往哪儿用那个邪劲去了。那就等几天再去，反正也没人去查账了。有人已经告诉我了，这几天没人去那个查账的办公室，封条也贴得好好的。"

占培杰说："那就等找到钟书记再说？"

齐志林好像也没了办法，还是不耐烦地说："好……先等等吧。"

这几天，钟启祥每天早上回到家里，到家以后就躺在床上呼呼大睡，还嘱咐妻子，任何人找他，都说不知道去哪里了。郑方玉奇怪，钟启祥就说："别多问了，你帮我挡驾几天，以后就全明白了。"郑方玉知道钟启祥一天到晚地忙，也真说不上他忙些什么。这些年丈夫大小是个领导，有些事她只能尽力帮忙、配合。

可能是晚上熬夜的缘故吧，钟启祥躺下便进入了梦乡。手机关了，妻子挡驾，没了打扰，这是多么奢侈的享受呀。回头想想，别说工作以后，就是没进入社会时，在那漫长的学生生涯里，也没有这些天的享受。他很快睡着，睡得很香，并且做梦了。梦中，有他和刘玉玲那甜蜜的爱情……

在学校，钟启祥对刘玉玲的热恋，准确地说是暗恋，到了实习的时候，真正有了转机，后来便是"白热化"。

临毕业最后一年，开始实习了。到哪里去实习，同学们各有打算。林海要拉着刘玉玲在省城找单位实习。能在省城找单位实习，是同学们都非常羡慕的事。但这个时候，刘玉玲却找到了钟启祥，明确提出要和他一起去实习，并表示，钟启祥到哪里她就跟到哪里，就是去小县城实习也愿意。这让钟启祥像喝到长白山天池的水，心里异常痛快。他意识到,实习的时间可不是一天两天,多则半年,少则也得几个月。既然刘玉玲肯和他一起去实习,那说明她的心里……

钟启祥鼓起了勇气。

他的一个亲戚在县里工作,推荐了两个地方,一个是国有企业,另一个是县财政局。县财政局是综合部门,到这里实习可以提高学生的综合能力。到一个企业接触一些更实际的问题,对今后的工作发展也有好处。钟启祥把消息告诉了刘玉玲,刘玉玲十分欣喜。

但钟启祥还是喃喃地问刘玉玲:"林海……不是找好了省城的实习单位吗?省里的条件,可比我那小县城强得多呀。"

刘玉玲说:"他是找过我几次,他爸爸也给联系了实习单位,但我还是愿意到基层去,愿意和……"

刘玉玲没有说出下面的话,但钟启祥心花怒放。他的眼睛好像忽然可以透视,清晰看到了她内心开放的那朵爱情之花。就这样,刘玉玲跟着钟启祥来到了旺城。实习期间,林海专门来旺城看望过刘玉玲。林海到了旺城,钟启祥当然要做东,给林海安排住宿、吃饭。

那天晚上,林海、钟启祥都喝了一些酒。把林海送到住处,钟启祥想走,林海却把他留住。林海挑明刘玉玲是他的小学同学,两家关系非常好,他要把刘玉玲留在省城,并告诉钟启祥:"不要想入非非。"

"不要想入非非"之类的话,林海早就对钟启祥说过。那还是在要下乡实习的时候,林海听说刘玉玲要跟钟启祥到旺城,就专门把钟启祥叫到一旁,明确告诉钟启祥"不要想入非非"。如今,林海又说这等霸道之言,钟启祥还真来了气。林海越是如此说,钟启祥越要在爱情这座拳击台上,跟他争个你输我赢。

他明确告诉林海:"我的意见全依刘玉玲,我不强拉她,但现实是刘玉玲跟我来到了旺城。"

林海说:"来到旺城又怎么了?"

钟启祥信心百倍地说:"请你耐心等待吧。"

等到毕业分配,钟启祥和林海的争夺战,就到了白热化阶段了。

林海使出绝招,找到刘玉玲的父母。他们从小看着林海、刘玉玲一起长大。林海和刘玉玲谈恋爱，早就成了刘玉玲父母的心愿。林海把让父亲在省城托关系分配工作，把他和刘玉玲都留在省城的想法告诉了刘玉玲的爸妈，他们当然同意。可是对钟启祥的那份情意，刘玉玲回到家里也曾经多次向父母提到过。老同事的孩子、省城工作……一个个天平砝码，都移到了林海这边了。

在离实习结束还有两个月的时候，刘玉玲的父母来到旺城，向钟启祥说明了缘由。明确提出，刘玉玲要到省城，到林海身边。

那个彻夜难眠的黑夜呀，钟启祥无比悲痛。他想了一夜，越想心里越清楚，胳膊拧不过大腿。按自己那股子邪劲什么也不怕，可是玉玲……既然爱她，那就要尊重她的意愿，再怎么样也不能伤害她。他感觉到了自己爱情梦的破灭，感到一个农村的孩子过去对刘玉玲的想法，确实是天真的。即使刘玉玲对自己是真心的，但人家可是青梅竹马呀。再加上省城诱惑，她能过这个关口？即使没有省城的诱惑，即使她不顾省城的诱惑，不顾那青梅竹马的情谊，但是父母的关口，也难以闯过呀。

钟启祥没敢再和刘玉玲见面，怕自己这么大个汉子，忍不住在她面前流泪。他给刘玉玲写了一个条子，那条子没有抬头，没有落款，看起来不知是写给谁，谁写的：

> 你走吧，我感谢你的心，感谢你能陪我到旺城来这一次，但是现实就是现实。你还是走吧，我们是好朋友，我永远也不会忘记你。

刘玉玲没有完成后两个月的实习，提前走了。

正式毕业分配工作，钟启祥真的分配到了县财政局。工作几天后的一个上午，钟启祥从办公室门前走过，忽然耳朵里灌进了一股熟悉的暖流，像听到绕梁三日的乐曲。他甩开膀子，急跨几步，像一棵大树被疾风吹动，上身向前倾了一下，就闪现在办公室门口。

钟启祥目瞪口呆。风雪严寒终过去，春暖花开燕归来，又像是——天上掉下个林妹妹。

刘玉玲没到实习结束的时间，确实回去了。但是她回去以后和父母爆发了想象不到的"战争"。最终她找到单位，提出到旺城工作。这样从上级的人事部门开始，一路走下来。她带着自己的一切，走进了旺城，走进了钟启祥的怀抱。

当然，也包括刘玉玲右手上那个精美的玉镯。

快中午的时候，钟启祥起床以后打手机，接通了管委会办公室。对方把一些情况汇报给他，有的他吩咐一下，交代怎么办；有的让对方看着办。又有一天中午，钟启祥醒来，知道姜利焕找过他，便马上拨打了手机。

姜利焕在电话中说："怎么搞的？被人劫持了？电话都接不通。"

钟启祥说："哦，召开了一个会议，怕有人打扰，干脆关机了，有什么……事，姜书记？"本来要说的是"有什么指示"，钟启祥这个时候，内心里似乎非常避讳这几个字，因此把"指示"说成了"事"。

姜利焕在电话中说："好了，好了……已经弄明白了，用不着你参与了。"

钟启祥立刻笑了，说："那好那好，也让我省省心。"

几天以后，姜利焕坐在办公室里。可能是怕太阳直射，窗户上的半片窗帘被拉了过来。他在批阅文件，电话铃响了。他拿起电话，是钟启祥的声音，电话中问："姜书记，这会儿是否有时间？我想向你汇报一件重要的事情。"

姜利焕说："是酒厂的启动资金有着落了？还是省里的扶持资金到位了？"

钟启祥说："见面说吧。"

姜利焕随口说："来吧。"

钟启祥说："那好，那好。"

没多大一会儿，钟启祥就推开了姜利焕办公室的门。钟启祥把门关好，又伸手按动了门锁上的按钮，门被锁上了。由于个子高，伸手按门锁时，钟启祥不得不像与哪个矮个子握手一样，弓下了腰。

姜利焕看着他，奇怪地说："这又要干吗？神神秘秘的？"

钟启祥瞪着大眼，认真地说："我有大事向你汇报。"

姜利焕也没有离开办公桌，抬了抬下巴，示意让他坐在桌子对面。钟启祥根本没顾及姜利焕的明示，就一屁股坐下了。

他拿出笔记本，摊在桌面上说："姜书记，德意仕友和机械配件集团的问题有重大发现。这第一……"

钟启祥刚开口，姜利焕就摆手示意，说："停，停下……这两家的问题不是已经了结了吗？你还跟我汇报什么重大问题？"

钟启祥说："有更重要、更深层次的东西。"

姜利焕还是说："好啦好啦……已经有了结果，就不要再提，不要再提了。"

钟启祥听了脸一红，立刻一副要发邪的样子。他说："姜书记，不说可不行。今天没有外人，你一定要让我把话说完，你先听听情况。"

看着钟启祥镶着两只大眼珠子的大长脸，姜利焕心里咯噔一下，情绪还真让钟启祥给按住了。虽然一脸的不情愿，但他没再说什么。

钟启祥一秒也不耽误，像在知识竞赛中得到了抢答的机会，语速很快地说："铸造厂与两个私人账号，前年经常有联系，其中有一笔资金二百多万，在外运转了三个多月……"

姜利焕虽然心里一惊，但表面还是保持着平静，说："企业间的联系，有什么值得怀疑的。"

钟启祥说："铸造厂的土地证被扣，是因为铸造厂有欠账，被起诉。从查账的情况看，这些来往账户与铸造厂的正常生产经营没有任何关系。"

姜利焕皱着眉头，没打断钟启祥的话。钟启祥就认为这是让他继续说下去的意思，不免有些激动。他用手抹了一把脸，其实脸上也没有汗水，更没有别的什么东西。

他喘了一口大气继续说："齐志林和占培杰利用铸造厂搞经营，有欠账。查明起诉铸造厂的单位和铸造厂的这些联络账户的关系，对解开土地证被扣押这个扣子……"

姜利焕听到这儿还是不说话，脸色却发生了变化——黑里透着铁青。

钟启祥看到了姜利焕脸上的变化，一点儿也没顾及。潜意识当中催促自己加快速度，生怕姜利焕又要按关闭键。他口齿伶俐，像给梁学瑞在电梯里汇报时一样，语速更像"报菜名"一般："这需要派人，组织力量外出调查。还有一些问题，比如费用过高……"

钟启祥说到这儿，姜利焕突然站了起来，说："你从哪里弄的这些材料？"

这会儿，钟启祥全神贯注地看着笔记本，"报着菜名"，根本没顾忌姜利焕的行动和话语。姜利焕隔着桌子伸过手，按住了钟启祥的笔记本，钟启祥一怔。姜利焕已站了起来，钟启祥只好伸脖子仰脸看着他，像个小孩子在向大人乞求什么。姜利焕还是问："你从哪里弄的这些材料？"

钟启祥只好撂下笔记本，看着姜利焕说："姜书记，这些材料从哪里弄来的不重要。关键是问题非常严重，只要深入调查，肯定能查个水落石出。特别是……"

姜利焕还是追问，并且提高了声调："我问这些材料是从哪里弄来的？"

钟启祥还是不回答姜利焕的问题，他的背靠在了椅子上，不再那么仰着脸了，说："有这些材料，派人向有关单位进行调查，很快就会弄清事实真相。"

姜利焕好像根本没有听见这些，他绕过办公桌，说："你不说这些材料从哪里得来的，那么我只能对你说，问题已经了结。该抓的人已经抓起来，该处分的人已经处分了，你不要再跟我汇报这些。"

"姜书记，你……"

钟启祥瞪着大眼，张口结舌，什么也说不出来了。

钟启祥在消失的那几天里，完成了一件大事。

德意仕友和机械配件集团的问题，草草了结，钟启祥心急火燎。

机械配件集团的账目,眼看着要从管委会抱走。账目回去了,肯定要经过删改,这是那些不法之徒惯用的伎俩。那问题的线索就断了,没有了证据、线索,什么时候才能取回土地证?什么时候能够顺利开发?

钟启祥坐在办公室里,拿出德意仕友和机械配件集团问题的专门记录本。笔记本像一团泥巴,在他手里翻来覆去地团弄着。

他看不下去了,噌地站了起来,在屋里走来走去,喘着粗气。他像奔驰在无际草原上的千里马,突然被关进铁笼里,焦躁不安。他又开门上到四楼,走到工作组曾经查账的房门前,账目仍然在屋里。按程序,门口已经贴上了封条。上面清晰印着九个大字:旺城开发区管委会封。"封"字,还被大红的公章盖住了半边。这封条斜靠在铁门上,好像伸出强有力的手臂,明确告诉他:"无论是谁,禁止入内!"

钟启祥久久站立在这里,双手掐着腰,思绪像飞机遇到气流,忽上忽下。他无奈地回到了办公室,在迈进办公室的一霎,脑海里忽然闪过一个念头,趁着账目还没有拿走,再次组织人员,先把证据、线索弄到手。

可是,这念头像一棵植物的嫩芽,刚刚拱出地皮,马上又被自己掐掉了。不行,问题有了了结,自己怎么可能再组织查账?组织程序等方方面面都不符合情理,姜书记也不会同意。那么就组织几个人,利用几天的时间"打枪的不要",查清以后再把账目返还。但没一会儿,这头脑中生出的嫩芽芽,又被他自己割了一刀,彻底铲除了。如果这样做,查账人员一进入那个办公室,马上就会传出账目被移动的消息,怎么保密也不可能不被人发现。前一段发现的问题有些已经暴露,肯定还有内鬼。

钟启祥思考了一阵,又决定组织几个人,每天晚上秘密进行,严格保密。但是想来想去,这内鬼是谁?在管委会内部,还是在查账人员当中?都有可能,不行。

这也不可能的,那样也不行。

钟启祥想了大半天,也没有想出一个神不知鬼不觉把账目弄个一清二楚的方法。不论采取哪种形式，只要打开那间办公室的房门，查不了多长时间，就会像接通了网络，信息很快会传播出去。

《沙家浜》里有段故事。刁德一要组织渔民到阳澄湖捕鱼捉蟹，那样就能把新四军引诱出来，新四军就有被消灭的危险。在这关键时刻，编剧为阿庆嫂设计了一段唱词，钟启祥还清晰记得："怎么办？怎么办？怎么办？事到如今好为难。"

哎呀——钟启祥对阿庆嫂那时的心情，理解得多么深刻呀。唱腔里反复出现了三个怎么办。此时自己好像也是穷途末路了，怎么办？怎么办？撒手不管任其发展，账目返回，任意改动，无法无天？那样，自己也没有责任，也没有负担。哎呀，一只恶虎关在笼子里，若把笼子撞开那就是——放虎归山了。

放虎归山的恶果，不堪设想啊。

呜……呜……

北风又刮起来。楼下那棵大杨树的头，越过了二层楼，探到他的玻璃窗前。树被刮得像一只受惊的野马，摇着身子，晃着头，树枝打在钟启祥的窗上。噼里啪啦，张牙舞爪。又一阵狂风吹来，有一枝树干被刮断，正打在钟启祥办公室的玻璃上。立刻，玻璃稀里哗啦碎了一地。

这风好像非要这个时候来找碴，来惹怒钟启祥。钟启祥看着这一幕，就像看到了嚣张的魔鬼，立刻火冒三丈，就连喘息都加快了。

或许气恼之中，血液流动就快，头脑经过血液的快速冲刷，灵感迅速显现。他忽然想到，自己从财经大学毕业，在财政局干过财务工作，对账目还是熟悉的。虽然这些年没有具体从事这项工作，但是若自己下下功夫……对，没有什么了不起的。阿庆嫂把一只破草帽盖在铁壶上，扔到水里，就引诱敌人开了枪，给新四军报了信。这几本账目，自己还吃不了它？

这样想着，他又回到了四楼存放账目的办公室门口，在门口站了一会儿，在楼道里来回溜达了几趟。他直愣愣地看着那张封条，心里又蹦出一个念头。他眨巴着眼睛，把脸转向楼道的窗户，想了一会儿，又转身瞪大眼睛盯着那张封条。那眼神，实际是紧紧盯着脑海里忽然产生的几个招数，不让它们跑掉，唯恐它们跑掉。他顺着这几个念头，细细地往下想。想着想着，他转身大步穿过楼梯，又回到自己的办公室，在那个专门的记录本上，认真地写画起来。

他细细地考虑着每一个细节。

首先，对自己查账的本领充充电。回家把有关财务的书籍，再粗略翻阅翻阅，向财务人员巧妙地请教请教。这容易做到，可怎么进那个门呢？什么时间呢？当然要在晚上，晚上机关人员都下班回家了，除了门卫，个别职工住五楼无大妨碍。只是晚上里边出现了灯光，外边会看得到。这个时候齐志林到处"安眼"，肯定像防备导弹一样早就架设上"雷达"，时时盯着这栋大楼呢。有一丁点的异常，齐志林的"电脑"上就有显示。那么就用手电。亲自买一把手电，多备上几块电池。那封条怎么办？门上贴着封条，把封条揭去也会暴露。哎呀呀……封条不是自己贴上的吗？能够贴上这一张，就不愁换上另一张。

这也好办。想着想着，他忽然又想起办公楼的每层楼道都有监控探头。对这个东西必须采取措施，虽然晚上没有人看着监控，但是白天，若有人翻看，那自己就暴露在光天化日之下了。

钟启祥的思路像直升机般围着管委会大楼盘旋着，从楼内到楼外，又到院子里，寻找着安全出入的缝隙。大院和办公楼都有后门，从后门进院进大楼，门卫也看不到。办公大楼是六层，已经安上了电梯，但楼层又不高，为了节省用电，没有特殊情况平时不开电梯。正好电梯设在大楼后门旁边，自己从电梯到三楼进自己的办公室。自己的办公室在消防通道旁边，探头正好拍不到，要提前把电梯和两个后门的钥匙全部掌握在手。

他规划着自己的行动路线，像去劫狱救助自己的同伴一样规划，任何地方都不能留下自己的行踪，不能被发现。就是那些监控探头……对，千万别让那些探头逮着，四楼的探头必须先动动手脚。

再带上一个照相机，把所有重要的地方，全部拍摄下来。这就是最好的证据，无论怎么去改动，第一手材料，什么时候也否定不了。越是改动，越说明问题严重，罪加一等。

粘贴封条，还要带上胶水。

对，预备一个包，把需要的东西全部装齐。

本来他想戴上手套，摸过的东西不能留下痕迹，但是又一想：不用！等到把证据弄到手，不用去查什么指纹，就是我的手摸过，就是我来过。那时候，怕他何来？

钟启祥想啊想啊，每个细节都面面俱到。像要给病人做外科手术，一个细小的血管也要缝合好，不可丢掉。但还是出了点问题。因为他挪动了探头的监控角度，第二天办公室的小刘打开监控屏幕，发现四楼摄像头照着的是一块墙壁，而不是整个楼道。也就是说，探头监控的方向发生了变化。他马上报告了办公室项主任，两人又向钟启祥报告，可是没有找到他。

中午钟启祥给项主任打电话，问有没有急办的事情，项主任就汇报了监控探头的事。钟启祥心里好笑，想了想说："有可能是什么东西碰到了吧。咱们窗户好好的，门锁都好好的，不可能有盗贼进来。再说其他楼道的探头，也没发现有什么人进来呀。好了，不用管它。"

钟启祥的"不用管它"，实际暗含着先不要动那个探头的意思。但是，这个年轻人非常认真。只想到了不用报案，还是把探头的位置调整过来了。

这给钟启祥制造了一个小小麻烦。第二天晚上，他只好又搬着小梯子上到四楼，先把探头的方向移动了一下。

钟启祥想到，这两个年轻人责任心这么强，如果第二天再关注这个探头，一看仍然是斜着的，那怎么办？没有办法，他只好去的时候，把探头掰歪一点儿。走的时候，再爬墙把探头调整过来。这两个小东西，责任心强是好事，可给我添了麻烦。

他不免哧地笑出声来。

姜利焕听了钟启祥细说的查账全过程，不免震怒，面颊上的两块肌肉都颤抖了几下。哗啦一声，姜利焕面前的一堆材料，被他推出了桌子，散落在地上。随后他噌一下站起身来，瞪着眼睛看着钟启祥。此时，姜利焕的大黑脸上，一对大眼珠子溜圆。白眼珠套着眼睛里的黑色瞳仁，整个脸黑白分明。他又抬起一只手，指着钟启祥的鼻子说："钟启祥，你好大的胆。你这是有令不行，有禁不止。谁给你的权力，谁给你的指示？"

钟启祥没有被姜利焕震怒的动作和凶狠的面孔吓住。他仍然坐在那儿，平静地把自己面前的材料，随意整理了一下，随手把桌上放着的一个茶杯端了起来，杯子送到嘴边，里边没有水。是的，他进门以后没有人给他沏茶倒水。他起身来到净水器前，右手把茶杯放到出水口下面，左手轻轻地按动了按钮。水哗哗地流了出来，一直到茶杯里的水装满，他才直起腰转过身，咕嘟咕嘟喝了几大口。回到桌前，他左手还抹了一把湿漉漉的嘴。

他说："姜书记，我进门时就把你办公室的门锁好了，这里只有你我两个人。咱把话都说到底，说到桌面上。这次查账办案突然刹车，我有意见，我想不通。我这样行事，一来对前段企业查账的情况有所了解，二来怕证据被销毁。"

姜利焕仍然厉声追问："谁给你的权力？"

钟启祥说："谁给我的权力？应该是你呀。你的指示很明确：致富奔小康，是非常艰难的，说不上遇到哪些障碍、冲击。工作组要顺藤摸瓜，摸到哪里算哪里，能挖多深就挖多深，坚决做到两'保全'"

姜利焕说："用不着你给我戴高帽子。"

钟启祥说："好，我不说远的。我感觉我这几个夜晚，没有白费力气。他们的违规事实，他们的违规证据，我基本掌握在手了。"

姜利焕脸上仍然射出凶光，说："这有什么用？"

钟启祥毫不含糊，又顶上一句："这是证据，这是事实。只要顺藤摸瓜，组织力量外出调查，谜团就会解开。那样，开发就会很快展开，酒厂改造的资金就会保全。"

姜利焕一仰头，斜着眼睛说："你……"

钟启祥说："姜书记，只要你一下命令，我立马组织人员把问题查个清清楚楚。也可以另行组织人马，比如交纪检委、检察院都可以。"

　　姜利焕拍了一下桌子，又指着钟启祥的鼻子说："你……真是个邪……"

　　邪什么？那个"种"字，姜利焕又咽回肚子里去了。

　　钟启祥脖子使劲一拧，气从脚跟蹿向头皮，大长脸微微扭动了两下，像只要吃人的河马。他说："邪不邪我不管，无论是邪还是正，我只想把问题弄个水落石出。我有意见，为什么你的意见前后这么矛盾？为什么你的思想和过去这么不一致？为什么你……你就这么……"

　　"软"字钟启祥没有说出来。尽管只有他们两个人在场，尽管钟启祥火冒三丈，但他头脑中的理智还是给他的嘴按下了"静音"，他不能把姜利焕烧得体无完肤。紧接着他又跟上了一句："对不起姜书记，我说得可能过火了。"

　　姜利焕无奈地说："你……"

　　他们两个人像在拳击场上对决，姜利焕似乎有些"招架不住"了。他皱着眉，紧闭着嘴，离开了办公桌，缓步走到窗前望向窗外，头脑中可能快速地掠过一句话："拿这个倔种有什么办法……"

　　钟启祥紧跟着站在他身后，保持一定的距离，看着窗外，确切地说是看着姜利焕的侧脸。就这么沉默了一大阵子，姜利焕转过身，来到沙发前坐下，也示意钟启祥坐下来。此时，姜利焕的脸上似乎带着震怒、焦躁、无奈……说不上是什么表情。

　　他还是把情绪平静下来，眼睛不再瞪得那么圆了。他说："启祥，那天说过为什么结束这件案子，你应该还记得我说的话吧？是的，现在办公室的门你锁好了，屋里就我们两个人。我要求你把过去的事、过去的话都留在肚子里。今天你汇报的情况和说的话，也要留在肚子里。"

　　说到这儿，姜利焕停了下来，直盯着钟启祥，那眼神似乎在说："你记住了吗？"接着姜利焕说："今后怎么办，我只给你一句话……"

　　钟启祥身子一挺，像大病之人祈求到了良方良策，紧问："什么话?"

姜利焕回答:"听我的指示。"

钟启祥听了没说话,愣愣地看着姜利焕。他不明白姜利焕说的是什么意思,似乎那直愣愣的眼睛要从姜利焕脸上,挖出这句话的真实用意。

这时,姜利焕黑脸上的皱纹紧了紧,嘴动了动,似乎露出了很难捕捉到的一点点微笑,而后端起了茶杯。然而,话题就在端起这杯子的一瞬间,转向了别处。

他对钟启祥说:"酒厂的启动资金和省里的扶持资金怎么样了?这可一点儿也不能含糊。"

钟启祥似乎把大脑分开用了。他还在猜想"听我的指示"这谜语一般的话的用意。当听到"资金"二字,他又立刻分出头脑的另一部分来应对。

钟启祥思索着,语速不快,说:"梁厅长有水平。"

钟启祥好不容易跟着转了话题,姜利焕便立刻追问:"具体说说,什么意思?"

钟启祥还是那么慢言慢语地说:"在德意仕友问题上,实际上我们没有给梁厅长面子。可听了我的汇报,看了材料,他很理解。扶持资金一点儿也没受到影响,正在厅里走程序。昨天,我还与他的秘书联系过,梁厅长有指示:一旦手续办结,马上拨款。"

姜利焕双手一拍说:"太好了。这样,我们的开发规划就能顺利进行。法院那边你再催催,抓紧进行。土地证一旦解禁,就立刻进入土地招标拍卖流程。"

姜利焕倒是兴奋不已,可钟启祥心里,还是那么一大堆疙瘩……

"听我的指示。"这句话仍然占据着他的头脑。

姜利焕看得明白,但还是硬拉着钟启祥跟上他的话题。他说:"哎,启祥。明天不是举行苇帘编织大奖赛吗?你一定要参加,这可是你的拿手好戏呀。"

钟启祥平静地说:"苇帘编织大奖赛?"

姜利焕说:"对呀,这不是你的动议吗?很好哇。通过大奖赛,把全市苇帘编织产业的热潮，再推进一下。把编织技术，再提高一步。季世同有眼光，把你派到东村镇去抓致富奔小康，抓出这么一个新产业，还上了大工业项目。季世同，高，有水平呀。"

钟启祥说："哦，对，哦……"

姜利焕终于把钟启祥打发走了。他看着钟启祥的背影，情绪似乎又陷入了震怒、焦躁、无奈之中。

这天，旺城艺术中心广场非常热闹。主席台上方，巨大的彩虹过道桥上"旺城市苇帘编织大奖赛"几个字醒目耀眼。两边几个巨大的气球，带起一条条飘带，飘带上的口号更是响亮：

"发展苇帘产业，增加农民收入。"

"致富奔小康，苇帘打头阵。"

"苇帘出精品，走向全世界。"

……

广场上竖起一排一排铁架子，架子上挂着一尾一尾的苇帘子。广场从东到西，像搭起了十几道苇墙。

苇帘个头相当。为保证公平，大奖赛组委会要求编织规格必须一样。每尾帘子洁白似玉片，光亮闪闪。帘上的织线光柱般挺直；根根芦苇像粗细不差的发丝，简直鬼斧神工。

苇帘产业已经在旺城大面积铺开。芦苇成了旺城的抢手货，像实行农村联产承包责任制初期的化肥、农药，有钱也买不到。他们成立了苇帘产业协会，组织外购，跑遍了周围几个省市。外地的一个芦苇荡，让东孙镇全部包了下来。

钟启祥虽然已经升迁到市里，但他仍是旺城市"致富奔小康领导小组"副组长，负责农户产品深加工的推进发展。有一天他回东孙镇，看到有些农户的苇帘次品较多。他意识到，编织质量是今后苇帘生产的重要一环。群众的积极性有了，量有了，必须把质量大大提升起来。于是，他倡导举办了这次苇帘编织大奖赛。

倡议一经提出，立刻得到农户的积极响应。初选、中选，今天是决赛。决赛评出一、二、三等奖，获奖人由市委、市政府的领导给披红挂彩，并有丰厚的奖金。

领导们刚上主席台的时候，市长耿志先开玩笑说："苇帘产业是钟启祥在东孙镇抓起的，这大奖赛又是他倡导举办的。咱们今天就是为钟启祥来开会呀。"

人们笑了，都热情赞扬钟启祥，说他抓致富奔小康的思路明确，措施得力，卓有成果，抱西瓜不丢芝麻。但是，钟启祥脸上露不出笑容。人们寒暄着坐到自己的座位上，远远看去，钟启祥板着的大长脸像铁锨头。钟启祥为什么这样？只有姜利焕心里明白。主席台上，姜利焕侃侃而谈，谈苇帘产业，谈钟启祥对苇帘产业的贡献。好像他与钟启祥之间，什么也没有发生。

激动人心的时刻到了，广播喇叭里传出了评选结果：

一等奖十名。

二等奖……

三等奖……

随着热烈的掌声和欢呼声，获奖人上台领奖，市委、市政府的领导们为获奖者挂披红绸，发放奖金。

大奖赛要有几十个人上台领奖，组织者为了把领奖秩序搞好，在开会之前演练了几次。但是，正式领奖时，乌龙还是出现了。就在得一等奖的十个人上台时，有一个人从领奖队伍中窜了出来，直奔钟启祥而去，嘴里还喊着："钟书记，你好啊，你好啊。"并且一把握住钟启祥的手继续说："钟书记，我很想见到你，可是你这么忙，我是个庄户人家，也见不着你，嘿嘿……"

这家伙突然窜出，领奖队伍立刻乱了套。本来十位领导，每人为一个人发奖。这会儿，有的领导面前来了两个人，有的领导面前没有人。还有三个人去了一个领导面前，一看不对又找别的领导……

没办法，工作人员只好走上台，把一个个领奖者重新安排好。领奖者下台的时候，那个跑向钟启祥的人还在举手，向钟启祥打招呼，引起了台上台下一阵哄笑。

钟启祥也笑了。

钟启祥在东孙镇带领大家参观苇帘生产时，有一次在车上，一个人问他:"钟书记,听说参观学习可以多次跟着来?真的吗?"

钟启祥说:"可以呀,只要感兴趣,愿意学,镇政府就组织你再去参观,保证你学会。"

又一个人说:"听说前几次参观,五马庄有个叫马景振的黑小子,每天都跟着去,去了好几天,人们都说他是混饭的。"

钟启祥笑了,说:"如果开始他确实想混饭也不要紧,人都是有脑袋瓜子的。让他看看人家五溪县的那些场景,看看那一摞一垛的苇帘子,听听人家群众的收入,我看这个黑小子不能不动心。"

钟启祥说完又问:"哎,你怎么知道那个黑小子叫马景振,是五马庄的?是不是你也是多次去了呀?"

车上的人们轰地笑了起来。

钟启祥说:"大家放心,愿意当回头客,去几次我们都欢迎。"

当时参观活动排了整整一天。每天中午,镇政府给每人出十块钱的生活费。第一次去的那天,中午要吃饭了,三辆大客车上下来百十号人,把五溪城的饭店一下子塞了个满满当当。那些果子、烧饼、包子铺的门口,都有东孙镇的老乡站着排队。因为十块钱买上堆包子,买上几个烧饼、果子,就吃得饱了。五马庄那个马景振,进了饭店看见有啤酒,就咕咚咕咚喝了几瓶。钱花完了饭还没吃,他就醉醺醺跑到车上睡了起来,惹得大家哈哈大笑。最后还是钟启祥上车后递给他几个烧饼。钟启祥招呼马景振第二天再来,他真来了,一连来了五六回。

有一次参观,中午钟启祥就坐在地摊上和大家一起吃烧饼果子,也是生活费不超过十元。

有一个老百姓说:"俺们在这里吃饭不怕掉价,钟书记你也跟着坐在这里,就不怕掉架子?"

钟启祥哈哈大笑,说:"吃饱为原则,掉什么架子。说实在的,知道我来,今天给咱们联系参观这事的兄弟单位,中午安排了酒席请我去喝酒呢。但是我告诉大家,我绝不赴宴。一定要和大家坐地摊,这烧饼果子多香呢。"

一个庄户人家说:"哎呀,你这书记还真了不起。"

钟启祥又笑着说:"我有什么了不起,不就是不吃那个酒席吗?不就是和大家在一起吃饭吗?你们感觉这就叫了不起啦?"

人们又嘿嘿笑起来。

这时,马景振一手提着一瓶啤酒,来到钟启祥吃饭的摊子上。钟启祥说:"哟,马景振你也来了?怎么还提着两瓶啤酒呀?又喝上了。"

马景振说:"其实我已经学会了技术,织帘子的机器也买到家了。这次,我是吆喝着俺村里的一些人来的。"

钟启祥说:"对,学会了就当好宣传员。"

马景振不好意思地说:"钟书记,俺买了两瓶啤酒,请你喝酒感谢你。这两瓶啤酒,可是俺自己花的钱。"

钟启祥笑着说:"你把我喝得像你一样,到车上睡觉哇。"

马景振不好意思地笑了,用右手腕捂住了嘴,手里的啤酒瓶也跟着挂到左脸上去了。

马景振说:"俺觉得你对俺们好,俺感谢你。"

钟启祥说:"好,咱领情,收一下马景振这份心意。来,在座的把茶缸子倒出来,每个人都享受享受马景振的心意。你可别偏心眼,倒的有多有少了。"

众人又笑了。

颁奖之后是典型代表发言。主持会的耿志先说:"刚才颁一等奖的时候,闹了个小插曲。不过这说明一个问题,就是群众对启祥书记的感情深呀。大家从苇帘上真正获得了收益,这才吃水不忘打井人哪。这位找钟书记握手的叫什么名字?"

工作人员说是东孙镇五马庄的,叫马景振。

耿志先说:"好,这位马景振,是不是能上台来讲讲呀?"

耿志先一说,大家又笑了起来。工作人员走到马景振面前,动员他上去。他害羞地说:"让我弄乱套了,我还发什么言呢。"

僵持中,钟启祥拿过话筒说:"马景振,上来讲讲吧。就讲讲你参观去了多少趟,吃饭的时候又怎么样。"

钟启祥这么一说，马景振还真走上台来。他走到话筒前，脸上淌出了汗水，手不住地擦汗。他说："哎呀，俺不懂规矩，刚才，刚才让俺给弄乱套了。俺心里高兴，要不是钟书记，俺就搞不上苇帘子。有了这苇帘子，俺家里收入可多了……"

有人喊了一声："多多少？"

马景振说："多……俺不告诉你。"

人们又笑了。他又擦了一把汗说："那年，幸亏钟书记让俺多次跟着去参观。俺这个人脑袋瓜子笨，一次学不会，跟着去了五六趟，有人说俺是混吃混喝……"

台上台下又是一阵哄笑。

马景振说："俺做的事也是让人笑话。头一天去参观就喝多了，镇上给的钱花没了，回到车上睡着了。是钟书记上车以后，又给了俺三个烧饼……"

马景振这一说，整个会场笑喷了。可他自己一点儿也没笑，大声说："俺不是去混吃混喝，俺一次学不会，多次学……"

突然，马景振提高了嗓门说："俺学会了，得奖了，有钱了……"

姜利焕、耿志先……起立为马景振热烈鼓掌。

# 第二十章

　　转眼二〇一三年春节到了。
　　过去，腊月二十六是年前最后一个集日。正因为是最后一个，各类年货比平日里更丰富，花样更多。因此，那天的筒子街被称为"花花街"。到这一天不叫赶集，就叫"赶花花街"了。"花花街"上允许在街道的中央，再加上一排货架子。这样，加上道路两旁的门店与货架，就形成了三道街店。
　　过去，县城又不大，到这一天人山人海，把街筒子挤得像水渠里的水，满满当当。那卖鞭炮的，不能掺和到这三道街中来。他们在远离城区的地方，找个大洼地，或者干枯的池塘，聚集成"鞭市"。等到鞭市一"开市"，这里立刻变成了一场"激烈的伏击战"，"枪炮"齐鸣，雷声炸响，烟雾缭绕，震耳欲聋。
　　现在城区扩大了几倍，门店遍布大小街道。非到集日才来购物的概念，早就淡薄了。这"花花街"，也没有那么大的名气和吸引力了，街筒子里不那么拥挤了。但置备年货的人，依然充斥在各条街道上了。过去赶完"花花街"就冷清下来，现在进入腊月，直到大年三十，街面上天天热闹。与往常不一样的是，过年了，各种商品都可以搬出门店到街上叫卖。这样，各家门店都毫不含糊，一大早就把年货从店内搬到店外，任凭寒风刺骨，店外露天生意依然兴隆。场面搞得最大的是那些卖酒的，一摞一摞不同品牌的酒水，在门店前都垒成了一堵堵墙。
　　前些年似乎灭绝了的一些东西也悄然来到街上，吹糖梨的，捏泥人的，还有像棉花一样松软的棉花糖，剪纸版画……这些应该是"老古董"了，也到了年货市场中来。别看这类摊子不大，但是围拢的人们却一层又一层。近年来，在街头挥毫泼墨也成为一景，春联一条一条地挂满了临时拉起的绳索。人们看惯了那些印刷品，对这墨香重新焕发出了浓厚兴趣。

鞭炮专营了，没有过去的大"鞭市"了，都分布在专营店摊上。但是品种花样增多了，二踢脚、窜天猴、火箭筒、响天雷、天女散花……那一万响的鞭炮响起来，可能敢跟机关枪相比。

大年初一下午，钟启祥又独自走出了家门，这是他持续几年的喜好了。

因为他知道，这个时候大街上是最安静的。机关单位、大小门店全部关门闭户。门前别说车马稀，就连人影也没有了。从除夕晚上开始响了一夜一上午的震耳欲聋的鞭炮，也累了乏了，消停下来。忙着看春晚、放鞭炮、吃饺子、拜年的人们，下午也都稍事休息，车辆更是偶尔才见。与头一天相比，是另一番天地。街道上从南到北，从东到西，空无一人。

一个基层领导，一年到头千头万绪。有道是下边一根针，上边千条线，清静成了他们的奢侈品。那年，钟启祥处理冀庄村烧死人事件时，电话铃就像催命的小鬼，让人神经过敏。今天，手机也在过年了。

他走在大街上，独享这难得的清静世界。就像一个天天生活在瀑布旁边的人，听惯了那巨大的轰鸣，听腻了那巨大的喧嚣。待到突然有一天水流枯竭，巨大的瀑布成了小小的溪水。那么他便感到这小溪潺潺、唰唰的细腻的声调，是那么珍贵美妙。

记得有一天晚上，他正坐在家里看电视，由于线路故障，忽然停电了。本来到处漆黑一片，又被打断了看电视的兴致，应该加以抱怨或产生几分恼怒吧。但他忽然感觉到一种难得的宁静和幸福。世间没了电，很多运作都停止下来。自己家中的电视机、电冰箱、鱼缸……产生的噪音一点儿也没有了，立刻会呈现一种奇妙的寂静。他顺势往沙发上一躺，静静地享受起停电带来的这种寂静和美妙。他扬起脸庞，闭上眼睛，故意使劲听那少有的寂静。过了一会儿，他又起身打开窗户,望着一片漆黑的夜晚,像置身于连一丝风也没有的深夜沙漠。

钟启祥突然开始感慨:啊——电这个东西,生产、生活一时一刻也离不开了。可是,没有电的时候所产生的这般宁静,也同样宝贵呀!电给世界带来了动力,给黑暗带来了光明,给人们的生活带来了方便……它时时刻刻深入到了生产、生活的方方面面……没有电的世界,人们的生产、生活将会是什么样子呢?但是,有了这个东西,又给这个世界带来了多少喧嚣聒噪?不,不能把这喧嚣的责任全部推到电的身上。看看我们每天的生活,街道上人来人往,车辆奔腾,人欢马叫。满街的门店,满街的人流。就是凌晨几点钟,那街道上也时而出现车辆。机声隆隆,喇叭声声,总是把人们从香甜梦境唤醒;就是猛刹一下车,也可能发出车轮与柏油马路摩擦的刺耳的尖叫。

中央电视台播放过一个从小耳聋的女孩的故事。在世界上有了一种先进的助听器"耳蜗"的时候,她的爸妈也给她戴上了一对。那天,爸妈看着已经戴上耳蜗的孩子,焦虑等待着,想听她第一句话要说什么。女孩笑盈盈地对爸妈说了第一句话:"原来,你们的世界是这么嘈杂。"

是的,不能只埋怨电。嘈杂,也随着世间的发展而发展了。

钟启祥记得自己刚参加工作的时候,街道上要是有辆汽车,人们总是投去羡慕、好奇的目光。有一次到济南出差,钟启祥看到满街的汽车心潮澎湃。晚上,他趴在宾馆楼的窗前,数着街道上的汽车。看看每一分钟、每五分钟、每十分钟……都能跑过多少辆汽车。如今的旺城,单位时间穿行的车辆都超过那时的济南了。原来的大马车、毛驴车、拖拉机……退出了街道,汽车占据绝对优势,充斥着每一条道路,并且延伸到僻壤小巷。停车场满了,街道两旁满了。胡同小巷里,也有时因为一辆车的停放,影响若干辆车的行驶。行走在街道上,没有见不到汽车的那一刻了。道路的拓宽、增加速度怎么也跟不上车辆增加的速度。街道就像一条河,车辆就像河水,河面再宽,那水也总是满满当当。整个城区车声隆隆,喇叭声声,永远失去了原有温馨的宁静。

十多年前，钟启祥给孩子读过一个童话。这个童话，讲的是西方一个发达国家过去马路上没有汽车，行人走在马路上自由自在。可是后来有了汽车，并不断增多，川流不息。马路上汽车一辆接着一辆，形成了一道道车墙。人们不能穿过，只好从汽车顶上爬过，从车底下钻过。车祸也接踵而至，好多人饱受车祸之苦。这个时候，市民都抱怨汽车，痛恨汽车。有一天出来一位神童，这位神童拿着一支魔笛。只要他把这支魔笛吹响，汽车都跟着他跑。这支魔笛响啊响，汽车跟着跑啊跑。最后汽车全部随着魔笛的声音，开进了大海里。从此，城市又恢复了安静，人们又自由自在地步行在大街上，过上了安静的生活。

这里，也期盼这样一个神童和魔笛的出现吗？

头两年，钟启祥是徒步出门，沿着近处几条街道转几个圈。后来越走越远，他就干脆骑上自行车。今天他又推着自行车出了门，由近到远，大街小巷，优哉游哉……他专门沿着中心线前进，独自享受这任意行走的霸道。那感觉就像鱼儿蹦进了清澈的溪水中，没有了任何阻挡，自由自在地畅游；就像鸟儿飞向了蓝天，没有了任何束缚，展翅高飞。

他迎着飕飕的冷风，思绪随着自行车奔跑着。

多少天来，钟启祥感觉自己面前，遇到了好多数学难题。他调动这公式那定律那法则，可难题怎么解也解不开。他又感觉自己进入一个山谷，怎么也走不出来，绕不出去。山谷里荆棘密布，险滩重重，虎狼出没，碎石散落……山谷里还阴森漆黑一片，自己一次次点起火把，又被风一次次打灭。

自己是怎么钻进数学难题的罗网中的呢？又是怎么进入这黑漆漆的山谷里面的呢？自己和齐志林是同村发小，从小一起长大，后来他接班去了东州，自己上了大学。童年的记忆中，两人应该说是情深意长的，人家还帮着自己上了大项目。正像齐志林所说的那样，是咱找的人家，不是人家找的咱。为什么对里边的虚假，自己就那么深恶痛绝？对机械配件集团与德意仕友的问题，就是不松手呢？这个说情不行，那个说情不行。特别是调查停下来以后，自己又暗中侦查，夜晚下功夫查账，抓住那么多线索。自己向姜书记汇报，与姜书记叫阵，耍起驴脾气，逼得姜书记不得不隐隐约约……

我这是怎么了？我不是在抓致富奔小康吗？不是在抓枣林开发，抓酒厂恢复，搞好枣产品深加工吗？怎么抓起案子来了？钟启祥，奔小康的路，就那么一帆风顺、平平坦坦吗？不可能。姜书记那句话很有道理：致富奔小康，是非常艰难的，说不上遇到哪些障碍、冲击。你之所以抓住这个案子不放，正是为奔小康扫清道路，为奔小康创造条件。如果这些乱七八糟的东西存在，老百姓怎么能够奔小康？奔小康，绝不是一条平坦之路，里面充满荆棘，充满曲折。眼前那土地证的缘由弄不清，你就不能搞土地出让，就不能搞开发，筹集酒厂改造资金的路就卡死了一条。

一整个冬天，钟启祥每天脑海里都闪出那句话——"听我的指示"。可是这么长时间，钟启祥没有接到姜利焕任何指示意见。有时夜晚突然来电话，钟启祥立刻想：是不是姜书记有指示了？没有。一个旺城镇开发区的书记，事情多得很，紧急情况多得很，都是一般性的工作之事，没有什么姜书记的指示。苏玉华、王杰打过电话，钟启祥还是要求等，还是答应一定能让他们得到满意的消息。

钟启祥经常吃年糕般咀嚼品味着"听我的指示"这句话。听那天姜利焕对他说这句话的语气，是对这宗案件按了"暂停键"，不是"关闭键"。可是这个暂停键按下去，怎么就不再重启了呢？什么时候再重启？这暂停的时间也太长了吧。是不是他故意用这个暂停键来安抚、稳住自己？

加上在旺城，姜利焕当过两个县市的党委书记，之前当过一个县的县长，应该政治上意志坚定，工作能力也很强……

不，不可能。不可能是故意用了什么"方法"。

想着想着，钟启祥穿过老城区，来到了开发新区。

钟启祥小学、初中、高中都是在这个县城里上的。参加工作以后，旺城撤县改市，他除了上大学，从来也没有长时间离开过这座城市。

二十世纪八十年代前，旺城城区的面积没有多大扩展，只有几平方公里。县城只有几条街道，并且羊肠子一般。只有中心街、文昌街宽阔一点儿，不过也只有六七米。到了八十年代中后期，特别是九十年代后，仅仅十年的时间，县城扩大到二十多平方公里。现在旺城又分成了老区、新区、商贸开发区、工业开发区。规划面积已经达到了几十平方公里。

特别是街道，真正进行了大幅度拓宽。在拓宽中心街和文昌街的基础上，又增加了南环路、北环路、南外环路、北外环路。旺城东西南北的街道，又增加了十几条。并且，这些街道与国道、省道连接，四通八达。

钟启祥穿过了几条街道，眼前出现一幢六层高的楼房，上面"帝豪洗浴城"几个大字映入眼帘，这是到了他的老家东关村。这里曾经是旺城的城外，原来从他们村庄到那个小城，还要经过许多庄稼地段。小时候，和同伴们三五成群到城里玩耍是常有的事。现在这里已经和城里连成一片，成为旺城市的市中心了。他的土村庄和原来的二十几个村全部销声匿迹，建立了社区。地地道道的庄稼汉成了市民，祖祖辈辈种庄稼的人们开起了商业门店，搞起了工厂。还有很多人加入了农民工的队伍，或在旺城或到了天南海北。

原来的旺城，只在城里西南角上有一个浴池，叫"国营洗澡堂"。里面是一个只有几十张床、两个大水泥池子的公共洗浴室。并且这个洗澡堂只有冬天开门，夏天就关门休业。那时，人们夏天好像就没有专门洗澡这回事，用毛巾简单擦拭，或者到水塘里"扎个猛子""打个嘭嘭"，就算是洗澡吧。

有一年冬天，钟启祥平生第一回到了那个国营洗澡堂里。他清楚记得，里面有南北两个大房间，北间屋里摆放着小床铺，是供人们休息和存放衣物的地方，算是更衣室吧。向南过了一个门，进了另一间大屋内，见到了两个水泥大澡堂子。那天，钟启祥小心翼翼脱掉衣服，来到洗澡的大房间里。里面温度很高，热气腾腾，两个水泥池子里漂浮着厚厚的泥垢,一种闷热难闻的气味迎面扑来。他在里面没有待上一分钟,就窜回了更衣室,然后就像染上什么病症,哗哗呕吐起来。

现在,旺城洗浴的条件大大变化了,像帝豪洗浴城这样的综合洗浴场所,在旺城就有好几家。并且桑拿、花浴、沙浴、药浴、足浴、足疗……名堂比比皆是。

钟启祥站在帝豪洗浴城的门口,上下打量着。他算计着尺寸,寻找着他的家。在帝豪门口向东十几米远的地方,好像出现了当年那土垒的房屋、院墙,还有那青砖门楼。那青砖门楼上的黑门正开着,静静等着他,等着他回家。可是一眨眼,他的思绪就断了。看到的不是那个亲切的青砖门楼,仍然是鳞次栉比的楼房。钟启祥想,这人怎么才算满足啊?和土坷垃打交道的时候,人人向往着城里。这些年,彻底放弃锄把子以后,又怀念过去的农村生活。这高楼越来越多,却又怀念起自己的那些老土屋。这街道拓宽,人多了,车多了,又嫌乱,又愿意像我今天这样去寻找一份宁静。想着,钟启祥自己笑了起来。

钟启祥走出了自己的"家",走出了自己的"村庄",又穿过了几条街,来到一个小广场上。这个广场所处的位置原是一个池塘,叫"仓湾",是填平那个"仓湾"而建起的小广场。穿过这个小广场,来到了旺城原来的靶场位置。靶场,就是用于实弹射击训练的训练场。这个训练场,突出的标志就是有一座十几米高、四十多米宽的"土山"。这座土山的作用,就是在实弹射击时遮挡枪弹。靶场,是新中国成立以后建设的。过去这座土山是旺城的最高点,被称为旺城的"珠穆朗玛"。七十年代以前,"珠穆朗玛"随着城区的扩大,从县城西南角移到县城西北十几里以外、现在的位置。可是现在这座"珠穆朗玛",又起不到冲锋陷阵、抵挡枪弹的作用了。因为它已被楼房、街道包围,已经成为"城中山"。

小时候,这座"珠穆朗玛"还在旧城区时,钟启祥经常和小伙伴们到那里玩耍。每当他们来到这座山下,就喊着闹着爬向山顶。到顶端以后,跳着脚,伸着胳膊,好像天空就抓在了自己手中。每当来到这里，就玩起攻防游戏。一方当"日本鬼子"，一方当"八路军"。八路军占据高峰，日本鬼子向上攻击。有的找根棍子当枪，有的用手比画着当手枪。嘴里咔咔咔地响着枪声，有的还不时抓起一块土坷垃，当手榴弹投出去。每当这时，日本鬼子便身子一挺，倒在山坡上。最后是肉搏战，把日本鬼子全部打败。

这座"珠穆朗玛"迁出城区以后，虽然离县城十多里路，但是钟启祥闲时还是要到这里来玩。那时，城区内没有很高的楼房，爬上这座"珠穆朗玛"，旺城便尽收眼底，真有"会当凌绝顶，一览众山小"的感觉。

到了二十世纪九十年代，旺城的房地产迅速崛起。今天，钟启祥站在"珠穆朗玛"上，再也不能把全城尽收眼底了，目光被一栋栋高楼大厦挡住。十几层、三十多层的大楼拔地而起。宏伟的高楼威严地矗立在这座土山面前，使得"珠穆朗玛"时时感到威胁，不远的将来，她一定会被这威严的雄姿所取代。

今天，钟启祥还专门去了另外三个地方。一个是占广田建设的敬老院。今天这里没有工人干活了，楼房已经封顶。矗立在楼房旁边的吊塔，像是巨人挥动着臂膀在为敬老院欢呼。那个致力于枣产品深加工的龙头——酒厂，国家的扶持款项已经到位，虽然还有资金缺口，也已开工行动。在大年初一的时候，钟启祥给梁厅长打了个电话拜年。他对梁学瑞的宽厚、正直，打心眼里敬佩。今天，钟启祥又专门到了枣林。这个季节，枣树上的绿叶、鲜果荡然无存。一棵棵枣树，裸露出黑灰的筋骨。微风中，树干相碰，铮铮作响。整个枣林像刚刚集结起来的铁甲勇士，在等着号角吹响，在等着去奋力拼杀。

钟启祥骑着自行车往回走着，又进入了老城区。在中心街十字路口，他刹住自行车，双脚着地，但仍然骑在车子上，望向移动通信公司门口。看了一会儿，他眼前恍恍惚惚出现了一块石碑，石碑上刻着两个大字——旺城。

钟启祥感叹：历史上旺城虽然占据了"风水宝地"，但她没有像那位进士希望的那样兴旺发达、繁荣昌盛。旺城真正炽盛、发达起来，还是在经历了改革开放之后。

　　但是，这改革开放，又经历了多少风风雨雨，经历了多少拼搏与奋斗，经历了多少正义与邪恶的斗争呀！原来的小村庄，成为旺城的市中心。"珠穆朗玛"曾经是最高点，但她终究被大厦所挡住、所淹没。改革开放的洪流，必将把污泥浊水全部荡尽，旺城发展的步伐谁也阻挡不住。

　　宁静，宁静少得像稀奇的古玩了。宁静是暂时的，宁静之后喧嚣必然到来。就像今天这初一的时日，宁静绝不会停留太久。过了这一刻，就到傍晚时分，鞭炮声又响了起来。再到初二、初三……在以后的时间里，街道上的人又多了。先是走亲串友的，然后门店开业的多起来……渐渐地，人流越来越大，越来越多，整个街道又是那么熙熙攘攘、车水马龙、喧闹不绝了。就好像一部雄壮的交响乐曲，小提琴委婉细腻的妙声之后，便是众音齐奏的时刻了。

　　姜书记，我在等你的指示。这指示，肯定会传达过来。

# 第二十一章

春节期间，占广田打电话约钟启祥、齐志林、于金水在一起聚聚，时间定在初六晚上。占广田说他们四个人自从和姜书记在他家里碰到一起后，还没有聚过。趁着过年，大家在一起轻松轻松。

从内心讲，钟启祥不愿意参加这个聚会。他内心里有一种感觉，那就是在德意仕友和机械配件集团问题上，占广田、齐志林、于金水都是胜利者。他们不会再谈起这个案子，但都会不自觉地以胜利者姿态，出现在自己面前。因为在这个案子上，他们说过情，钟启祥没有答应。但是这案子草草结束……特别是齐志林，每每在酒场上那掀天扑地，吹吹嘘嘘，似乎上天入地不在话下的样子，更让人心里不舒服。钟启祥知道，在这个场合，齐志林也绝对不会讲德意仕友和机械配件集团的。但是他耀武扬威、夸夸其谈的表现，字字句句、每一个表情都在暗示这件事：他——胜利者。但是不参加又没有理由，如果不参加，更让他们感觉自己心里不舒服，像对他们有成见似的。从实际来说，除了这件事，还有齐志林帮助上项目时表现出的假洋鬼子做派令钟启祥烦得很，他和占广田、于金水一点儿隔阂也没有。特别是在提高城市化标准问题上的那些举措，钟启祥、占广田的配合，真是天衣无缝。

心里不舒服，该参加的还是要参加，该聚的还是要聚。有事说事，都是朋友、发小。公众场合、社会上还都是相当有名气的人物，所谓的四大名旦，缺少了咱又是何为？

钟启祥答应了占广田的邀请。

初六晚上，钟启祥和于金水早早来到了占广田家。可能是齐志林在东州过春节，开车到旺城需要时间，还没有见到他的影子。钟启祥、于金水来到占家，第一件事自然是到老爷子占志根屋里去"请安"。老人说话声音还是那么洪亮，思维也不慢。特别是穿上那套浅红色的唐装，更显得有精神。

"大爷爷过年好哇——"于金水说。

"老叔过年好哇——"钟启祥说。

"好、好，都好。今天我听说你们四个又在一起聚，我心里高兴，哈哈……"

接着，老人说："我的老战友王海江上次来咱们旺城以后，姜书记专门就旺城在抗日战争、解放战争中两次组织子弟兵的事，派人员采访记录了材料，听说还要到其他地方进行调查了解。这个好哇，太好了，把这些资料保留下来，教育后代。好，好哇。"

占广田笑笑说："老爹一说话就是说过去的事，说起这些事就兴奋。"

钟启祥说："好哇，老人心里边总有兴奋点，这是好事。能调节精神，要不他自己闷得慌。"

老人又说："你们送给王海江的有关致富奔小康的文章，他还推荐给报社，有的给刊用了。"

钟启祥说："听说了，王老又给旺城做了一件好事，进一步扩大宣传，提高咱们旺城的知名度。在提高城镇化标准的问题上，广田可是立了大功了。"

与老人寒暄了一阵子，他们就到餐厅里边了。时间不早了，齐志林还没有到。占广田打过电话，催了以后就招呼大家坐下来，先倒上酒慢慢喝着。

等了一阵子，齐志林终于来到了。他匆匆进门，边道歉边握手，寒暄了一阵子。也是什么也不多说，先跑到老爷子那边问过好，然后又回到席上。

喝了一小会儿，钟启祥脑海里忽然产生了一种感觉。感觉今天的齐志林与往日假洋鬼子的做派有些不同，有些逊色。今天虽然也是吹五说六的，但是说完眼皮就耷拉下来，精神就落了下来。钟启祥还感觉，他有点心不在焉。一会儿接电话，一会儿又出去打电话，忙得有些蹊跷。接打电话都是跑到另一个房间，门关得死死的。往日这种场合，又是春节，见了面、喝起酒，绝少不了那套"O——K，OK、OK……"。可今天别说"洋气"，似乎连一点儿"乐气"都没有。那套"OK"似乎也从他嘴上休假，回西方老家过年去了。

有一个细节。占广田吆喝着喝酒，因为齐志林和占广田紧挨着，齐志林伸手把占广田的杯子端了起来。占广田拿筷子啪地打了一下齐志林的手说：

"看我杯子里的酒多，多喝一点儿是一点儿对吧？"

齐志林一怔，说："哦，错了错了。"

他放下占广田的杯子，端起自己的杯子一饮而尽，喝完抿了抿嘴说："咱不计较这一点儿，咱不计较这一点儿。"

心不在焉，十足地心不在焉。

钟启祥表面上和大家嘻嘻哈哈，没什么特殊表情。但他的眼睛，就像当今最先进的相控阵雷达，发现了目标，并迅速把它捕捉到了。以极快的速度，对这一细节做出反应，得出了结论。

最终，齐志林没有坚持到最后，接到一个电话说有要紧事，就匆匆离开了。

节假结束，人们都上班了。工作的忙碌，把春节的味道甩得一干二净。

一天晚上，钟启祥在家里看电视时，手机响了起来，一看是姜利焕的电话。若在几个月前，这个电话一定会立刻触动他的神经。但是这个时候……钟启祥抬头看了一下表，十点钟了。他接通电话说："姜书记，这么晚了还来电话？"

姜利焕说："你不是想让我请你吃消夜吗？"

吃消夜？实话说，他与姜利焕之间这么幽默甚至浪漫的辞藻，曾是唤起钟启祥激情的催化剂。但是，当前这催化剂似乎也激不起他情绪的波浪。钟启祥淡淡一笑说："吃消夜，玩笑，玩笑。"

电话里边没再顺着这个话题说下去，只听姜利焕说："马上到我办公室来一趟。"

都十点钟了……钟启祥很纳闷，但是对方电话已经挂断。没什么可说的，他赶紧换下衣服，赶到了市委办公大楼。这时的"赶紧"，是上级对下级的一种自然驱动。钟启祥进了市委大院，姜利焕办公室的灯真亮着。

他推开姜利焕办公室的门就说："姜书记，这么晚了……"

姜利焕坐在办公桌边，很平静地说："听我的指示。"

"听我的指示？"

这五个字不像是飞进了钟启祥的耳朵里，而是像兴奋剂打在了钟启祥身上。他一下子来了精神。本来缓步向着姜利焕这边走来，听了这话，他像自行车被猛蹬了一脚，立刻加快速度，两步就迈到了办公桌前。他眨巴着眼睛说："什么……什么意思？"

姜利焕还是平静地说："什么意思，还不明白吗？我说过的话你忘记了吗？"

钟启祥一拧脑袋，说："没，没忘记。只是，只是……"

姜利焕说："只是什么？太突然了吗？"

钟启祥说："我怎么感觉像地下党在对暗号呀。"

姜利焕哈哈笑了，说："像地下党的接头暗号，一下子把咱们两个人的距离拉近了？"

钟启祥也笑了。

姜利焕说："看你有个化学脑袋瓜子，挺敏感的。怎么到了这时候，就这么迟钝了呢？还问什么意思？"

此时，姜利焕豪情满怀，黑脸上露出了激动的神色，噌地从椅子上站起来说："现在是什么年代了，是什么时候了？对国家的政治大事，你真的迟钝了吗？"

钟启祥又嘿嘿一笑，说："书记清楚，本人水平不高，请明示。"

姜利焕看着钟启祥，又哈哈笑了起来。

钟启祥震惊、激动、暴躁……明白了姜利焕的意思，脸涨得通红。说不清什么感触，什么滋味。心头像黄果树瀑布落下，激起无数浪花。

看着钟启祥的样子，姜利焕越发沉住气了。他拿出一个杯子，先用水冲冲，然后倒了一杯水，放在钟启祥面前说："怎么啦？我这话不恐怖呀，似乎把你吓住了。"

钟启祥又拨浪鼓般晃了一下脑袋，说："不是吓住了，是蒙住了。干，领导一句话；不干，也是一句话。现在又忽然吹起号子，真是让人摸不着头脑哇。"

姜利焕收起笑脸说："钟启祥，说你迟钝了吧——"

钟启祥认真地说："姜书记，我对当前形势的认识很清醒。请领导说说具体原因，那上边……"

姜利焕又立刻摆手，说："具体原因不必多说了。你要继续抓下去，把机械配件集团和德意仕友的问题弄清，考虑如何抓好就行了。"

姜利焕抬起头，双手摸了一下那黑白相间的头发，感慨万分。他说："大海有潮落潮起。我们这小平原上，更有疾风骤雨、雷鸣电闪呀。"

钟启祥说："这反差太大了吧，你不怕……"

姜利焕又摆了摆手说："我不是告诉你了，不要再多说了，就考虑如何按着原来的思路抓下去。还是那句话，做到两保全。追回土地证，加快出让开发铸造厂步伐。保全工人的工资、养老金，保全酒厂改造资金。"

他沉默了一会儿又说："土地证的问题，只是一方面。根据你们已掌握的情况，问题肯定涉及多方面。也还是那句话，顺藤摸瓜，摸到哪里算哪里，能挖多深就挖多深，有什么问题解决什么问题。彻底清除这个毒瘤，扫清这个障碍。"

钟启祥喝了两口水，心情似乎平静下来。他说："看来这疾风暴雨要来了，应该来就快来吧，快把大地上的污浊洗净、洗清。"

姜利焕说："呵，还诗人一般了，不觉得酸溜溜的吗？"

钟启祥嘿嘿笑了笑。

姜利焕皱了皱眉说："这些日子，想起你，有时感觉悲哀，更多的还是欣慰。"

钟启祥问："怎么讲？"

姜利焕说："怎么讲？又装糊涂。悲哀就不说了，欣慰的是我们枣林开发的大计划没有耽误。铸造厂的计划缺口，你也弥补得很及时。你没有因为……好了，这些有时间了再细说，现在把案子立刻抓起来。"

钟启祥愣神想了想，说："姜书记，如果这宗案子再继续抓下去的话，我建议由纪检委或检察院牵头吧。"

姜利焕一怔，问："为什么？"

钟启祥随意地说："我过去也说过，这是他们职责范围内的事。"

姜利焕歪着头，斜眼看着钟启祥说："要是再让你继续抓下去呢？"

钟启祥说："我感觉名不正言不顺哪。"

姜利焕点了点头，似乎弄明白了什么问题一样，说："哦——不愿意干了，有情绪了。或者是怕得罪人，应该是有情绪。"

钟启祥赶紧摆手说："不是，不是这个意思……毕竟纪检委、检察院，才是这方面的职能部门。"

此时，姜利焕如胸有成竹的战场指挥员一般，说："还是你来抓。第一，这个案子原来就由你负责，情况你熟悉。第二，还是那句话，两个公司都是你地盘上的，哪里的问题，哪里负责。这符合逐级负责原则，并非名不正言不顺。"

姜利焕停了一会儿，说："纪检委、检察院一定很忙，很忙呀。今天咱们两个先说定，案子仍然由你抓。有关程序问题，会上再定。"

钟启祥没有再说话，也就算默认了。

姜利焕忽然又说："不过有一个问题咱们要讨论清楚。咱们过去议论过，机械配件集团是我市的骨干企业、老企业，为旺城的经济发展确实做出过很大贡献。德意仕友又是招商引资企业，也是规模企业。如果突然再对他们进行调查，不免引起波动。也存在你说的那个问题，前期突然勒缰绳，现在又要扬鞭子，对上对下要有个很好的交代。也就是说……出师有名或者有尚方宝剑？或者叫什么……"

钟启祥一听，又拧了拧脑袋，像螺丝被钳子又加了一扣。他斩钉截铁地说："我明白，我去办。"

姜利焕看着钟启祥问："你有什么办法？"

钟启祥说："我有德意仕友和机械配件集团的违纪违法证据，我以我的名义告他们，难道还不成吗？"

姜利焕摇头，笑着说："不可这样刀枪直入，是不是隐晦一点儿？你这个邪家伙不怕得罪人，但是对你我也要负责，尽量不要把你往那机枪眼上送。你指挥攻打这个碉堡，堵枪眼的就不是你了。"

钟启祥很感动，说："谢谢领导，我有办法，你放心。"

在旺城，一个酒店非常出名——春意浓大酒店。它的外观造型和内部装饰以豪华出名，更出名的是这里特别乱，利用舞厅、桑拿经营着嫖娼卖淫的勾当。酒店的投资人实际是齐志林，为他在前经营的是一个外号为"黄鼠狼"的人。齐志林从来不承认这个酒店是他投资的，他好像还特别注重在这方面的名声。密友曾经问过他，为什么不把这么个酒店设在他公司的那个五星级小食堂里。他说得很明白："黑与白要分清楚，脏与洁要分清楚。公司里经常出入一些领导，不要弄得处处臭气熏天，免得领导们不敢接近。"但是在这个酒店雇用的小姐，他没少用来拉拢个别领导。并且，那个黄鼠狼与黑社会勾结，替他办了不少违法犯罪之事。

一年前的一天晚上，齐志林和几个朋友弄了个酒局，其中有于金水，喝完吃完又吵吵嚷嚷地去唱歌，于金水说："都喝了这么多了，就别再去了。"

齐志林摆摆手说："一定去，一定去。于金水，你跟我多学点。跟我学如何做生意，跟我学如何交际朋友。"然后，他指着另外两个人说："那两位是我的客商，我要是不把他们招待好，他们能把生意机会给我吗？哈哈……"

说着一行人下到地下室。一进门，一帮袒胸露臂的女子就围拢上来。这个说齐总好,那个说齐总好,有的还扑面给了齐志林一个吻,齐志林捂着脸美得不得了。一个穿黑色衣服的领班,把他们领进了一个包间里。包间宽敞阔气,一面墙上挂着大尺寸的电视,屏幕下边有影碟机。周边一圈沙发,茶几像是石头铺面,实际是一种化学材料板仿制。

四个人刚坐下,就进来一群女子。为了挑选服务员,室内灯光全打开了。明亮的灯光下,女子们有的披头散发,有的红毛绿鬓,通红的嘴唇,苍白的面孔,妖精一般。齐志林先挑了一个,又让于金水挑,于金水说了声:"随便。"一个女子就鲶鱼般溜到他的身边。那个姓时的老板挑选了一个,然后又指着另一个说这个也喜欢。

齐志林哈哈大笑道:"好啦好啦,让你多享受一个,一人娶两房。"

被时老板看中的第二个女子,一下贴在了他的左边,搂住了他的脖子。姓时的一手搂着一个,别说唱歌跳舞,一会儿便染上了困虫,呼呼大睡起来。

齐志林大喊:"老时老时,起来唱歌呀……"

姓时的两只胳膊架在两个女子的脖子上,任你怎么叫,还是呼呼睡个不停。

音乐响了,那个姓蔡的老板拿起了话筒。屏幕上播放的是一位披头散发的外国女郎的歌曲,调门特别高。姓蔡的拿着话筒呀呀地跟唱,也不知道是什么歌,也不知道是什么调,嗓子也没那么高亢,便使劲喊,鬼哭狼嚎一般。幸亏在座的没有心脏病患者,若有肯定被这嘶叫声摧残得犯病。

唱着唱着,姓蔡的把话筒一甩,说:"来来……跳舞,跳舞。"随着他的喊声,一个服务员打开了影碟机,叮叮咚咚的迪斯科音乐响了起来。那声音就像出殡起灵前的雷子炸响,都快把屋顶顶翻了。

随着音乐响起,屋里的灯光更暗了。几个女子和那个姓蔡的蹦蹦跳跳,你推我搡,嘻嘻哈哈。

齐志林喊了要唱歌,却一直没有动弹,也进入了梦中仙境。任你再怎么咚咚咚地放"雷子",根本打断不了他的美梦。刚才还张牙舞爪的蔡老板，晃荡一会儿就像打了安眠针，肥猪般趴在沙发上也呼呼睡了。

看着像被机关枪一梭子扫到的这三个人，女子们叽叽喳喳，哈哈大笑，像乱了程序的机器人胡蹦乱跳。于金水静静地坐在沙发上，嗑着瓜子，看着她们。五个女子当中，有一位跳的动作很简单，手臂摆动幅度也很小，常常溜到一边，有时还坐下来，看着别人跳闹。虽然灯光幽暗，但这个女子穿的那件白白的坎肩，却给人留下很深的印象。

女子们闹腾了一会儿，一个女子朝着于金水蹦了过来，又有几个女子也奔到他面前。她们有的搂住于金水的脖子，有的搂腰，有的亲脸，简直像一群饿狼要把一只猎物撕碎一样。闹着闹着，于金水眼前一黑，眼镜掉了，不知落到了什么地方。他站了起来，比画着双手。一千度的近视，又是这么幽暗的环境中，他什么也看不清了。他急得直喊：

"我的眼镜，我的眼镜……"

他不敢走动，身子来回扭转，双手抓了一把又抓了一把。像猪八戒被蒙起眼睛抓媳妇，动作怪怪的，引起女子们又一阵嘻嘻哈哈的嘲笑声。有的朝他的头打了一下，有的跑上前刮于金水的鼻子……每做一个动作，屋里就传出一阵哄笑。

闹了一阵子，于金水急了，喊道："他妈的——别把我的眼镜弄破！"

一向声音不大的于金水，忽然喊了出来，还真有震慑力。但是片刻后，一阵嘻嘻哈哈的笑闹声，又充斥整个屋内。

于金水还是喊："我的眼镜呢——"

女子们还是吵吵闹闹。忽然，于金水耳边传来温柔的话语："你别动，眼镜在这儿，在这儿。"

于金水听了，本能地把乱舞着的手落了下来，脸转向声音传出的方向。他听到对方说："别动，别动。我给你戴上眼镜。"

两只眼镜腿轻轻地架到了于金水两只耳朵之上。顿时，他眼前一亮，出现在眼前的——是那个白坎肩女子。

幽暗当中，旋转的灯光来回扫到她脸上。于金水看到白坎肩瓜子脸，大大的眼睛，并且在微笑。他愣愣地看了一阵子，忽然朝着那几个还在撒泼的女子们喊道：

"滚——都给我滚——混蛋！"

于金水的声音真把那几个人吓坏了，但是她们还不肯出去。有一个娇声娇气的声音飘了过来："老板——别生气——"

说着迎头扑面又要搂抱于金水。于金水又大喊了一声："滚——滚蛋！"

这下子那几个女子真害怕了，都乖乖溜了出去。白坎肩也跟着想走，于金水伸手拦住了她。

屋里只剩下三个酣睡的醉鬼和于金水，还有那个白坎肩。于金水示意白坎肩把音乐声调小，又让她坐下。白坎肩乖乖地坐在了于金水的对面，于金水看着这个女子问："我的眼镜掉在哪里了？怎么在你手里？"

白坎肩淡淡一笑说："她们和你闹腾的时候，眼镜突然被打掉，落在沙发上。幸亏落在沙发上，要是掉在地上肯定会摔碎的。"

于金水说："你就拾起来了？"

白坎肩点了点头说："是，要不然哪一个一屁股坐在上面……"

于金水听到这里没说话，随手又把眼镜摘了下来。他双手捏着眼镜，举到离眼睛只有一寸远的地方，歪着脖子反复瞅了瞅。

白坎肩看了他的动作，扑哧笑了，问："眼镜怎么样？没有坏吧？"

"哦，"于金水随手又敏捷地把眼镜戴到眼睛上说，"没坏，没坏。"

白坎肩看了一眼茶几上的酒水说："老板，想用点什么饮料？您一定口渴了吧？"

白坎肩提醒后，于金水还真感觉有点口渴了，说："就那瓶矿泉水吧。"

白坎肩灵巧地站起身，拿过一瓶矿泉水，打开盖子，恭恭敬敬地递到于金水面前。于金水接过矿泉水，咕咚咕咚喝下去了半瓶多。

白坎肩在一旁说："老板,慢点喝,别呛着。"

停了一会儿,于金水又把那少半瓶矿泉水全部喝下。白坎肩说:"老板,等一等再喝吧,一瓶下去了,再喝胃受不了。"

于金水点了点头,把矿泉水瓶放在桌子上。就这么坐了一会儿,于金水问:"你是哪里人?干这个行当多长时间了?"

白坎肩说:"东北的,是一个朋友把我叫到这里来的,我刚到了半年。"

"来这儿之前干什么?"

"能挣多少钱?"

……

都是于金水问白坎肩答,但是当问到她为什么来这里工作时,白坎肩没有话了。

于金水又问了几遍,白坎肩还是不说话。又等了一阵,于金水说:"怎么了?怎么不说话了?"

白坎肩说:"这是你们老板想知道的吗?知道那些事干吗?"

于金水稳稳地坐在那儿,像是在影碟机里寻找一首喜欢的歌曲,非要找到不可。他说:"什么这老板那老板,我就想知道你是从哪儿来?为什么到这里来?为什么干这一行?"

白坎肩好像不愿意谈起这个话题,忽然打起精神说:"老板,我给你唱支歌吧。"

于金水摇头说:"不愿意听。"

白坎肩又说:"我给你唱《酒干倘卖无》。"

于金水还是摇头说:"我不听,我只想听你回答我的问题。"

白坎肩放下话筒,情绪低落下来,像调皮学生遇到老师,怎么也躲不过老师的提问。又是好一阵沉默,然后她慢慢地说了起来。

白坎肩真名叫徐慧,在这个店里叫花花。徐慧的爸爸和妈妈结婚以后,本来生活得很美满。但是徐慧出生的时候,妈妈得了病。腰痛腿痛,心脏病、风湿病,不能干重活了。徐慧的爸爸一边在外打工,一边操持着家务,尽量挣钱为妻子看病,还要养活徐慧。几年之后徐慧渐渐长大了,但由于缺钱,妈妈的病没有得到很好的控制，没有好转。一个成长的孩子需要钱，一个患病的妻子需要钱。钱像一个魔鬼，抓住了他们全家人。

徐慧不说话了，似乎想着什么。

于金水问："后来呢？"

徐慧淡淡地说："后来爸爸入伙了。"

"那再后来呢？"

"再后来有一次入室抢劫，被人发现，另一个人持刀把人捅死了。我爸好歹是个从犯，没有吃枪子儿，被判了无期。"

于金水沉默了。他直着眼睛看了好一会儿徐慧，才又继续了他的话题："那——之后呢？"

徐慧紧闭着嘴，把目光转到地上，无奈地说："以后就是我妈妈带病拉着我。"

"你妈妈能干什么活呀？"

"妈妈干不了别的活，就是捡垃圾、收破铜烂铁、卖酒瓶。"

"光干这能养活你们娘俩吗？你妈妈还要看病。"

徐慧眼睛湿润了，喘了一口粗气，继续说："我妈妈尽力多干。有一回弄到一小车的纸箱板，我坐在上面，妈妈拉着车子。那天风特别大，风呼呼地吹过来，由于车装得特别高翻车了。我被甩出老远，头摔破了，到现在还有一个伤疤。"

于金水说："是吗？过来我摸摸。"徐慧来到于金水身旁边坐下，于金水伸手摸了摸她的后脑勺，上边有一个一寸来长的小沟。

于金水的手慢慢地从徐慧的头上收了回来，放到了膝盖上。中指还在轻轻地摩挲着膝盖，似乎他的手还没有离开徐慧头上的伤疤。于金水的声音很小，问："你到这儿来以后……"

徐慧说："我到这儿以后，当然就剩下妈妈自己了，还是拾废品。"

"那，你是怎么到这里来的？"

"明姐叫我来的。"

"明姐？"

"就是我们的领班，跟他特别好。"徐慧指了指齐志林。

于金水想起来了,那领班长得非常漂亮,和齐志林很铁。今天才知道她叫明姐。

于金水又问:"你爸现在还在监狱里?"

"当然。"

"你妈妈知道你出来干什么吗?"

徐慧低下头,等了片刻说:"我只是说出来打工了,在酒店当服务员,端盘子。"

又一段时间无话。于金水像刚破解了一个什么感兴趣的谜团,心情开始愉悦起来。但这种愉悦的时间很短,他的脸上又呈现了一种奇怪的惆怅。他问:"为什么刚才要给我唱《酒干倘卖无》?你知道这首歌曲的来历吗?"

"知道。"

"哦,你知道这首歌的来历,是从哪里听到的?"

"有一次随便看电视,在电视上听人讲的故事。"

"哦,这首歌是负心人唱的,你没有辜负你妈妈呀。"

"因为是关于捡垃圾的歌,别的我不懂是什么意思?"

于金水又喝了一大口水,喘了一口气,又递给徐慧一瓶,说:"那么——你就唱唱这首歌吧。"

"好。"

她打开影碟机,拿起话筒,音乐响了。

多么熟悉的声音
陪我多少年风和雨
从来不需要想起
永远也不会忘记
没有天哪有地
没有地哪有家
没有家哪有你
没有你哪有我
假如你不曾养育我

给我温暖的生活
假如你不曾保护我
我的命运将会是什么
……

**徐慧唱完已是泪流满面了。**

# 第二十二章

"这是哪儿来的风啊?"
"怎么又对我们下起手来了?"
……

东州齐志林的二层别墅上。占培杰向齐志林诉说着旺城有关领导近日对他们两家企业的调查情况。两人对坐,像在照镜子,但对面"镜子"里面的"自己"似乎有点邪恶了。

齐志林板着面孔说:"我已经听说了。当前这股风刮得可不小哇,全国到处都刮起来了,会冲击到方方面面呀。"

占培杰皱着眉头说:"在咱们两家的问题上,上面不是……"

齐志林伸手摆了摆,此时倒显得有气无力了,说:"不要再提那个了……"

齐志林站了起来,占培杰仰着脸茫然地看着齐志林,那姿态像只青蛙。

齐志林在屋里来回转了几圈,很长时间没有说话,思索着什么。他仰了仰头,脑后的厚发像只毛刷子插在后脖领子上。他忽然打起精神说:"不过他们调查又怎么样?那些账目从管委会取回以后不是已经……"

占培杰连忙说:"已经搞好了。"

齐志林伸左手端起茶杯,没有喝,右手紧紧捂住茶杯口说:"没有透露出半点消息?"

占培杰说:"依照你的安排,就是东北那两个人搞的,绝对没有其他人知道。"

齐志林把右手从杯口慢慢移开,左手把杯子举到嘴边喝了一口水，说："幸亏咱们想得周到哇，这两个人已经送到天涯海角了。对，不可能透露出去。"

忽然，齐志林把茶杯举起来，啪地摔在了地上，占培杰吓得一愣，脸色立刻苍白起来。齐志林气急败坏地说：

"查吧，查吧。他们两个已经送到天涯海角了，我们搞的是'密封'，还加上'蜡油'了。我看你们能查出什么名堂？"

齐志林喘着粗气，胸脯一挺一挺的，脸上又露出一丝笑容。他又平静地对占培杰说："你回去吧，按照他们的程序走就是了。看他们能走到什么时候，走着走着就会走进死胡同。"

齐志林又得意起来，两手左右开弓，把衣袖使劲向上拽了拽，一副要立刻上阵的样子。但是，没多大一会儿，他眉头忽然一皱，脸色铁青，情绪又一落千丈了。

占培杰从齐志林那里回到旺城，好像求购了灵丹妙药。虽然心里有些纳闷，感觉齐志林的情绪忽然兴奋忽然低落，有些琢磨不透，但占培杰还是乐观的。账目从开发区办公楼上抱回来以后，就在那个秘密地点里，雇了两个人对账目进行了改动。按齐志林的话说，目前这两个人已经送到天涯海角了。并且他们在工作中都戴上了手套，小心翼翼，工作程序如排除地雷般细腻。虽说没有不透风的墙，但是占培杰感觉自己搞得还是天衣无缝的。除了不知去向的那两个人，就是天知地知，自己知齐志林知，没有其他人知道了。

那个晚上，占培杰自己开车，从东州火车站接了两个人。在那个不起眼的佳佳旅社里，这两个人住了下来。占培杰用一个大包裹，把所有的账目都提到了宾馆里。这两个人一天到晚房门紧闭，需要什么、有什么疑问就打电话联系他。这两个人的电话号码和占培杰的电话号码，都是重新登记的，无人知晓。这两个人，据齐志林说是经济学院的高才生，做账目是他们的拿手好戏，已经"帮助"不少单位对账目进行了暗中改造。经过他们两个人改过的账目，从没有出现过问题。在整个工作过程中，两个人都戴着手套，不留下任何指印。两人字迹模仿更是一绝，占培杰和齐志林对着原字迹反复对比，如出一辙。

占培杰想着想着,睡着了,忽然听到电话响了,是旺城开发区管委会打来的,他赶紧接通了电话。

"喂——占总吗?我是开发区管委会办公室。"

"哦,你好你好,有什么事吗?"

"管委会领导让通知你,你公司的账目已经查完,你们可以派人取回了。"

"哦,那好那好,我马上安排,马上安排。"

占培杰赶紧打电话给财务人员,和他们一起驱车赶到管委会办公大楼,如数把账目拉回了公司。

随后,钟启祥找他谈话了,说:"你们公司的账目非常清晰,经查没有问题,对你们两个企业的调查结束。"

占培杰高兴了,和齐志林专门庆贺了一番。齐志林又拿出了他的东州小烧,这小烧虽然远不及茅台的味道,但此时拿出来意义非凡。齐志林靠着东州小烧发家,这一次又用它来庆贺,一定能够逢凶化吉了。占培杰端起一大杯酒,咕咚灌了下去,呛得他直咳嗽。在咳嗽声中,他醒了,睁开眼漆黑一片,原来是一场美梦。虽然是个梦,但占培杰想到他们前一时期的动作,心里更加坚信梦中的结果会成真,这梦肯定会在现实中实现。

傍晚,钟启祥还在办公室和几个人商议事情。电话铃响了,是妻子郑方玉打来的,郑方玉说:"志林来咱家了,你晚上有什么应酬吗?推推回家吧。"

钟启祥听了一怔,说:"哦哦,他去了?那好,我有个应酬,就推了吧,我马上走。"

钟启祥简单总结了几句,把几个副手打发出办公室,自己便风一样回家去了。一进门,钟启祥看到家里已经摆好了"摊子"。酒杯、酒壶、碟子、碗筷,特别显眼的是桌子上还放了两瓶茅台酒。

钟启祥一边脱着外套,一边说:"哎呀——这阵势是要大战一场呀。"

钟启祥又问郑方玉:"准备菜了吗?"

齐志林摆手说:"还自己准备菜?我已经安排了。"

正说着,就听到了敲门声。郑方玉赶紧开门,两个服务员抬着木质的提盒进了门。他们把提盒打开,里边有海参、鲍鱼等,七碟子八碗,都是好菜。

钟启祥看着这些美味佳肴说:"你这家伙一弄就这么复杂,又是茅台酒,又是海参鱼翅的。咱两个还用得着这么复杂吗?"

齐志林说:"现在不吃这些吃什么?"

钟启祥说:"像咱们过去,弄上一盘长果仁,来上一盘豆腐皮,不就行了吗?"

齐志林的小眼睛一亮,手里的筷子啪地打在了桌子上,说:"是啊,我也非常怀念那长果仁、豆腐皮的。"

说着,齐志林的小眼睛眯缝起来,晃着头,哼起了过去的一段顺口溜:"长果仁、豆腐皮,屋里坐的自家人。"

钟启祥看他这个样子,哈哈笑了,说:"这声音还挺像过去那么回事。"

齐志林说:"可是,现在咱们真弄出那些东西,传出去还不叫人笑掉大牙来呀。"

钟启祥说:"这笑什么?"

齐志林说:"人家说了,你看这两个家伙,一个领导干部,一个大企业家,喝酒吃起了长果仁、豆腐皮——装蒜哪。"

钟启祥指着齐志林说:"你就是讲究排场讲惯了,这装什么蒜哪。好啦好啦,不说了,既然弄来了,咱就享受享受,反正吃你大老板也不是公款。"

齐志林前额一仰说:"哎,这句话对了。兄弟们之间弄个席,碍不着公家的事,尽管放心吃。"

钟启祥笑着拿起筷子,看了看满桌子的菜说:"我都不知先尝哪个好了。哎,先来个最上等的。"

说着,先夹了一根海参,吃完说:"这东西营养价值高,可是吃起来一点儿味道也没有。"

齐志林说:"要尝味道,我领你到东州去一趟,海参的做法也是多种，好味道也是有的。"

钟启祥晃了晃手里的筷子说："免了免了，我可没那个口福，还是你这大老板享受吧。"

齐志林拿筷子指了指钟启祥，说："嘿，什么大老板，从小的兄弟。现在想起来呀，哎呀，我真是感慨呀，一晃这么多年。光着屁股爬墙上树的时候，瞬间就过去了。过去说话，哪句不愿意听，打下屁股就了了。现在有些问题，嘿，还越弄越复杂了。"

钟启祥又笑了，说："志林，开始往正题上说了。"

齐志林一副冤枉委屈的样子，说："启祥，你不是抓致富奔小康吗？最近我怎么感觉你越抓越不对路了。"

钟启祥说："怎么不对路？"

齐志林说："你像检察官、纪检委书记一样了。"

钟启祥一副无奈的样子，说："哎呀，没办法呀。就像那年我在东孙镇，本来是抓苇帘产业的。可是那个冀庄的支部书记不配合，还煽风点火的……"

钟启祥说着端起酒杯，齐志林也把酒杯端了起来。心照不宣，啪，碰了一下，各自一饮而尽。

钟启祥一边喝一边说："那一年你还记得吧，季世同书记还给我发了个简报，题目是《抓村级领导班子建设，促致富奔小康》。也就是说，这致富奔小康连着方方面面。没有这方方面面的条件，致富奔小康，也就不可能实现哪。"

齐志林说："启祥，我总觉得你走远了，刚才说的也远了。"

钟启祥放下手中的筷子，把酒杯向远处挪了挪，一副要长篇大论的样子，说："如果说走远了，也是一步一步走出去的。既然咱们哥儿俩坐在家里，咱就从头说起。这次要提高农村城市化标准，促进枣产品深加工，增加农民收入，需要把酒厂重新启动起来。可是启动这个东西吧，就需要资金。这资金吧，又偏偏联系到了铸造厂开发的问题。铸造厂一开发，既能解决工人们的工资和养老金问题，又能为酒厂的启动提供资金。你说这不就走出这么远了吗？你说哎呀……那土地手续完善不起来，就……"

齐志林说:"土地证让法院办就是呗。"

钟启祥说:"法院……"

他没再说下去,心想:你和培杰干的那些事,党纪国法能……

齐志林自己喝了一杯酒说:"启祥,你也知道我的脾气,我可从来不求人,今天我也不是求你啊。但是想起我们光腚一起长大的感情,说起你到出殡摊子上蹭饭吃的事,我对你还真是一点儿也不生分。掏心窝子说话,你,你能不能……想想别的方法,变通……绕过这一……"

那天晚上,钟启祥、齐志林都喝醉了,但是身醉心没醉。

没过几天,市里组织有关领导和企业家代表,去南方参观城镇化建设成果,钟启祥、齐志林也在内。参观的几天,齐志林上车抢着和钟启祥坐在一起,下了车就跟在钟启祥的屁股后边。齐志林把他们小时候的事情,几乎像写年鉴一样重新过了一遍。

这个时候,齐志林和钟启祥之间的关系似乎发生了变化。过去虽然是发小、光腚朋友,但齐志林总是以成功者的姿态,在钟启祥面前趾高气扬。有时还指手画脚,居高临下,似乎别人都在他的脚下。然而现在,在齐志林的心目中,钟启祥领导的架子似乎在变大。钟启祥毕竟是领导,他只是一个企业家。因此,那溜"OK"虽没像过年在占广田家喝酒时一个音也没吐,但与平时相比少了许多。当着钟启祥说出这两个外国音,还有那么一点点……也就是一点点的不好意思。对这种关系的微妙变化,钟启祥感觉得到,但是心里不舒服,有些悲哀,他多么希望不是这样。齐志林虽然有时掀天扑地,弄过假洋鬼子把戏,但是毕竟是发小嘛,还是多年的朋友。关键是机械配件集团的那些事,这是他流脓长疮的病根。如果没有这些事,他们的关系不是和从前一样吗?正是齐志林心里有鬼,在他钟启祥面前,似乎才略微低低头颅。

参观回来的头一天,齐志林又来到钟启祥的房间里。这一路上,虽然一人一个房间,但除了睡觉,齐志林和钟启祥就像住一个房间一样。齐志林说:"出差也给弟妹带回点礼品吧?"

钟启祥笑笑说:"咱们经常出差,要是光带礼品,家里还不成礼品店了。"

齐志林说："大男子主义，十足的大男子主义。"

钟启祥开了个玩笑，说："去你的。你带回去的礼品还不知道给谁呢？"

齐志林梗着脖子说："哎——当领导的可不能瞎说。"

说着，齐志林把一个礼品盒扔在了床上，说："这是我给方玉的，可别贪污了啊。"

说完就走出了钟启祥的房间。

齐志林扔下的是一个精美的方形红色丝绒盒子，钟启祥打开一看，好家伙，是一只金手镯，手镯上系着的小牌子标价三万。钟启祥回到家拿给郑方玉看，他说："这哪里是手镯，明明是一块金子。齐志林这个家伙，什么时候想过'胯下之盟'的事呀。"

钟启祥又想起那天晚上，他和齐志林在家喝茅台，齐志林说："启祥，我无所谓。就是这事连上了占培杰，远一点儿的也连上了广田、占老爷子、金水……说得明白一点儿，避重就轻吧……"

有一年，齐志林的姥姥给他家送去了"桃馒头"，齐志林的娘不让家人随便吃。装在竹篮子里高高挂起来，挂在了房梁垂下的用树杈做成的钩子上。齐志林趁着家里没人，将大板凳、小板凳支起来，偷出一半来。见了钟启祥，二话没说就给了他一半。那比那天晚上吃的海参、喝的茅台有味道哇。

儿时的情义，钟启祥一直没有忘记。

这天，占培杰接到了通知：到钟启祥办公室去一趟。

占培杰想：难道梦中的情景，真的要在现实中实现了？按照他和齐志林一系列"巧妙"的安排，应该可以实现。占培杰有些欣喜，但感觉头上仍然戴着孙悟空的金箍，总是一紧一紧的。这案子停了这么长时间，本来已经熄灭的火焰，又着了起来，一定有原因。

他忐忑不安地走进了钟启祥的办公室。

钟启祥已经在等候了。不像往日有人来汇报工作那样，来者坐在办公桌对面，恭恭敬敬地向书记陈述。这会儿钟启祥起身，把占培杰领到沙发前面对面坐下，还给占培杰倒了杯茶水。

两人坐下后，钟启祥先问："公司的效益很好哇，我听说为油田增加的新产品上马了。"

占培杰说："是，油田产品还是公司的支柱。但是光靠老产品会落伍的，经过技术攻关拿下了几个高端产品。"

钟启祥竖起大拇指说："好，年轻人就是有创新精神。"

一番谈话后，占培杰刚才忐忑不安的心情没有了，脸上挂上了攻下高端产品的那种骄傲的笑容。

钟启祥看着对面的这个年轻人，慈父一般微笑着。不用算就记得他的年龄。他和自己的儿子同岁，相差没几天。因为那件撕肝裂肺的事，到底差几天，钟启祥从来没议论探寻过。

那年，刘玉玲和路秀红都怀上了孩子。两家关系那么好，两个人自然经常在一起讨论吃什么喝什么对孩子身体健康有利。两个人一同到医院进行孕检，两个人若是谁看到有关生儿育女的期刊、书籍，都是买两本。关于如何喂养孩子，教育孩子，当一个合格的妈妈……两个人就像面对一道深奥的科学命题，全身心地学习着、研究着。

是刘玉玲先躺在了产床上，可是那个夜晚，是一个不忍回首的夜晚。从那以后，两位经常在一起交流如何生儿育女的好朋友，再也没有见面。

想到这里，钟启祥不免有些悲伤。面前的这个年轻人，和自己的儿子年龄相当。看到培杰，钟启祥想象着自己的儿子的样子。他现在怎么样了呢？他的个头，也像培杰这么高吗？他的眼睛、眉毛，也像培杰这么漂亮吗？他也上大学了吗？肯定，我的儿子一定也是聪明的。他现在工作了吧，也像培杰一样当上董事长、总经理了吧？

在短短的与占培杰的对视中，钟启祥脑海里的问题、思绪像电波一样掠过。但他立刻提醒自己，不要胡思乱想，现在是谈论案子的时候。于是，他马上按下切换键，调整情绪回到正题上。

"培杰……"

"钟叔叔……"

钟启祥喊出培杰的名字，又停了下来。他慈祥地看着面前这个孩子，刚刚调整过来的情绪，又被往事拽了过去，并且，飞出很远很远。

钟启祥和占广田如兄弟一般。钟启祥这个叔叔的高大形象，早就屹立在占培杰面前，从小到现在，就像自己的亲叔叔。占培杰又和钟启祥的儿子年龄相当，多少年来，占培杰在钟启祥心目当中就像儿子一样。现在培杰长大了，两家住得也远了。小的时候就一个村子，一溜烟就能在两家之间走动，占培杰经常到钟启祥家。钟启祥和郑方玉生了一个女儿，郑方玉对占培杰也非常喜爱，女儿也把占培杰当哥哥一样看。

有一年夏天，快中午的时候，占培杰慌里慌张地推开钟启祥的家门，跑了进来。那天钟启祥正好在家，见了孩子，钟启祥就把他招呼到自己身边，随手把他身上的土拍打下去，问："干什么呢？满头是汗，吃饭了吗？"

占培杰摇头，钟启祥说："噢，还没有吃饭呢，那么在叔叔这里吃吧。"

占培杰点了点头。郑方玉在旁边说："培杰你到这里来，告诉你妈了吗？"

占培杰又点了点头说："告诉了。"

钟启祥说："那好，快洗手，今天中午正好炒了肉菜。"

就这样，占培杰吃了饭，躺在床上睡着了，钟启祥和妻子也没有在意。下午快一点半的时候，钟启祥家的院门，忽然被丁零当啷推开，占广田两口子急火火地进来了。郑方玉不解地问："嫂子、大哥干什么呢？这么着急。"

路秀红上来就说："培杰，培杰在你家里吗？"

郑方玉说："在，在呀。"

这个时候钟启祥也走出了屋门，说："怪热的天，屋里来呀。"

"哎哟——小祖宗。"路秀红拍着屁股，说不上是急呀，还是高兴。

占广田说："满街找了一中午，原来他在这里藏猫猫呢。"

郑方玉说："他是吃饭前来到的，我问他告诉你了吗，他还说告诉了，你们不知道他到这里来呀？"

路秀红似乎浑身放松下来，挥挥手跟大家一起进里屋，进屋就坐在了小板凳上。她抹了一把额头的汗水说："这个小东西，不知从哪儿看到的，说电灯泡一摔砰砰响，像放炮仗一样。他从家里的抽屉里拿出三个灯泡，在屋里砰砰砰三声响，全摔碎了。碎玻璃弄了一地，椅子上、床上也有。我打他的屁股，他就跑出来了。我想一会儿他还不得回来吃饭，结果吃饭的时候还没有回来。老占回来了，我一说着急了，就出去找。越找越远，几条街都没有找到。湾边、水井旁都去找了，还找了他的几个小伙伴，都说没有见到。老占说：'哎，怎么没见启祥家有动静啊，是不是？'这样，俺两口子就赶紧跑到你们这里来了。"

孩子没有丢找到了，四个大人哭笑不得。

这些年，钟启祥看见占培杰就想起自己的儿子。想起自己的儿子，对占培杰就越发疼爱，对占培杰疼爱好像就是在关爱自己的儿子。那年，占培杰和宋红莲谈恋爱。占培杰没有告诉他父亲，而是先找到钟启祥征求意见。钟启祥还通过县医院的领导，对宋红莲的人品进行了解。钟启祥所做的一切，那真是如父亲一般。钟启祥还清楚记得他与占培杰去县医院相看宋红莲的笑人一幕。

占培杰大学毕业后在机械厂工作，给他介绍对象的随即也就多了起来。宋红莲在县医院当大夫，有人把她介绍给了占培杰。

有一天占培杰找到了钟启祥，说："叔，有人给我介绍了个对象。"

钟启祥笑笑说："好哇，姑娘在哪里上班？"

占培杰有些腼腆，说："在县医院，是个医生。"

钟启祥问："见过面了吗？"

占培杰说："见面了。"

钟启祥说："怎么样啊？长得好看不好看？初步感觉怎么样？"

占培杰摸了摸头皮说："嗯——还行。我想让你也去看看，帮我拿拿主意。"

钟启祥说:"那好啊。你爸妈见过吗?"

占培杰眼珠一翻,说:"还,还没有呢。"

钟启祥说:"怎么不让他们去看看呢?"

占培杰认真地说:"钟叔,你先替我看看,先帮我拿拿主意,我再让我爸妈看。"

钟启祥笑笑说:"还存着小心眼。那好,我先看看。可是,到县医院,我怎么找到这个姑娘呢?"

占培杰忽闪着大眼睛神秘地说:"我领你去,我在外边指给你是哪一个,你到里面去看看。"

钟启祥又笑着指了指占培杰说:"行,这个主意行。你小子说起找媳妇的事,点子还不少,咱们这就走。"

两个人骑着自行车来到了县医院。他们站在一间屋外,占培杰通过窗户指着屋里的一个姑娘说:"哎,叔,你看见了吧,就是那一个。哎,那一个。你看好,看准了。"

钟启祥说了声好,就直接朝着宋红莲走了过去。宋红莲热情地说:"你请坐,哪里不舒服?"

钟启祥盯着宋红莲说:"哪里不舒服?我——"

钟启祥想:是呀,我来医院看什么病?哪里不舒服呀?他看了看窗外说:"我,我有胃病……哦,我胸前总是不好受,胸前总是不好受。"

宋红莲说:"好的,我先给你听听。"

钟启祥解开衣扣,宋红莲拿着听诊器,放到钟启祥的胸前。这个时候,钟启祥的脸不住地向窗外转,眼睛不断向窗外看。宋红莲随着钟启祥的目光,也向外看去,脸色一下子变了。她发现了什么,把听诊器往桌子上一放,起身走出了门诊室。

钟启祥双手扒着上衣,袒胸露怀,说:"哎,哎……怎么……"

宋红莲也没再理钟启祥,仍然急匆匆地向外走去。原来,宋红莲随着钟启祥的目光向外看时,一眼看到占培杰正躲在树后往屋里瞅呢。占培杰在屋外看着宋红莲忽然走出了门诊室,也不知为何,心里纳闷,仍然向屋里瞅着。忽然,身旁出现了喊声:"看什么呢?"

占培杰一愣，转过头来一看——宋红莲。占培杰不知说什么好，转身撒腿向医院外跑去。宋红莲喊了一声也没喊住，忍不住扑哧一声笑了起来。

钟启祥见宋红莲也不管他的病情了，转身走出门外，也跟了出来，扣子还没完全扣好。

宋红莲看着占培杰跑了，又气又好笑，脸涨得通红。钟启祥赶紧走上前，说："你是宋红莲对吧？哎呀——对不起，我跟你说实话。我是占培杰的叔叔，培杰和你见面以后，想让我来看看你，闹了这么大的笑话。"

钟启祥这么一说，宋红莲倒不好意思了，她看了一眼钟启祥，笑着说："哦，叔叔，叔叔到了。"

钟启祥说："我姓钟，叫钟启祥，你就叫我钟叔叔吧。"宋红莲大大方方地又叫了一声："钟叔叔。"

钟启祥也笑着说："小宋真是个好孩子，又懂事又大方。希望你今后和培杰好好相处，他是个好孩子，又是大学生。今后你们能不能走到一起，今天咱先别说。但是我这个当叔叔的，见到你后感觉满意，期待你们成为一家人。"

宋红莲听了，脸涨得更红，更不好意思地低下了头。

在原铸造厂工人上访以后，钟启祥就牵挂着占培杰。曾经把他叫到办公室，问了一些情况，感觉占培杰总是找客观原因推脱责任。后来成立工作组以后，钟启祥又找过占培杰，但他还是没有正视问题的严重性。再后来，钟启祥痛心地感觉到，占培杰已经上了齐志林的贼船。

近期，通过对机械配件集团重新查账，证实机械配件集团的账目已经做了改动。钟启祥黑夜里拍到的那些照片，掌握的那些事实，已经基本上删去、篡改了。和占培杰谈开，他能承认吗？他的背后是谁，有什么东西作怪，钟启祥心里明白。然而改动账目这事一旦捅出来……培杰，钟启祥还真为他可惜，多么好的孩子，像自己的儿子一样。钟启祥早有判断，占广田对占培杰有些事情是不知情的，否则他绝对不允许儿子走上这么糜烂的道路。自己作为占培杰亲叔叔般的人也有责任，并且责任重大呀。想着想着，钟启祥心里又一阵难受，可是这个窗户纸要捅破，党纪国法是不可以违反的，为什么偏偏是培杰呀？

"培杰，你的账目有问题。"钟启祥终于说明了，捅破了那张窗户纸。

"什么，什么？"占培杰听了，脸色立刻变得蜡黄，一阵黄一阵白，惊恐万状。

钟启祥和颜悦色地说："培杰，你公司的账目有问题，有什么问题，你心里明白，这需要你向组织交代清楚。"

发现机械配件集团的账目被篡改以后，工作组有的人主张马上对占培杰隔离审查，钟启祥没有同意。主张隔离审查的同志认为，占培杰背景复杂，特别是与齐志林关系匪浅，齐志林的背景更复杂，要以防万一。但是钟启祥心里有数，他说："任孙悟空有多少种变化，他撕碎、烧毁了阎王爷的生死簿又怎样，终究没有逃出如来佛的手心。在党纪国法面前，每个人都是脆弱的，每个人都是不可逃脱的。"

## 第二十三章

　　这几天，一个婴儿的哭声，总是在钟启祥的耳边响起，赶也赶不走。那是极其饥饿的哭声，是撕心裂肺的哭声。

　　自从和占培杰谈话以后，钟启祥脑海里总是显现出儿子的身影。婴儿的模样似乎都有些相似，浑身雪白，攥着小手举过肩头，红嫩的脸，闭着眼睛哇哇大哭。但钟启祥对自己的儿子，似乎另有一番深刻印象。这印象是什么呢？有哪些特殊呢？他也说不清楚。当然他也知道，现在就是儿子站在对面，自己也不会认识。儿子一岁、两岁、十岁……唉，都无缘……只是那么短短的时光……但是，那短短时光留下的印象确实存在。那是钟启祥内心世界里永远也抹不去的切肤之痛与悲哀。

　　这么多年，特别是近些年，不知是因为年龄的增长呢，还是因为现在的条件变了，钟启祥经常想起自己的儿子，他想：要是有现在的条件，我的儿子……有时候看到和自己儿子年龄相当的男孩，钟启祥就会想起儿子。对占培杰如同子女般的情感，常勾起他无限的遐想。有时候，钟启祥见到占培杰，做出"眨巴眼睛，脑袋左右快速晃动"的动作。只不过就这么一霎，他的面颊仍然是很自然的。这个动作，连钟启祥自己都感觉不可思议，别人从来没注意过。

　　钟启祥坐在沙发上，眼睛看着电视，但思绪像断线的风筝飘着，越飘越远。

　　女儿给他送来一杯茶水，钟启祥脑海里又出现了刘玉玲。要不是那个悲惨的夜晚，如今这个家庭是不可能存在的，女儿也不会来到这个世上，儿子现在能端端正正站立在我的面前。他心里一阵好笑，骂自己胡思乱想，女儿是多么好的女儿，这是老天的补偿。老天知道我的悲伤，才给我送来这么一位翩翩爱女。他端起茶杯，闻了闻说：

"雅靓，这茶真香。"

女儿笑着说："那你就快喝吧，可也别烫着。"

钟启祥嘿嘿地笑了起来，又端起杯子抿了一口。

那天，占培杰走出钟启祥的办公室，走出管委会的大院，五雷轰顶般精神恍惚。但是那根稻草，他仍然紧紧抓着。他走出开发区大楼，到了一个没人可以听到他说话的地方，给齐志林打了电话。

"齐总，刚才钟启祥找我谈话了，跟我提出公司的账目有问题。"

齐志林电话里一阵发愣，等了一会儿问："他和你谈的具体内容是什么？"

"他说公司的账目有问题，让我好自为之，向组织交代清楚。"

齐志林思索着说："有问题？有问题也不见得……有问题无非是指改动账目，制造假账。那些……他能发现？"

占培杰有气无力地说："以我的感觉，他们很可能摸到了……"

齐志林说："我在旺城，你马上到我的办公室里来。"

占培杰赶紧驱车来到德意仕友。他进入齐志林的办公室时，齐志林已想好了一个问题。

齐志林问："那几天你向他们讨要账目，你老说找不到钟启祥？"

占培杰说："是。讨要账目必须钟启祥批准，但是总也找不到他。电话关机，我到家里去找他也没在。只好这么拖了四五天，应该是五天的时间。"

齐志林大惊失色，说："难道就在这五天里出现了问题？"

占培杰更是惊弓之鸟般，说："这……"

齐志林皱着眉头说："不可能吧，那些天，我的内线给我报的都是平安。查账的那个办公室鬼都进不去，门上的封条贴得好好的。"

占培杰附和着说:"是啊,晚上也没有动静啊。"

齐志林说:"对,晚上我派人盯着那座大楼,没有发现那个办公室里有过灯光。钟启祥搞的什么名堂?他要真知道账目有了改动,那他真是神人,有火眼金睛了。他像孙悟空有变成苍蝇从缝隙里钻进去的本领?开玩笑。"

齐志林在办公室里转了两圈,像关在笼子里暴躁不安的狼。他说:"不可能,很可能是诈,这是办案的技巧。他们这些人经常这样,兵不厌诈,很可能用到这账目上了。这些家伙们,想得真周到、真绝呀。"

占培杰说:"齐总,你感觉钟启祥说的不是真话,是在诈我?他们不可能知道造账的真相?"

齐志林摸着脑后的头发思索着,摸得手上都沾上了油脂,忽然醒悟般说:"噢——他们毕竟查过几天账目,有可能掌握了某些线索。他们掌握的线索与现在的账目肯定对不起来。这样他们才说账目有问题,存在改账造假。"

说到这儿,齐志林的秃前额上好像闪过一道光亮。他拍了拍秃秃的前额说:"不要被他吓住,不要想象得那么严重。前期查账掌握的线索,与现在的账目肯定对不起来。没什么了不起,不可能是什么大漏洞。一口咬定账目绝对没有问题。让他查个天翻地覆,只要那两位不回来做证,你我不自投罗网,哈哈……"

齐志林哈哈大笑起来,笑得那么丧心病狂、自以为是。

占培杰半信半疑地点了点头。

齐志林坚定地说:"那几天,查账办公室的封条贴得紧紧的,晚上也没有灯光出现,一直黑着灯。查账又不是吃顿饭的工夫就能完成的,他们也就知道头几天那个查账结果罢了。培杰,就这么定了,一口咬死没有一点儿改动,看他如何!"

齐志林又走进了钟启祥的办公室,这是在钟启祥家吃饭后,又一次见面。

和齐志林在家里喝酒和外出参观时,钟启祥的大脑就接到了通知：齐志林感觉到了危机。钟启祥心里明白，他日子不好过。不好过可能还是多方面原因，肯定是保护伞也摇动了，四面楚歌。

齐志林和占培杰唱了一出非常好的"木偶戏"，占培杰的手脚都被齐志林的线牵着。齐志林开始没有在钟启祥面前露面，但是他背后上天入地、四处活动、竭力灭火的行为，钟启祥是猜得到的。能让梁厅长之类的大人物插手，也就是齐志林能办得到。后来，齐志林感觉越来越不妙，才用起了"从小光腚老感情"和那金手镯的法子。

钟启祥仍然难过。作为光屁股一起长大的朋友，自己应该尽到一些责任。可是钟启祥又想，人各有志，这么多年各在一方，各有各的前程和奋斗目标。每个人的思想观念、意识是根深蒂固的，不是一天两天就能够形成的。对齐志林假洋鬼子的把戏，自己不是发过怒吗？不是掀过饭桌子吗？又能怎么样呢？他在旺城落地了纺织项目，不是又到魏县搞"外商投资"去了吗？现在，手又伸到占培杰的面前了。

钟启祥见了齐志林还是那么随意，甚至带着童年的顽皮劲给齐志林倒茶，还随口说："这可不是'阿里山'了。"

齐志林说："我这个人好伺候，吃什么喝什么不讲究。"

钟启祥笑着说："还有你不讲究吃喝的时候？"

齐志林说："看你说的，OK 了。"

齐志林多次叮嘱占培杰一口咬定账目没有问题。那两个东北人从旺城走后，就像蒸发一般。但是，靠山都出了问题，这不得不使齐志林有更深更远的打算。他在钟启祥家喝酒，又和钟启祥外出参观，可是没有起到作用。那么这个账目……钟启祥葫芦里到底卖的什么药呢？他决定再会会钟启祥，再当面判断一下他们是不是真的发现了破绽，或是有诈。

这时候，齐志林和钟启祥之间的关系，与前一阵子又不那么一样了。好像又回到了齐志林居高临下指手画脚的时候。在钟启祥家喝酒和外出参观时，齐志林不光那"OK"偶有所露，身上的怪味道也少了许多。这一次，齐志林仍是满身香水味，弄得屋里怪味缭绕。西服领带依然板正，发光的前额来回摆动，抹着头油的大背头锃亮，OK、OK 粘嘴，假洋鬼子的派头依然。

并且这一次，齐志林还准备了一支"毒箭"。如果钟启祥真发现了猫腻，就用这支毒箭压住他。

此时，钟启祥捂了捂鼻子说："你进到我的屋子里，再出来，别人再进来，肯定以为我刚刚和什么样的小姐、女人见过面呢。"

"哦……是吗？"齐志林故作惊讶。

"你这满身的味道，也不像一位正尔八经的小姐，倒像一位风骚的野女人。"

"这驴嘴就厉害，这邪驴的嘴更厉害。OK。"

对钟启祥的挖苦，齐志林和往常一样趾高气扬，哈哈大笑了一阵，似乎和以往没什么不同。但他虽然说笑应承着，内心深处却总被一种不祥之念冲击。钟启祥更是感觉到，这笑声与往常不一样，似乎底气差了点，减了几个气压。

齐志林说："说点正格的。咱这四大名旦，你我都在其中。一方面说明咱们的名气大，另一方面也反映出咱们的关系，关系……"

齐志林故作神秘，接着说："要不是咱们几个的关系好，怎么能被人们捆在一起，有这样的美称呢？"

钟启祥说："什么四大名旦，你还真信？屁。要说并在一起，这很自然，我们一个村子，是发小，又都在这个小县级市里混事。当然能够很容易地给装在一个筐子里边。"

齐志林摇摇发亮的脑袋说："那只是表面，我说的不是这层意思，我说的是情感，私下里的情感。"

钟启祥笑了，说："也对，你这家伙还挺注重情感。"

齐志林说："那是……我不是说过吗，儿时一起爬墙上房的感情，怎么也忘不了吧。除了'唢呐手的脸蛋子像你爹的大气蛋'，你小子这方面的恶作剧还多着呢，我只是不揭发你罢了。"

钟启祥仰了仰大长脸说："得了得了，又说这些。我再揭你个底朝天？"

两人都笑了。笑过以后，齐志林突然又很随意地说："听说你们问过占培杰有关账目的问题？"

钟启祥心里说，终于来了。这才是他到我办公室的真实意图。什么爬墙上树，纯粹是扯淡而已。

钟启祥看着齐志林说："占培杰肯定又找你这个爷爷了。"

齐志林咧着嘴说："是啊——有他爹不找，净找我。"

钟启祥心想，当然找你，你这个当长辈的不把孩子往正道上引。但钟启祥还是平静地说："是有问题呀，我让培杰好好想想，有问题还是应该交代出来。"

齐志林笑笑说："哎呀——你这个当叔叔的吓唬人家孩子，有那么严重吗？还用交代？"

钟启祥没笑，认真地说："他的账目确实有问题，你这个当长辈的应该劝劝他，帮助他认识错误。党纪国法是金箍棒，什么妖孽都能降住的。"

齐志林撇着嘴说："别说大话。我就纳闷他的账目有什么问题，你发现了什么问题？"

钟启祥没说话，沉默了一会儿才说："这个问题应该去问占培杰，他自己清楚。"

齐志林装着无奈又不情愿的样子，说："他不清楚。正因为他不清楚，才托我来问你呀，找你这个领导叔叔呀。"

钟启祥说："他说不清楚，那是他装。还没有认识到党纪国法是高压线，还没有正视问题的严重性。"

齐志林说："哎呀……你们不就是查了几天账吗？账目再次回到你们这里，就让占培杰交代账目的问题，有什么问题？难道……"

齐志林说到这儿停了下来，他故意停止，不把问题说破，眼睛直愣愣地看着钟启祥，期望钟启祥立刻说出他想知道的东西。

钟启祥当然不会给齐志林明确答案，他说："具体的问题，还没有到和他摊牌的地步。我是想让他自己先说清楚，造成一个他认错态度好，主动交代问题的事实。待以后处理起来，我可以提出来。你是他爷爷，我还倒矮一辈，是他叔叔了，我们要对这个孩子负责任哪。"

地上有条小缝隙，齐志林都能钻进去，他理解问题比占培杰要深得多。他意识到，钟启祥可能真的抓到了把柄，至于怎么样抓到的，他当下不清楚。但是，他知道凭着钟启祥的精明和那个邪劲，刺猬他都敢抓，蛇洞再深他也能给掏个底朝天。

想到这儿，齐志林提前准备好的应对方案，就自觉涌到嘴边。

他说："启祥，你我，占培杰，还有很多人就是在这么个环境下。什么环境造就什么东西，谁也逃脱不了，粪堆旁边能闻到香油味？占培杰可能有这样那样的问题，你完全可以理解。"

钟启祥说："我不明白你的意思。"

齐志林说："你是装糊涂。"

听到这儿，钟启祥那个驴劲耐不住了，不愿再和他兜圈子。他落下脸子，愤愤地说："什么大环境？如果没有这个大环境，中国改革开放能取得这么大的成就？旺城能取得这么大的发展？"

齐志林嘴唇又一撇，说："哎哟哟……别说那么大，弄那一套大理论，就说眼前。"

钟启祥冷冷地说："我说的就是眼前。"

齐志林板着脸说："眼前——眼前你的招商引资项目，不就是虚假的吗？"

钟启祥听到这儿，心里咯噔一下。在自家里吃饭，他没带"武器"。这回齐志林不仅是来摸摸底牌，更重要的还是带"刀"来的，手里有家伙的。

齐志林见钟启祥不说话，便阴阳怪气地说："怎么啦，戳到疼处了吧？"

钟启祥平静地说："没什么，继续说。"

齐志林说："还用说吗？德意仕友是你的招商引资项目，找了个德国鬼子为托，要了满篮子的优惠政策。项目上去了，你钟启祥有政绩了。"

听到这儿，钟启祥完全明白了：德意仕友确实是引来的假外商，这一次他明确承认了。同时齐志林还有一个目的，就是以招来虚假项目、虚报政绩要挟自己，让自己帮助他们蒙混过关。

钟启祥还是不紧不慢地说:"谈谈具体情况,虽然社会上风言风语传得热闹,但是你心肝肺腑里的那些脏东西是什么,有多少,我还真不知道。"

齐志林说:"具体说又怎么样?帮助你上大项目,抱大金娃娃,出大政绩,那就得投资。我可没那么多钱为你去填窟窿,只好想高招,利用外商的政策,从德国请来了我的老朋友墨纳德。以他的名义投资,得到了大大的优惠政策呀。我也实话告诉你,闫副市长到德国去考察,那企业、办公室都是假的。墨纳德是一个穷光蛋,那是我找了朋友临时改装的,一切都是假的。"

钟启祥听到这里,血像滔滔河水汹涌拍打堤岸,头皮被顶得一鼓一鼓的。他眼一瞪,大长脸一拉,直盯着齐志林说:"好,今天你终于坦白交代了。那么在这个问题上,可以给你适当从宽处理的政策。"

"什么,什么……"

齐志林说上边的真相,本来是想压压钟启祥的"驴脑袋",让他低头,让他蔫下来。没想到这个倔驴,又扬起蹄子来了。齐志林气急败坏地说:"从宽从严我怕什么?我个体私营户一个。你凭借着假冒项目,虚报成绩当了常委,当了管委会的书记,你……"

钟启祥冷冷一笑,打断了齐志林的话,说:"相处这么多年,我们还是发小,我真没有看透你是如此小人。我当书记当常委,就凭着你那个德意仕友?你的功劳?"

钟启祥说到这儿,从椅子上噌地站起来,又慢慢坐下了。他声音低沉,带着几分鄙视,说:"猴子爬到旗杆上,就以为自己是天了?我钟启祥是从基层做起来的副书记、镇长。光书记就在两个乡镇干过,资历、政绩,群众和组织有目共睹。"

齐志林听到这里,真像是猴子被耍了一样的感觉。他恶狠狠地说:"反正德意仕友真相大白天下,你就跟着顶风臭三十里。"

钟启祥斩钉截铁地说:"你想得毒。可是群众、组织的眼睛雪亮。今天我就向市委写报告,把事情说清楚。但是我告诉你,你敢在机械配件集团的池子里作孽,我非要把你掐出来不可!"

齐志林手抖起来，说："你，你没那个本事。"

钟启祥就像千里追捕一个逃犯的警察，不论涉沼泽，还是钻山洞，也一定要把逃犯擒获制服。他一字一句地说：

"我有没有那个本事，要看我是谁，为谁干，干什么。我是党的干部，代表党和人民铲除违法乱纪之人，铲除邪恶，那么我这个本事就大得很！"

齐志林唰唰打开手提包，疯狗般稀里哗啦从包里拿出一堆材料，啪地摔在桌子上说："材料我已写好了，我实名向中央、省、市举报钟启祥弄虚作假，虚报政绩。"

钟启祥啪地一拍桌子站了起来，怒斥道："我告诉你，这件事上我担什么责任，任凭组织处置。但是，我非要把你的脏心脏肺挖出来见天日不可！"

说到这儿，钟启祥大步跨到门前，哗啦一下把门拉开，厉声喝道：

"抱着你的材料告状去吧，你我看谁会得到应有的惩罚！"


市委大楼，姜利焕的办公室里。

钟启祥拿着一份材料走了进来。他走到办公桌前，恭恭敬敬地把材料放在了桌子上，并严肃地对姜利焕说："姜书记，我请求批评处分我自己，这是相关的材料。"

钟启祥的步伐依旧那么稳健，但是脸上还是露出一种怎么也压制不住的怒气。姜利焕看着钟启祥说："你这个家伙，又在哪个方面耍邪呀？"

钟启祥说："姜书记是这样的，齐志林要告发我。"

姜利焕感到好笑，说："嗯？齐志林告发你？"

钟启祥说："对。告我在德意仕友项目上，造假骗取优惠政策，虚报政绩。"

姜利焕摸不着头脑，说："什么，什么？"

随后，姜利焕指着面前的椅子说："坐下慢慢说，到底是怎么回事？"

钟启祥没有坐下,说:"姜书记,看来这个马蜂窝还真是难动。一动,这蜂王就出来蜇人了。不过我不怕,该承担的责任我全部承担。"

钟启祥把他和齐志林的谈话情况,一一向姜利焕进行了汇报。

姜利焕听了,啪地拍了一下桌子,说:"这个假洋鬼子,比真鬼子还恶毒,还狡猾。"

钟启祥坦率地说:"这个项目上去以后,我也听见了许多风言风语,他假洋鬼子的名声也越嚷越响。我曾经找过齐志林,那时他大言不惭,质问我项目上去了没有,项目是不是实实在在的项目,项目是不是能够创造效益。这样,我也把正面的东西看得更大,那些负面的东西忽略了,这是我的私心和虚荣心。当然那个时候,也不像现在知道得这么具体,只是风言风语和猜测。毕竟项目上去了,我也就没再深追深问。"

姜利焕听到这儿,利落地把钟启祥放到桌子上的材料拿起来,打开抽屉放了进去,然后,把抽屉唰地一推,说:"好了,材料就烂在这里吧,这件事在旺城到此为止。至于齐志林那边会不会到上边搞活动,听听情况再说。上边若有动静我顶着,你不用担心。"

钟启祥诚恳地说:"姜书记,我是不是,不方便再参与这个案子了,我……"

钟启祥没说完,姜利焕就打断了他的话:"不用。如果齐志林说的全部是事实,那也是他的问题,你钟启祥不知晓,骗取优惠政策的仍然是他齐志林。你也就是把关不严,或者说调查了解不深。那么旺城市委市政府,还有分管招商引资的领导等等都有责任。齐志林想凭借这件事把你打倒,阻止案件调查,他太幼稚了。从这方面说,他又真是个假洋鬼子。"

"我……"钟启祥又要说话,被姜利焕打断。

"什么虚报政绩?你钟启祥升为副县级领导,就凭着德意仕友?笑话。旺城上上下下,对你的政绩、人品都非常清楚。所谓四大名旦,别人我不评说,你才是旺城真正的大名角。"

钟启祥激动得太阳穴直跳。还有什么说的?他噌地站起来,像听到百米冲刺的发令枪响,说:"我明白了,全力抓好一切工作。"

姜利焕笑笑说:"这就对了。这是齐志林的阴谋,如此雕虫小技,竟然还敢拿到我们面前,真不知羞耻。"

姜利焕说着,又打开另一个抽屉,拿出一封信扔到钟启祥面前。

钟启祥拿过信,见信封上写着:中共旺城市委姜利焕书记收,北京×××小区××楼×××号。钟启祥没多思考这寄信的地址,打开以后先看了看写信人的名字,"王海江"三个字像三粒耀眼的珠宝映入眼帘。

王老来信干什么?钟启祥心里想着,抬眼看了看姜利焕。

姜利焕脸上非常平静,抬了抬下颌说:"先看看内容。"

  姜利焕书记:

   您好!

    上次在旺城见面,留下很深的印象。知道贵市就高质量城镇化建设,采取了一系列措施,取得成果,甚是欢欣。下一步认真总结经验,以期推向全国。

    今去信只为一事,听说你们正对机械配件集团与德意仕友的一些问题进行调查……

钟启祥看了信,像是看了什么惊险场面,倒吸了一口冷气。很明白,很明确,王海江为占培杰说情来了。

钟启祥拿着信看着姜利焕,又不时地把目光重新落到信纸上,生怕落下什么重要内容。姜利焕走到窗前向外张望着。钟启祥一会儿看看姜利焕,一会儿又拿起信仔细看上几句,好像有什么内容看不懂,对重点的地方又认真读起来,一边看,一边思索。

姜利焕忽然转过头,说:"看明白了?"

钟启祥回答:"当然明白。"

姜利焕毫不含糊,直截了当地问:"怎么办?"

钟启祥没有回答,只盯着姜利焕,那眼神既坚毅又流露出一丝怒气。

停了片刻，钟启祥拿起信件反复地看，好像要在纸上找出什么蛛丝马迹，然后问："是真的还是假的？王老难道要插手旺城案件……"

姜利焕接过话题说："对，我也在思索这个问题。"

钟启祥说："王海江到咱们旺城来的时候，也没有留下笔迹什么的？"

姜利焕说："是呀，当时我们给他准备好了毛笔和纸张，想让他留下墨宝。王老非常谦虚，没有写。他说自己可没这个资格。"

钟启祥又看着信封思量着说："这北京来的地址……"

姜利焕说："我感觉地址肯定是真的。"

钟启祥为难地说："是真是假，我们也不能向王老打听询问哪。"

姜利焕说："对，侧面打听不一定能弄清真实情况，直接打听……"

钟启祥站起来，但那封信依然在他手上捏着，信纸随着他手臂晃动唰唰作响。他皱着眉头说："根据一系列情况判断，当前形势下，齐志林上边的大树，是不是不能给他挡风遮雨了？他还真有可能铤而走险。这个人什么事都能办出来，是不是有可能……"

姜利焕明白钟启祥的意思，他看着钟启祥说："这信先不管真假。就当是真，我们怎么对待？怎么办？"

钟启祥浑身的血在快速涌动，从心脏喷发通过脖颈很快充斥到脸上，并在面颊上一圈一圈回流，大长脸立刻涨红起来。他瞪起双眼，愤愤地说："阻挠，阻挠，一系列的阻挠。从办案一开始到现在，真是机关算尽哪。姜书记，我的意见是，就算信是真的，也要继续查下去，绝不能再含糊。"

姜利焕本来已经坐到了沙发上，听到这儿，一拍沙发扶手呼地站了起来，说："对，我同意你的意见。对问题的查处，不论受到什么干扰，我们都要坚持下去，一查到底，查个明白。"

"对，一定要查他个水落石出，严惩不贷。"

钟启祥说着把那封信啪地拍在了桌子上。他个子高桌子矮，手落到桌上时腰弯了，但抬手时，腰又像根钢筋挺立起来。

姜利焕把信拿在手里晃了晃说："我们全都当真，继续查处，那我们得有各种思想准备。王海江的地位很高，手肯定能够伸得很长，看信的口气，算是生硬。如果我们不按他的意见去办，他会不会再采取其他的方式？"

钟启祥说："按王老的品行和资历、觉悟，我感觉这封信应该是假的。他如果真的插手，一种可能是从上到下找到东州市里的一把手；另一种可能是通过纪检等部门过问。那样，兵来将挡，水来土掩。不论他从哪条线上亮出宝剑，我们都能把盾牌铸得牢牢的。凭着当前这些事实，看他们哪一个敢说停，哪一个敢说不让彻底查处这句话！"

姜利焕真诚地说："启祥，你的邪，体现的是坚毅和正义。可如果遇到极其邪恶的阻挠、冲击……"

姜利焕没说完，钟启祥就说："姜书记，我不怕。如有必要，我还可以像到梁厅长家一样，上门解释。"

姜利焕皱着眉，看着钟启祥思索着说："要是……要是他们把案件移走呢？"

钟启祥立刻回答："把案件移走，那我就看他的查处结果。我了解案情，如果查处结果敷衍了事，那我就以旺城市市委常委的身份申诉，把他的天窗捅破！"

姜利焕听到这儿，黑脸上的肌肉轻轻地颤动了一下，露出了微微笑容，并伸出了大拇指，用坚毅的声音说："好。"

姜利焕收拾起信件说："就这样吧，你可以回去了。"

钟启祥起身告别，刚要迈出门口，姜利焕忽然说："等等。"

姜利焕离开办公桌，向前走了几步，距离钟启祥更近了一些，语重心长地说："一定注意防范狗急跳墙。"

钟启祥点头说："是，我有准备。"

# 第二十四章

晚上下着雨,天漆黑一片。钟启祥和办公室项主任推着自行车,在泥泞的路上艰难行走着。自行车推一会儿,就得使劲抬起来掂一掂,要不车子瓦圈上的泥塞得多了,就推不动了。

开春,旺城村村通公路工程开展起来,几条乡间路被挖开,通往西程村和东程村的道路过不去车辆,钟启祥只好和项主任推起了自行车。晚上下班他们两个准备出发时,项主任说:"到处都在修路,坑坑洼洼。如果晚上再下雨,那路泥泞得很,骑自行车可费劲了,咱们明天再去吧。"

钟启祥立刻摇头说:"那不行。已经和几家枣农约好,我们不能失信。"

项主任随手摸了一把小平头,扬起圆圆的脑袋看了看天空说:"不是要下雨吗?"

钟启祥也看了看天空说:"这不还没下吗?本来一些枣农对入股企业的事就有顾虑,咱们有点理由就失信不到场,那工作难度会进一步增加的。"

接着,钟启祥说:"没问题。就是预报有雨,还能正好下在咱来回的路上?"

项主任只好笑笑说:"好好,去,按时出发。"

前些年,很多人调侃天气预报说了不算,这回却算数了。他们从西程村回来的路上,雨真的哗哗下了起来。雨伴着春雷,下得那么畅快淋漓。要是在白天,雨点打在干土上,会看到土花四溅,像雨点落水一样。这会儿,他们看不清眼前的一切,却闻到了被雨水唤起的土腥味。这土路被雨一冲就像面团一样,车子不能骑了,就下车来推着走。钟启祥忽然说:"唉,这是今年第一声春雷,第一场春雨,就让咱们两个赶上了。今天这天气预报怎么就这么准了?"

项主任说:"我说咱明天再来嘛。"

钟启祥说:"我说的是为什么这么巧,我们的'百家枣农计划'本来就有人反对,难道今天是老天给咱点颜色看看?"

项主任抹了一把雨水,咧了一下嘴。他也不知道此时自己是在笑,还是在做别的表情。由于雨大,他们说话时不得不提高了嗓门。

项主任说:"你说的这话可不对,这是老天看到咱们的枣农计划后,感动地落泪了。"

钟启祥说:"呵,你倒是会说话,他老人家感动了,咱可挨淋了。"

两个人大笑了起来,笑声把下雨声都压住了。

春节以后,姜利焕、钟启祥来到枣林,登上了瞭望塔。

瞭望塔,是枣林旅游观景的好去处。整个塔实际就是一栋三层高的楼,外表奇奇怪怪。其中一部分,是一棵巨型树根。楼体上,挂满了青枝绿叶和红枣。整个建筑与枣林融为一体,珠联璧合。站在塔顶,春天碧绿、夏季泛黄、秋日血红、冬季银装尽收眼底。楼房里便是展厅,有枣林的历史、枣林的价值、枣林的技术、枣林的未来四个展区,实物、造景,加上讲解,现代化的光学、声学技术的运用,使内容丰富、活泼、逼真,让人受到知识的滋养,获得破解谜语般的享受。

更值得一提的是,这个瞭望塔正好建在"枣王"的身边,这是规划者的特别用心。枣王,是棵千年的古树,树高五六米,躯干腰围约三米。如今腹内朽成空洞,表皮疤痕累累,通身满布堆积的"瘤子"。看到它,便能理解为什么有"饱经沧桑"一词。尽管它的主干已朽,躯干中空,但周围仍有青葱新枝茁壮成长,年年果实累累。传说,旺城那位进士有一年回家,返京时带去了家乡的金丝小枣。这进士无法靠近皇上,把枣送给了一个对自己有恩的大臣。没想到,这大臣又把枣献给了皇上。皇帝见那食指肚大小的枣子,深红的颜色，薄薄的皮，细小的核，厚厚的肉。用手掰成两半，缕缕金丝能拉出一二寸长。吃上几颗，甜得皇上口水直流。第二年皇上出宫，专门巡视了平原上的枣林，专程来到这棵古树前。

皇帝来此，上前抚摸树干，轻拍三下，自语道："枣王。"然后还围着枣树转了三圈，又惊叹："真乃枣树之王也。"知县听闻连叩三个响头，高呼："谢万岁赐封。"从此，这棵古枣树的"枣王"之称，便流传到现在。

姜利焕、钟启祥是因为要检查枣林旅游建设情况，才来到这里。姜利焕也抚摸了一下枣王浑厚的树皮，并拍打了几下说："这枣王就是有一股子王气、霸气。咱们一路走来，那几棵老古树，什么'长寿树''母子树''结义树''缚龙树'……还是这枣王，更有历史感。"

初春时节爬上塔顶，瑟瑟寒风还是那么刺骨。他们瞭望枣林，枣树们似天兵天将，扛着剑戟，在寒风下习武布阵。

钟启祥感慨万分，说："姜书记，以枣林旅游带动致富奔小康的规划已经实施，进入快车道了。"

姜利焕说："是呀，越是这样，越有更深的问题呀。上次你谈的枣农不可光卖枣果的问题，非常重要。这些天来，我一直在思考这个问题，我又让你给搅得睡不着了。这么多天过去了，你是不是想出了什么好主意，给我又找到了一剂安眠药，让我睡个好觉哇？"

钟启祥笑了，寒风刺到嗓子里，都感觉到了痛。他说："姜书记说得严重了。你作为市委书记，大事多得很，光从我这里给你吃上个安眠药，你还是睡不着的。"

姜利焕说："这话说得不对。致富奔小康是第一要务，只要这一剂药找准了、找全了，我的心病就没了，我才睡得安稳。"

钟启祥说："对对，姜书记说得很对。我又找出一味药，正想说给你听听。"

姜利焕说："好哇，站在这塔台上，你的思路就更开阔了。"

钟启祥转身向北望了一会儿，说："每次看到枣农将一车一车的枣拉出去，又高兴又有点遗憾。高兴的是他们的产品有出路，遗憾的是附加值低呀，仍然是卖产品。那天小营村的顾一春那期盼的眼神，我到现在始终忘不了，像在眼前。他说：'钟书记，咱们一车一车的枣就这么拉出去了。一年到头忙了下来，把枣一卖就完事了，觉得不过瘾。钟书记，前些日子我亲戚来了，给我带了几瓶梨罐头，我是想咱这枣是不是也……'"

姜利焕打断了钟启祥的话，说："农民哪，他们说不出什么附加值、深加工之类的话，但也是有思路哇。"

钟启祥说："是呀，那眼神、语气，让我心里一会儿热乎乎的，一会儿凉飕飕的。我想，今后我们还得拿出枣露呀、枣糕呀、枣酱呀、枣果脯呀等枣产品，总之，应有一系列深加工产品。"

姜利焕说："对，恢复酒厂，这个龙头可以带动枣林的发展，但还远远不够。难道……再上个深加工企业？"

钟启祥的右手使劲攥了攥拳头，说："再上一个，我认为是必须的。"

姜利焕说："恢复一个酒厂，从资金、技术等方面就有很多难处了。"

钟启祥忽闪着大眼睛说："上个企业我感觉不难，走招商引资的路。大海里捞针，把招商的网撒大，撒的面广一些。对旺城所有的企业家都进行宣传鼓动，看有没有投资意向。如果旺城没有，再让他们与外地企业、外国企业进行联系。再到市、省招商部门拉一个大网，就不愁逮不到鱼。"

姜利焕点头说："对，专门就枣产品深加工开一次招商会，把我们的产业优势，以及市场考察情况通报给大家，鼓励大家向这方面投资。你这种大海里捞针的精神，也和你那股子邪劲相吻合呀。"

钟启祥缩了缩脖子，算是对这"邪"字的反应吧。钟启祥接着说："还有个问题，是个关键问题。就是企业建起来以后，收入、税收进了企业、政府的口袋，这农民还是个卖枣果的。"

姜利焕说："对呀，只是卖给谁的问题。那怎么办？让枣农都参与进来？你一定有想法了。"

钟启祥说："是有个想法。就是让枣农入股，以入股的形式参与到企业经营当中。这样每年枣农把枣卖给企业,然后又从企业的深加工中再获得一笔钱。这就不光是卖鲜果、干果了,以后的深加工里,很多环节会赚钱。这样,枣农才会财源滚滚哪。"

姜利焕看着钟启祥,直愣愣地看了十几秒钟。一阵风吹来,他伸手拉了拉衣领说:"你这个家伙,越想越深不可测了。"

钟启祥又嘿嘿一笑说:"我也感觉这个办法好,可是实施起来非常难哪。你说得对,农民就是农民。如果咱们号召他们入股企业,他们可能还不愿意呢。"

姜利焕说:"是。你想怎么办?"

钟启祥说:"我想还是用老办法、土办法,加强宣传鼓动。我有一个计划,是不是可以叫'百户枣农计划'?"

姜利焕说:"百户枣农计划?"

钟启祥说:"就是我这个市委常委,面对面对枣农进行宣传鼓动。有电视、广播、报纸,还有乡镇干部的宣传,再加上我这个领导亲自去宣传,可信程度肯定高,枣农易接受。"

姜利焕说:"嗯——越说越提神了。"

钟启祥说:"采取多种形式,比如开座谈会、走村进户。进他一百家,抓上一百户。如果有一百户能够投资,那一定能带动大部分枣农。"

姜利焕说:"好。这个办法实际还是强调领导的作用。不仅是你,咱们书记、市长都要深入到户宣传鼓动,都要助推这个百户枣农计划。当年搞土地承包,不也是我们亲自上阵带动起来的吗?"

钟启祥一拍栏杆说:"谢谢姜书记,有你的支持,这个计划肯定能实施起来,肯定有好的效果。"

姜利焕说:"好,就这么办。"

钟启祥还在办公室里忙着,电话铃响了。他拿起电话,是姜利焕打过来的。

钟启祥问:"姜书记,有什么指示?"

姜利焕在电话中说:"你看到报纸了吗?"

钟启祥问："报纸？什么报纸？"

姜利焕说："《东州日报》哇，上面发表了一篇评论文章，你仔细看看，总结一下看完以后的感受，再给我回话。"

领导惯用的方法，是在一个思路出来以后，先放放风，听听反应。这个"百户枣农计划"，姜利焕在不同的场合讲了几回。没想到，对这个计划的反应，还真像广播喇叭有了毛病，传出了噪音。

有的说："市场经济了，就要尊重市场规律，这又是政府随意插手市场那一套……"

有的说："靠领导发动入股，如果枣农得不到利益赔了进去，谁承担经济责任呢？"

也有的直接指向钟启祥，说："这个家伙，是不是想出风头？又出邪劲。这个邪劲，这回可没邪点子上……"

没想到的是，有人竟然针对这个话题写了文章，《东州日报》还刊用了。这篇文章标题很长——《市场经济条件下，政府是不是还要插手农民的市场活动？》，也正因为长，才把问题挑得那么明。

> ……必须尊重市场规律，让市场在资源配置中发挥基础性作用。我们的市场经济体制已经初步建立，但是有些经济活动还不是由市场供求决定，过度运用行政性手段干预市场主体，特别是微观经济主体，在一定程度上会抑制市场机制的正常运作。如果这种状况不加以改变，很可能导致市场经济变味，可能又要回到……

钟启祥看完报纸，就给姜利焕打了电话。姜利焕问："启祥，有什么感受？"

钟启祥在这边皱着眉，脸上却带着微笑，这种笑是对什么东西的一种鄙视。他说："感受……我好像无话可说。"

姜利焕在电话中哈哈笑了起来，说："这种感受也有道理，但不能无话可说。看来有的人，特别是有的领导干部，对'百户枣农计划'有看法。不过……不知是什么背景，用这种手法捅了出去。因此不能无话可说，要有话必说。"

钟启祥听到这里也在电话中笑开了，说："姜书记说得对，咱也开开口？"

姜利焕说："对，我们必须说话。'百户枣农计划'要不要实施？政府要不要具体帮助农民进入市场？要不要手把手地帮助农民致富奔小康？这些必须弄清楚。我准备开个会，把这些问题挑明讲清。"

钟启祥说："太好了，及时雨。"

姜利焕说："那还得有劳你。秘书们对这些问题没有思考，不可能把我这个报告写好。现在你就当一回我的秘书，当然喽——是大秘。就上边的问题，你写个讲话材料。"

电话里钟启祥很激动，说："好，马上开笔。"

……要防止只讲市场化、忽视政府作用的倾向。市场规律发挥作用需要一定的条件和环境，政府要为市场发挥作用创造必要的条件，制定合理政策。在这里，我要说，要手把手地把农民拉向市场，不能"吆喝吆喝"了事。要具体帮助农民了解市场信息，掌握市场规律，提高投入市场的能力。因为政府有政策、有资源、有平台、有信息……更重要的是，有担当与责任……

在姜利焕提议召开的这次干部大会上，姜利焕专门就政府要不要具体帮助农民进入市场，做了一个慷慨激昂的报告。反响很大，有人说姜利焕讲得好，姜利焕笑着说："我讲得好，是因为我的大秘材料写得好。"

市委办公室根据这个讲话，整理了一篇评论，在《东州日报》上发表了，其中这样一段引人注目：

……风险肯定会有的，但越是有风险，政府就越要发挥作用。利用政府的资源平台,去帮助农民减少风险。如果农民真的遇到了销路问题,那我们再加上个"百户计划",我们领导干部就当推销员,每个人再跑上一百户,再去打个销售战役……

　　一场关于要不要具体帮助农民进入市场的争论结束了。姜利焕带头深入枣农,宣传政策措施,宣传产品信息,鼓励枣农入股企业。不仅是姜利焕,其他市里的领导也深入农户,形势很好。

　　但是,钟启祥在深入到户过程中,遇到了一个人,一个比他还要邪的"邪种"。

　　小营村有一个叫林道宽的人。这个人吃苦耐劳,一家种了十几亩枣树,每年的家庭收入全押在这枣树上了。这个人是全村有名的"老抠""小算盘"。处处算计,胆子又小。一个星期天的下午,钟启祥来到他们村里,召开了一个座谈会。钟启祥和大家算账,算枣果卖出后的收入账,算深加工收入对比账,几个农户都非常积极,愿意入股企业。但是这个林道宽,却泼了满满一盆子冷水。

　　他说:"入股企业,话好说,弄不好也跟着赔进去呀。"

　　林道宽可能是算计过度,长得骨感。脸上额骨、颧骨、腮帮子清晰可见,脸干干瘦瘦,显得眼睛很大。他瞪着眼看看这个,瞧瞧那个,给屋里所有人吃了一剂"哑巴"药,大家刚才的热情一下子从屋顶掉到地下,没人说话了。

　　林道宽紧接着又说:"要是真赔了,谁再赔俺的钱呢?"

　　支部书记陈晓明本来就是苦瓜脸,这会儿脸更难看了。他一听这林道宽将了钟书记的军,可能弄得书记不好下台,眼睛一瞪说:"道宽,说啥呢?这是啥场合?"

　　林道宽这会儿胆子大了起来,说:"支书呀,甭管啥场合了,俺得说出来。这是真拿钱哪,要不到时候哭也哭不出音来了。"

　　人们的目光,自然都投向了钟启祥。钟启祥笑了,一边笑一边点头。枣农入股的思路一提出,就经历了一场舆论战,实际当中确实存在一些具体问题。钟启祥有思想准备。

他说:"道宽说的叫投资风险,风险是有可能存在的。但是,一来我们寻找的合资伙伴,当然要有实力,靠得住。二来枣产品销路很大,政府已经通过多种渠道进行了考察,销路很广。咱能把东西卖出去,风险也就没有了。"

林道宽可不信这一套,还是泼来一盆子一盆子的冷水,说:"企业就那么靠得住?那谁能给掐准了呢?要是……钟书记你能给……"

钟启祥听到这儿笑出声来,说:"这当然谁也不可能打这个包票。"

林道宽一拧脖子说:"就是呀,现在你们考察说能行,到时候会啥样呢?再以后呢……"

林道宽看了钟启祥一眼,又说:"钟书记,你……你都不能……"

就这样,来回说了将近一个小时。这林道宽,说起枣的深加工收益大就来劲。说起入股企业,就立刻像遇到多么恐怖的话题。开始还比画比画,跟你争论。再后来,就一个劲地摇脑袋,就像海豹刚钻出水面,甩去头上的水珠一样。

陈晓明耷拉着丑脸蛋,要发火了,钟启祥制止了他。

过了几天,钟启祥用晚上的时间,和陈晓明一起来到林道宽家里。这一次,没再用一个小时。林道宽腮帮子一鼓,眼睛一瞪,颧骨更突出了。三下五除二,就把钟启祥打发了。

他说:"钟书记,你这么热心肠地给俺做工作,俺谢你。可……可要是真的赔了,你得给俺赔上呀?"

钟启祥哭笑不得,都说自己是个邪种,今天遇到的这个家伙,比自己还邪呀。陈晓明说:"灶王爷担不起大工钱。去他的,不入股拉倒。"

钟启祥摇摇头说:"可不能这么说。林道宽的思想很有代表性,越是这样越要引导。这不咱们刚要搞个'百户枣农计划',就闹到《东州日报》上去了。"

陈晓明皱着眉头说:"怎么办?这家伙在灶眼里抹水泥,一点儿气都不透。"

钟启祥思索着说:"林道宽这样的人不少哇,丢弃不管可不行。一旦企业做成,其他人家得到收入,企业不再扩股,这些人就瞪眼了。"

陈晓明说:"瞪眼就瞪眼呗,九头牛都拉不动,还怎么好?"

钟启祥说:"晓明,你这思想就代表一些干部。'市场嘛,他愿意进就进,不愿意就尊重人家呀。'这种思想是不对的。对群众当然要尊重,但限于方方面面的因素,他们对一些事物一时看不透,就得需要我们去引导。就是姜书记说的,手把手地帮他们进入市场。"

陈晓明嘿嘿笑了,一个劲地点头。可是,话好说,到底怎么办?

钟启祥和陈晓明分手后,没往回走,又登上了那塔顶。这大平原上,别说山包子,连个土包子也没有。登上这塔顶,万物尽收眼底。转身,旺城的高楼大厦就展现在眼前。这时,好像有个人在楼宇间向他嘿嘿地笑着。

好,钟启祥又一个"馊"主意冒了出来。他又选中了一个目标——于金水。

## 第二十五章

接近傍晚时分，还是阴天。这个时候，一般办公室里都打开了灯。可是齐志林的办公室里，一盏灯都没开，显得那么阴森。

"咚咚咚……"一阵敲门声传来。

齐志林扭过头，烦躁地看着被敲响的办公室门，没有吱声。

"咚咚咚……"又是一阵。

他猛然抬头，一瞪眼睛，本来要喊出"不开"。但他是装作没在办公室，心情就是再不好也不可能开口，只能怒视着门口。

手机响了。齐志林赶紧拿过来一看——占培杰。他接了。

"齐总，齐总……"

这声音，从手机和门口同时传到齐志林的耳朵里。齐志林没再继续接听电话，而是直接走到办公室门前。当齐志林拧开门锁的一霎，占培杰在外使劲推了一把门，门唰一下开了，占培杰像一股寒风扑了进来。只见他脸色苍白，嘴唇发紫，并且嘴唇还不时抖动。

齐志林没好气地说："怎么不提前打个电话？"

占培杰咽了一口唾液说："匆忙中忘了。"

齐志林耷拉着脸问："有什么事？"

占培杰说："钟启祥又派人找我谈话了，明确提出了账目改动和造假的问题。"

那天，齐志林到钟启祥的办公室里，以骗取优惠政策、虚报政绩要挟他，并且还拿出了一堆厚厚的材料，得到的是一阵抨击和斥责。钟启祥毫不动摇，没有一点儿惧怕。齐志林只好真的成了原告，他把材料交到了市纪检委。通过朋友打听，得知材料已经转到旺城市委。旺城市委专门派人到市纪检委汇报，就有关钟启祥的情况进行了说明，也递交上一份材料。也就是说，这个以上项目骗取优惠政策、虚报政绩的罪名，没起到什么作用。钟启祥还是钟启祥，案子仍然在他手里死死地抓着。并且，钟启祥派人找占培杰谈话，明确提出了账目改动和造假的问题。

"真是步步紧逼，越逼越紧，往死胡同里逼呀。"

说这话的时候，齐志林才意识到，他和占培杰仍然站在办公室的门口。他慢慢地向办公桌那边走去。

齐志林一边走一边说："我还是纳闷。他们真的知道了改账的事？那么又是怎么知道的呢？真是奇了怪了。那几天，白天晚上，给我报的都是平安……"

占培杰说："你是说取回账目之前的那几天？"

齐志林背对着占培杰，没有理会他的话，继续说："那几天，钟启祥失踪了，怎么也找不到他……"齐志林忽然转过身，问占培杰："那几天，你到他家里去，他老婆也没说出他去干什么？"

占培杰支支吾吾道："嗯……只是说没在家……"

齐志林凶狠地说："没在家，干什么去了？"

占培杰说："他老婆只是说上班去了，什么也不知道。"

齐志林在办公室里慢慢溜达了几步，转身坐在了墙角的一个沙发上。他是一屁股就坐在上面的，显得有些狼狈。像是被一个猎人穷追猛打的野兽，无处躲藏，被赶到了角落里。

自己在东州，应该说是个赫赫有名的人物，这次亲自跑到纪检委，都没有引起他们重视，这说明……如果再向……再向更高一层的……唉，该用的已经……

看来要把钟启祥……不大可能。确实，这个邪家伙的形象，多年来不论是在上还是在下，应该说是树得住的呀。就像是一个器物上的金银涂层，你想轻易把它抹去，是不容易的。在钟启祥身上，应该说已经努力了。那，那就另寻门路？

齐志林起身，在办公室里来回转着，转着……突然，他停住了脚步，下意识地梗了一下脖子。或许……他是被自己突然的想法吓了一跳，随后他一屁股坐在沙发上，呼呼地喘起了粗气。

占培杰也不敢靠近,也不敢说话,在办公桌旁看着他。等了一大会儿,齐志林有气无力地说:"你……先回去吧。"

占培杰走了。他又坐了下来,两腿分开,双手放在沙发扶手上,探着脖子,眼睛看着地面。刚才,那个歹毒邪恶的念头,又出现在脑海里。

必须……必须扳倒他!

夜已经深了。不知怎么搞的,齐志林办公室的大吊灯坏了,只剩下几盏小灯。由于是夜间,他没有叫人来修,整个屋里昏暗一片,地狱一般。

齐志林还没有睡。他搜索枯肠,将大脑的储藏室翻弄了几遍。钟启祥的一切软肋,甚至连感冒这样的小毛病,齐志林都琢磨、过滤了个遍。怎样,怎么样才能……

翻弄过那个储藏室,齐志林又回到了现实。他思索着,现实当中领导干部最怕的是什么……

齐志林还真没挖出钟启祥工作方面的问题。花花韵事,对钟启祥来说更是避之唯恐不及。在德意仕友的餐厅里吃饭时,有几个服务员过来拉他跳舞,他都回避说没有这方面的细胞。有一次,在东州接待客商。吃饭以后到舞厅活动,客商为每个人都请了一位小姐。这幸亏是客商做东,要是自己的人,他早就回避溜走了。这一次,出于礼貌,钟启祥还是让那位小姐坐在了他的对面。但是一晚上几个小时,别人拉拉扯扯、唱唱跳跳,而钟启祥和那位小姐谈了一晚上的话。客商让他和小姐跳舞,他说不会。客商又说让小姐好好教教,他说这几天腰疼。反正他怎么也不上手。

齐志林拨通了一个电话,说:"狼子过来一下。"

"黄鼠狼"是齐志林的得力干将,春意浓大酒店的主管,名字叫宋健。可是他长得又瘦又小,满脸蜡黄,牙被烟熏成黄褐色。但他手快脚快,办事圆滑。因此,人们从不管他叫什么宋健,"黄鼠狼"的别名,一直跟着他。

黄鼠狼进到屋里,灯光幽暗,不免有些阴森。

齐志林见到他就说:"狼子,你筹划一件大事。"

黄鼠狼嘿嘿一笑,满口的黄牙先殷勤地露出来,说:"老板,什么大事?"

齐志林恶狠狠地说:"把钟启祥扳倒。"

黄鼠狼一惊,说:"他是,他是你的好……"

齐志林不耐烦地说:"你不要管那些,尽管想法子,什么法子都行。"

黄鼠狼还是沉默着,等了一会儿,他问齐志林:"老板非得要这样吗?"

齐志林有些无奈地说:"事态的发展,已经不是我开始想象得那么简单了。再说,什么时候有人敢挡我的路?谁又能挡着我的路?谁挡我的路,我就绝不客气。"

黄鼠狼白黑混杂的眼珠子,滴溜溜转着,说:"老板真下决心了?"

齐志林说:"对,绝不含糊。"

黄鼠狼说:"老板要真下了决心。这,这好办呀。"

齐志林问:"怎么办?"

黄鼠狼说:"别的事情咱抓不着,用咱的拿手戏给他弄点绯闻。严重一点儿,给他弄成生活作风问题。"

齐志林皱着眉头说:"这小子油盐不进,女人一点儿不沾呢。"

黄鼠狼说:"他不干不要紧,咱想法让他干,硬往他身上贴。凭咱掌握的那些小妹,还贴不到他的身上去?"

齐志林想了想说:"在这方面做文章倒是可以,但是一点儿小小的绯闻,男女之事,不可能把他扳倒。因为这小子有个生活作风还不错的形象,要想弄,就得弄出惊天动地的大动静。好好琢磨琢磨,拿出几个方案。"

黄鼠狼用双手抹了一把黄脸皮,又眨巴了几下小眼睛,敏捷地从沙发上挺起身来,溜到了窗前,望着窗外的院灯思索起来。不一会儿,像个转轴被拨动了一下,他唰地转过身,凑到齐志林面前,"娄阿鼠"一般,说:

"让老大接近他，老大脾气温柔、含蓄，方法也多。"

齐志林说："那不可能行。刚才不是说了，对找女人，钟启祥是不感兴趣的。"

"老大方法多，可以以工作、学习之类的名义接近他。"

齐志林思考着说："老大是可以信赖的，诱惑力大，很有一套。但是那样能不能成功？再说那得需要时间，时间拉得太长，等不起。"

黄鼠狼说："那只有硬塞上一个给他。"

齐志林听了，看了一眼黄鼠狼，思索着说："找个合适的人，直接送到他家里。让他推也推不掉，说也说不清……"

黄鼠狼说："对。就说是外遇，在外边有了家，生了孩子，什么都可以说。不行真带上个孩子，硬把臭屎往他身上泼，往他身上抹，弄他个臭气熏天，乱七八糟……"

齐志林点点头说："这个方子可以，还有什么方法？"

黄鼠狼摇着小脑袋说："要么在宾馆，或者他经常去的地方设伏。宾馆他是常去的，经常在那里接待客人。有时候他中午不回家，就临时在宾馆休息。提前准备好，开门就让他们抱在一起。那照样能把钟启祥弄个人仰马翻，这女的就说是他的情人。"

齐志林听了没说话，黄鼠狼继续说："要么就到外地，趁着他到外地开会谈项目时动手。他经常和企业家一起外出谈项目，接待外商。就在外边设伏，弄清他的房间，提前把人放进去。住旅馆找小姐，这是经常发生的事。真弄上这事，他怎么也说不清。"

齐志林听着，点头说："这最后一招值得考虑。"

齐志林的办公室里，挂着一张中国地图和一张世界地图，他走到地图前面看着，似乎在琢磨哪个地方能让他使出最后一招。

看着看着，他回过头来自言自语道："要看闹到什么程度。要闹大，在男女作风问题上如果闹大了，大家就会认为是真的，不愁他们不信。就像出殡一样，阵仗越大越热闹。"

齐志林穷凶极恶，接着又说："这事闹得越大，钟启祥就越承受不了。就是因为他惹了这么多、这么大的麻烦。他在上级、在领导层面前，在社会上都说不过去，站不住脚。我就是让他死，把他彻底扳倒。"

他伸出一个手指头,说:"还有一个问题。事情一出,有关部门肯定要介入。特别是公安,对我们的人肯定也要进行审讯。那么,这个人一定要能够顶得住。"说着,他敲了几下桌子。

他紧接着说:"顶得住。事出之后,我们的人最好趁乱逃之夭夭。如果逃不掉,又顶不住,封不住嘴,全部透露出去,那一切可就……"

黄鼠狼说:"咱们好好挑选挑选,掌握的那些人,有几个还是非常忠诚,非常有骨气的。这种事也就是拘留罢了,就是判刑也判不了多长时间,到时候出来多给点好处。"

齐志林还是思索着说:"公安等有关部门的攻心能力很强,石头也能给你穿个眼儿。万一这些人顶不住,心理防范彻底崩溃,一切真相大白于天下,那麻烦就大了。到那时弄不倒钟启祥,这幕后操纵的罪名可就真的砸到咱自己头上了。"

黄鼠狼不以为然地说:"西边来的那个宗丽丽,又有模样,又会办事。这几年给她的好处也不少,到时候再给她许个大码。"

说到这儿,齐志林没再表态,说:"时间不早了,今天先到这儿。静下心来,再细细考虑考虑。"

黄鼠狼说:"好吧。"说完就走出了房间。


他被什么追逐着。

是什么在追他?他自己也弄不清。是人是鬼?是……弄不清。他只是跑啊,跑啊……漆黑的夜里,他像一个越狱囚犯,漫无边际,不知方向,不知目的,惊恐万状,狼狈逃窜。突然咣当一下撞上了什么,浑身上下立刻钻心地疼,特别是光秃秃的前额被重重地撞击了一下。他伸出手一摸有些黏液,出血了?他退后几步,伸长脖子,晃着头颅,瞪着眼睛向前仔细张望着。漆黑的夜里,隐隐约约有一大片不规则的物体,好像是一座山,似乎他正撞在一块大山石上。奇怪,奇怪,我们这里是平原地带,哪里来的山呢?怎么会出现山了?还没等他多想,忽然一阵狂风扑来,"啊——"他翻腾着掉下悬崖……

齐志林从好莱坞大片似的惊险情境中惊醒过来。他下意识地伸手摸了一下前额，好好的，并没有什么黏液。他瞪着眼望向窗户，虽然厚重的窗帘遮挡着窗户，但楼外院内无数盏通宵达旦工作的夜灯汇成的光线，仍然从窗帘与窗户间小小的缝隙中，射进房间。齐志林感到毛骨悚然，这一道道的光束，就像一柄柄利剑一样恐怖。

几十年来，齐志林从经商，不，从他步入社会闯荡江湖那一刻起，真可谓万事亨通，一帆风顺。从没像今天这样艰难，面前突然隆起无形屏障。这些年，他勇往直前，势如破竹，摧枯拉朽一般。但今天，总感觉缺少了那么一些底气。这些年，他胆大包天，无所顾忌。但今天，心里却感到畏惧和胆怯。

或许一场噩梦，才会使齐志林的头脑清醒一些。他后悔碰铸造厂这个"屎盆子"。特别是他和占培杰利用铸造厂搞经营，已经被人家推上了法庭，还侥幸拿土地证去抵押贷款。唉，头昏哪。那天夜里，占培杰也提醒了这个问题，怕贷款与那些起诉缠连上。自己光以为占培杰胆小怕事，没想到法院的手伸得还真长呀。唉，事到如今谁也别怨了，都是自己头昏，头昏了。但是……但是……

一大早，齐志林又把黄鼠狼招来。黄鼠狼来到齐志林面前的时候，齐志林脸色特别难看。他满脸灰黄，眼袋像两颗黑栗子鼓溜溜的，比眼睛还大。脑后的厚发翘了起来，头发很硬，就像个黑色的刺猬趴在后脑勺上。浑身上下发出的香水味和污浊的空气混杂在一起，极其难闻。

齐志林见了黄鼠狼说："用到外地搞掉他的这个方案。但是……我想了半夜……"

他突然把拳头砸在桌子上说："送上去的这个人要让她死，死无对证，让公安局查不到真相。那时，钟启祥必死无疑，我们也清清白白。"

黄鼠狼听了一惊，说："老板，用得着如此吗？"

齐志林孤注一掷，说："这些所谓咱们的人，也就是看见钱才围着咱们的屁股转。能耐再大，也就是拉人家下水，不可能顶住公安局机关枪一样的攻势。钟启祥是个副处级干部,这件事惊动太大,他们一定想方设法弄个水落石出,寻找真相。到那时,咱们这些人就会被暴露出去了,她们拘留几天,走人大吉。咱们就得下地狱,就要……"

黄鼠狼还是担心,说:"闹出人命,这事动静不更大吗?"

齐志林说:"狼子,咱们相处多年,你对我忠心耿耿,我对你也是没有二心,也就是说咱们之间能说实话。你我清楚,咱们的这些靠山、这些关系是靠什么建立起来的?不就是钱嘛。也正是因为这样,他们才会有那样的结果。此时,他们的归宿便是对咱们的暗示,更明确地说是明示。"

黄鼠狼有些茫然。

齐志林说:"咱们不能失手,绝对不能失手。要是有一点点证据,要是有一点点闪失,咱们两个就全完了。"

黄鼠狼点了点头。

齐志林说:"所以要万无一失。还是让外边的人插手,让他们来办,办完走人,逃之夭夭,远走高飞。"

黄鼠狼闭着嘴,使劲点了点头,说:"好,这一次连东北的咱也不用了,大山里还有几个,把他们放出来。"


于金水和白坎肩——徐慧"好"上了。

自从那一次徐慧在舞厅里帮着于金水找眼镜,并谈了她的家事,于金水不知是同情她,还是感激她帮着找到眼镜,对徐慧显得特别钟情。他经常跟随齐志林到春意浓大酒店,每次来到这里他都挑徐慧为他服务。

第二次见到徐慧是一天晚上。齐志林和于金水吃完饭,带着几个人来到春意浓。和往常一样,又来到那个阔气的舞厅里,一排小姐走进来任客人挑选。于金水没有点这个看那个,只是问哪个叫徐慧。不巧,那天徐慧休假。领班说:"哎呀……徐慧,哦就是花花休假了。这里的漂亮妞,都如花似月的,哪个都能满足老板的胃口。这回重新挑一个,下一次我保证把徐慧给您叫来。"

于金水淡淡地说:"那就算了吧。"

齐志林和几个客人哈哈大笑起来。齐志林说:"于金水你个家伙,什么时候有对眼的了?这可不行啊,小心把弟妹惹翻了,把你那电器全部给你卸到垃圾堆里去。"

于金水嘿嘿一笑,没说什么。领班见状说:"好啦好啦老板,我马上把徐慧找来,包您满意。"

其他人拉着小姐们说说笑笑、唱唱跳跳去了,于金水真的自己坐在那里,至于能不能把徐慧叫来,他也没往心里去。不过等了一会儿,还真进来一个女子。因为屋里灯光幽暗,看不清这个女子的面目。就是灯光明亮,于金水也可能不认识徐慧了。因为她们总是涂脂抹粉的,上一次见到的是"白骨精",这次又不知是何方"妖怪"了。特别是那女子上身,还缺少了那件白坎肩。那个小姐被领班领到于金水面前。领班说:"老板,这就是徐慧。俺慧儿找到心上人了,还真有本事,恭喜恭喜,哈哈……"

这么着,徐慧就坐在了于金水的身边。活动了一会儿,小姐们都被客人领进了单间,进行保健按摩去了,于金水自然也被徐慧领到一个单间里。这时,于金水才看清了,徐慧方形脸、大眼睛。女子都讲究柳叶眉什么的,可她却是浓浓的眉毛。但是那眼、那眉和那脸上的其他部分搭配和谐,一点儿也没有凶意,显得那么美丽大方。

于金水脱去衣服,换上单薄的睡衣躺在床上。徐慧从头到脚,轻轻地按动着于金水身上的穴位。于金水周身轻松,又加上喝了一些酒,就打起了呼噜。徐慧就这么来回按哪按哪……于金水呼吸有时平稳,有时凌乱,张着大嘴唱着"呼歌"。

等了很长时间,徐慧使劲捅了捅于金水,说:"先生,先生。怎么样?舒服不舒服?"

于金水停止了"唱歌",醒了过来。

徐慧还是轻轻地给于金水按摩,于金水平稳地喘息着。就这么又过了一阵子。徐慧说:"先生,你……"

于金水眨巴了一下蒙眬的眼睛问:"怎么了?"

徐慧说:"你的消费还没完哪。"

于金水说："哦，哦。你的按摩程序做完了吗？"

徐慧说："早就做完了，你的朋友可能都已经走了。"

于金水说："哦，那好，我也走吧。"

徐慧有点着急，说："如果你要是不要……我，我就挣不到那么多钱了。"

于金水一边穿衣服一边说："哦哦，那好，那好，我照常付钱。"他穿好衣服付了钱，就出了房间。

又一天，于金水又和齐志林一起来到这里，于金水还是找了徐慧。歌舞之后进了单间，又是一套按摩。

徐慧说："老板，你这一次要不要……"

于金水说："不要不要，我照常付给你钱。"

说着于金水坐了起来，示意徐慧也坐下来。徐慧心里纳闷，于金水说："不要害怕，我问你个问题。你挣到的钱给你妈妈了？"

徐慧说："给，当然给。除了我的基本生活费用，其余的我都寄给了妈妈。"

于金水若有所思地说："徐慧。"

徐慧一惊，头一次有人在这里叫她的名字。老板、客人，还有引她到旺城的姐姐明杰，都叫她"花花"或者小姐。徐慧温柔地答应："哦，哦，老板。"

于金水说："按你的岁数，应该叫我叔叔，我比你妈妈都大。你出来干这种行当，是为了给你妈妈治病，养活你妈。不知怎么的，我心里有那么一种隐隐的痛，你知道吗徐慧？"

徐慧脸有些涨红，说："看得出，老板是好人。"

于金水说："以后我来就找你，但是我付全款，只做做按摩。另外我也劝你，挣点钱以后赶紧回家。你妈妈自己在家非常孤独，还带着病。回家以后，看看能不能找到一个更合适的工作。"

徐慧很长时间没有言语，头也慢慢低下来了。

于金水又说："我把我的电话给你，注意不要告诉别人。如果遇到什么难处，可以给我打电话。"

徐慧，一个最底层的女孩子，在家里除了病妈妈就是犯罪的父亲。在外除了打工挣钱，没有别的什么嗜好。除了有时候还挨些欺负，再也得不到别的什么。她没有想到在这里，在这阴暗的肮脏之处却遇到了……他要干什么呢？为什么呢？难道真像戏里演的，他要把自己"赎走"？徐慧觉得不可能。这位老板肯定有家室，也不可能拿自己当小三，因为他同情妈妈，让她回去陪伴妈妈。难道……

徐慧还真想不通，想不明白。后来于金水只要到这里，就点她。真像他自己说的那样，只享受按摩，然后付全部费用。有时候多付了钱，他也不让往回找钱。

# 第二十六章

因为一直没有钟启祥外出的消息，齐志林这几天像吃了耗子药，心里闹得像翻江倒海一样。一个开发区的领导这些年外出谈项目、参加各种商会，如家常便饭，怎么最近就……

咚咚咚，有人敲门。黄鼠狼推门溜进来，他面带喜色说："老板，有了。"

齐志林知道他要说什么，忙问："什么项目？到哪里去？"

黄鼠狼说："一个枣产品深加工项目，与韩国外商合作。韩国那边要到大连，因为选址没有定下，钟启祥准备前往洽谈。"

齐志林兴奋地说："这事已经定了？"

黄鼠狼说："钟启祥定去无误。"

"大——连。"齐志林一阵兴奋，从椅子上弹起，像恶狼发现猎物一般，直向地图窜去。到了地图前他伸着脖子，瞪大眼睛看着那个小红点说："大连，天助我也，太好了，这个地方老朋友最多。马上告诉雷子，让他盯住各大宾馆，看钟启祥住在哪里，到时候提前复制他的房卡。"

黄鼠狼说："这没问题，我已经和他联系了。"

"那好……"

黄鼠狼接着问："老板，大连这个地方……东北的那帮弟兄离得近，好下手。"

齐志林马上挥手，说："不，还是用山里面那几个。路方便不方便不在乎，关键是办事以后溜得越远越好，鼻子底下容易被嗅出味道。"

黄鼠狼说："那好，我马上和他们联系，那么我们这边的人用谁呢？"

齐志林皱着眉头说："那要看你黄鼠狼的本领，你心里还没有数吗？"

黄鼠狼挤了挤小眼睛说："事关重大，还是和你商量商量好，我想用菊花。这个人孤儿一个，从山里面爬出来，从湖里漂过来，这边没有一个熟人，就是没了也没人寻找，连身份证都丢了，还是咱给她补的证件。"

齐志林点头说："野花一朵，可以。你要摸准钟启祥到大连的具体时间，一旦弄准，马上行动，把一切都做在前面，不能有一点儿含糊。"

"放心老板。"

那天钟启祥与姜利焕在瞭望塔商议后决定通过招商引资，再上一家枣产品深加工企业。很快，旺城就专门开了一次招商会，旺城所有企业都参加。会上，把枣林产业优势和市场考察情况，予以通报。鼓励企业家解放思想，再创辉煌，向枣产品深加工投资。同时，要求大家积极对外联络，向国内外友好企业致信、发函，登门面谈，发挥企业家信息网络优势。并且旺城政府还与省、市及中央机关联系，撒开一张无形的巨网。

没过多少天，各种信息接踵而至。钟启祥给姜利焕汇报时，得意地说："这一手像是铺开一张网，更像是开启了无数雷达。这些雷达，扫描着天空中的每颗星星。终于有一天，一颗明星被发现了。"

姜利焕说："这驴子一撒欢，也挺有意思的，说话味道都变了。"

钟启祥嘿嘿一笑，说："俺官小，不敢说你呀。"

两人哈哈一笑。

旺城汽车消声器厂接到韩国汉江食品有限公司来电，该公司有意投资旺城的枣产品深加工项目。并且，很快派专人到旺城实地考察。经过几番谈判，旺城与汉江食品有限公司签订了投资意向书。但好事多磨，厂区选址总确定不了。他们通过考察，确定了三块地方，其中一块是在枣区。他们给出的依据是枣产品加工厂接近枣林，运输、联系方便。还特别给了另一个理由：建在旅游区，厂区也可以作为旅游景点。说起来这理由很充分，与旅游结合应该还是一个亮点。但是从土质环保等方面来说，这里是不允许建工厂的。就这样，厂址的问题迟迟没有定下。

这天，消声器厂的董事长万金和给钟启祥打来电话，说汉江食品有限公司的董事长近期要到大连。

钟启祥一阵欣喜，说："真的吗？消息确定吗？"

万金和说："确定，他们要在大连逗留四天，关于厂区选址的问题，我们是不是当面和总裁谈谈？"

钟启祥说："对，我也是这么考虑，这是个好机会。"

万金和说："我是否马上与他们沟通一下？"

钟启祥思考了一下说："不需要，我们赶过去，到了以后再联系。他们在选址问题上很固执，耽误了这么长时间。如果知道咱们赶过去，他们要是回避……不提前联系，我们大老远找上门，他们再忙也不可能拒绝和我们见面。"

万金和边点头边说："对。只要见上面，事情就有可能说透。我马上安排机票，同时了解一下他们预定的酒店，我们就在他们附近'埋伏'。"

钟启祥说："好。难怪万老板企业做得好，原来会打伏击战哪。"

万金和笑了起来。

钟启祥说："一定要把他们抵达的具体时间掌握好。"

万金和说："好，请放心。"

"嘟嘟……"

钟启祥刚撂了万金和的电话，又一个电话打了进来，他拿起话筒说："喂——"

"启祥，是我，金水呀。"

"金水呀，忙什么呢？"

于金水说："枣产品深加工项目怎么样了？厂址还没有定下来吗？我可又找了两个老板入股哪。"

钟启祥听了，大长脸一仰，朝着屋角露出了满面笑容。他说：

"金水，你不仅自己是个大菩萨，又拉着别人做菩萨，我怎么替枣农感谢你呀？"

原来，钟启祥在推动实施"百户枣农计划"时，遇到了像林道宽那样的邪家伙。并且，这样的人不少。无论怎么磨嘴皮子，向他们宣传入股的好处，都钻不到他们心里去。几句话就把人打发出来，口气好像他们通过电话一样，还是那句话："要是我的钱赔进去，谁来负责？你负责吗？"

钟启祥也非常理解他们。农民呀，虽然经过了改革开放这些年的洗礼，但也遇到过挫折，也有过失败。因此，小农意识在有的人身上，仍然根深蒂固。几辈子的农民，能从种植结构上跟上调整的步伐，承包枣林，新植上枣树，思想就算进了一大步。再让他们入股企业，没有实践，他们还真是云里雾里。可是，过了这个村就没这个店了。汉江食品有限公司是著名企业，实力雄厚。这次让枣农入股也是与他们反复解释，最后才答应的，人家不愁钱。要是今后企业落地，效益很好，肯定不会再扩股了。因此，钟启祥想到了于金水，想出了那么个馊主意。就是让于金水出钱，先买下部分股份。如果企业发展很好，他再动员那些没有入股的农民从于金水手中买股份。

钟启祥找到于金水，说出这个想法，然后自嘲说："金水，你看我是不是婆婆妈妈的，想得太多啦？"

于金水认真地说："咱们都是农民的孩子，为农民想多少、怎么想都有道理。你这个主意好，我掏这笔钱。"

钟启祥深情地说："金水，先替农民垫上钱占下股份，也是有风险的呀，你真是菩萨心肠。"

于金水说："有菩萨心肠的不是我，是你。为了农民，为了枣农增加收入，你看你这些年，不光是邪了，有时还疯疯癫癫、神神道道，什么法子都想呀。"

钟启祥没再说什么，只是嘿嘿笑了。

于金水持股的事，早就定好了。这次他又拉上两家企业，再买上一部分股份，以备有更多的枣农入股。钟启祥暗暗佩服，于金水一个农民出身的普通企业家，境界很高哇。

钟启祥在电话中告诉于金水："近几天汉江食品的董事长要到大连，我赶过去，争取把选址的问题解决了。那样，深加工项目很快就可以实施了。"

于金水说："好，祝你成功。"

钟启祥又说："哎，金水，是不是有桃花运了？听说跟一个酒店的什么人好上了。"

于金水听了，哈哈笑了起来，说："哎呀，启祥见面再说吧，我一百张嘴可能也说不清。我能背负好名，也有能力背负起不好的名声。不要紧，见面再说吧。"

钟启祥说："要是让嫂子知道了……"

于金水哈哈笑着说："你嫂子很清楚。"

钟启祥说："那就好，我说嘛，于金水绝对是正人君子。"

"哈哈哈……"两个人在电话中都笑了起来。

一年之后，枣农的股份真分了钱，于金水真的把手里的股份又原价卖给了枣农。这是后话。

大连是一座美丽的城市，又是一座开放的城市。这里，钟启祥不知来过多少次，谈成过几个大项目。这一次又来大连，钟启祥满怀信心。韩国的这朵"木槿花"，一定能够移植到旺城。

可是钟启祥没有想到，这一次有一个深深的陷阱在等着他。如果掉进这个陷阱，他的荣誉、事业、幸福家庭……就会毁于一旦，一位党的好干部就会葬送。那曾经名扬旺城，甚至东州的四大名旦，掉进这个陷阱，就有可能获得比那四大名旦更响的名声，但却是臭名昭著了。

因为韩国的客商下榻丽宏国际酒店，为了方便，钟启祥他们也住在这里，钟启祥的房间号是1709。

在钟启祥还没有到大连之前，齐志林就急急忙忙"调兵遣将"，派他们提前来到了这里，住在离丽宏国际酒店不远的另一个酒店内。几路人马从不同的地方汇集到大连，但是他们互相之间，不到时候不见面。

这里面有一个从山里出来的男子,叫张华。中等个,方形脸,最明显的标记是额头右侧一条一寸长的伤疤。吸毒、抢劫、盗窃……监狱是几出几进,彻头彻尾的亡命之徒。这是齐志林命令黄鼠狼通过招兵买马,暗中掌握的邪恶分子。

菊花——自称真名为金凌,是不是真名谁也不知晓。在黄鼠狼的手下,就一直被称菊花。这个菊花面目清秀,有几分姿色,看上去文文静静,说起话来却声如鞭炮,满嘴脏话;笑声风骚刺耳。她的父亲吸毒,和母亲几乎天天打架。为了逃避这个环境,菊花很早就外出打工了。听说在一天夜里,她父亲又吸毒过量,和母亲动起了菜刀。两个人搏斗半个小时,同归于尽。这个消息,她是在父母死去几个月后才听到的,因为村里的人和亲戚都找不到菊花,不知她的去向。菊花听到这个消息,一滴眼泪也没有掉。她有预感,这是迟早的事情。她被骗到一个湖心岛里当服务员,后来坐着破船向外逃,因为被老板追,船翻了。她连漂带游爬上了岸,身份证和钱全部打了水漂。穷途末路的她,几经辗转成为黄鼠狼的手下。她身无分文,也没有证件,黄鼠狼便给了她几个钱,又通过关系,用金凌的名字办了一个身份证。因此她对黄鼠狼感恩戴德,为他贡献一切都心甘情愿。

黄鼠狼分别给手下交代任务。菊花只知道去1709房间拉拢一位姓钟的官员。这位傻乎乎的姑娘,别的什么也不知晓,也根本没往别的方面想。因为勾搭男人和男人鬼混,对她来说是家常便饭。她不可能想到办完此事后命丧九泉,从此在人间消失的结局。她兴高采烈地乘坐飞机,从北京赶到了大连。

如意算盘是这样:张华在菊花进房间之前和菊花喝酒,酒里放上药。张华,是杀人害命的凶手。

菊花喝酒以后,在钟启祥没进屋之前,先进到1709房间里。

菊花进到房间以后,不能坐在客厅里或者床上。那样,钟启祥一进门就会发现。他发现了,很可能马上退出,招呼其他人员过来。这样抓不住把柄,行动就彻底失败。菊花进去以后,先藏在衣柜内,让钟启祥发现不了。待钟启祥把别人打发出去,把门锁好,菊花再……

对菊花丧命的时间,齐志林进行了精心算计。因为钟启祥一般晚上陪客人吃饭后,不参与什么活动,也就回房间看电视。九点左右,是比较准确的时间。

菊花九点左右,在钟启祥进房间之前先藏好。钟启祥进去以后,菊花不能立刻出来,要等上半个小时。这半个小时,给人的印象就是一切事都办完了。半小时以后菊花出来,就是这个时候菊花立马倒下,那也成功了。菊花要一丝不挂从橱柜里出来,钟启祥肯定也穿得单薄,让菊花拿着手机自拍。

黄鼠狼说:"带毒的酒,要让菊花带进去,造成一种她和钟启祥在一起喝酒的假象。这就更妙,这就是钟启祥杀人灭口了。"

齐志林说:"对对,这个主意好。弄上两瓶拉菲。这张华一定要掌握好量,让菊花喝得适量。"

这帮坏东西,挖下了陷阱,又在井内布满了毒箭。他们穷凶极恶,丧心病狂了。齐志林瞪起小眼睛,攥起拳头,啪地打在桌子上说:

"好,一切安排好。就算时间把握不准,毒药发作早,但只要菊花进到屋里,倒在钟启祥面前,死在橱柜里也无妨。只要从钟启祥的房间里弄出个死人来,并且是个女的,那就成功了。钟启祥就说不清。他的名、他的官、他的利……哈哈……"

西边那片晚霞终于消失了。夜幕下的大连更加美丽,五颜六色的灯像多彩的丝线,勾画出许多大楼的轮廓,老虎滩沿海的灯光像条龙一般。俯瞰世纪广场像一个巨大的宝盆,广场上的灯像整齐排放在宝盆里的夜明珠。大海结束了一天的喧闹,变得那么温柔,起伏的波浪为这座城市唱着催眠曲。

在这温馨美丽的夜晚,有谁能想到,一场阴谋正在酝酿。待到明天太阳升起的时候,有可能爆发出震惊全市的特大桃色新闻。

八点多了,张华才叫菊花去吃饭。菊花不满意地说:"什么屁大的事,连饭都耽误。我肚子乱叫,跟怀着双胞胎一样,被乱踢乱踹的，都快饿死我了。"

张华说："老板说过不能早吃饭，喝多了酒，到时候误了事怎么办？"

菊花一撇嘴说："我的外号是'菊一瓶'，鬼喝醉我也躺不下，小瞧人呢。哎，你额头上怎么有那么大个疤瘌？"

张华随手摸了一下伤疤说："狗爪子挠的，这还看不出来。"

然后，张华拿过酒说："好了，好了。现在让你解解馋，顶级红酒——拉菲。"

菊花一看就口水直流，可还是说："红酒哇，和泔水汤子一个味。"

张华故作惊讶地说："这是世界顶级红酒。"

菊花说："真的吗？我平常喝的都是卡斯特。"

张华笑笑说："卡斯特？档次也不低呀。"

打开酒，菊花就哗哗倒了一杯。

张华又故作委屈地说："老板看重你，只拿了两瓶拉菲，光让你喝，让我喝这长城干红。"

菊花喝了一口酒说："怕什么？你也弄点拉菲喝喝。"

张华说："开玩笑的。老板不是交代过了，要带进去一定量的拉菲，能让人看出他生活的腐化。要是全喝完了，那就没劲了。老板还交代过，你进去之前只能喝多半瓶。剩余的都带进去，好造成你们在里边喝拉菲的假象。"

菊花不以为然地说："还不知那小子喝不喝酒呢。"

张华随手又摸了一下额头上的疤说："好了好了，反正有你喝的，进去之前只能喝多半瓶。喝多了把事情办砸，怎么对老板交代？"

菊花说："好好……像猫一样舔着喝。"

菊花慢慢喝着，喝完一杯以后又拿起瓶子把酒杯倒满。在不到半小时内，菊花按照计划喝了多半瓶。张华看看表，已经接近九点钟了。

一阵刺耳的爵士音乐传来。

算得真准。张华的手机响了，手下人告诉他目标已经向宾馆走来了。张华赶紧让菊花把两个酒瓶收拾到她提前准备好的袋子里，然后菊花喷着酒气上楼了。

菊花上到17楼，打开了钟启祥的房门。

张华早已交代她，里间有一个橱柜很大，能够容得下她。她经验丰富得很，开门后，她没开大灯，用手机的光亮照着路，来到里屋的橱柜前。打开橱门，先把衣服脱光，然后连衣服带酒，一起随她塞进橱柜里边。

菊花哪里知道，她在表演一出危险的魔术——大变女鬼。她进到橱柜里时是人，出来时就变成鬼了。

晚上陪着客商吃完饭，万金和领着客人活动去了，钟启祥自己打的回到丽宏国际酒店。

这几位韩国的老板还真是好酒量，钟情中国的五粮液，钟启祥也跟着喝了不少。晚上在酒席上，钟启祥又把旺城开发区的基本情况，如落地政策、服务政策、优惠政策等对客商进行了更详细的解释。他们对很多问题进行了详细的询问。钟启祥一一作答，明确实在，董事长朴智太对他说的情况很感兴趣。

酒席散场以后，因为万金和他们陪着客商去玩，钟启祥没有再叫其他人陪同，独自一人进了酒店。电梯轻松地把他送到17楼，他打开1709的门，先插卡取电，打开了电灯。然后脱去西服，解下领带，换上拖鞋。他没有那么讲究，在客厅里脱的衣服随便扔在了沙发上。

这时已经九点多了，他打开电视。央视新闻频道重播《新闻联播》，钟启祥心想，可惜过了九点，没有看到内容提要。随后他烧上水，茶杯里放上茶，坐在沙发上。这一系列的动作都是在客厅里完成的，他没有进入卧室。平时出来他经常住酒店，对酒店的设置、装修也不感兴趣，心里充满着谈判成功的愉悦，可谓心花怒放。

看了一会儿，可能电视里没有什么重要内容，他起身来到卧室打开灯。

一切都比齐志林想象的还要顺利。

钟启祥打开灯进了卫生间，小解了一把。马桶里的水，哗哗的还没有冲完，他就随手打开淋浴喷头，然后解开腰带。

钟启祥站在淋浴喷头下，享受着流水的冲洗，周身舒服。他双手合起，从下巴开始向上推进，然后越过头发摸到了后脑勺。这是洗澡时一种自然的按摩动作。也幸亏他是个大长脸，要是个小圆脸，一下子就被双手全给捂住了，哪还有从下巴向上推的余地。

这时钟启祥又犯了那个老毛病——躯体和头脑分离。每次闲下来，他的脑子还总是回到工作上。思路一丝一毫离不开项目上的事，就像高铁的车轮与道轨分不开一样。

此时，他正沐浴着，思绪却又回到谈判桌上。谈判过程的每一个细节，都像电视屏幕一样显现出画面。

宾馆会议室里，墙壁上挂满了图纸。会议桌上放着一个投影仪，墙上挂着的屏幕，显示着旺城的地图。

汉江食品有限公司董事长朴智太，走进会议室。他高个子，方形脸，那双眼睛炯炯有神，满头的银发，特别引人注目。他瞥了一眼墙上的图纸和大大的屏幕，微微一笑说："怎么像进了作战室一样。"

他的话，经过崔翻译转述以后，屋里的人都笑了起来。

钟启祥赶紧上前和朴智太握手，并说："欢迎朴董事长，老天赐予我们这么好的机会，能在这里和你见面，非常荣幸。"

朴智太说："我很激动，你们跑了这么远，跨海飞到大连和我见面，说明我们的生意前途广阔。"

钟启祥说："这是应该的，有机会我还要到韩国你的总部去拜访你呢。"

朴智太指着他身边的崔翻译说："崔翻译记住了，安排好，我会热烈欢迎的。"

钟启祥说："谢谢啦，请坐，朴董事长。"

各自就座以后，钟启祥说："为了把选址的问题解释清楚，今天我把旺城、旺城开发区及周边环境的地图、图纸全部拿来了，挂在墙上，用投影仪播放。朴董事长，我有决心，一定让您听清楚、看明白。"

朴智太说:"好啊,我期盼的就是这些,那咱们开始吧。"

钟启祥利用投影仪对旺城的地形地貌,以及旺城开发区的规划情况,特别是汉江食品有限公司选的三块场地,进行了详细解说。

然后,钟启祥说:"朴董事长,除了你们选择的这三块场地,我又专门推荐了一个地方。这个地方,两边环路,一边紧挨着一小片枣树林。这里远离市区,交通方便,空气新鲜,更有利于食品加工。我把这里的图纸放大,您再详细看看。"

说完,钟启祥一边操作投影仪,把图纸放大,一边说:"朴董事长,你们在枣区建设厂房的提议,已通过各种渠道反馈给你们了,我们的规划不许可,非常抱歉。我给你推荐的这个新地址,应该说非常完美,是块宝地。"

看完了投影,钟启祥又带领朴智太走到挂图前面。钟启祥指点图纸,向朴智太进一步介绍着他推荐的那块土地东南两个方向的路况,靠北的林地……朴智太脸上露出了微笑。

钟启祥在卫生间,尽情享受着沐浴的快乐。他又抬起胳膊,用双手前后扒着头皮,那动作匀称得像机械手臂在做活。扒一阵停下来,他闭眼站直,单单享受那流水的洗礼。这水似乎变成了牛奶,落在皮肤上那么轻柔;这水似乎变成了兴奋剂,冲在身上让人精神那么振奋。

朴智太听完介绍,对钟启祥新推荐的场地很满意。他说:"好,我这次到中国来,本来没有到旺城的计划。不过听了钟先生的介绍,我像一块铁被磁石吸住了。我决定办完大连的事情,马上到旺城去一趟,实地看看你给我推荐的那块宝地。"

钟启祥说:"那太好了,我这块磁石,准能把你吸住、吸牢。"

听景不如看景。应该马上把朴智太带到旺城,如果到了实地考察,他会更受鼓舞。枣产品深加工项目已经在握,这朵"木槿花"落地旺城没什么问题。这个加工厂,可以生产枣露、枣糕、枣酱、枣脯等一系列产品。旺城各乡镇的枣果,都可以被它"吃掉"。它的投资成功,为旺城致富奔小康的大计划增加了新动力。钟启祥又想到苇帘产业已在全市普及。还有更多的项目惠及民众,高质量的小康大道越拓越宽了。

钟启祥把淋浴喷头的开关向热的方向动了一下,那滚烫的热水冲击而来。只有几秒钟的时间,钟启祥嘴里发出"啊"的一声,赶紧缩身躲到水流之外。兴奋之余,他故意享受了一下这滚烫的滋味。

这时,橱柜的门慢慢开了。门开以后,菊花并没有马上出来,而是闭着眼睛坐了一会儿,然后懒洋洋伸出了腿,着了地从橱柜出来。这时,赤裸裸的人,鬼影般显现在屋里。

她早就憋够了,这橱柜虽然宽敞,但是不能乱动。以菊花的脾气,恨不能一下子砸烂橱柜,逃出这憋死人的牢笼。好在,钟启祥先在客厅里看电视,又到卫生间里洗澡。她这边有什么小动作,弄出点动静,在客厅和卫生间里也听不见。

不过这个时候,菊花已经感到头晕了,困乏无力。浑身像绑了绳子,各个骨节像长了锈,似乎眼皮都增加了分量,睁眼都那么费力。手机抓在手里,就像抓了一块整砖。她晃了晃昏沉沉的头,还以为是自己降不了这外国名货拉菲呢。

她来到卫生间推开门,肩膀就倚在门框上,看着钟启祥。钟启祥人高马大,体魄健壮,腿和胳膊上的腱子肉,比得上体操运动员。从淋浴喷头冲下来的水,顺着钟启祥的躯体快速落到地上,就像一串串小玉珠,从身上滑落。

钟启祥是脸朝里,左手在下,右手在上,抻着一条毛巾搓后背。哗哗的水流声,使他没有注意到身后的动静。他搓完背,把毛巾搭在衣物架上转过身来。眼前一个披头散发、赤身裸体的"怪物"斜倚在门框上。菊花在笑,由于药酒的作用,她周身难受,面目上的每块肌肉都不听使唤了,笑得更加狰狞,《西游记》里的女鬼一般。

胆大包天的钟启祥也吓了一跳,手不由自主地抓住了淋浴间的扶手。片刻,他赶紧伸手抓起一条浴巾,系在腰间固定好,接着大声呵斥:

"干什么的！滚开！"

菊花仍然斜靠在门框上，还是咧嘴笑着。笑得脸蛋上的肌肉和嘴角一点儿也不协调了，面目更加恐怖、瘆人。钟启祥也不好上前推搡，仍然怒目而视，斥责道：

"滚开！"

只见菊花右脚向卫生间里挪动了一步，然后笨拙地转过身，缓慢地伸出胳膊，手机上的摄像头对着她和钟启祥。咔嚓咔嚓……

本来她想上前抱住钟启祥，可是照完相转过身，她双腿像是没有长在自己身上，躯体像一根被爆破的烟筒，小腿松软，慢慢地由上往下坠。随后她歪倒在卫生间里，脸朝上，嘴里吐出了鲜血。

"爆炸"了，丽宏国际酒店"爆炸"了。

这爆炸产生的冲击波，冲击着整个大连，并且冲出大连，隔着渤海湾冲向东州冲向旺城。用齐志林的话说，这股冲击波一直冲到外国——韩国。因为前来谈判的客商，第二天一早就知道了这个消息。因为破案需要，客商也被滞留大连好几天。

公安人员进入丽宏国际酒店1709房间时，钟启祥已经穿好了衣服，头发还湿漉漉的，没顾得上吹风。菊花的衣服散落在橱柜里，两瓶拉菲有一瓶没有打开。那少半瓶酒从橱柜里滚了出来，倒在地毯上，像鲜血流了一片。菊花赤身裸体，歪躺在卫生间里。嘴里吐的血，已顺水流遍了整个卫生间。

菊花的手机里，留下了她和钟启祥赤裸裸的照片。但是由于卫生间窄小，菊花的手臂不那么听使唤，忙乱中拍的照片，有的是她和钟启祥的头，有的只照到了半身，照片中的人像残缺不全，没有一张完整的二人照。

没有别的可说，钟启祥被公安局扣留，并且公安机关通知旺城市委，让他们马上派人员过来处理案件。菊花的尸体被抬进医院解剖，结果是——中毒死亡。

大连大大小小的媒体都报道了丽宏国际酒店的死人案件。至于是他杀、自杀，还是什么其他原因，这些新闻稿件没有说清，只说

"案件还在侦破中",只是客观地把现场情况反映出来。

东州、旺城,不可能在官方的新闻媒体上报道这个案件,但是网络、底下小报却大量传播。舆论,像那年日本的大海啸,把旺城冲得稀里哗啦。会前会后,餐前餐后……人们坐在一起谈论的都是钟启祥,这比那"四大名旦"议论的频率高得多。特别是网络上更是讨论得一塌糊涂。

> 中共旺城市委常委、开发区管委会书记钟启祥,在大连与情人会面时发生纠葛。钟启祥杀人灭口……
>
> 钟启祥利用外出机会,夜寻小姐被讹诈,小姐以死相逼,钟启祥被公安拘留……
>
> 泡小姐、喝拉菲……钟启祥的真面目?
>
> ……

# 第二十七章

一天深夜，徐慧打发完客人，回到房间躺下就睡着了。忽然手机响了，她睁开眼打开手机。屏幕上显示的是姑姑的电话，徐慧心里一惊。这个时候姑姑打来电话，肯定又是家里出事了。

"姑姑吗？有事？"

姑姑在电话里说："慧儿，你妈妈今天在外骑车拉东西时摔倒了，心脏病发作，已经送到医院里了。"

徐慧的眼泪唰地流了下来，泣不成声。

姑姑说："慧儿，别哭，不大碍事了，我本来不想给你打电话，可是你妈妈总流泪，总想让我给你打电话。"

徐慧问："姑姑，我妈现在怎么样了？"

姑姑说："没大事了，病情已经稳住了，你放心好啦。"

徐慧听到这儿，立刻就想要回家。她说："姑姑，我马上走，马上回去。"

姑姑说："不用，有我在呢。已经是深更半夜了，不要着急。你妈好想让我告诉你一声，我就打了这个电话，没事，没事的。"

徐慧一边接电话，一边下床。

一会儿，姑姑又打过来电话，说不让她回去，她妈妈没有危险了。可这时的徐慧，哪里还听得进去。

她走出酒店，在门口转来转去。她想，姑姑只是个卖糖果的，家务事也很多，更别说有多少钱。妈妈住院这么大的事全压在她身上，她怎么能够受得了？马上走。可是这漆黑半夜的，车，车怎么办？钱，钱也不多呀。想着想着，她拨通了明杰的电话。可是电话里传来"对不起，您拨打的电话已关机"，明杰的电话不通。

她把手机挂掉，在街道上转了起来。这个时候马路上没有行人了，各家门店也都关门了。偶尔有车风驰电掣般地穿街而过，留下一阵浮尘。她想到公共汽车站，可是怎么去呢？打车？那时一个县级城市里，没有通宵的的士。拦车？三更半夜的，即使拦到车，人家也可能以为是作案的，怎么会停下呀？徐慧望着长长的街道，闪烁的路灯都望着她。似乎它们都不理解，为什么这个时候这个女子还要走出家门？冬夜飕飕的冷风，似乎也在驱赶着她劝着她赶快回到屋里。天太冷了，她打了一个寒战。

怎么办？她打开手机，找到联系人条目，滑动屏幕时，忽然"于老板"三个字出现在眼前。于老板……于老板真的能像他说的那样吗？有事他肯帮助我吗？和于金水相处的情景，一幕一幕出现在眼前。但是进到那个肮脏地方的人，哪个不是花言巧语？可是……可是他为什么不和我……难道他有什么毛病？他真的能够帮我吗？不，不可能。

想到这儿，她又把手机关上了。她不再走动，像半截树桩戳在那里，眼睛直愣愣地望着天空。忽然远处传来一声爆竹的声音，徐慧下意识在脑海里数着"一"，紧接着又响了一声，她脑海里又出现了"二"，是不是还有"三"呢？真的，天空中又是一声炸响，第三声响了。她的心一紧，在老家半夜里三声响表明有丧事。难道这里的习俗，也和我们那里一样吗？难道这天空中的炸雷声，是在向自己传播信号吗？徐慧的脑袋轰的一下，像那天空中爆炸的雷子。她又想起于金水的话：

"按你的岁数，应该叫我叔叔，我比你妈妈都大。你出来干这种行当，是为了给你妈妈治病，养活你妈。不知怎么的，我心里有那么一种隐隐的痛，你知道吗徐慧？"

她不再犹豫，又打开手机，拨打了于老板的电话。一阵轻快的音乐过后，里边传来了从睡梦中刚醒来的声音：

"怎么啦徐慧？这个时候来电话？"

徐慧没有立刻回答，里边又说话了："怎么啦？说话呀。"

她开口："于老板，我、我姑姑打来电话，说我妈妈心脏病复发，住院了。"

电话里略微静了一会儿，接着又传出了声音："哦，是想回家吧？"

徐慧说了一个字："是。"

于金水在电话里说："哦，我明白了。好的徐慧，我在外地，你在什么位置告诉我，你等一会儿……"

"你在外地？那，那就不麻烦你了。"

徐慧打断了于金水的话。可是于金水接着说："那你怎么回家呀？深更半夜的，还是告诉我你的位置，我一会儿叫车去接你。"

徐慧没再说什么，把她的位置发了过去。

于金水的一个朋友开车把徐慧送到了东州火车站。

姜利焕最近焦头烂额，常常火冒三丈。

他在钟启祥出事当天夜里就得到了消息。那天他已经躺下休息，睡得很香。梦中枣产品深加工项目落地了，他正和韩国汉江食品有限公司董事长在热闹的场面中剪彩呢。电话声打断了他的美梦，是公安局局长打过来的，说钟启祥出事了。

"什么？钟启祥出事了？"

他是坐着接电话的，听了以后，唰的一下把盖在身上的被子撩开，噌一下站在了地上。

电话里说："是大连公安局刚刚传过来的消息，说从现在掌握的现场情况看，是钟启祥嫖娼，并且死了人。"

姜利焕喊道："什么？还死了人？"

电话里说："是一个女子，死在了钟启祥住的房间里。"

姜利焕疑惑道："女子？死在钟启祥住的房间里？"

电话里又说："钟启祥现场就被控制了。"

……

接完电话，姜利焕愣愣地站了好一阵子。这突然闯进来的消息，就像半夜三更突然闯进家的盗贼，让姜利焕意外、震惊、疑惑……

在他的手下，如果钟启祥这样级别的人物陷入桃色事件，还因此死了人，他这个领导责任可就大了。不谈什么责任，就是从同志们之间的感情来说，姜利焕也是无法接受的。他反复思考，这可能吗？钟启祥是这种人吗？想来想去，总不相信这是真的。这飞来的横祸一定有缘由，很可能是陷害，因为在德意仕友和机械配件集团的案子当中，钟启祥着实坐在了火山口上。过去他一次次遇到阻挠、冲击，现在很可能……对，一定是陷害。他曾经提醒过钟启祥，他相信钟启祥。

那么真相是什么？这又不是一天两天可以弄清楚的事。这时，他鼻子哼了一声，眼睛又瞪了起来。正是因为一天两天说不清，对手的这种手段才真是恶毒哇。他让你说不清，道不明；让你人仰马翻，臭屎一身；让你怎么洗也洗不掉，洗掉了臭屎，味留在身上，也让你顶风臭个几公里。更何况还死了人，死了一个女子。这是天有不测风云？不可能，这是必然结果。想到这些，他对钟启祥更充满了信心。

可是……这一次，钟启祥去大连是和汉江的董事长见面，这下……那深加工企业还能不能……唉，先不想这些。钟启祥现在……现在那边怎么样了呢？

钟启祥早就坐在拘留所里了，一个完全陌生的环境。陌生无所谓，虎狼之地也敢闯的他，没有一点儿惧怕。只是一想起这是安置什么人的地方，心里就恶心、厌恶。全身似乎就放射出无限的力量，想喷射出去。没办法，依照法律程序，不管是哪一级的领导，总还要拘留的。昨晚，钟启祥在卫生间转过身，看到那恶魔一般的形象时，脑海里显现的念头，还是这只是一个卖淫小姐的鬼把戏。没想到一眨眼的时间，她就瘫倒在地上，并且口里吐出了鲜血。几秒钟，就制造出了一宗骇人听闻的桃色案件。但他心里有底气，在水里泥里摸爬滚打的他，对法律还是充满信心的。没有这么强大的心理，他那个邪劲，也不会一次次在那么多压力之下还能耍得出来。

这会儿，他倒能真的静下心来考虑一些问题了。他扫了一眼白白的墙壁，望了望那一块蓝蓝的天。头脑里那根弦只要稍微波动一下，齐志林就出现在眼前。德意仕友和机械配件集团的案子，从开始调查到现在，齐志林施展的一个个招数像一发发炮弹，总是向他袭来。从不断说情，到请出大领导……再后来，竟然又来了一封王海江的信件。假的，现在可以断定了，肯定是假的。为了把这火扑灭，他不惜使上一切手段。然而这次又把火烧大了，烧成了熊熊烈焰，烧到了钟启祥的头上。这个假洋鬼子，他的黑幕确实很厚，他的黑洞确实很深。假洋鬼子实际是真鬼，真正的妖魔。斩断他的手臂，他又长出了魔爪。砍掉他的脑袋，他又长出了魔头。一招接着一招，一式接着一式。这是他的秉性。

依照程序，几天来对他审问了几次。面对审讯人员，钟启祥非常平静。在第一次把他带到审讯人员面前时，他那张大长脸上，没有一点点的波动。他环顾了一眼审讯他的每个人员，心平气和地说：

"我清楚，按照程序，我必须面对今天的场合。但是我必须说清楚，在到大连之前，我负责调查一个事件时，已经得到了他们要报复的信息。没料到他们在这个地方动手，他们这样恶毒。当然，事实还有待于进一步查证。但我确信，我受到了陷害，这绝对是陷害。"

话虽然这么说，但有什么证据让人相信？审讯人员继续听钟启祥陈述。钟启祥又详细诉说了在旺城调查时的具体情况。

"根据他们在宾馆里如此险恶的安排，又根据他们在旺城的种种表现，我肯定，是他们下的手。我已经说过了，我已经得到了这方面的信息。我调查那个事件时，受到重重阻挠。我们旺城的市委书记姜利焕同志提醒过我：防备狗急跳墙。我的好友也提醒过我两次，并且他已听到了风声。但是，我不能因此停止工作。因为要招商引资，我不能不外出。明枪好躲，暗箭难防的道理，也就体现在这里吧。"

这话听起来逻辑性很强。但是，还要看证据，对方到底是不是下了手？一切的一切都要用证据说话。弄清这一切得需要时间，就像孙悟空扎进太上老君的炼丹炉里，得需要时间，等时间。就是认定是清白的，不走完程序，你也只能看那一小块蓝蓝的天。钟启祥哪里等得起，可是又有什么办法呢？

钟启祥的妻子郑方玉和女儿都想从旺城赶到大连。但是考虑到事情还没有弄明白，她们过去也没什么用处，因此市委领导没让她们一同前往，占广田坚决要求跟了过去。对儿子占培杰的一些事情，占广田只知其一不知其二。这次齐志林的阴谋，占培杰都不清楚，占广田当然一点儿也不知晓。他见到钟启祥的时候，不免热泪流满了双颊。一个叱咤风云、呼风唤雨的"邪家伙"，竟然蹲在这等地方。这是真的吗？可能吗？占广田心里也充满着疑虑。钟启祥这个人，他是了解到骨子里的，他不可能有什么男女方面的事情。但是谁在害他呢？去年以来，德意仕友和机械配件集团的案子翻来覆去的，没有撂下，难道是他们？哎呀……难道培杰也跟着？占广田不敢想下去了。但是他又想，也可能不是他们吧。占培杰绝对不可能，齐志林会把从小的朋友往死里……占广田对齐志林的认识，还没那么深刻。或者说，周围的亲戚朋友，都没有人认识到齐志林的凶狠毒辣。只看到了他掀天扑地、投机钻营，假洋鬼子那一套罢了。

这几天，没有会议、没有人向他请示工作的时候，姜利焕就在办公室里来回溜达。他的办公室只有三十来个平方米，但是他踱来踱去，好像脚下的这条道路漫长而遥远。那思绪，总被"呼叫转移"到那个惊天桃色大案当中。大连传过来的有关钟启祥的每一条信息，就像手机、电视等产生的无数道无线电波，时时刻刻缠绕着他。他的脸似乎变得更黑，更憔悴了。他的眼睛似乎瞪得更大了，但大眼睛里透出的是焦虑、急迫。

方方面面他都打过招呼，采取了措施。但还是要以弄清事实为第一位，无论平时如何"呼风唤雨"，到了具体办案人员手里，弄清事实的难度可想而知。姜利焕的想法和许多人，包括钟启祥一样——快刀斩乱麻。如果事实确凿，该处分处分，该负刑事责任负刑事责任，一切事情尽快了断，该干什么就干什么。可是事情的发展，与人的想法总是不那么合拍。总是需要时间，需要等待。

"十五的月亮……"姜利焕的手机响了。

《十五的月亮》这首歌的节奏是温柔舒缓的。当一个地方的领导整天要应对这情况、那任务，甚至突发事件……电话像催命鬼般一个劲地抓住他不放。姜利焕的手机之前的来电音乐是一首舞曲，叮叮咚咚，节奏快，听起来还有些恐怖。他烦躁地把秘书叫来说："给我改了，改个温柔舒缓的。本来电话就多，这段音乐听长了，非把人的精神摧毁不可。"

因此，秘书经他同意，改成了《十五的月亮》。今天这歌虽然动听如初，但是姜利焕心情烦躁。就像歌手在舞台上把歌唱砸，让台下的人无比地懊丧，他眉头一下皱起来。但电话总是要接的，他还是接通了手机。

他只说了一个字："谁？"

电话里面说："姜书记，我是于金水。"

姜利焕一怔，又问："有什么事？"

"我想和你见个面，当面说。"

当面说？又是这"四大名旦"里的一员。这几个人真想闹个天翻地覆呀，这于金水不言不语的，又要干什么？姜利焕心里有些不耐烦，只说了两个字："来吧。"

等了一阵，于金水被秘书领进了办公室，姜利焕坐在椅子上一动没动，只是撩了撩眼皮，似乎屋里还是他自己空坐着一样。于金水先向姜书记问好，寒暄了几句。但是姜利焕一句也没有听到耳朵里。只想着他来的真正目的——来干什么？

于金水看懂了姜利焕不耐烦的黑脸蛋子，本来他心里就像大水漫屋顶一般着急，也就不再寒暄。他推了一下眼镜框，直截了当地说："姜书记，钟启祥是被陷害的。"

"什么？什么……"

姜利焕唰地从椅子上站起来，像飞行员被弹出座舱一样快速。所有的表情和刚才对比，简直就像换了一个人。

于金水毕竟是老闷儿秉性，虽然满脸上火苗乱窜，嘴还是像老牛破车似的说："他，遭……陷害了。"

姜利焕立刻又如一包火药被点着，瞪着眼连连追问："你怎么知道？从哪里来的信息？有证据吗？"

于金水只回答:"有。"

于金水和齐志林很铁,这是众所周知的。

于金水在发展企业过程中,得到过齐志林的很多帮助。又是一个村子的,从表姑的公公那里说起,也能串上什么亲戚,于金水要喊齐志林一声表叔。其实这八竿子才打着的亲戚关系不重要,关键的是受人恩惠,于金水不会忘掉。齐志林在旺城出出进进,有些场合总爱拉着他。一来齐志林好热闹,不愿孤单。从另一个角度说,成天掺和在一起,也显得不势单力薄。可以说只要齐志林在旺城,他们两个总会形影不离。有人请齐志林吃饭,那么他一定会拉上于金水。于金水有什么聚会,也肯定通知齐志林。有一次在一个场合上,占广田听到齐志林又吹嘘他和于金水的关系,号称比得过亲兄弟。占广田说:"表面上差不多,但绝对不是一路人。"

占广田这话说得很对,也是心里话,事实也是这样。于金水从小苦读好学,凭自己的本事拼杀奋斗,创建了自己的家电王国。他没有齐志林那种钻空子、扒关系、处处找好处、吃政策的假洋鬼子习气。

于金水三天两头和齐志林泡在一起,齐志林的一些想法、计划、活动,无意当中在于金水面前透露出来。甚至有些个人私密之事,于金水也知道一二。

一天晚上,齐志林叫着于金水喝酒。参加的有黄鼠狼,有明杰,也就是引导徐慧来到旺城的那个领班,还有其他几个朋友。酒场上,说起了钟启祥对德意仕友和机械配件集团的问题穷追不舍。齐志林大骂钟启祥,说他不仁不义,为了继续再往上爬,就找台阶,找肩膀。就要登着这个台阶,踩着那个肩膀向上攀。齐志林咬牙切齿,说绝对不能让他成功。于金水感觉,这个时候齐志林对钟启祥不仅是不满,还恨上了他,并且恨得要死。

于金水喝多了,晃晃悠悠离开座位。他也不管这酒场进行到了什么程度,躺在屋里的沙发上打起了呼噜。别人说他耍熊,他似乎一点儿也没有听到,仍旧唱着"呼歌"。酒席结束以后,齐志林把其他人打发走，把黄鼠狼和明杰留了下来。因为少了很多人，黄鼠狼和明杰又像往常一样，静候着齐志林，看看他还有什么指示。这个时候，齐志林不发话，黄鼠狼和明杰只能恭恭敬敬地等候。

屋里一下子静了下来。

传说一个人看着机器浇地，经常就在机器嘟嘟嘟的响声下呼呼大睡。有一次，机器出了毛病突然停止工作，这个人一下子醒了。也就是说，人只要适应了环境，即使在一种嘈杂的环境下也能入睡，但如果这嘈杂的环境突然消失，生物钟就会提醒人迅速醒来。刚才屋内乱哄哄的，于金水呼呼大睡。忽然屋里静了下来，他和那个人一样，也突然醒了。于金水咽了一口口水，嘴里还打着呼噜，但是神智已经清醒。

这时，醉醺醺的齐志林恍惚感觉那五十几度的大曲，在体内好像被点着了，火苗随着每根毛细血管往外窜。他瞥了一下躺在沙发上"呼呼大睡"的于金水，以为他真睡着了，因此什么也没在乎，满嘴脏话，把钟启祥骂了个体无完肤，然后说了句：

"想办法弄死他。"

于金水听到这儿，心里一紧，随之嘴里又呼呼两声。齐志林又向这边瞥了一眼，黄鼠狼摆摆手，努了努嘴。那意思是说，这消息你的好朋友也不可以知道。齐志林在醉意中抹了一把脸，又斜眼看了看于金水，摇头示意他还在睡。

他们的声音更小了。

于金水回到家里，一夜没有睡好。"弄死他"这三个字像一只魔爪，不断地伸过来，抓他的头颅，掏他的胸膛，挑逗他的神经。睡梦中，他的心被爪子掏了出来，鲜血流了一片；头颅被抓破，脑浆流了一片。

于金水被吓出一身冷汗，醒了。

死的意思是什么？是让他在名誉上死去，还是真的让他失去生命？不，他们不敢杀人害命。所谓的死，就是毁坏他的名誉罢了。但是，即使只是让钟启祥脸面扫地，那也是绝对不可以的。那么他们会怎么办呢？造谣惑众，上告诬陷……从政治上、经济上、生活作风上……

　　黑夜里，于金水翻来覆去挖掘着记忆，回忆在他继续装睡以后，他们三人说了些什么。如果齐志林说的"弄死他"只是一句气话，那也就罢了。但黄鼠狼说"正在安排……"。他们都要安排了，安排什么？怎么安排？可能是真喝多了，于金水的头有些疼。他双手使劲按着头，逼着自己使劲想。他们真的有这样的安排，这样的邪念？

　　天还没有亮，于金水就给钟启祥打了电话，把他所听到的内容和各种疑问，全部告诉了钟启祥。钟启祥说："谢谢你金水，我和姜书记早就有这个预感了，但是他们在什么时间用什么方法报复很不好弄清楚。你和齐志林经常在一起，你就注意观察吧。"

　　"好的。"于金水声音不大，但语气是那么坚定。

# 第二十八章

这一天,于金水两只耳朵里总是出现那魔鬼般的厮叫声:"弄死他……弄死他……"叫得他头昏脑涨,精神濒临崩溃。

眼前,总是有两个人在厮杀,他们挥舞着刀剑,都奋力去刺对方。刀剑碰触的声响铮铮震耳,刀剑碰触的火花炽热刺眼。

于金水想上前帮助一方,可那刀剑飞快画出的无数条线,让人头昏眩晕,他找不到为一方助力的任何机会。本来就高度近视的他,眼花缭乱,要瞎了一般。

快中午的时候,一个朋友打来电话,约他到春意浓大酒店吃饭。

"春意浓大酒店?春意浓大酒店……"

于金水自言自语,口里反复念着这个名字,忽然精神一振,终于看出了一方的破绽。他的眼珠子,在厚厚的镜片后眨巴着,兴奋得要跳出来一般。对,可以从这里下手!他又仔细想了一阵子,来到附近的门店里,也不顾店员们和他打招呼,径直走到门店后屋里拿了一件东西,然后直奔春意浓大酒店。

他来到了春意浓大酒店,在朋友面前草草喝了几杯白酒,就匆匆下到地下室里。

明杰见到于金水,满脸堆笑,说:"嘿——于老板,这么早哇,还是找徐慧?"

于金水嘿嘿地笑笑,还一反老实巴交的常态,故意把手搭到了明杰的肩膀上,说:"你真会理解哥的心思。"

明杰嘎嘎笑着说:"于老板的这点心思,还能瞒得过妹妹。哈哈……"

于金水和明杰都笑起来。

接着明杰压低了声音，神秘地说："于老板，最近形势紧，服务员都穿上正装了，店里暂时只许跳跳舞，不许……"

于金水又嘿嘿一笑，说："明——白。"

于金水直接进了单间，徐慧跟来了。

于金水没像过去那样换上睡衣，而是直接坐在沙发上。他对徐慧说："这个明杰真有一套。你和她是怎么认识的？是亲戚吗？"

徐慧说："不是，明杰在我们那边，也是干这一行的，我去了以后才认识的。"

于金水问："那为什么你们的关系这么好呢？"

徐慧说："我刚去的时候，有两个人欺负我，被明杰打了一顿。从那以后，她们再也不敢欺负我了，我就把她当姐姐了。"

于金水点着头说："噢……那后来怎么到这里来了？"

"有一次我们打电话时，她说这边好挣钱，问我愿意不愿意到这边来，我就过来了。"

屋里的灯光本来应该是幽暗的，但每次于金水进到屋里，总是把大灯打开。明亮的灯光下，能看清彼此的脸。于金水眨巴着眼睛看着徐慧，好像思索着什么。

"慧儿，帮我办件事行吗？"

徐慧有些惊讶，说："我帮你办事？我能帮你办什么事？"

于金水慢慢地说："只要你肯帮忙，一定能办到。"

徐慧脸上露出了笑容，说："于老板，我肯定帮你，你对我这么好，要我干什么都行。"

于金水招了招手，示意让她坐得近一点儿，说："明杰他们要陷害我一个朋友。"

"什么……"徐慧大惊。

于金水面色铁青，直盯着徐慧说："明杰、黄鼠狼，还有齐志林，他们想陷害我一个朋友。"

徐慧仍然有些惊恐，说："齐志林不是你的好朋友吗？"

于金水说："是。但是朋友之间又有不同的情感，不同的纠葛呀。"

徐慧还是瞪着大眼,疑惑地说:"这是真的吗?"

于金水肯定地说:"是真的。"

徐慧说:"那他们……怎么……"

于金水声音放小了一点儿,说:"我让你办的事就是打听他们的消息,把他们几个盯紧。当然,齐志林可能不好接近,但是明杰天天和你在一起,还有黄鼠狼,你都能接触得到。你想方设法,听听他们说些什么。"

徐慧直盯着于金水的眼。他的眼,被厚厚的高度近视镜片遮挡着。她似乎竭力用目光穿透这厚厚的镜片,以便看清他的眼神。想从他的眼神里,弄清这些话是真的还是假的。

于金水撇开徐慧的目光说:"怎么样?怕吗?这不是背叛你的姐姐吧?"

徐慧闭上眼睛,抖了几下脑袋,说:"这,这没什么,没什么……"

说完,她又抖了抖脑袋。像刚从冰水里钻出来,打了几下寒战。她接着说:"明杰,明杰对我好,我感激她。但,她要做坏事,那,那可不行。"

于金水看着徐慧,感觉到她的不安。于金水继续说:"她真的要跟他们干坏事了。"

徐慧看着于金水,眼神还是直愣愣的,她说:"行。于老板,我长这么大,真的……你是我心目中的好人,我干。"

于金水从口袋里拿出一支"钢笔",说:"那好,我给你一支录音笔,你可以随时用。同时,跟他们在一起的时候,可以摆弄手机,手机上也有录音的功能。把他们的谈话全部录下来,然后发给我。"

徐慧看着那支录音笔点了点头。

于金水伸手按住了徐慧的肩膀,说:"你办的这件事很重要。一定要沉住气,不能暴露自己。"

徐慧又点了点头,表情既惊恐,又坚定。

黄鼠狼和明杰最近经常在一起商议什么,他们两个非常小心。黄鼠狼叮嘱明杰,他们身边必须用可靠的人。因此,他们在一起的时候，送饮料、端盘子之类的活，明杰都交给了徐慧，徐慧与他们接触的机会很多。只要和他们在一起，徐慧手机的录音功能和那个录音笔，就提前打开。

有一次，黄鼠狼和明杰在屋里密谈，徐慧送去一盘水果。她放下水果，转身向外走。在她快要走出门的时候，黄鼠狼说了一句："就这么定了。"

就录了这一句话，前边后边说的什么，没有录上。她拿给于金水听，于金水听了以后，心急如焚。

"就这么定了？"

定什么呢，定时间？定要干些什么？其他时间的录音，也都是支离破碎的。

于金水感觉要弄清他们的阴谋诡计，必须采用更强有力的措施。像公安一样，使用更强硬的手段。那该怎么办呢？

他又一次和徐慧见了面。这一次他带了一个小包，包内放着十来支录音笔。徐慧看了不免有些紧张，说："这，这么多……"

于金水说："按原来的方法，不好搞清他们的情况。我又弄了十来支录音笔，你把这些放到他们经常在一起的地方，黄鼠狼的办公室里也放上一支。"

徐慧愣愣地点点头，浓眉皱得有点紧，脸色有点发黄。于金水说："你不要害怕。要在中午或晚上的时候放进去。这是开业时间，正热闹的时候。你来回在房间内走动也很正常，不会引起怀疑。你是服务员，到各个房间都理所当然。黄鼠狼那里，你注意利用他不在屋的时候，进去放在沙发下面，也就是一分多钟的时间，不会被人发现。"

徐慧又点点头。于金水说："怎么样？没问题吧？放这些东西之前，记得把录音按钮打开。"

午后，舞厅里又忙乱起来。震耳欲聋的音乐和刺耳的歌唱，灌满了各层楼道。徐慧走进一个房间里，中午时分，房里窗帘紧闭，灯光幽暗，"鬼火"重重。一个个男男女女，搂搂抱抱，嘻嘻哈哈，又唱又跳。徐慧坐在沙发上，遇到认识的服务员就点点头，打打招呼,很随便地把录音笔放在了沙发底下。

不一会儿,她又拎着几瓶啤酒,到了另一个房间。她把啤酒放在茶几上,拿开瓶器把啤酒打开。做完这一系列的动作,她顺手就把那个录音笔塞到了茶几底下。

黄鼠狼的办公室一直关着门,徐慧猜测他不可能在屋里,就拿起一个果盘,让服务员开开门,把果盘送到里面,顺手把录音笔放到了沙发下面。

"停、停下,金水停下。"

姜利焕板着大黑脸挥手,突然刹车,止住了于金水的话。

于金水心里奇怪又吃惊,不知姜利焕什么意思。

姜利焕拿起电话,对秘书说:"马上让公安、法院那边的人员到我办公室里来。"刚要撂电话,又忽然把话筒放回了嘴边,紧接着搭了一句:"让公安带上音像方面的技术人员,一起过来。"

撂了电话,姜利焕对于金水说:"时间不等人。叫他们都过来一起听听,一起研究,马上制定下一步措施,尽快把启祥解救出来。"

"哦,谢谢姜书记。"于金水听了,立刻对姜利焕心生感激。就像姜利焕帮他解决了一大笔资金问题似的,激动不已。

那天快中午的时候,于金水回到家里就哇哇大哭起来,吓得妻子柴秀敏赶紧跑过来。她和于金水结婚到现在,从来也没见过他这么个模样。他把眼镜远远地扔在一边,一会儿拍着膝盖,一会儿抹着眼泪,然后双手抱头斜躺在床上,呜呜地哭个不停。

"怎么了?怎么了?"柴秀敏急切地追问。

于金水在哭声当中露出几个字:"坏了,坏了……"

柴秀敏还是问:"什么坏了?什么坏了?"

于金水一边哭,一边吐出了几个字:"钟启祥,启祥叫人陷害了。"

柴秀敏大吃一惊,说:"什么?启祥叫人陷害了,谁陷害了他?是怎么回事呀?"

于金水只哇哇大哭，什么也说不了。柴秀敏拿毛巾给他擦眼泪，劝他平静下来。于金水接过毛巾，不哭了，可还是不说话，光是愤愤地喘着粗气。柴秀敏还是追问到底是怎么回事。于金水看着屋顶，好像什么也没有听见。等了一会儿，忽然反应过来，他说："你别多问了，我自己安排吧。你先出去吧，我自己在这里想想。"

柴秀敏知道丈夫不是得的什么病，心也就放下了一半。可钟启祥叫人陷害……她又要问，于金水还是摆手，示意她不用管。她也知道丈夫遇到难事自有办法，就不再打扰，转身退出了里间。

于金水坐在床上，一边擦着眼泪，一边思索着。他忽然拿起手机想打个电话，随后又摇头。又过了一会儿，他接通了占广田的电话，问了问大连的情况。电话里，两个汉子都哭了起来。但他和占广田的感受不完全一样。他痛恨自己没有把握时机，没能把钟启祥拯救出来。只是现在，还不能说出齐志林的勾当。

他们撂了电话，陈秀敏过来让他吃饭，他摇头。柴秀敏着急地说："不论遇到什么事，饭不能不吃呀。"

于金水还是没有说话，还是在思索着。忽然，手机响了。他懒洋洋地拿过手机，不愿意在这个时候被人打扰。但是，他看到手机屏幕上是徐慧的名字，急忙接听，说："徐慧，有什么事？"

徐慧在电话里说："黄鼠狼回来了。"

于金水噌地站到地上，紧接着问："看到齐志林了吗？"

徐慧说："没有，只见到黄鼠狼走进了他的办公室。"

"那明杰呢？"

"还没有看到明杰。"

于金水想了想说："好，有什么情况及时告诉我，先这样吧。"

于金水和徐慧断了通话，可是眼睛一直盯着手里的手机。他希望手机继续送来他想知道的重要消息。

上午，占广田告诉于金水，昨天晚上钟启祥在大连出事了。因为占广田要跟着有关人员去大连，只给他打了个电话。

于金水听了这消息，像坐在电脑验光仪前，眼球一动不动直盯着前方，足足一分钟。他懊悔、愤恨。懊悔自己没能救了钟启祥；

愤恨自己行动迟缓,他这里还没弄清情况,那边就动手了。晚了,自己晚了,把时间耽误了。啪,他打了自己一巴掌。

这会儿,于金水看着手机思索着,忽然心里一动,急忙到卫生间里洗了一把脸。柴秀敏以为他要出来吃饭,连忙说:"快吃吧,还没凉。"于金水随口说:"等等。"又进到屋里去了。

来到房间里,于金水打开手机,找出齐志林的电话号码。刚要按拨打键,却停了下来。他喘了一口粗气,抬起头又认真地想了想。他想了一下和齐志林说些什么,怎么说。然后,用左手无名指按了拨打键。一段音乐后,传来齐志林的说话声:"是金水呀,吃饭了吗?"

于金水装作很随意地说:"还没有哇,你不叫我没人请我吃饭哪。你在旺城还是在东州?"

齐志林说:"别说得这么可怜。我在东州,有什么事吗?"

于金水说:"没什么事,上午一个朋友给了我两瓶二斤装的茅台……"

齐志林打断于金水的话,说:"O——K,OK,OK……二斤装的茅台我见过,怎么——想请客呀?"

于金水说:"请客也就是请你呀,晚上品尝品尝?"

电话里齐志林倒是痛痛快快答应了,说:"好,喝点。"

于金水心里一阵高兴,问:"叫上谁好呢?反正……就是品酒,不要叫更多的人吧。"

齐志林说:"O——K,OK,OK,OK……把狼子和明杰叫上就算了。"

于金水心里一惊,虽然正中下怀,心里却是咚咚直敲鼓,心想:他这是要庆祝胜利呀。这一溜OK,简直是一溜响屁,好长时间没听他放了,这一连放了两次。

于金水心里这么想着,嘴里还是应承着:"好,那好,OK。我通知他们。"

晚上,春意浓大酒店。不是在舞厅,而是在别致的吉祥厅里。桌子上,摆了两瓶又粗又高的茅台酒。酒瓶的外形和普通的茅台酒瓶一样，也是左角上有两个飞人相对的标志。"贵州茅台酒"五个大红字，从左下角向右上角斜着排列，特别显眼。不同的是标签上标注的不是 500 mL，而是 1 000 mL。

齐志林走进房间，先拿起茅台酒欣赏了一番。瓶盖子还没有打开，他把瓶嘴放在鼻子上闻了闻，说："好，今天庆祝胜利，一醉方休。于金水——真是及时水呀，弄了这么两大瓶茅台，我们几个应该感谢你呀。"

说完和黄鼠狼、明杰互相看了一眼，哈哈大笑起来。他们心里明白今天要庆祝什么，以为于金水什么也不知道。

齐志林兴奋极了，这茅台酒好像越喝越有兴致。他把脖子上的领带拽了下来，扔在一旁，把衣服最上面的纽扣解开，不再保持那副洋相了。他一个劲地让酒，黄鼠狼、明杰也放开畅饮。于金水用二两的大杯子，很快就喝了两杯。他说喝得太多太猛了，站起身晃晃悠悠走出了吉祥厅，屋里光剩下齐志林、黄鼠狼和明杰。

屋里没了外人，他们三个更加胆大包天，嘻嘻哈哈庆贺着他们的胜利，议论着这件事哪个地方办得漂亮，哪个地方办得妙，什么地方还能够进一步做得更好……

黄鼠狼有些悲伤，因为他失去了菊花，毕竟菊花对他那么忠心耿耿。齐志林说："咱也为菊花干一杯，祝她到天堂以后幸福快乐。"

……

齐志林没有想到，万万没有想到，在他们喝酒的吉祥厅里，徐慧已经放上了几支录音笔。为了保险，于金水进到餐厅的时候，又带进一支录音笔，神不知鬼不觉地放在了沙发下边。

三只凶恶的野兽在撕扯着胜利果实，美美享用的时候，那穷凶极恶的事实，全被录音笔抓住。虽然他们所反映出来的事实，时间前后有些错乱，但是他们陷害钟启祥，害死菊花……这些罪证，从几支录音笔里暴露无遗。

姜利焕的办公室变成了公安机关的技术室。经过鉴定，这些技术人员和法律人员认为，这些资料、证据完全可以还钟启祥一个清白,对犯罪人员绳之以法。

姜利焕可能太激动了,大黑脸上露出的笑容不那么自然,和悦当中带着一丝丝凶气。这凶气,是恨不能一枪崩了齐志林的情绪流露。他对大家说:"于金水匡扶正义,救了钟启祥,稳定了旺城的局势,留下了惩治罪犯的证据。我代表市委,表示感谢呀。"

于金水也非常激动,他说:"姜书记,这是我应该做的。"

姜利焕隐去了笑容,大黑脸又那么威严,继续说:"都说于金水是瞎子,于金水的眼亮得很,能看透邪恶,看透肮脏,比得上火眼金睛。"

于金水扶了扶眼镜说:"姜书记,过奖了。"

姜利焕说:"我说的是实话。在当今社会,如果满眼都是钱,没了正义,没了立场,没了是非分明,那不论是谁,不论这名旦那名旦,也只是行尸走肉而已。"

姜利焕按捺住激动的心情,安排下一步的计划,并对公安人员说:"那个徐慧,立即加以保护。"

于金水到姜利焕办公室之前,就和徐慧见了面。他对徐慧说:"慧儿,你为我立了大功,你为我的朋友立了大功,你为旺城立了大功。"

几个大功把徐慧说得莫名其妙,目瞪口呆。她怎么也想象不到近些天她做的这件事的重要性。正是她用那小小的录音笔和手机上的小小的录音功能,记录下了犯罪事实,为惩治这些不法分子取得了真凭实据。但是,她还要继续做下去。

于金水说:"慧儿,我再让你办一件事情,你干吗?"

徐慧或许是被刚才那几个大功所震撼,一时不知说什么好。她忽闪着大眼睛,那浓眉与眼睛和谐配合,显得那么光彩夺目。愣了一会儿,她说:"于老板,我干。"

于金水说:"你录下了齐志林他们犯罪的事实,如果要把他们绳之以法,这些可能还不够,可能需要人证。要是需要你出来作证,你敢吗?当然政府会保护你。"

徐慧静静地听着。

于金水接着说:"这件事情过去以后,你别再干这个行当了,也别在旺城了。我给你些钱,回老家好好照顾你母亲。我再帮你开个小店,以后好好生活。"

徐慧听到这儿满脸通红,泪水流满了双颊。她那神态,已没有往日的阴沉、凝重。一股正能量的气息,从她的脸庞上,从眼睛里喷发出来。

她说:"于老板,我为了给妈妈看病,养活她,才……我知道这不是一件好事,可是我没有办法。我很幸运,碰到了你。如果我真的能回到妈妈身边,过上正常的生活,那是你把我从泥坑里拉出去的,我永远也不会忘记。"

于金水摆手说:"可不能这么说。"

徐慧瞪着大眼睛说:"你让我干的都是好事,让我干什么,你就说吧。"

这会儿,在姜利焕的办公室里,大家在讨论着解决钟启祥问题的法律程序。法院郑院长说:"好多程序还需要这个徐慧的配合。她能不能……"

于金水兴奋地打断郑院长的话,说:"我已经跟她谈过了,她愿意出庭作证。"

姜利焕脸上黑里透红,容颜焕发,精神饱满。他大眼一瞪,说:"好,这样证据就更充足了。于金水企业做得好,就是因为处事周全,细致入微,而且有政治脑袋。"

# 第二十九章

上午,韩国仁川国际机场。

一架中国民航客机从天而降。真是像从电视电影里看到的,飞机先是后轮着陆,喷出一股黑浓浓的烟雾。然后前轮搓了几下跑道,之后便平稳运行了。这时,机舱内传出了广播:"先生们,女士们,仁川国际机场到了。现在飞机还在跑道上运行,请不要打开安全带,不要打开行李架……"

刚广播完,钟启祥就伸手啪啦打开了安全带。耿志先说:"哎,你这家伙,就是不规矩。广播不是说了吗?飞机还要运行一段时间,不许打开安全带。"

钟启祥晃动了一下身子,挺了挺腰,说:"哎呀……你看俺这电线杆的个子,叫安全带绑了这么长时间,累死了。我敢说,这个时候飞机肯定不会出问题了。"

万金和在旁边直笑,耿志先按了按钟启祥的肩膀说:"小声些,文明点。"钟启祥一缩脖子,也嘿嘿笑了起来。

走出候机大厅,远远就看到了一个条幅,上面写着"欢迎耿志先市长莅临"。万金和说:"耿市长、钟书记你们看,来接咱们的人已经等候着了。"

万金和刚说完,那个条幅下面就有一个人大喊着:"钟书记——万老板——"

钟启祥停下脚步定神看了一眼,说:"哦,是崔翻译。"万金和举起手,也喊了声:"你好——崔翻译。"

钟启祥他们和接待人员见了面,握手寒暄着。崔翻译说:"车子就在那边,咱们赶快上车吧。"

来到车子跟前，崔翻译让钟启祥他们都上了车，自己却在离车子很远的地方打了个电话。

崔翻译对着电话说："朴总，客人已经接到了。"

电话里那人用很惊奇的口吻说："钟启祥真的来了？"

崔翻译说："来了。就是提前确定好的三个人，耿市长、钟书记，还有万老板。"

电话里那人声音很低，说："哦——真是这样。那好，请他们过来吧，我在办公室等候。"

崔翻译撂了电话，赶紧跑到车上，一边道"久等了，对不起"，一边让车子开动了。

那天晚上，大连爆出了惊天桃色大案。刚见过钟启祥的朴智太，当然也非常震惊。头一天那侃侃而谈、势如破竹的钟启祥，瞬间在朴智太的心目中仿佛一个垃圾旁的瘪三一般了。他不可能再去旺城，在大连办完事就飞回了韩国。

在回韩国的飞机上，朴智太一脸愤怒。从上飞机到落地，情绪一直很糟糕，总是像吃了一个苍蝇一样恶心。几十年，他国内国外飞来飞去，洽谈了无数笔生意。从没像这次在大连，这么沮丧、窝囊。他从来没有进过所谓的"局子"，脑海中总是出现被审讯的情景，出现审讯人员那强烈进攻式的威逼眼神，以及那一串又一串的问题。

"你的国籍、姓名。"

"韩国，朴智太。"

"这次到大连的目的。"

"谈生意。"

"你和钟启祥的关系。"

"生意关系。"

"昨天晚上你和谁在一起，干了些什么？什么时候出的宾馆？什么时候回到宾馆？"

"……"

不仅朴智太被多次审问，其他相关人员，也被多次审问。因为钟启祥到大连，目的就是与朴智太他们联系，并且与朴智太进行了一系列活动。特别是案件发生以前，他们还在一起吃饭……他们当然是案件的第一怀疑对象。就连钟启祥到大连之前，朴智太的其他一切活动，也都受到了侦查。并且，大连警方还与韩国警方取得联系，对朴智太以及他的公司进行了调查取证。确认朴智太他们与案件无关，才放他们回国。

钟启祥从大连回到了旺城。

旺城召开了全市干部会议，通报了案件的所有情况，钟启祥彻底恢复了名誉。旺城的海啸般的舆论平息下来，激起的滔天巨浪落了下来。

钟启祥从大连回来的头一天，当然先和姜利焕见了面。他们见面谈了事情的过程后，钟启祥就急切地挥挥手说：

"姜书记，这事就过去了，不再提了，你马上安排我和工作人员去韩国。那天，我和朴智太谈得很融洽，本来约好一起来旺城的。这下子，把朴智太也狠狠折腾了一番，他肯定恨死咱们了。我马上过去，当面向朴先生说明情况，绝不能把项目毁掉。"

姜利焕一拍大腿说："我担心的也是这个，如果拖下去，很可能就拖黄了。"

钟启祥忽地站起来说："我马上去韩国，当面去见朴智太。我人站在他面前，他会相信那是陷害。给人家添了这么大的乱子，我会当面向他道歉。我感觉，这样做项目才有可能挽回。"

姜利焕说："对，对。不过……你要休息休息。"

钟启祥咧着嘴说："姜书记，还休息什么呀？我在里边就是吃喝睡，已经休息足了。这件事火烧眉毛，必须马上去办。"

姜利焕老父亲一般，说："休息不光是体力上的，这精神的创伤，更需要疗养的。"

钟启祥摆手说："姜书记，我又不是纸糊的。风风雨雨这么多年了，你放心。摧不垮，打不烂。"

姜利焕皱着眉，凝视着钟启祥说："好，启祥，我谢谢你。"

钟启祥用手拍了一下屁股，说："哎呀——领导哇，还谢什么，急死我了。"

姜利焕说："好。我让耿市长和你一起去，这样对人家也是尊重。"

钟启祥脸上立刻阳光灿烂，说："好好，太好了。你想得周到，还得谢谢你姜书记。"

汉江食品有限公司总部，一座现代化的大楼。钟启祥他们来到朴智太的办公室，朴智太已经在等候了，与他们握手、让座。

钟启祥刚坐下，就按捺不住，又噌地站了起来。他脸上一副着火似的急切表情，朝着朴智太说："朴总，在大连见到您时，我说要到韩国总部去拜访。这倒好，非来不可，真的来了。"

朴智太还没说话，钟启祥就接着说："朴先生，我向您道歉，给您添了这么大的乱子，耽误了您那么多时间，让您受惊了。"

钟启祥说着，给朴智太鞠了个躬。他高大的身躯，一弯一直，像吊塔一落一起，仿佛电影慢动作。

朴智太赶紧说："钟书记，请坐，请坐。"

耿志先接过话题说："朴总，我们的钟书记就是这么个急性子。我这个市长还没有说话，他先念开场白了。"

耿志先说到这里，大家都笑了起来。耿志先接着说："朴总，钟书记在国内多次介绍过您，以及您的企业。能见到您，并且到企业拜访，不胜荣幸。今天我们来的目的想必您也很清楚。正像钟书记说的，首先向您道歉。我们的市委书记姜利焕，专门让我陪同钟启祥到这里。您可能也清楚，他就站在您面前，更能说明问题。"

朴智太还是那么容光焕发，说："我已经听说了，钟书记受到了陷害。说实话，若见不到你们，确实心里还有疑虑。好啦，从听到钟书记真的到了韩国那一刻起，我面前的迷雾就全部消散了，钟书记好人一个。"

接着，耿志先陈述了德意仕友和机械配件集团的勾结情况，以及钟启祥对他们两家的查处过程。还特别讲述了于金水怎么采取措施，掌握了齐志林的犯罪事实，洗清了钟启祥。

办公室里沉默了一会儿。朴智太感慨地说："世上总有这样的歹人，我们做件事情总是那么艰难。我不仅清楚了所谓'桃色大案'的真相，更对钟书记的人品、能力有了深刻的了解。既然情况说明白了，那我就明确表态：我们继续合作，项目继续推进。"

耿志先说："谢谢朴总的理解与大量。老钟，我们掌声感谢吧。"

室内响起了啪啪的掌声，朴智太也跟着鼓起掌。

朴智太说："我们两国都有'好事多磨'的说法，看来经过这次磨难，我们的项目一定能够取得成功。"

耿志先又带头鼓起掌。

接着，几人又谈了一些项目的情况。朴智太说："初次见面，耿市长给我的印象很好。我不仅认识了钟书记，今天又认识了耿市长。我们在旺城的企业，今后肯定会顺利发展。"

到此，一切航路都通了。钟启祥肚子里的火，又按捺不住向外窜了。他对朴智太说："朴总，我们来的时候，本来想买往返机票的。但是不知道在您这里，需要停留多长时间，所以只买了单飞。今天我们的目的已经达到，工作取得成果。我们得马上回去，请您马上帮我们订购返程机票吧。"

朴智太一怔，说："这，这太急了吧？"

耿志先接着说："由于这个事件，不光我们的项目耽误了，其他很多工作都耽误了，我们得抓紧时间返回呀。"

朴智太站起来说："不急，你们来一次不容易。首尔很多地方的景致，还是很不错的，我领你们欣赏欣赏。"

钟启祥说："朴总，您的心意我们领了，可是时间不能再耽误了。下午、晚上，只要方便，机票越早越好。"

朴智太一梗脖子说："这样，你们一早出发，不到二十四小时就回到家了。美国总统到伊拉克、阿富汗进行闪电访问，你们像美国总统一样了。"

钟启祥不好意思地说："闪电倒是一样，和美国总统比不上。"

大家都笑了。朴智太点头说："那好，崔翻译，马上订购机票。"

崔翻译出去了一会儿，打来电话说到中国的机票没有了。钟启祥说："青岛、天津、石家庄……就近城市都可以。"

崔翻译在电话中说只有到上海、天津这两个城市的机票了。钟启祥和耿志先商量了一下，说："就定天津吧。天津到家比济南远了些，但是接站车辆提前赶到，等到明天早晨就到家了。"

耿志先说："对，就这么定。"

朴智太说："哎呀，这样太辛苦了。"

钟启祥说："没什么，我们只想尽早赶回去，把耽误的时间抢回来。"

朴智太听到这儿，没再接什么话茬，思索着回到了办公桌前。他把桌上的几份文件看了看，还在一些文件上签了字，然后把文件整齐地摞在一起，说："你们的工作精神，太让我感动了。这样吧，也给我把票买上，咱们一起飞。在大连说好，我要到旺城去看看的。正好你们带路，咱们一同前往。"

耿志先、钟启祥他们当然兴奋不已，唰地站了起来，耿志先说："朴总，也让你辛苦了，太感谢了。那好，我们一同前往，预祝我们的项目早日开工。"

枣产品深加工项目，与汉江食品有限公司合作成功。

这天，旺城举行了奠基仪式，仪式隆重热闹。巨大的气垫彩虹门，远看真像雨后彩虹那么漂亮，两边彩旗飘扬，乐队奏响《今天是个好日子》。那施工的推土机排好队，也戴上了大红花。挖掘机伸高长臂，挂上一串串鞭炮。那几十串鞭炮一起炸响，真像当年赶"花花街"，"滚"了鞭市一样。

今天，钟启祥也出现在仪式上，他穿西服戴领带，胸前佩戴鲜花。精神抖擞地与其他领导、客商一起，为奠基石铲着土。

对这一景，报纸、电视台的摄影记者们，当然不会放过。长枪短炮，坐、立、跪、蹲……使出各种本事抓拍。谁也不肯舍弃从"桃色暮霭"里钻出来的钟启祥的第一次亮相。大家看到钟启祥的影子，就会想起大连丽宏国际酒店，想起赤身裸体、口吐鲜血的女子……对钟启祥来说，那桃色的印记，可能需要很长一个时期才能消除。

当记者的话筒对着他时,他笑笑说:

"无妨。你爱耍邪,别说老天爷,凡人也会给你制造麻烦。像取经一样,九九八十一难,一难也不能少。我有准备,准备进炼狱,迎接更大的磨难。"

齐志林坐了下来。

但是,他坐的不是他那把豪华的老板椅了。这把椅子,与普通椅子也没什么两样。只是这椅子扶手上有"装置",把齐志林的双手紧紧地扣在上面。齐志林面对的,也不是往日熟悉的笑脸、奉承、赞誉,或祈求,而是一个个盾牌。齐志林不甘心束手就擒,"太平洋上架桥,喜马拉雅山上架梯"的他,岂能甘心坐在这里?

几天来,齐志林耍尽花招,无理取闹,喊天怨地,极尽狡辩……

这次,齐志林与审讯人员隔着几米的距离,相对而坐,又进入了审讯程序。

审讯人员说:"齐志林,看来你是真的狡猾。在你们当地,大家称你为假洋鬼子。实际上,你比真鬼子还狡猾。"

齐志林怒目而视,说:"这是什么话?这是人身攻击,这是诬蔑,我抗议!我抗议——"

审讯人员说:"你真应了常说的那句话,不见棺材不落泪?"

齐志林挺了挺胸脯,可能又想伸出右手去摸后脑勺那厚厚的头发,可是手动了动没有扬起来。他冷眼看了看他的手腕,然后手腕抽动了两下。没用,带来的只是一阵疼痛。

齐志林又吼叫:"钟启祥腐败透顶,嫖娼玩女人,还杀人灭口。你们凭什么诬陷我,说我陷害他?几天了,你们这么个审问那么个攻势,我承认什么了?你们抓住我什么证据?拿出证据来。"

审讯人员指着墙上的大字,厉声喝道:"坦白从宽,抗拒从严,希望你不要走上绝路。"

齐志林仍然吼叫:"别来这一套,拿出证据来!"

审讯人员说:"齐志林,给你最后一次机会,自己坦白交代,争取得到宽大处理。"

齐志林喊道:"我不听,我不听。拿出证据来,你们拿出证据来。"

审讯人员已经没有耐心了。他们互相交换了一下眼色,拿出了录音笔。一个审讯人员走到他近处,打开录音笔。播放出来的声音嘈杂,但是能听得出是齐志林、黄鼠狼的声音:

齐志林:"时间安排得太准了,菊花进去正好半个小时……"

明杰:"据说钟启祥看到那个赤身裸体,躺在卫生间的女鬼,脸真成了驴脸。嘻嘻嘻……"

齐志林:"公安人员赶到时,钟启祥刚洗过澡,头还没干呢,湿漉漉的,一副狼狈相……"

黄鼠狼子:"唉,菊花一个很好的妹妹,上天堂了……"

……

齐志林听着这些录音,瞪起了眼睛,张开了嘴巴,像傻了一般。但是愣了好大一阵子,他又大喊起来:"陷害,陷害……钟启祥嫖娼灭口,把罪责推给我,钟启祥你伤天害理……"

接着他又朝着审讯人员说:"他们这些领导干部,有权有势,官官相护,什么东西也能做得出来。各位同志,你们千万不要相信他们这一套,他们已经腐败透顶了,什么录音、录像都能搞得出来,千万不要相信他们。"

这个时候的齐志林,恨不能有孙悟空的本事腾空而起,甩掉手上的枷锁,像孙悟空砸那炼丹炉一样把审讯室砸个稀里哗啦。但是任他怎么挣扎,那手腕还是死死地被扣在椅子上。他晃动着身子,又折腾了一番。

审讯人员说:"把人带进来。"

门开了,一个年轻女子走进了审讯室,站在离齐志林不远的地方。齐志林打量着这个女子,有些奇怪、惊愕、烦躁……又像是身处睡梦之中，朦朦胧胧，恍恍惚惚……

审讯人员问："认识这个人吧？"

齐志林眨巴了一下小眼睛，语调倒变得平静起来，说："不认识。她，她来干什么？她是干什么的？"

审讯人员啪地拍了一下桌子，齐志林几天来，第一次浑身颤抖了一下。有道是做贼心虚，他在酒店里见过这个女子。虽然嘴上说不认识，但心却像是被什么抓了一把。他曾对黄鼠狼讲过，这些审讯人员的攻心战术相当高明，难道这个女孩子……

审讯人员怒斥道："齐志林，别装糊涂了，你肯定认识她。这个人叫徐慧，是你饭店的服务员。是她安放录音笔，把你、黄鼠狼、明杰的罪恶，全部录了下来。这一回，你应该全部明白了吧！"

齐志林看看徐慧，又看看审讯人员，说："你？她？什么什么？"

审讯人员说："不用问了。徐慧已经把所有的材料交给了公安机关，她还要到法庭上出庭作证，见证你被审判的那一刻。"

齐志林又跺脚，又扭胳膊，嘴里还喊着："胡说，你胡说，你们这是和钟启祥一起陷害我，都是陷害……"

也就一会儿的工夫，齐志林再也没劲闹腾了。更不可能上天入地，神出鬼没了。不是因为那手铐紧紧扣住了他的手腕，是因为他的心，他的心崩溃了。几秒的时间里，他头脑中的思绪像颗被发射出的子弹，迅速翻涌：难怪公安人员下手这么准，这么快就把我带到这里来。录音笔……录音笔？哎呀……这个东西……

他瘫坐在椅子上，秃秃的额头上流下了汗水，眼神立刻浑浊昏暗起来。

齐志林、黄鼠狼和明杰得到了应有的惩罚，那个躲在深山里的张华，也不可能逃脱法律的制裁。公安干警像高山上的雄鹰发现了山谷里的兔子，突然扑下去把他抓了个正着。他那额头的疤瘌，今后恐怕再也见不到天日了。

还有经济学院的那两位"高材生"，也很快被带到了旺城。

钟启祥回到家里，郑方玉和女儿一起抱着钟启祥哭了起来。钟启祥笑笑说："这是干什么？我这不好好的回来了吗？我又没有真的背叛你，背叛我的女儿。全当是做了一场噩梦吧。"

他拉着女儿的手坐到沙发上，看着女儿说："雅靓，你年龄还小，但说实话，信得过爸爸吗？"

钟雅靓眼睛哭红了，说："当然信得过。"

钟启祥得意地说："这才是我的女儿。"

然后，钟启祥又感慨地说："要是没有证据，相信也没有用呀。有道是跳进黄河洗不清，那——我就是跳进大海也洗不清了。"

郑方玉说："法律是可信赖的。"

钟启祥惨淡一笑说："那得需要时间，我怎么等得起呀。"

钟雅靓说："我和妈妈永远相信你。"

钟启祥说："我钟启祥堂堂正正，谁也别想抹黑我。"

"不过……"他对妻子说，"方玉，我能洗脱罪名，多亏了于金水有胆有识。还有那个徐慧，抓住了狐狸尾巴。特别是在公安人员面前，在齐志林、黄鼠狼和明杰面前，徐慧一点儿也不怯懦。黄鼠狼的一对小眼睛瞪着徐慧，像射向她的两个毒弹，但是徐慧'呸'了他一口。"

郑方玉说："这也是个不凡的女孩子。"

钟启祥站起身来说："走，今天咱们都到于金水家吃饭去，让他请请咱，咱好好感谢感谢人家。"

郑方玉说："你倒好，感谢人家还要到人家家里去吃饭，麻烦人家。"

钟启祥说："这才是真正的挚友哇。"

钟启祥给于金水打了电话，于金水两口子抓紧忙活，还真准备了一桌菜。钟启祥一家三口来到时，于金水的妻子柴秀敏腰里还扎着围裙忙活着呢。

柴秀敏和于金水的恋情，是于金水抬着桌子修理收音机时开始的。柴秀敏是一个朴实的农村姑娘，就是因为到于金水这儿修收音机喇叭，俩人看对了眼。当时，于金水就没收柴秀敏的钱，这小子潜意识当中似乎就想入非非了。于金水不收钱，柴秀敏还真好意思没给他钱。于金水兄弟多，家里很穷。现在靠着五金行业发了财，可当初就那么一张修理收音机的破桌子，能撑多少门面挣多少钱？柴秀敏能跟着于金水，那也是于金水的造化。

柴秀敏没有文化，一身的力气。推车挑担，扶犁耕地……农村的活样样精通。后来于金水经营五金家电，外地来货送到家门口，这卸车的任务就落在了柴秀敏身上。来了货她就自己卸车，后来搞起批发，为别人装车送货，也是柴秀敏全权负责，一人担起。再后来买卖越干越大，卸车、装车、送货的任务越来越重，她就雇用了几个帮工，当起了装卸队长。随着于金水的名气越来越大，柴秀敏装卸队长的名声，也广泛传开。

现在用不着她亲自动手了，但是装卸货物、送货接货都是由她指挥、掌管，这装卸队长的名字总也甩不掉。

郑方玉见到柴秀敏就说："嫂子，店里肯定很忙呀。"

柴秀敏说："依着那些，于金水得把我累死，我让他把我这装卸队长开除了。"

几个人笑了起来。

郑方玉说："你一天到晚忙得站不住脚，今天俺这一家子又来给你添麻烦。这个钟启祥就是老抠，说来感谢金水大哥，却跑到家里吃饭。"

柴秀敏说："这有什么麻烦的？钟书记躲过了这一难，咱们给他压压惊。那天听到大连传来的消息，金水急坏了，我可吓坏了。"

郑方玉说："他摊上事，让你们也跟着受惊。"

钟启祥笑笑说："太感谢了。于金水，真是'金水'呀。这次对我的帮助，真比'金水'还珍贵。"

于金水只是笑。

钟启祥接着说："金水第一次到我家为培杰说情时，我就对方玉说，金水和齐志林绝对不是一路人。"

寒暄了一阵子,他们坐到凳子上,边吃边聊起来。

钟启祥问于金水:"徐慧这么一个人,你怎么就断定她能够办好这件事情?怎么就知道她那么靠得住?"

那天夜里,徐慧的母亲住院,她急着回家,于金水让朋友用车把她送到了东州火车站。同时让她留下个账号,如果需要钱,他可以帮忙,徐慧还真留下了账号。但是于金水第二天回来以后,并没有马上给徐慧打钱,他去了酒店。

明杰见了于金水就咋咋呼呼地说:"哎呀,于老板对不起啦,徐慧她妈病了,昨天夜里回老家了。这回你想她,我也真的没办法了。"

于金水说:"哦,哦。徐慧什么时间走的?坐火车走的?几点的火车票?什么时候到的家?"

明杰瞪着眼睛说:"哎呀,于老板真是关心俺徐慧,细致入微呀。"

于金水说:"又臭拽,还用上词了。徐慧夜里走的?她是怎么走的?打的走的还是坐公交车走的?"

明杰又风骚一笑,还带些神秘地说:"哎呀——俺徐慧就是有能耐,还有几个真朋友哩。听说是她的一个好友专门开车把她送到东州火车站的。"

于金水漫不经心地问:"没再联系吗?"

明杰说:"徐慧到家以后,我们就通过电话了。她妈病情现在已经好转,还要在医院里住一些日子。"

这会儿,钟启祥问起了徐慧,于金水说:"像她们这样的人,可能多数都会行骗。但那天徐慧和明杰说的,基本对得上。我就按徐慧留下的账号,给她打过钱去。"

钟启祥说:"难道你就没想过她和那个明杰合起伙来骗你?"

于金水说:"我想到了。但是想来想去,直觉还是压倒了疑问。根据徐慧的行为和说出的每一句话,我总感觉她还算诚实。我和她头一次见面的时候,她帮我拾起眼镜,不可能是故意表现,那是个巧合。她帮我拾起眼镜的善良行为和那首《酒干倘卖无》,给我留下很好的印象。"

钟启祥连连点头。

于金水继续说："她开始就想唱这首歌，我不愿意听什么歌，没让她唱。后来又让她唱的时候，她表现得那么真实、动情，满脸的泪水。"

钟启祥非常感慨，说："难怪金水能抓住那么多商机，就是有灵感哪。"

待到徐慧从老家回到旺城的时候，她如数把于金水借给她的钱还给了于金水。于金水问她为什么这么着急，手头是不是方便，她说是姑姑们给凑的。她说："于老板能借给我钱，就是看得起我，我还是早早还上好。"

再后来，有一次于金水又问徐慧："给妈妈寄钱了吗？寄了多少？"徐慧说："妈妈住院花了三万多块钱，现在还有一半没还清。"再见到徐慧时，于金水竟然带了两万块钱。

这回徐慧倒是不敢收了，于金水说："上次我借给你钱，你不是要了吗？"

徐慧有些不好意思地说："那时候着急，急需用。"

于金水笑笑说："上次急着用钱你就接受了，这次是怕，对不对？怕我不怀好意，琢磨我为什么这么慷慨，为什么会借给你钱，对吗？"

于金水说到这儿哈哈笑了起来，他接着说："我连男女之事都不和你办，你还有什么怕的？还怕我吃了你吗？"

徐慧的浓眉动了动，这才轻轻地把钱装进兜里，然后说："于老板，我一定还你。"

于金水说："行，如果你的钱挣多了可以还，不方便就不用还。"

这样借钱还钱的"交易"，后来他们之间又进行过几次。于金水对徐慧的信任，也逐步加深了。

于金水上牙咬住了嘴唇，落下脸子，对钟启祥说："开始我还有个想法，如果徐慧不能办到这件事，或者她变卦，或者她在这过程当中有什么纰漏，那我就挽起袖子自己上，利用那天晚上我听到的几句话和已经掌握的一些材料揭穿他们，和他们闹翻，那样可能会起到一定的阻止作用吧。但没想到，我比他们晚了一步。虽然事后他们被揭穿，但事还是发生了，让你受惊了。"

于金水说到这儿，流下了眼泪，钟启祥感动地再次握住了于金水的手。由于于金水坐着，钟启祥站着，钟启祥个子高，和于金水握手时，他的腰弯曲了几十度。于金水赶紧站了起来，紧紧拥抱住钟启祥，泪水流满了面颊。于金水说："弄出这么大的事，让你受惊了。我要是早……"

钟启祥打断于金水的话，说："可不能这么说。你提醒过我，姜书记也提醒过我，我也没有防备住呀。齐志林太险恶了，咱和老占，谁也没看透这个家伙。没想到，他有如此蛇蝎心肠。"

阳光明媚的一天。

旺城公园里荷叶浮水，亭阁秀丽。曲径蜿蜒，绿树成荫。于金水和徐慧相约在池边的一块怪石旁。于金水约徐慧，没有去那个被他视为肮脏、阴暗的地方。两个人的倒影印在了清清的湖水上，徐慧笑笑说："今天怎么把我约到这里来了？"

于金水也笑着说："离开那个地方吧。今天我约你，被谁看见我都不害怕，要在过去，那……"

徐慧听了立刻低下了头。于金水一怔，紧接着说："哦，这个地方平时也没空来，建了这么多年的公园，我还真想领略领略这里的风光。建设得还真不错，今后我要多来。今天，我还专门骑了一辆自行车呢。"

徐慧还是没有抬起头。于金水便收住笑容，干脆说："你回家吧，是时候了。你妈妈需要你，这边也不宜再待下去了。"

对以前的徐慧来说，"回家"可能是一个奢侈的想法，好像可望而不可即。但是，如今这个想法真有可能实现了。她仿佛立刻看到了家乡的雪山松林，眼睛亮了，脸上露出了笑容。她抬起了头，喃喃地说："你，真的要帮我回家？"

于金水说："那当然，我承诺过。"

徐慧又慢慢低下了头，双手使劲揉搓着，泪水流了下来。于金水看着徐慧，知道此时她的心情。他安慰、鼓励她，以自己的真诚去尽力解开她心里的疙瘩。于金水说："你回去以后，抓紧考察考察，看看干什么合适。然后咱们通通气，我帮你参谋参谋，有必要我就去看看。资金的问题，你不要害怕。"

徐慧深深地点了点头。此时她没有多说什么，她已了解于金水的憨厚、真情，他说到就会做到。

于金水的目光转向了湖水，问："什么时候走呢？"

"明天。"徐慧说。

于金水感觉他的话还没有完全说出，徐慧就回答出来了。明天？对，明天。难怪词汇当中有那么四个字——归心似箭，徐慧的心肯定早就回到妈妈那里了。

于金水紧接着说："好，明天。"

那天，于金水开车把她送到东州火车站。他们两个人的关系，如纳木错的湖水般清澈见底。于金水是一个从艰难生活中闯荡出来的农村孩子，从骨子里还真是个有道德感的人，徐慧成为他心中认定的一个可怜的姑娘。

于金水在徐慧心目当中，开始当然是一位客人。但现在……头一次和于金水见面，为他拾起眼镜，那真是老天爷赐予她走出这阴暗角落的"一扇窗子"。即使于金水没有跟她发生那种关系，但是于金水躺在床上，她去按摩的时候，那男人的魅力让她也……但是于金水的一句"我比你妈妈都大"，让徐慧认定他是长辈，是叔叔。但是细想起来，又总是想不出如何对待这位长辈。徐慧心里有些好笑。

于金水和徐慧来到了检票口，真的要分别了。直到这时，于金水似乎才仔细地注视了徐慧一会儿。人道女大十八变，和徐慧认识不到两年，徐慧似乎比刚认识时更漂亮更美丽了。他们见面，大多都是在那个幽暗阴沉的环境中，就是他们单独在一起，也大多是坐着。他很少在明亮的光线下，看到徐慧亭亭玉立的姿容。此时于金水感到，徐慧是那么美丽的一个女子。

徐慧也看着于金水,看着这位心目中的恩人。两双眼睛对视的时候,徐慧看到了于金水的眼镜。哦——眼镜。那天于金水的眼镜若是没有滑落,徐慧也没有机会让于金水看到自己的温顺和善良。然而他的眼镜,那天偏偏掉在沙发上了。这眼镜,正是引导她冲出阴暗的"精灵"。

徐慧微笑着,顽皮地说:"于老板,让我看看你的眼镜吧。"

于金水很意外,说:"什么?看我的眼镜?哦,好哇。"

于金水把眼镜摘下来,递给了徐慧。徐慧接过眼镜,像孩子欣赏一件刚到手的精巧玩具一样看着眼镜。然后,她把眼镜戴在了自己的眼前。啊,天旋地转,她感觉一阵头晕。

她双手摘下眼镜,咯咯笑了起来,说:"你的眼镜度数真高。"

于金水也笑着说:"一千度呢,你是'享受'不了的。"

两人都笑了起来。

徐慧走到于金水面前,像头一次见面那样,还是那句话:"别动,别动,我给你戴上眼镜。"

两只眼镜腿又轻轻地插到了于金水两只耳朵和头皮之间。顿时,于金水眼前亮了,出现在眼前的,不是那位白坎肩了,是徐慧。

徐慧仍然凝视着于金水,没有什么不好意思,漂亮的眼睛里透出复杂的情感。她朝着于金水微笑,稚气、善良、迷人……许久,她说:"于老板,咱们拥抱一下吧。"

于金水又笑了,说:"好,好哇。"

说着,于金水伸出了双臂。徐慧深深地拥在于金水的怀里。长辈、情人、恩人……徐慧说不出心里是什么滋味。

于金水说:"走吧,一路平安,今后多联系。"

徐慧说:"谢谢你,金水。"

"金水?"于金水听了笑出声来。徐慧却像他们初次相见时,唱完那首《酒干倘卖无》。泪水,夺眶而出……

# 第三十章

　　钟启祥平安归来。德意仕友和机械配件集团的问题，还得继续抓，钟启祥当然还要继续负责。占广田在大连见到钟启祥时，流出了眼泪，这是真实的情感。他不希望钟启祥变成那个样子，希望帮他洗清罪名。如今钟启祥堂堂正正回来了，这也是让占广田期盼、欣喜的事情。一切步入正轨，那案子还得抓，这又搅动了占广田的神经。钟启祥抓这个案子，占广田没有异议。可是抓到儿子头上，哪个父亲能没有想法？虽然占广田一辈子清清白白，廉洁廉政，可自己儿子摊上事，哪个父亲不绞尽脑汁、费尽心思呢？哪个父亲又不为之捏着一把汗，担惊受怕呢？

　　这几天来，占广田又爬到了火山口上。有时候感觉穷途末路，无计可施。八面玲珑、四面见线的占十二，似乎感觉一个点都占不了。本来上面红，下面红，中间也红的大红人，似乎变成了一个"黑人"。

　　占培杰在齐志林眼里，是一个懦弱的无才之辈。齐志林看中的是机械配件集团，而不是他这个"拐弯抹角"的孙子。帮助占培杰的真正目的，就是在机械配件集团这块肥肉上，多咬上几口，多拉上几刀。

　　在计划陷害钟启祥的时候，齐志林看出了占培杰的胆怯和恐惧。因此，齐志林就把他抛在了圈外。一来他知道，占培杰在陷害钟启祥这件事上，不会有什么作为。二来他父亲和钟启祥有千丝万缕的关系，齐志林还怕占培杰走漏风声，甚至通风报信。所以后来的一些事情，占培杰一点儿也不知晓。也幸亏他这个爷爷对孙子起了疑心，要不然占培杰会彻底陷入齐志林打造的深渊之中。

但是，机械配件集团的问题，还是要抓下去呀，还得弄个水落石出哇。占培杰怎么也脱不了干系。

占广田多次问过占培杰和齐志林的瓜葛到底有多深，也发现了他们的一些问题。有些问题，占培杰吞吞吐吐不肯说明，有些问题瞒着占广田。但是占广田意识到，培杰肯定掉进了齐志林的泥潭里，陷得很深。哎呀，怎么办呢？占广田和路秀红都来到老父亲的屋里。本来他们不想给老人再添这个堵，增加老人的压力与烦恼。但是，有一件事情，还必须征得老人的同意。

屋外，雨在哗哗地下着。透过玻璃窗，看到那雨点像无数个箭头扎了下来。天还亮着，那闪电显现出一束束耀眼的光芒，雷声天崩地裂一般。

占志根躺在摇椅上。可能是心情不好，只是躺在上面，不像以往将椅子小船般摇荡起来。占广田和路秀红在他两边坐着，两口子愁眉苦脸。他们在商议一件事，一件除了屋里这三个人，旺城其他人都不知道的事。

近几年，他们三个人议论过多次是不是要把这件事说破，以及如果把这件事说破，要等到什么时候。最后他们拿定主意，确定了两个说出真相的时间段：如果钟启祥老年得福，健健康康，那么就等到他快"百年"的时候，再把这件事说破；如果钟启祥老年不能得福，身体不好，生活遇到麻烦，那就提前把这件事说破，为的是钟启祥有个幸福的晚年。现在看来，这两个时间段都有问题。这雷声、这暴雨，逼着他们每根神经都得做出反应。

屋里又是好长时间没有说话声，更显出暴雨的疯狂，哗啦啦得要把房屋打碎撕烂一般。路秀红眼睛已经哭得红肿了，她本来是一个坚强的女人，可在这件事上，她不得不泪如泉涌。老人直喘着粗气，占广田的眉头拧成了一个疙瘩。

他们又想到，这么个脾气的钟启祥，像一辆行驶在高速公路上的汽车，怎么能因为说破这件事，就一下子把车刹住呢？说破这件事，对案件就……可是……

三人在这雷雨声里苦议了一番，感觉还是应该把这件事情说破，干脆立刻筛清这簸箕里的陈年谷子。

占广田说:"培杰目前面临着受轻伤还是重伤的裁决,弄不好伤势惨重呀。如果把这件事情说破,兴许启祥……让培杰得个轻伤,不会伤到骨头,不可能到那么惨重的地步吧。"

占志根摇头说:"轻伤、重伤就别指望启祥了,启祥就是清楚了这件事,在案子上又能说什么?"

"唉……是,也是呀。"占广田无奈地点了点头。

占志根又说:"不过,这个时候再不告诉启祥,也实在对不住他了。如果将来对启祥说,那他身上的痛,怕不是拉破层皮了,是刀切到骨头里边去,会伤到心。"

占广田站起身来,喘着粗气,胸脯像迎风前行的船头一样起伏着。他说:"是,不能再等了。去,我这就去。"

说着,占广田就从父亲的房间里出来,穿过客厅,推开房门,钻进暴雨之中。

路秀红在后边喊:"哎,伞,拿把伞。"说着追了上去。

雨还在哗哗下着,钟启祥站在窗前看着暴雨。脑海里翻腾着如同这暴风骤雨般的"桃色大案",心里仍翻江倒海一般。

披头散发斜倚在门框上的女鬼;每块肌肉都不听使唤,笑得狰狞的脸;那僵尸般缓慢伸出胳膊;手机上的摄像头像手枪口一般对准卫生间,啪啪……她歪倒在卫生间里,脸朝上,嘴里吐出黑红色的血迹……

现在想来,那个魔鬼出现的时候,自己真像是掉进了魔洞,下了地狱。他又使劲回想着那一幕出现的时候,自己第一个动作……哦,赶紧把浴巾裹住……然后吼叫:"干什么的!滚开!"还有……

咚咚咚,敲门声,电铃也响了。

这是谁呀?叫个门弄出这么大的动静。此时,钟启祥不愿有人打断他的思路。因为那段惊心动魄的影片,也只有在这暴风雨的刺激之下,他才有兴趣去回放一番。

门开了,占广田提着雨伞站在门口。他愣愣地站着,雨伞上的雨水滚珠般滴在楼道里。

钟启祥赶紧说:"哎哟……快进屋,快进屋。这么大的雨,你怎么来了?"

占广田像没有听见一样,还是愣愣地站在那里,伞上的水珠依然虫子般向下爬着。他虽然拿着伞,但是裤腿和鞋子已经湿透了。由于风大,伞被吹得歪斜,雨水也打在了占广田头上,头发也是湿漉漉的。两道浓眉让雨水一冲,朝下顺着,像额头上趴着两只黑知了。

钟启祥笑着说:"进来呀——占大哥,怎么弄成这样了?"

占广田挪动双脚进了屋里,双腿像绑有铅砣一样笨重。他不管自己身上湿,一屁股坐到沙发上。那"两盏灯"似乎减了不少亮度,暗淡地照着钟启祥。钟启祥心里纳闷,但还是笑着说:"老占今天怎么了?愣愣地看着我干什么?"

占广田说:"启祥……培杰,培杰他……"

钟启祥仿佛恍然大悟,说:"哦,培杰的问题还在查着。不过在大连发生的那件事上,他不沾边,这就好。"

占广田语调很慢地说:"他公司里的问题,肯定不小吧。"

钟启祥说:"还在查着,具体怎么样,还要等查明以后才能清楚呀。"

接着,钟启祥安慰他:"老占你放心,党的政策是不冤枉一个好人。别说我们这关系的,就是没什么关系,我也不能故意对他怎么样呀。"

占广田的眼神越来越恍惚了,像一个记忆模糊的老人,说:"那可是咱的,咱的儿子……"

听到这儿,钟启祥眼睛有点发热,深情地说:"那当然。是你的儿子,也是我的儿子,何况他和我的儿子同年同岁。这些年,我也真拿他当儿子。"

占广田还是说:"这是咱的儿子……"

钟启祥淡淡一笑,说:"老占,你今天怎么啦?有大事呀?"

占广田咽了一口唾液,有气无力地说:"启祥,我是说这儿子,可是咱的……是你的儿子。"

钟启祥拉着大长脸，有些无奈，说："当然。我不说过了吗，我早就把培杰当成自己的儿子了。"

占广田摇头，伸出右手比画着，速度很慢。五个指头全部伸开了，说："不……我是说不是咱的儿子……"

钟启祥为占广田倒上水，表情像在哄一个孩子，说："大哥，怎么说傻话了，今天你是怎么了？"

钟启祥说着，伸手端起了自己的杯子。他没有坐下，就站在了占广田的面前。他将茶水往嘴唇上抿了一下，闻了闻茶香，继续等着占广田说话。

占广田说："启祥，他是你的儿子，可真是你的儿子。"

钟启祥点头，更认真地说："老占，这几年，齐志林插手机械配件集团，把这个公司糟蹋得不轻。要说有多少问题，还得查清再说，但是存在问题这是事实。我知道你疼儿子，还是那句话，他也是我的儿子，我的心情和你一样，我和你一样疼爱他。这个时候他出了问题，我和你心里一样难受。绝不是因为他是你的儿子，不是我的亲儿子，我心里就不难受，我就不高抬贵手，不去挽救他。不是的老占，绝对不是这样。我跟方玉也说这个话，我也很内疚，没尽到责任。"

钟启祥说着，眼睛湿润了。

占广田没看钟启祥，依然说："他，他是你的儿子。"

钟启祥又点头道："是我的儿子。"

占广田说："他、他是刘玉玲……玉玲生的儿子。"

钟启祥眨巴了几下眼睛，眉毛立刻皱起来。他有点蒙，像睡梦中突然被捅醒；他有点瘆得慌，像突然听见阴间传来的声响，汗毛立刻竖立起来。

"什么？什么……"

"他真是你和刘玉玲的那个儿子。"

"啊？"钟启祥一愣。

啪，水杯从钟启祥的手里掉在地上，摔碎了。

占广田比钟启祥长几岁,结婚早。他结婚四年多,却没有孩子。路秀红着急,占广田心里也火烧火燎的。就连老爷子占志根,也急着把那艰苦岁月的故事讲给第三代。

钟启祥和刘玉玲结婚后,刘玉玲很快就怀上了孩子。也就是在这个时候,路秀红也有喜了。两家关系本来就好,两家的媳妇双双有喜,因此两家经常在一起欢聚。培育、养育孩子,更成了两家共同的主题曲。路秀红和刘玉玲经常在一起交流,一起做当妈妈的准备,都为美好的未来欢欣鼓舞。

可是老天就是那么残忍。刘玉玲生产时出现了羊水栓塞。钟启祥总是后悔,当时要是把刘玉玲送到市一级医院,可能会保住性命。后来他多方打听,得知羊水栓塞病因很复杂,病情凶险,难以预料,病死率很高。

路秀红比刘玉玲晚生了几天,也是生了个儿子。可能是因为她年龄较大,产前检查的时候就有一些隐患,没想到孩子生下来就夭折了。路秀红结婚四年才怀上孩子,可是生下来又没有了,心如刀绞。她夜里哭哭啼啼,几种并发症暴露出来。

就这样,钟家和占家前后都生了儿子,但是一家保住了孩子,大人却撒手远去,另一家失去了孩子。刘玉玲走后,钟启祥的母亲看着孩子因为没有奶水,饿得哇哇大哭,哭得小脸通红,有时哭得上不来气,小脸憋得发紫,她心如刀绞。

一个姓鲁的护士,个子不高,脸庞消瘦,扎着两个小辫子,人称"小鲁护士"。她一个劲劝说钟家把孩子送人,她说:"孩子没奶怎么行,现在虽然有了奶粉,但很难买到。再说奶粉的质量都很一般,能不能把孩子哺育成人,也是个问题,给孩子找条活路吧。"

钟启祥的父亲听了,有些动心,说:"也是,孩子的娘没了,孩子可不能再饿死。要不就……就让这孩子逃个性命?"

钟启祥的母亲舍不得。

小鲁护士把小辫子一甩,说:"你钟家已经有两个孙子了,有后了。只要让这孩子活着,还是你家的福,你家的根。就是跟着人家过一辈子，也是你钟家的血脉呀。"

钟启祥的父亲听了，神神道道地默念着："只要孩子活着，孩子活着……就是，就是咱钟家的根，钟家的根……"

小鲁护士说："对呀，我记好收养孩子的人家，以后还可能认亲呢。"

钟启祥的父亲喃喃地说："认亲，以后也可能认亲？认亲……"

小鲁护士说："对呀，现在是想办法让孩子活下来最重要。"

看着孩子哇哇大哭的样子，一家人心如刀绞。小鲁护士的话，把钟家的人说动了。还是钟启祥的父亲，最终决定把孩子送人。但他再三叮嘱小鲁护士："问清收养孩子的人家，千万……问清楚了。"

那个揪心的夜晚，钟启祥的母亲满面泪水，让小鲁护士把孩子抱走了。在回来的路上，她突然眼前一黑，倒在了地上。

钟启祥想起来这件事就说："母亲刚刚失去了儿媳妇，又让人从怀里把孙子给抱走。那种心情，真是比万把刀子剜她的心还难受啊。"

老人得了脑出血，钟家几天内出了两次殡。

钟启祥的妻子、母亲，相继离开了人世。父亲病倒了，钟启祥咬着牙没有倒下，挺过了那一关。后来父亲恢复了健康，时间长了，日子也平静下来。钟启祥本来就是国家干部，在县财政局工作。虽说结过婚，但也还是一些姑娘倾慕的对象。后来钟启祥和郑方玉结婚，又生了一个女儿。

路秀红也是晚上生的儿子。可是，就像一块宝玉刚得到手，就被摔得粉碎。现在，占广田皱着眉，眨巴着双眼，又回到那个夜晚，脑海里又重新播放那一幕：孩子没了，路秀红吃不下东西，不能入睡，总是流泪。一会儿，她直愣愣看着孩子躺过的已经没了孩子体温的小褥子。一会儿，直愣愣望着黑漆漆的窗外。

一天下半夜，那个小鲁护士，来到占广田这里告诉他："有一家人孩子多又穷，想把刚生的孩子送人，也是个男孩。"

占广田心里一亮，看看路秀红想孩子的样子，便和路秀红商量。

此时路秀红脸上除了悲伤，没有任何表情。四年没有受孕，有了儿子却又不能如愿。四年过去了，难道再一个四年？自己的年龄、身体……今后还能……她眼睛直了，直得吓人。占广田双手扶着路秀红的肩膀，着急地问："秀红，秀红……你怎么了？不行咱就不要。"

路秀红摇了摇头，忽然说："要，要……"

占广田答应了小鲁护士的条件：给她三万元。

占广田是有名的"占十二"，在他手里丢不下一件事。就这么一个夜晚，他一方面迅速堵住"漏洞"，一方面连夜到处报信：母子平安。路秀红守着孩子好好的，再加上当时人们同情的目光都投向了钟家，而且这么多年下来，那位小鲁护士早就调走了，谁也不清楚、不再去猜测那天夜里的"奥妙"了。

前几年的一天，占广田突然接到一个电话。来电的是个女子，声音一点儿都不熟，很陌生。

"我是小鲁。"

"小鲁？"

"小鲁护士。"

"小鲁护士？"

"这么多年了，也难怪一时想不起来。那三万元可不是我自己要了，我只得到一部分。这样的事，每次都是这样。我被判刑了，刚出狱，现在生活非常困难……"

占广田眉毛一皱，那双浓眉好像要把那"两盏灯"盖住一样。占广田打断了对方的话，说："什么？什么？你……你贩卖……"

小鲁护士说："想起来真后悔呀，那时年轻不懂事，被人拉到这条贼船上去了。我答应过钟家，告诉他们收养孩子的人家的姓名……"

"钟家？"

"对呀，就是钟启祥呀。"

"钟启祥？"

"没错，就是钟启祥家送出去的那个孩子。我糊弄他全家，说一时悲伤，忘记问收养孩子的人家的姓名了。现在，现在该让那个孩子见'光明'了。"

电话里双方声音一直不高，很平静，似夏日深夜大地里传来的几声若有似无的虫叫。但是，占广田似乎听到了地狱里的哀号，头昏脑涨而又惊恐万状。

他看着手机，愣愣的，脑袋里嗡嗡作响。真像《西游记》里写的那样，有妖怪吗？这手机成妖了吗？怎么说出这么荒唐、恐怖的话？

小鲁护士用低沉的语调说："这是真的。你也不要害怕，我是唯一知情的人了。再给我十万元吧，保你天机永远不会泄露。"

"十万元？"占广田没有冲着话筒说，而是自言自语。

小鲁护士在电话里，已经听出了占广田的疑问，说："怎么了？十万元不多。我们几个人在你和钟家这件事上没缺德。他家的孩子需要抚养，要不就饿死了。你家正好需要个孩子，这是两全其美的事。收养孩子可是你自己同意的。"

"这，这……"

"这什么呀？我们一个哥们儿，当时要把这个孩子送到天津，那可不是三万了，是我硬抱到你这边来的，你得感谢我。现在这孩子有出息了，你还是大支书、大老板，放点血、拿点钱，那还不……"

当年，钟启祥的孩子送人了，占家当然知道。后来越是这么好的关系，就越不忍去揭朋友的伤疤，也不议论详细的情况。特别是后来，钟启祥一家好好的，有了个宝贝女儿。糊涂人也不会多那种事，挑人家的痛处。占家不愿意提起别家孩子的话题，哪怕是好友的孩子，实际上也是心虚。因为那晚迅速堵住"漏洞"，到处报告"母子平安"……关心别家孩子的事情，实际上也是揭自己的伤疤，毕竟自己的亲儿子……唉，只要那"漏洞"堵得死死的，就知足了。占家不知道孩子的来路，就认定小鲁护士说的是真话——"有一家人孩子多又穷，想把刚生的孩子送人，也是个男孩。"

其实那天夜里，占广田试探着问了一句："孩子是……"

小鲁护士当时脑袋螺丝般一拧说："你想多事呀你？"

占广田听了一怔，嘴巴像被贴上了封条，此后在这个话题上没有再启封。这么多年，平平安安地过来了。看到占培杰的进步，占广田非常自豪，有时很得意地对路秀红说："培杰，有能力，有出息，看来是我的儿子。"

可是，小鲁护士的电话使得田家骤起风暴。几天来，占广田一家人如在云里雾里。吃不好，睡不安。

夜深了，占广田两口子翻来覆去还是没有睡着。占广田坐起来倚在床头上，不时地喘息。他双手按着床，屁股向后挪了挪，坐得更直一些。然后仰脸看着黑漆漆的屋子思索着。过了一会儿，路秀红翻了翻身也坐了起来。就在路秀红坐起来的时候，占广田借着窗外传进的微亮下床趿拉着拖鞋，在屋里小转了几圈，然后又坐在了床上，自言自语道："唉，这些年就信准了那句话了：'有一家人孩子多又穷，想把刚生的孩子送人，也是个男孩。'根本没往别处想呀。"

路秀红说："就是想，千想万想，怎么着也想不到启祥的身上呀。"

占广田说："不是说灯下黑吗？越是在鼻子底下的事，越不往这里想，越是看不到哇。"

路秀红说："你看培杰除了这个头高高的，哪里有启祥的样子？"

占广田说："人家不是说嘛，跟谁像谁，吃谁的奶像谁。从出生到今天都跟着咱，不就是咱的孩子吗？看来培杰身上刘玉玲的基因多一些。可是，刘玉玲嫁到咱们这里，生了孩子就走了，现在想想刘玉玲到底是什么样子……哎呀，连刘玉玲什么样子咱都这么迷迷糊糊地不清楚啦。"

这时路秀红哽咽了。她说："难怪那天这么及时，咱的儿子走了，培杰就来到我的怀里。自从抱起培杰，培杰身上的肉，身体里的血就连在我的心上了。这么多年过来，哪一点儿不像咱亲儿子呀？"

占广田没说话，黑夜里看不见他的脸，但他眼睛里已充满了泪水。

路秀红又说："培杰这孩子性情温和、孝顺。这些年，跟咱哪有一丁点的缝。要是让孩子知道他不是咱亲儿子，这孩子能接受得了吗？"

路秀红说不下去了，呜呜地哭起来。占广田喘了一口气，甩掉拖鞋，躺到床上。他伸手拽了拽路秀红，让她也躺下，紧紧地把她搂在了怀里。

刚才的话题虽然结束了，但是两个人的思绪仍然活跃着。占广田想：要是培杰认了亲，他真的能一下子扑到钟启祥的怀抱里？对我这个爸爸还能像从前那样吗？能，不会变。培杰就是踏踏实实认了钟启祥这个爸爸，对我对秀红也绝不会有二心的。

路秀红想到了她怀孕的艰辛。结婚几年没有怀上孩子的那种迫切的心情，就像大石头压在身上，这滋味是谁也想象不到的。自己怀上了孩子，可是亲娘亲儿之间却没有缘分。培杰才是解开她心里疙瘩的钥匙，是他用小手拨开了她脑袋瓜子里边的乌云；是他用小手治愈了她心灵上的创伤，使她抬起了头，扬起了眉毛，有了笑脸。

怎么办？跟钟启祥是明说，还是瞒着？占广田和妻子、父亲三个人，商量来商量去，最后拿定主意，确定了向钟启祥说出孩子身世的那两个时间段。因此，占家甘愿掏了十万元，没有向外透露。就是占培杰因德意仕友和机械配件集团被查时，占家也没向钟启祥说明。

这毕竟是个伤疤，大伤疤呀。到如今，事情越闹越大，事情的发展让人不好预料。齐志林又做出陷害钟启祥的事情，眼看这件事情非要大爆发，非要闹大不可。眼下，要是再不说出实情，就太对不住钟启祥了。从两家的关系，从这方面、那方面……不论是哪个方面看，都应该告诉启祥了。可是，可是……

唉，没有什么可是了，占广田不得不登上钟启祥的家门，把保守三十年的秘密公布于世。

天已经黑了下来，雨还没有停下来的意思。在室内已经看不到哗哗的雨点，闪电又成为主角。就像一个顽皮的孩子，执掌着一个巨大的探照灯，不断向室内扫射，把人弄得心烦意乱。

钟启祥仰坐在沙发上，本来就个子高高的，腿伸出来显得身子更长。他瞪着眼睛，那大长脸像木头疙瘩一样难看。占广田进门前，他回放了一部惊险大片。这会儿，他又听了一个离奇故事。他呼呼地喘息着，头不知摆向什么位置，眼睛不知看向哪里。忽然，他双手按着沙发扶手，站了起来，嘴里喃喃地叫着：

"玉玲，玉玲……"

他叫着玉玲，大步冲向门口，伸手拉开门，一步跨到屋外，咚咚咚地跑下楼去。到了楼下，雨还在哗哗下着。雨水已经打到楼道里了。钟启祥什么也没有管，就跃进洪流冲向门外，消失在风雨中。

占广田看到钟启祥冲了出去，也跟着冲下楼，冲出楼门外。那把雨伞就戳在门口，也没顾上拿。钟启祥的女儿喊着"拿伞，拿着伞……"，追到了门外。

郑方玉愣愣地看着这一切，自言自语道："刚才来了个呆子，这又冲出去一个疯子。疯了，疯了……"说着也蹿出门外，跟着冲出去。

蔚蓝小区的大门口，一个高个子的人不打伞，也没披雨衣，冲了出去，任凭雨水打在头上、身上，头发早就一绺一绺地贴在了头发上。又一个矮个子的人追了上去，也是没有一件雨具。钟启祥的女儿虽然打着伞，但是由于跑得快，风一刮，伞根本支撑不住。郑方玉赶上来接过伞，但是伞还是被风刮起，形状如莲藕一般。两个人也暴露在风雨中。

占广田家。

在占广田到钟启祥家以后，路秀红把占培杰叫到身旁。三十年前发生的一切，路秀红全部对占培杰倾诉出来。占培杰愣愣地看着路秀红，觉得妈妈的每一句话都像天外之音，一点儿也听不懂。妈妈的泪水，妈妈的表情，就像电影中的画面，占培杰认为这是假的，这是在演戏，全是假的。

但占培杰还是搂着妈妈的双肩，哇哇大哭起来。哭得泣不成声，喊着："妈妈，妈妈，妈……怎么会是这样，怎么……这都是假的，这都是……假的……"

说着他双手松开，抱住自己的头，蹲在了地上，身子倚向后边的椅子，椅子吱吱呀呀挪动着，占培杰差点翻个儿。路秀红伸手按住了占培杰，也跟着蹲了下来。她给占培杰擦了擦眼泪，忽然抱着占培杰坐在了地上，呜呜哭了起来，一边哭一边说：

"这是真的，这是真的……但是你在我的心里是亲儿子，亲儿子……"

占培杰哭着摇头，一下子挣脱她，站了起来，说："不说这些，咱不说这些了……都是假的，都是假的。"

最后一句"都是假的"，他是在喊，喊得声嘶力竭。

忽然，客厅的门咣当一声被推开，一个湿淋淋的大汉站在了门口。

钟启祥被雨水浇得透湿，水顺着头发流到脸上，浑身上下的雨水向下滴落着。很快，占广田家的门口就湿了一大片。路秀红、占培杰吓了一跳，愣愣地看着钟启祥。钟启祥瞪着大眼看着占培杰，嘴里还一个劲地念叨：

"玉玲，玉玲……"

说着，他挪动着双腿慢慢走向占培杰。占培杰还是愣愣地站着，凝视着钟启祥。好像他不是在看钟启祥的脸，是要往他骨子里看。钟叔叔、父亲……眼前许多画面闪光般掠过。

钟启祥慢慢接近着占培杰，眼睛一动不动地盯着他，头脑像银河计算机般快速运转着。眼前似乎又出现了那个浑身蠕动、攥着小手、闭着眼睛哇哇大哭的婴儿……他使劲想，儿子还是……还是什么模样？他一无所知了。

忽然，他伸手把占培杰搂在怀里。

钟启祥浑身透湿，占培杰穿得单薄。钟启祥身上的雨水，很快透过占培杰的衣服，浸湿到他身上。占培杰很快感觉到冷冰冰的湿气。

这是父子有生以来第一次拥抱。这第一次拥抱，就这么透湿冰冷。

忽然钟启祥身体摇晃了一下,胳膊松开占培杰,倒了下去。幸亏已赶进来的占广田和占培杰一起上前,托住了钟启祥高大的身躯。

液体通过透明的塑料管,慢慢流入钟启祥的体内。宋主任在给钟启祥检查病情,听完他的前胸,把听诊器挂在脖子上说:"钟书记主要是高烧不退,没有大碍,你们放心。"

占广田说:"谢谢你宋主任,一夜了还没休息,你快休息去吧。"

宋主任疲惫地笑笑说:"没什么,没什么。"

钟启祥静静地躺在病床上,有时候输着液体的手轻轻一动,女儿就轻轻按住他的手腕。

当年,刚送走孩子以后,钟启祥问过小鲁护士收养孩子的人家的姓名。但是,她竟说那天夜里送孩子时,孩子一直在哭。她也特别悲伤,就忘记问人家了。钟启祥一再追问,让她好好想想当时的一些具体情节。可那位小鲁护士哭哭啼啼,一副傻呆呆的样子,像变了一个人。除了"哦,我,我……",再也回答不出什么了。钟启祥向妇产科的其他人打听过,但都弄不清这件事。孩子毕竟是一家人同意送走的,不是人家抢走的……后来小鲁护士调走了,孩子便杳无音讯了。就像一宗大案,断了一切线索。

过去许多年里,钟启祥不愿扯起孩子这个话题。脑海里如果出现这么一个小小的念头,便立刻引来倾盆大雨,将这念头浇灭。他不愿意想起,不愿意提起。一想到那个揪心的夜晚,就立刻有一支利箭从远处射来,顷刻穿透他的胸膛。父亲也不提这件事,有时候钟启祥感觉他似乎是在想这件事,但父亲从来没让话流出口。他肯定也是从内心里排斥那个黑黑的夜晚。那年,父亲得了一场重病,说他要不行了,便提起了这件事。父亲捶着胸摇着头,闭着眼睛说:

"怨我,怨我呀,不该把孩子送走。送走了孩子,又搭上了你娘。可当时……我是可怜孩子,想给孩子找个出路,咱家里怎么能够把孩子养活呀?"

听到这些话,钟启祥赶紧安慰说:"爸爸咱不说这些,不提这些。"

这么多年，县医院钟启祥是去的。但是每每进到那个院子，刘玉玲待过的那个产房的方向，他避而不看。还要加上一个他要邪时的动作——使劲一拧脖子。后来医院建起楼房，连刘玉玲待过的那个产房都没了。时间一年一年过去，父亲也离开了人世。钟启祥和郑方玉，还有他那个宝贝女儿，一家人和和睦睦，幸福美满。越是这样，他越是想起刘玉玲，想起刘玉玲，那自然就更想他的儿子。在父亲去世后不久的一天，占广田又到钟启祥家安慰钟启祥。这时，钟启祥这么多年来，第一次提起了孩子的事。当时占广田没什么可说的，也只能劝解劝解：

"启祥，你这是看到父亲走了，太悲伤了，不要这样。老父亲一辈子不容易，跟着你也享福了，快九十岁的人了。你孝敬老人，在咱们这些人当中是很有口碑的。启祥，听我的，不要过度悲伤，人总是要老，总是要走的。"

占广田一连串的安慰，把钟启祥谈孩子的闸门给关掉了。但是有一天，钟启祥终于按捺不住，那股清泉又从地底下拱了出来，那常被倾盆大雨给浇灭的火苗又晃动起来。他暗中打听那位小鲁护士的去向。经过深入挖掘，知道小鲁护士回老家临沂了。钟启祥因公出差到了临沂，专门找到一个同学，向同学诉说了自己的愿望。让他向卫生部门的工作人员打听一下，看那个年代，有没有一个姓鲁的护士调了过来。虽然当年小鲁护士说，她忘记问接收孩子的人家的姓名了。但钟启祥还是期盼着有那么一点点蛛丝马迹。他的同学非常同情钟启祥，虽然查找过程如坐船穿过了九曲十八道弯，但还是查明了小鲁护士当时所在的医院。但是，医院的工作人员告诉他，小鲁护士调来不久就辞职了。村里的人说，鲁家没人了，这些年不知小鲁护士的踪影。从那以后，钟启祥心里偶尔想起孩子，但是寻找的那股火苗灭了，那股小泉再也没拱出过地面……

明白了，一切都明白了。

难怪小鲁护士答应告诉他们收养孩子的人家的姓名，后来却说忘记问了。难怪她被追问时哭哭啼啼，一副傻呆呆的样子……骗人，原来是骗人。

……

　　一帮人围着刘玉玲，一个个怒目而视，比比画画，朝她吼叫——

　　"靡靡之音，低俗……低俗……"

　　"检讨、检讨……"

　　"处分、处分……"

　　刘玉玲看看这个，看看那个，一副无奈的样子，嘴里只是说："我，我不……我不可能……"

　　钟启祥一拍桌子，扒开几个人，跨到刘玉玲身旁，怒目而视。张开大嘴要说什么，可怎么也说不出来。他急地又拍了一下桌子，张着大嘴要说什么，还是说不出来

　　……

**钟启祥的手又动了一下，女儿又轻轻地按住钟启祥的手腕。**

　　……

　　婴儿车上躺着婴儿，婴儿手脚不时乱晃，脸上带着笑容。钟启祥和刘玉玲守着儿子，满心欢喜。

　　钟启祥看着孩子，梗了梗脖子说："玉玲，你看儿子像谁？"

　　刘玉玲看了看孩子，朝钟启祥说："你先说。"

　　钟启祥美美地说："肯定像我。看这眼睛，这眉毛，这鼻子……"

　　刘玉玲嘻嘻一笑，说："别想得那么美了，你看你的大长脸、大嘴巴。孩子除了大大的眼睛还有点像你，其他地方，哪里也不像你的样子。"

　　刘玉玲又笑了，钟启祥挪挪地方，仔细地瞅了瞅孩子说："嗯，你说得对，还真不太像我，这孩子脸

上你的印记多。人家说得对,姑娘随她爹,儿子随他娘,这孩子还真应了这句老俗话。"
……

"玉玲,玉玲……"

钟启祥迷迷糊糊喊了两声,不仅手,身子也想动。女儿一手轻轻扶着他输液的手腕,一手轻轻放在他的胸前。一旁,郑方玉赶紧按住他的另一只胳膊,钟启祥没有做出大的动作。

这天,姜利焕来到钟启祥的病房里。这个时候,钟启祥已经完全恢复了神志,清醒过来,体能也在恢复。钟启祥见到姜利焕,咧嘴笑了笑,硬撑着让郑方玉扶着他坐了起来。

护士把一大束鲜花放到了桌子上,卡片上写着"祝启祥早日康复",护士说:"是姜书记特意送给钟书记的。"

钟启祥说:"谢谢姜书记了,我从小到这么大还没住过院,还头一次有幸得到了鲜花。"

姜利焕微笑着说:"是呀,你这个家伙身体一向健壮,像个……"他看了看郑方玉和钟雅靓,继续说:"不说那句话了……"

在场的人都笑了起来。姜利焕慈祥地伸手摸了摸钟启祥的头,说:"头不热,是不是装病呀?"

钟启祥又笑笑说:"也可能,也可能吧。"

姜利焕又落下大黑脸,认真地说:"应该祝贺你找到了儿子。"

钟启祥脸上露出了一丝笑容,但这笑容有点尴尬的意味。他叹了口气说:"谢谢姜书记。"

姜利焕轻轻点着头说:"我理解你的心情。特别是这会儿,你走入了一个非常艰难的境地。"

钟启祥忽然改变话题,问:"这几天,办案人员的工作还正常进行吧?"

姜利焕又看了一眼郑方玉,指着钟启祥说:"还是关心着工作。哪里还有问题?都是你的人,你在不在他们都一样。"

钟启祥又叹了一口气，沉默了一会儿，若有所思地说："姜书记，我实话实说吧。从原则上来讲，我不能再参与德意仕友和机械配件集团的案子了，是应该避嫌的。从感情上来说，我也不能再参与这个案子了。"

姜利焕点了点头说："我理解，我理解。"

钟启祥凝视着姜利焕说："但是，姜书记，我向你表态，不论遇到什么情况，不论什么时候，我都会秉公执法，绝不含糊。案子一定抓紧抓死，抓个水落石出。"

姜利焕听到这儿，伸出右手抓住了钟启祥没有输液的那只手，使劲攥了几下说："老钟，谢谢你，谢谢你能说出这样的话。我知道，你肯定是这个态度。"

接下来，钟启祥这个从来不把问题、磨难看在眼里的邪家伙，泪流满面。

"咚咚咚……"一阵敲门声传来。郑方玉赶紧把门打开，有几个庄户人出现在门口。这里边有一个皮肤黝黑的小伙子，他一眼就看到了钟启祥，大步走了进来，一边走一边喊："钟书记，听说你病了，俺们来看看你。"

接着几个庄户人都走进了屋里。钟启祥看到了东孙镇马庄村的马景振，还有东孙镇齐庄村的支部书记齐大岭，以及两个不认识的人。

钟启祥指着马景振对姜利焕说："姜书记，你还认识他吗？在苇帘大奖赛颁奖的时候，就是他把领奖秩序给弄乱套的。"

姜利焕一看笑了，说："对，就是你，就是你。"

马景振不好意思地说："哎呀，俺是见了钟书记就着急，急着和他说话握手，没想在那里……"

大家都笑了。

钟启祥向姜利焕介绍说："这是东孙镇齐庄村的支部书记齐大岭。他这个村子，苇帘产业发展早，规模也大，现在成果更了不得了。"

齐大岭说："今天俺和这两个老乡，到城里给苇帘总公司送了一批苇帘子,听说钟书记病了,就来看看。正好碰见了马景振,那天颁奖的时候俺也在场,马景振可是出了名了。"

马景振笑得不好意思,一个劲地抓头皮。别看他大大咧咧的,眼神还挺尖。他朝着钟启祥走近一步,瞪眼看着钟启祥说:"钟书记,你是不是掉眼泪了?病了害怕了,害怕就哭了?"

他这一说,钟启祥抹了一把眼睛,笑了起来。

姜利焕说:"刚才医生来给你们的钟书记打针,打屁股打疼了,他就哭了。"

说完人们又笑了起来。

# 第三十一章

钟启祥出院了，占广田到家里去看望他，两个人面面相觑。这次见面，相互之间好像隔着大海，隔着大山；好像斗转星移，与上一次见面相隔很多年。钟启祥对占广田的感情，在几十年来兄弟、哥们儿那种老旧的情感基础上，似乎又多了一层陌生、异样的感觉。占广田对钟启祥，似乎是有满肚子的话要说，可又不知怎么说。

还是占广田先说了话："启祥，你好了。"

钟启祥微微一笑说："好了好了，其实也不是什么病。"

占广田说："哦，是啊是啊，你身体一直这么好，怎么会一下子出现什么大毛病呢？唉，全是……"

钟启祥说："唉，没什么，现在好了。"

占广田说："我知道，这件事来得太突然了，摊在谁身上也受不了哇。"

钟启祥没有作声。

占广田看着钟启祥，内疚地说："启祥，别怪我这几年没有告诉你实情……"

钟启祥摆手不让他说下去。

占广田还是说："启祥，我还是给你说明白了好，免得我心里总是内疚，放不下。我接到那个鲁护士的电话后，想想你和方玉还有宝贝女儿，一家子这么和和气气的，就没……可我不能瞒你一辈子，我们一家人商量好，也是老爷子同意的，有两个告诉你真相的时间段打算，也许这两个时间段打算表明我太自私了。但是现在到了这个时候，我又不得不说了。我想如果现在不说出来，将来要是在你的手上把他……那以后你再知道了，你就更……"

占广田实在忍不住了，呜呜哭起来。

钟启祥在占广田的痛哭声中，也忍不住了，他抱住占广田，也呜呜哭起来。他个子那么高，把占广田的脑袋搂在了自己的胸前。

他一边哭一边说："广田……咱不说了，不说了，这都是命。我就一句话，感谢你把他养到这么大。"

占广田听到这儿，哽咽了几下，又哭着说："可是，启祥……我，我没把他……教育好……我对不起你呀，我……"

钟启祥又摆了摆手，不让占广田说了。他下意识地抹了一把大长脸，没了那平时说话时的爽快伶俐，慢言细语地说："不能这么说。不是你没有把他教育好，齐志林带着不可告人的目的和培杰混在一起，他是挖空心思地算计。孩子年轻，辨别能力差，很难不出毛病。"

占广田说："还是我的责任哪，我有责任，对不起你，对不起孩子。"

占广田说到这儿又痛哭流涕，他紧紧抓着钟启祥的手，并且把他的手紧紧贴在自己脸上，泪水流在了他们两个人的手上。

钟启祥说："占大哥，不能这么说，你总这么认为，我会更难受。咱老爷子是老革命，咱的家庭是革命家庭，如果不是咱的那个发小使坏，带着种种目的去侵蚀培杰，绝对不是现在这个样子。刚才我说过培杰还年轻呀，就是我，不也上了一个假洋鬼子的项目嘛。"

占广田抹了一把眼泪说："没想到这个家伙变成这样，对培杰下手。特别是还对你做出这么伤天害理的事情，真是作孽呀。"

钟启祥感慨地说："大浪淘沙是有道理的呀。这些年，有的人为了名为了利，就走向了另一面。咱们所谓的'四大名旦'，出现这么一个孽种，也是让人惭愧呀。"

占广田稳住了那感伤、激动的情绪，又对钟启祥说："启祥，抽时间和培杰见个面吧。"

听到这话，钟启祥大脑"短路"了，好一阵子没说话，眼睛里既有期盼，又有疑惑……

占广田说:"我和秀红把他给你领来,叫他认家。"

钟启祥摇头,说:"算了吧,不要着急,有机会随便见个面更自然一些。故意约他,见了孩子说什么好呢?他母亲放弃在省城的机会,顶着家庭的压力跟我来到这里,生孩子把命搭上了,培杰生下来我又无力抚养。对孩子说这些?这孩子幸亏是你抱去了,在别人家……想起来还真后怕,在你家里和在我家里一个样。对我、对玉玲来说,是老天有眼哪。我和玉玲感谢你们把他抚养长大。"

说完,钟启祥又把占广田抱住,泪水又流了下来。

一个特殊的培训班开班了。这是由旺城劳动就业处和职业学校联合举办的一个培训班。培训对象,全部是年龄较大的农民。有餐饮、花卉、环卫、护理、保安等十几个培训课程。旺城市委、市政府对这个培训班非常重视,因为这是为提高城镇化标准,增加就业机会,增加农民收入举办的一个特殊培训班。今天举行开班仪式,姜利焕、耿志先、钟启祥等许多市里的领导前来祝贺。

开班仪式就设在东关村,在占广田建设的养老院大楼前的广场上。

这会儿,占广田正忙着接待未来的新村民。西程、东程村党支部书记崔凤凯、程丙亮带领着两个队伍来到现场。崔凤凯、程丙亮把占广田介绍给村民。两个村与东关村合村并举的建设项目,已经收尾。待到楼房建成,东程村就不复存在了。西程村因为有个老庄园,再加上这个村里保留着一部分六七十年代的建筑,改革开放以后的建筑也保持得很好,所以市政府决定,对西程村大部分房屋进行修缮、保留,用于乡村旅游。因为这个,钟启祥和占广田还参与了群众的思想教育工作。最后,该拆迁的农户都顺利签订了拆迁合同。

钟启祥刚到会场,苏玉华走上前来握住了他的手。钟启祥问:"老苏,你怎么也来了?你不是铸造厂的工人哪?"

苏玉华说:"钟书记,我不是下岗工人嘛。过去我在东孙镇的木器厂打工,那里比较远。我年龄也大了,今天也来参加这个培训班,看看有没有适合我的工作。"

钟启祥拍了一下苏玉华粗糙的大手，说："哎呀，对，太好了，你想得太好了。如果铸造厂的其他工人愿意来也可以。"

苏玉华指着一些人说："不光我自己，还有十几个年岁较大的工人来到这里呢。大家说我认识你，让我上前来和你握手，表示感谢，也表示歉意。"

钟启祥问："感谢什么？为什么道歉？"

苏玉华说："我们铸造厂开发成功了，养老金、工资问题都解决了，这一辈子的心也就放下了。那些年轻工人大部分都到酒厂上班，也有活干了，真是谢谢你呀。"

钟启祥摇头说："哪里能谢我，是我们市委、市政府规划得好，政策好。这下好了，工人、农民携手奔小康。"

苏玉华又说："道歉是……是因为给你送假酒……"

钟启祥笑了，说："我可真喝了——白水。"

苏玉华不好意思地咧咧嘴。钟启祥说："有必要给我送酒吗？"

两个人都笑了起来。

会议正要开始，忽然又有几个人进了会场，其中有两个人一前一后，扛着一个大苇帘。钟启祥一眼就看出，这是东孙镇冀庄村的党支部书记冀林坤，就是那年选出来的村委会主任，后来入党，当了支书。钟启祥问："林坤，你们怎么来啦？"

冀林坤兴奋地说："俺村的苇帘编织能手一起搞了一个大苇帘，打算作为庆祝东关村的养老院开业的贺礼。"

钟启祥说："贺礼？"

姜利焕在一旁说："今天是办就业培训班开班仪式，又不是开院典礼，你们送什么礼品呀？"

冀林坤笑着和姜利焕握手，说："姜书记你好。这本来是为开院典礼准备的，可是听说今天这里来了很多人，场面很大。大家等不及了，就提前把它送来了。反正养老院也快开了，就提前祝贺吧。"

钟启祥看着扛苇帘的其中一个人说："你是那个冀慧东？"

冀慧东说："是我，钟书记，你还认得我？"

钟启祥说："开始发动大家发展苇帘产业时，你村跟着参观的就那么几个人,我还能忘记你呀?"

冀慧东笑了。

钟启祥说:"那么打开你们的礼品,让大家欣赏欣赏吧。"

苇帘慢慢展开,上边用不同颜色的芦苇编织出五个大字——致富奔小康。

全场一片欢呼。

"嘀嘀——"一辆黑色轿车停在了会场旁边。车门打开,下来一位穿着西服的干部模样的人,钟启祥一眼就认出了这人,这不是梁厅长吗?姜利焕也赶紧走上前去,握住梁学瑞的手。

他说:"哎呀,梁厅长,你怎么到这儿来了?"

梁学瑞笑着对大家说:"我从临县去东州,想顺便到你这里来看看,临时动议。先去市委了,姜书记没在办公室恭候我呀。听说你们在搞活动,搞一个特殊的活动。好,我也来凑凑热闹,就赶到现场来了。"

姜利焕使劲握着梁学瑞的手,对工作人员说:"太好了,主席台上的座位快再加上一把,让梁厅长也坐到主席台上去。梁厅长对我们的枣林开发项目支持很大,这个活动就应该参加。"

梁学瑞说:"惭愧,不提那些了。今后像你们这样的开发项目,支持力度会更大。希望你们干得更好,得到更大支持。"

会场响起热烈掌声。


德意仕友和机械配件集团的问题,到现在是彻底了结了。铸造厂土地证涉及的那些"罗罗网",全部理顺、查清,土地拍卖迅速进入程序。并且,还查出了齐志林诈骗、行贿等犯罪事实,以及占培杰经济方面的问题。占培杰认罪态度好,有立功揭发他人的表现,并且吃私贪污的问题较轻,不过仍受到了法律的制裁。

占培杰服刑以后,钟启祥急着去看望。这段时间,占培杰在他眼中的形象总是模模糊糊的,他似乎戴上了一副度数不匹配的眼镜,只有那高高的个子在头脑中还算清晰。那蠕动着的身体,攥着的小手,那红嫩的脸,因哇哇大哭而紧闭着的眼睛……那才是他,那才是培杰。

但是他那颗急切的心,有一天忽然像滚烫的开水里掉进了一块冰,温度一下子降了下来。他放弃了马上去看望培杰的打算,他想的又多了起来。他是怕,怕孩子一下子不适应方方面面的环境,见到他百感交集。那样,对培杰更是一种残酷的折磨。他给自己设计了一套关于怎么接受这个儿子,怎么让儿子接受自己,怎么重归于好,怎么重新建立感情的方案。因此,他虽然去了监狱,但是只在监控中,流着泪看了看占培杰。等了将近一年,他还是没有去见占培杰。他准备了一套书籍,写了两封信,让占广田送了进去。

第一封信是这样写的。

培杰:

不要怨我没和你见面。在探视你这个问题上,我是有打算的。具体什么打算,以后慢慢再说。

今天给你送去这些书和这封信,是我的第二步计划。第一步我已经实现了,在监控中见到了你。

咱们祖上都是买卖人,对经商做生意非常精通。祖辈在被角藏钱的佳话,至今流传于旺城。我到财经学院学习财务管理,你爷爷那个时候真是欣喜若狂,指望着我能够继承咱家的传统,有新的发展。但是我没有,我辜负了你爷爷的期望,放弃了经商,走上了从政的道路。你本来学的就是经济管理,我现在给你买了一些关于财务、财会方面的书籍。你现在有时间了,希望你好好学。我想如果你把这些书学通、弄懂的话,等出来以后考个会计师、经济师是没有问题的。你还年轻,今后的路还长,如果把证件考到手,对今后的生活和事业大有好处。

听说你很惦记机械配件集团,我告诉你,公司调整了领导班子,现在状况很好。铸造厂已经开发,工人们很满意。你仍然关心着机械配件集团,我很欣慰。

就谈这些吧，关于咱们的过去、未来，以及你的问题，咱们以后再聊。

钟启祥

又等了半年多的时间，钟启祥还是没有和占培杰见面，他又让占广田给占培杰带了一封信，并且带去了一件东西。

培杰：

我让你爸给你带去了一只手镯。我和你妈妈初见，她就戴着这只玉镯。她决定到旺城工作，第一天报道时，在财政局办公室里，我第一眼就看到她手腕上仍然戴着这只玉镯。结婚以后，我才知道，这是她家的传家宝，奶奶传给了妈妈，妈妈又亲手戴在了她的手腕上。每个家庭都有自己的魂，都希望把魂永远传承下去。你妈妈舍弃了许多，戴着这只玉镯来到旺城，可这件宝贝这些年却沉睡在我的箱底。虽然它能与我为伴，有它在就好像你妈妈在我身边，可是以后，她的魂又怎么传承下去呢？我茫然，我悲伤，"对不起玉玲"这几个字缠绕了我这么多年。培杰，你接受吧，我求你接受，好让我告慰你妈妈的在天之灵。玉玲，你的魂咱儿子永远地传承下去了。你已在天堂，似乎什么也没有留下。不，你的魂，你的情感，永远系在儿子身上。

钟启祥

占培杰每次看完钟启祥的信，都会流下眼泪。这一次，他拿着手镯，更是号啕大哭起来。那手镯在他脸上使劲地蹭着，似乎他亲到了妈妈的脸庞，感受到了妈妈的气息。

占培杰服刑两年的时候，按照钟启祥的规划，他准备和占培杰见面了。近些天他总在想，两年多的时间，应该不算短了吧。培杰对所有的环境，对他所存在的问题，肯定有了一些认识。对他这个过了三十多年才出现的父亲，可能思想上能够接受了。

三十多年来，钟启祥有什么高兴的事，总是到刘玉玲的坟上去诉说一番。如果心里有什么憋屈的事，有些话对别人说不出来，也到刘玉玲的坟上去倾诉。

上一次来给刘玉玲上坟，还是春节刚过时。那时候，因为好多天没听到姜利焕的"指示"，钟启祥正憋屈着哩。

这一天，是因为要与占培杰见面了，钟启祥又来到坟前。在见到占培杰之前，他要告诉玉玲一声，他要去和儿子见面了。

刘玉玲的坟离枣林不远，站在刘玉玲的坟前，枣林尽收眼底。正是金秋季节，枣林的景色别样娇。整个枣林如着红裳，缀满果枝的枣子，红里透紫，好像害羞的少女，见了人赶紧羞怯地借绿叶掩饰自己，却又忍不住探头探脑地窥探着。

钟启祥知道，过去枣子成熟的时候，晾晒时节就到了。农民家家房上房下，院里院外，到处堆满枣子。红彤彤的，一片又一片，片片相连。钟启祥想，铁扇公主千万别把扇子借给大圣，别让他把这红红的火焰给煽灭。不过钟启祥又想，铁扇公主的扇子，总会被孙悟空给盗来的。这火焰般的晾晒场面，今后可能就少有了。因为那个酒厂，已经完成升级改造。与韩国合作的枣产品加工厂，会把这大片的枣果吃掉。这小小枣儿制成高档产品，农民就不必那么辛苦地天天晾晒，收入也会哗哗地增加。

钟启祥的目光从远处的枣林转到了眼前，看着面前的一堆黄土。历经三十年的风风雨雨，这坟也老了。

钟启祥默默地说："玉玲，你的那件宝贝，我已经送给儿子了，他接受了。我听说他见到那只玉镯时哭了，还把镯子放在嘴边亲吻。你听到这些，一定很高兴吧。你们娘儿俩，只那么短暂地见过面。你肯定看清了儿子的面容，听到了儿子的哭声。然后，然后你再也没有看见，再也没有听见……这是我永远的痛苦，永远的内疚，永远的罪责……

"现在好了，你的体温，你的味道，你的情感，你的希望……永远永远留在了儿子身上。

"我还准备了一件礼物,我专门买了一张收录了《乡恋》这首歌的唱片,我要亲手送给他。亲自把你唱这首歌时的容姿讲给他听,让你的歌声也传递到儿子的脑海里,灵魂的深处。

"歌词写得多好哇,'明天就要来临,却难得和你相逢'。这明明就是写我此刻的心情呀。'只有风儿送去我的深情。'唉,这只是一种奢望。那风儿要是真能把我的深情送去,该多好哇。可惜大自然是残酷的,我的情是送不去的,你也收不着。那就让我许下个愿望,待到来世,来世再听到你的歌声吧。

"我要是去见儿子,儿子会有什么反应呢?他见了我是微笑以对,还是怒目而视呢?我想,经过这么长时间的磨炼,加上我给他写的几封信,他不可能对我怒目而视。他会哭泣吗?很可能。他再见到占广田、路秀红会哭的。见到我,他更会泪流满面。那时候我该怎么说呢?他会问到你吗?我想很可能。见到儿子,他肯定会捧出那只玉镯。我便当面向他诉说我们的情感,我们的快乐,我们的悲哀……特别是那个撕肝裂肺的夜晚……"

钟启祥想累了,坐累了,歪身在刘玉玲的坟上睡着了,做了一个梦……

占培杰出狱了,老远就冲他喊着:"爸爸,爸爸……"钟启祥见占培杰背着书包。他见到钟启祥就说:"爸爸,你给的那些书我都看完了,读通了。我会报名考会计师证的。"

占培杰接到了快递,打开一看——会计师证。他亲吻了一下证书,高高兴兴来到钟启祥的门前说:"爸爸,我拿到证书了,我拿到证书了……"

"嘎嘎,嘎嘎……"

一群喜鹊掠过枣林,把钟启祥吵醒了。钟启祥睁开眼睛,呵,太阳正朝着他甜蜜地微笑。他回味着梦中的情景,看着远去的喜鹊,自言自语道:"玉玲,是你叫醒了我吧?为什么不让我在这美好的梦境中多待一刻呢?"

他转过头,朝着刘玉玲的坟墓说:"玉玲,这梦能够成真吗?"

说着,他的手轻轻地抓起几把土,填充了一道小小的沟壑。

他说:"玉玲,这梦,肯定是真的。"

2019年3月一稿于宁津
2020年12月二稿于宁津
2021年4月定稿于宁津